한유 문집 연구

한유 문집 연구

정재철 지음

서언

한유는 중국의 대표적인 문학가이자 사상가이다. 그의 문장은 송대 이후 중국 산문의 전범이 되었고, 그의 시는 제재의 확장과 더불어 후대의 시에 끼친 영향이 매우 컸다. 또한 그는 고문을 통해 유학을 존중하고 도교와 불교를 배격함으로써 송대에 완성된 성리학의 선구자가 되기도 하였다. 이와 같이 도덕과 문장을 겸비한 그의 산문은 한국의 문인 학자들에게 지대한 영향을 주었다. 필자는 평소 한국한문학의 특징을 파악하기 위해서는 무엇보다 조선의 문인 학자들이 한유의 문장을 어떻게 수용했는가를 밝히는 것이 중요하다고 생각하였다. 이 책은 이와 같은 필자의 지론에 의거해 중국에서 간행된 한유 문집의 주석서와 이를 한국에서 수용한 양상에 대해 살펴본 것이다.

한유의 문집은 그가 824년에 세상을 떠난 이후 그의 사위이자 문인인 이한에 의해 『창려선생집』이라는 이름으로 편찬되었다. 송에 들어와 구양수가 한유의 산문을 교정한 것을 계기로, 학자들이 고문을 숭상하여 한유의 문장이 아니면 배우지 않을 정도로 유행하게 되었다. 이후 방숭경이 1189년에 당시의 이본들을 망라해 『한집거정』을 편찬하였고, 뒤이어 주희가 방숭경의 주석을 바로잡아 『한문고이』를 편찬하였다. 특히 주희는 이 책에서 고도의 철학적 사유를 기반으로 체계화한 도학적 문학관을 주도면밀하게 적용시켰는데,

이로 인해 그의 주석은 이후 중국과 한국의 문인 학자들에게 많은 영향을 끼쳤다.

주희에 이어 위중거는 1200년에 주희의 주석을 배제한 채 제가들의 주석을 첨삭 없이 붙여 『오백가주음변창려선생집』을 간행하였다. 이 책의 이름을 '오백가주'라고 말한 것은 박학을 과시하려는 출판업자들의 과장된 표현이기는 하나, 이 책은 후대 한유 시문의 주석과 관련된 다양한 정보를 제공했다는 점에서 의미가 있다. 이후 1227년에는 왕백대가 주희의 주석을 해당 구에 산입하여 『주문공교창려선생집』을 간행하였는데, 이 책은 명대에 왕종옥(1448)과 주오필(1605)에 의해 거듭 간행되었다. 또한 송 함순 연간(1264∼1274)에는 요영중이 『창려선생집』을 간행하였는데, 이 책은 명 만력 연간(1573∼1620)에 서시태에 의해 동아당이라는 이름으로 다시 간행되었다. 뒤이어 1633년에는 장지교가 주희의 도학적 문학관에 의거해 역대의 주석들을 통합하여 『당한창려집』을 간행하였다.

한편 조선에서는 초기부터 왕백대와 위중거의 주석본이 간행되어 유통하였다. 이에 세종은 집현전 학자들에게 이 두 책의 장단점을 살펴 새로운 주석서를 편찬하도록 명하였는데, 그 결과 1438년에 갑인자로 『주문공교창려선생집』이 간행되었다. 이 책의 편찬자들은 주희의 주석이 너무 간략하여 한유의 시문의 다양한 특징들을 파악하는 데 한계가 있다고 보고, 위중거의 주석 중 도학적 의리에 벗어나지 않는 범위 안에서 한유 문장의 특징을 이해하는 데 도움이 되는 내용을 포함시켰다. 이로 인해 이 책은 도학자들이 주자학적 문학관을 강화하는 논리를 세우는 데에 중요한 몫을 담당했을 뿐만 아니라, 문장가들이 도학적 문학관에 대응되는 문장이론과 작문기법을 모색하는 데에도 적지 않게 기여하였다.

또한 조선에서는 16세기를 전후로 한 시기에 송대에 진덕수가 편찬한 『문장정종』에 수록된 한유 작품 75편과 이에 13편을 더하여 갑진자로 『한문정종』을 간행하였다. 이 책은 『문장정종』에 수록된 담리談理 중심의 한유 작품을 대상으로 주석과 방점을 활용하여 담문談文 중심의 과거교재로 재편한 것으로, 당시 한유의 문장을 고문의 전범으로 인식했던 문인 학자들에 의해 과거 준비를 위한 문장교재로 널리 활용되었다. 이후 조선에서는 다양한 형태의 한유 시문 선집이 지속적으로 간행되었다. 그중 한유 산문 선집으로는 『한문공문초』, 『한문』, 『한문초』, 『창려문초』, 『한문선』 등이 간행되었고, 한유 비지문 선집으로는 『당창려선생비지』, 『창려선생비지』, 『창려선생집』, 『한문비지』, 『한문비지초』 등이 간행되었으며, 한유 시 선집으로는 『창려선생시집』이 간행되었다.

그리고 조선의 문장가와 도학자들은 주희가 『한문고이』에서 도학적 문학관에 기초하여 한유문의 공과와 득실을 논한 것에 대한 이해 방식이 서로 달랐고, 이에 따라 이들은 한유의 산문을 고문의 전범으로 인식하면서도 그 내용에 있어 많은 차이를 보여주었다. 먼저 도학가인 이황과 이덕홍은 『고문진보후집』에 수록된 한유의 산문에 대해 도학적 의리를 잣대로 의리를 살피거나 주석상의 오류를 지적하였으나, 문장가인 윤근수와 최립은 한유의 산문을 토석하면서 도학가의 재도론에 대응하는 문장가의 문학이론을 정립하였다. 그 후 조선 후기의 문장가들은 각자의 학문 경향이나 관심 분야에 따라 한유의 산문에 대한 전범인식을 다양하게 표출하였다.

이 책에서는 위와 같이 중국에서 한유 문집을 간행하고 한국에서 이를 수용한 양상을 규명함으로써 궁극적으로 두 나라가 공유했던 중국문학과 한국한문학의 보편 문학적 성격과 함께, 서로 다른 문학적 풍토 아래 자생해온 한국한문학의 존재 방식을 확인하였다는 점에서 그 의미를 찾을 수 있다.

2019년 4월 20일
단국대학교 죽전캠퍼스에서 필자 쓰다

차례

제1부

중국의 한유 문집 간행

한유 문집과 주석서의 출현

1. 머리말

중국 송대에 방숭경方崧卿은 1189년에 한유의 시문을 교정하여 『한집거정韓集擧正』 10권을 편찬하였는데, 이 책에는 한유 문집이 최초로 출현한 시기에 대해 언급한 내용이 있어 주목된다. 그는 이 책에 쓴 「서록敍錄」에서 송대 학자인 소박邵博이 한 말을 인용하여 "장안 안신지安信之의 집에 비단에 정서된 구장본舊藏本 『한문공가집韓文公家集』 26권과 27권이 있는데, 비단에 해서楷書로 쓰여 있으며 한유가 직접 개정한 글자가 있다."[1]라고 하였다. 이로 보아 한유가 직접 개정한 필사본이 송에 전해졌고, 이 필사본은 적어도 26권과 27권까지는 한유가 직접 개정을 마쳤다는 사실을 알 수 있다. 한유는 824년에 세상을 떠났는데, 그 후 자신이 직접 개정 작업에 참여했던 그의 문집은 이한李漢(790?~860?)에 의해 다음과 같은 내용으로 정리되었다.

---

[1] 方崧卿, 「敍錄」, 『韓集擧正』(『문연각사고전서』 1073책), 장7a. "邵公濟嘗云: 長安安信之家, 有 舊藏韓文公家集二十六二十七二卷, 繭紙正書, 有退之親改定字."

장경長慶 4년(824) 겨울에 선생이 돌아가셨다. 문인 농서隴西 이한李漢이 부끄럽게도 선생을 아는 것이 가장 깊고 가까운지라, 마침내 선생이 남긴 글을 빠트리지 않고 수습하였는데, 부賦 4, 고시古詩 210, 연구聯句 12, 율시律詩 160, 잡저雜著 65, 서書·계啓·서序 96, 애사哀詞·제문祭文 39, 비지碑誌 76, 필筆·연硯·악어문鱷魚文 3, 표表·장狀 52 등 모두 700여 편이다. 아울러 「목록」을 합하여 41권을 만들어 『창려선생집昌黎先生集』이라고 일컬어 후대에 전한다.[2]

이한은 인용문에서 자신이 한유의 사위이자 문인으로 한유를 아는 것이 가장 깊고 가깝다고 하였다. 이에 그는 한유가 824년에 세상을 떠난 후부터 한유가 남긴 글을 빠짐없이 수습하였는데, 그 결과 시와 문을 합하여 모두 717편에 달하는 한유의 시문을 모을 수 있었다. 이와 같이 그가 한유의 사후에 모은 한유의 시문에는 한유가 직접 교정에 참여한 구장본 『한문공가집』에 수록된 작품들도 포함되어 있을 것으로 생각된다. 이한은 당시 모은 한유의 시문 700편을 문체별로 구분하여 40권으로 나누어놓고, 「목록」 1권을 앞에 붙여 『창려선생집』이라는 이름으로 한유 문집 41권을 편찬하였다. 본 장에서는 위와 같이 이한이 『창려선생집』을 편찬한 내용과 함께 송대에 한문의 문장을 교정하거나 한유의 문장에 대한 주석서가 출현한 양상에 대해 살펴보기로 한다.

---

2) 李漢, 「昌黎先生集序」, 『東雅堂昌黎集註』(『문연각사고전서』 1075책), 장2b~장3a. "長慶四年冬, 先生歿. 門人隴西李漢辱知最厚且親, 遂收拾遺文無所失墜, 得賦四, 古詩二百一十, 聯句十一, 律詩一百六十, 雜著六十五, 書啓序九十六, 哀詞祭文三十九, 碑誌七十六, 筆硯鱷魚文三, 表狀五十二, 總七百. 幷目錄, 合為四十一卷, 目為昌黎先生集, 傳於代."

2. 이한의 『창려선생집』 편찬

이한이 『창려선생집』 41권을 편찬한 시기는 언제일까? 이와 관련하여 방숭경이 1189년에 편찬한 『한집거정』에서 촉본蜀本에는 이한의 이름 앞에 '조의랑朝議郎 행상서둔전원외랑行尚書屯田員外郎 사관수찬史官修撰 상주국上柱國 사비어대賜緋魚袋'라는 관직명이 붙어 있다[3]고 밝히고 있어 주목된다. 이한은 812년 진사에 급제하고 장경長慶 말년(824)에 좌습유左拾遺를 지냈는데, 경종敬宗(824~826)이 즉위하자 동렬同列 설정로薛廷老와 함께 경종의 잘못을 간했다가 섬서陝西 흥원興元의 종사관從事官으로 좌천되었다. 그 후 그는 문종文宗(827~849)이 즉위하자 둔전원외랑屯田員外郎 겸 사관수찬史官修撰에 임명되었는데, 『헌종실록憲宗實錄』을 수찬하다가 이덕유李德裕의 미움을 사 대화大和 4년(830)에 병부원외랑兵部員外郎으로 자리를 옮겼다.[4] 이로 보아 이한이 『창려선생집』 41권을 편찬한 시기는 그가 둔전원외랑 겸 사관수찬을 역임하고 있던 827년부터 830년 사이일 것으로 생각된다.

이한은 앞의 인용문에서 『창려선생집』 40권에 한유의 작품을 수록하면서 부賦, 고시古詩, 연구聯句, 율시律詩, 잡저雜著, 서書·계啓·서序, 애사哀詞·제문祭文, 비지碑誌, 필筆·연현硯·악어문鱷魚文, 표表·장狀 등 모두 16유형의 문체로 나누었는데, 후대에 간행된 한유 문집은 모두 이와 같은 이한의 분류 방식을 그대로 따르고 있다. 이를 확인하기 위해 이한이 편찬한 『창려선생집』에 수

---

3) 方崧卿, 『韓集擧正』 권1, 장2a. "蜀本作朝議郎·行尚書屯田員外郎·史館修撰·上柱國·賜緋O 魚袋李漢編."

4) 『舊唐書』 권171, 「李漢列傳」, 4453~4454면. "漢, 元和七年登進士第, 累辟使府. 長慶末, 爲左 拾遺. ... 寶歷中, 王政日僻, 漢與同列薛廷老因入閣廷奏曰: ... 坐言悟之, 出爲元興從事. 文宗卽 位, 召爲屯田員外郎, 史官修撰. ... 豫修憲宗實錄, 又爲李德裕所憎. 大和四年, 轉兵部員外郎."

록된 717편을 명대 만력萬曆(1573~1620) 연간에 서시태徐時泰가 간행한 동아당본東雅堂本 『창려선생집昌黎先生集』5)에 수록된 작품과 비교하면 다음과 같다.

[표 1] 이한 편『창려선생집』과 서시태 간『창려선생집』의 작품 수 비교

이한 편『창려선생집』		서시태 간『창려선생집』				증감
문체	작품 수	권수	문체	작품 수	계	
賦	4	1	賦	4	4	
古詩	210	1	古詩	31	210	
		2		29		
		3		30		
		4		33		
		5		32		
		6		24		
		7		31		
聯句	12	8	聯句	11	11	-1
律詩	160	9	律詩	85	165	+5
		10		80		
雜著	65	11	雜著	15	65	
		12		17		
		13		12		
		14		21		
			書	3		
書啓序	96	15	書啓	10	88	-8
		16	書	11		
		17		10		
		18		10		
		19	書序	16		
		20	序	13		
		21		15		
哀詞祭文	39	22	哀詞祭文	16	37	-2
		23		21		

---

5) 『昌黎先生集』(木版本, 국립중앙도서관, 일산貴3747-100) 40권.

碑誌	76	24	碑誌	9	75	-1
		25		10		
		26		6		
		27		5		
		28		5		
		29		5		
		30		6		
		31		5		
		32		5		
		33		5		
		34		7		
		35		7		
筆硯鱷魚文	3	36	雜文	4	4	+1
表狀	52	37	表狀	8	48	-4
		38		14		
		39		15		
		40		11		
계	717				707	-10

[표 1]에서 보듯이 서시태가 간행한 동아당본『창려선생집』40권에 수록된 한유의 작품은 모두 707편인데, 이는 이한이「창려선생집서」에서 밝힌 717편보다 10편이 적은 것이다. 동아당본에는 40권에 부부賦에서 표장表狀에 이르기까지 한유의 작품이 이한이 분류한 16유형의 문체별로 수록되어 있다. 다만 이 책에는 이한이 필筆·연硯·악어문鱷魚文으로 분류한 3편을 권36에 잡문雜文이라는 이름으로 바꾸어 4편을 수록한 것이 다르다. 또한 이 책에는 이한이 서書·계啓·서序로 묶어놓은 96편을 권14~권21에 서書 3편(권14), 서書·계啓 10편(권15), 서書 31편(권16, 권17, 권18), 서書·서序 16편(권19), 서序 28편(권20, 권21)으로 구분해 수록하였다. 후대에 간행된 한유 문집들은 위와 같이 이한이 한유의 작품을 16

유형의 문체로 구분해놓은 방식을 그대로 따랐다. 이와 같이 한유가 824년에 세상을 떠나고 나서 불과 몇 년이 지나지 않은 시기에, 그의 사위이자 문인인 이한에 의해 『창려선생집』 40권이 편찬되었고, 이후 사람들은 이 책을 한유 문집의 정본으로 여기고 이를 필사해 애독하였다.

3. 구양수의 한유 산문 교정

송대에 한유의 시문이 세상에서 널리 유행하게 된 것은 구양수歐陽脩(1007~1072)의 역할이 매우 크다. 그의 문집인 『문충집文忠集』에는 그가 61세가 되던 해인 1071년에 자신이 소장하고 있던 구본舊本 한유 문집의 뒤에 쓴 「기구본한문후記舊本韓文後」가 실려 있는데, 그는 이곳에서 자신이 평생에 걸쳐 한유의 시문을 읽고 내용을 바로잡던 과정을 다음과 같이 말하였다.

> 나는 어려서 집이 한동漢東(현재 호북성胡北省 수주시隨州市)에 있었는데, 이곳은 궁벽한 곳으로 학자가 없었다. 우리 집 또한 가난하여 장서가 없었다. 수주隨州의 남쪽에 대성大姓 이씨李氏의 아들 요보堯輔(다른 본에는 언언으로 되어 있음)가 자못 배우기를 좋아하였는데, 나는 어렸을 때에 그의 집에서 논 적이 많았다. 해진 광주리에 고서를 담아서 벽 사이에 둔 것을 발견하고, 그것을 열어보고 당唐의 『창려선생문집昌黎先生文集』 6권을 얻었는데, 탈략脫略하고 전도顚倒하여 차서가 없었다. 그로 인해 이씨에게 빌려 돌아와 읽어보고는 그 말이 심후하고 웅박하다는 것을 알았지만, 나는 여전히 어려 그 뜻을 모두 궁구하지 못하고 다만 그것이 호연하여 끝이 없는 것이 아낄 만하다

는 것을 알았다. 이때는 천하의 학자들이 양웅揚雄과 유흠劉歆의 작품을 시문時文이라고 부르고, 능한 사람들은 과거에서 취하여 명성을 날리어 과시하며 영예롭게 여길 뿐, 당세에는 한유의 문장을 말하는 자가 없었다. 나 또한 막 진사시험에 응시하기 위해 예부禮部의 시부詩賦를 익혔고, 17세에 향시에 응했다가 낙방하게 되었다. 그로 인해 소장하고 있던 한유의 문장을 다시 열람하고는 크게 탄식하고, "학자는 마땅히 이것에 이르러 그칠 뿐이다."라고 외치면서 당시 사람들이 말하지 않는 것을 이상하게 여겼다. 그러나 스스로 묻기만 할 뿐이요, 배울 겨를이 없었고, 다만 때때로 마음속으로 홀로 생각하기를, "진사가 되어 벼슬을 구하고 부모를 봉양해야 하는데, 벼슬을 얻게 되면 사문斯文에 진력하여 평소의 뜻을 이루겠다."라고 하였다. 7년 후에 진사시험에 응시해 급제하고 낙양洛陽에서 관직생활을 하였는데, 사로師魯 윤수尹洙의 무리가 모두 그곳에 있었다. 마침내 서로 함께 고문을 지었는데, 그로 인해 소장하고 있는 『창려선생집』을 꺼내어 보충해 편집하고, 인가에서 보관하고 있는 구본을 구하여 교정하였다. 그 후에 천하의 학자들이 또한 점차 옛것을 숭상하게 되었고, 한유의 문장이 마침내 세상에 유행하게 되어 지금까지 이른 것이 30여 년이다. 학자들이 한유가 아니면 배우지를 않게 되었으니 성대하다고 이를 만하다.6)

구양수는 어린 시절을 한동漢東(현재 호북성胡北省 수주시隨州市)에서 보냈는데, 당시 그의 집은 곤궁하여 장서가 없었다고 한다.

---

6) 歐陽脩,「記舊本韓文後」,『文忠集』(『문연각사고전서』1102책) 권73, 장11b~장12a. "予少家漢東, 漢東僻陋, 無學者. 吾家又貧, 無藏書. 州南有大姓李氏者, 其子堯(一作彦)輔, 頗好學, 予爲兒童時, 多游其家. 見有弊筐貯故書在壁間, 發而視之, 得唐昌黎先生文集六卷, 脫略顚倒, 無次第. 因乞李氏以歸讀之, 見其言深厚而雄博, 然予猶少, 未能悉究其義, 徒見其浩然無涯 若可愛. 是時天下學者, 揚劉之作, 號爲時文, 能者取科第, 擅名聲以誇榮. 當世未嘗有道韓文者. 予亦方擧進士, 以禮部詩賦爲事, 年十有七, 試于州, 爲有司所黜. 因取所藏韓氏之文, 復閱之, 則喟然歎曰: 學者當至於是而止爾, 因怪時人之不道. 而顧己亦未暇學, 徒時時獨念于予心, 以謂方從進士, 干祿以養親, 苟得祿矣, 當盡力于斯文, 以償其素志. 後七年, 擧進士, 及第, 官于洛陽, 而尹師魯之徒皆在, 遂相與作爲古文, 因出所藏昌黎集而補綴之, 求人家所有舊本而校定之. 其後天下學者, 亦漸趨於古, 而韓文遂行于世, 至于今, 蓋三十餘年矣. 學者, 非韓不學也, 可謂盛矣."

그는 마을 남쪽에 살던 이요보李堯輔의 집에서 놀곤 하였는데, 한때 해진 광주리 속에서 차서 없이 탈략脫略하거나 전도顚倒된 채로 담겨 있는『창려선생문집』6권을 발견하였다. 그는 이 책을 빌려 읽은 후에 문장이 심후하고 웅박한 것을 보고, 아직 나이가 어려 그 뜻을 자세히 모르지만 호연하여 끝이 없다는 것을 알았다. 그는 이후 진사시험에 응시하기 위해 예부禮部의 시부詩賦를 익혔으나 17세에 향시에서 낙방하였다. 그는 이를 계기로 자신이 소장하고 있던 한유의 문장을 다시 열람하게 되었고, 당시 사람들이 한유의 문장을 말하지 않는 것을 이상하다고 생각하였다. 그 후 그는 7년이 지난 24세에 진사에 올라 낙양洛陽에서 관직생활을 하였는데, 당시 그곳에는 당대의 문장가인 사로師魯 윤수尹洙(1001~1047)와 그의 문인들이 거주하고 있었다. 그는 이들과 함께 고문을 지으면서 자신이 소장하고 있던『창려선생문집』6권을 꺼내어 보충해 편집하고, 인가에서 보관하고 있는 구본을 구하여 교정하였다. 그는 이로부터 30여 년이 지나 학자들이 옛것을 점차 숭상하게 되었고, 한유의 문장이 아니면 배우지 않을 정도로 그의 글이 유행하게 되었다고 하였다.

구양수가 어린 시절에 한동에 사는 이요보에게서 입수한『창려선생문집』6권은 촉蜀에서 간행한 판본인데, 이 책은 문자와 각획刻畫이 당시의 속본俗本보다는 정교하였지만 누락과 오류가 매우 많았다. 따라서 그는 30여 년간 선본善本이 있다는 소식을 들을 때마다 반드시 그것을 구하여 촉본을 교정하였다. 그러나 그는 촉본의 마지막 부분의 권질이 부족했음에도 이를 보충하지 않았는데, 그 이유는 오래된 책에 덧보태는 것을 꺼렸기 때문이다.[7] 앞서 말했듯이

---

7) 歐陽脩,「記舊本韓文後」,『文忠集』권73, 장12b. "集本出於蜀, 文字刻畫, 頗精於今世俗本, 而脫繆尤多. 凡三十年間, 聞人有善本者, 必求而改正之, 其最後卷帙不足, 今不復補者, 重增其故也."

방승경은 1189년에『한집거정』을 편찬하고 쓴『한집거정서록』에서 그가 참고한 교본 중의 하나로 가우嘉祐 촉본蜀本을 들고, 이 판본의 외편外篇에는 구양수와 윤수가 681자를 수정한 것과 함께 목록 뒤에 주가 붙어 있다[8]고 하였다. 이로 보아 구양수는 윤수와 함께 촉본의 외편을 교정하여 원문 681자를 바로잡았고, 이와 함께 별도로 주석을 단 것으로 생각된다.

한편 구양수가 남긴『집고록발미集古錄跋尾』에는 한유의 글이 새겨 있는 비문碑文 7편과 제명題名 2편, 그리고 편지 1편 등 모두 10편[9]을 교정한 내용이 수록되어 있다. 그러나 그는 자신이 교정한 내용을 뒤에 입수한 작품과 비교한 결과, 자신이 교정한 내용에 오류가 많다는 사실을 확인하였다. 그 예로 그는「전홍정가묘비田弘正家廟碑」에서 인본印本에는 "함훈사사衛訓事嗣"라고 되어 있는 것을 다른 판본을 활용하여 "함훈사사衛訓嗣事"라고 고쳤으나, 비문碑文에는 인본과 동일하게 "함훈사사衛訓事嗣"라고 되어 있는 것을 보고, 자신의 교정이 잘못되었다고 말한 것[10]을 들 수 있다. 이를 포함해 그는『집고록발미』에서 10편에 이르는 한유의 작품을 대상으로 자신이 교정한 내용과 차이를 보여주고 있는 몇 가지 사례를 들었다.[11] 이를 통해 우리는 당시 한유의 문집은 인본印本과

---

8) 方崧卿,『韓集擧正敍錄』(『문연각사고전서』 1073책), 장8b. "嘉祐蜀本: 歐尹二學士本, 修正六百八十一字, 並註目錄後."

9) 이 10편은「盤谷詩序」,「嵩山天封宮石柱上」,「福先寺塔下」,「田弘正家廟碑」,「南海神廟碑」,「羅池廟碑」,「黃陵廟碑」,「胡良公碑」 등 石文 9편과「與顓師書」 편지 1편이고,「嵩山天封宮石柱上」과「福先寺塔下」은 題名으로 한유 문집에는 수록되어 있지 않다.

10) 歐陽脩,『集古錄跋尾一』,『文忠集』 권134, 장13a. "印本云: 衛訓事嗣, 朝夕不怠, 往時用他本改云: 衛訓嗣事, 今碑文云: 衛訓事嗣, 與印本同, 知其妄改也."

11) 그 예로 그는「田弘正家廟碑」에서 위의 내용에 이어 印本에는 "以降命書"라고 되어 있는 것을 俗本을 활용하여 "降以命書"라고 고쳤으나, 碑文에는 印本과 동일하게 "以降命書"라고 되어 있다고 하였고, 이어 印本에는 "奉我天明"이라고 되어 있는 것을 俗本을 활용하여 "奉我王明"이라고 고쳤으나, 碑文에는 印本과 동일하게 "奉我天明"이라고 되어 있다고 하였다.

사본寫本 등 다양한 형태로 유전되었다는 사실을 알 수 있다.

4. 방숭경의 『한집거정』 편찬

현전하는 한유 문집의 주석서 중에서 시기가 가장 앞선 것은 방
숭경方崧卿이 1189년에 편찬한 『한집거정韓集擧正』이다. 그는 복
건福建 남안군南安軍의 총독으로 재임했던 1189년에 이 책을 편찬
하였고, 그 후 1204년에 호북湖北의 양양襄陽에서 경서전운판관京
西轉運判官으로 재임하다가 생을 마쳤다. 당시 그가 수집한 책들
은 모두 4만 권에 달하였는데, 그는 이 책들을 모두 자신이 교정했
다고 한다. 특히 그는 한유의 문장을 좋아하여 5권의 부록을 합하여
10권으로 된 『한집거정』을 편찬하였다. 이어 그는 만년에 10권으로
된 전교箋校를 지었는데, 그는 이 책에서 모든 판본에서 밝히지 못
한 부분들을 새롭게 규명하였으며, 종종 단순한 기록 자료들을 통해
한유 문장의 이면의 본뜻을 발견하였다. 그러나 현재 이 책은 전하
지 않고 있다.12) 그는 『한집거정』의 첫 장에 붙여놓은 서문에서 그
가 한유의 시문으로 교정하면서 저본으로 활용한 교본에 대해 다음
과 같이 말하였다.

> 내가 일찍이 상부祥符 연간(1008~1016)에 간행된 항본杭本 40
> 권을 얻었는데, 그 당시에는 여전히 외집外集이 있지 않았다.
> 지금 여러 문집에서 이른 바 구본舊本이 이것이다. 마침내 촉인

---

12) Charles Hartman, 文鍾鳴 譯, 「宋版 韓愈文集의 書誌적인 硏究(Preliminary Bibliographical Notes on the Sung Editions of Han Yü's Collected Works)」, 『中國語文學』(영남중국어문학회, 1984) 제9집, 212면.

蜀人 소부蘇溥가 교정한 유욱劉煜, 유개柳開, 구양수歐陽脩, 윤
수尹洙의 사가본四家本을 얻었는데, 이 교본은 가우 연간(1056~
1063)에 촉에서 간행되어 세상에 전한다. 이어서 또한 좌승左丞
이한로李漢老, 참정叅政 사임백謝任伯이 교정한 비각본秘閣本
을 얻었다. 이한로가 교정한 각본은 가장 상밀하여 의심스러운
글자에는 모두 그 위에 동이同異를 표시해놓았으므로 이것을
근거로 삼을 수 있다. 대저 한유의 문장으로 석본石本에 남아
있는 것을 비교해보면, 각본은 항상 열에 아홉을 얻고, 항본杭
本은 열에 일곱을 얻으며, 촉본蜀本은 열에 다섯이나 여섯을 얻
는다. 지금 다만 3본으로 정본定本으로 삼는다. 한유의 시 10권
은 당唐 영호씨본令狐氏本으로 교정하였고, 비지碑誌와 제문祭
文은 남당南唐 보대본保大本으로 함께 정정訂正하였다. 조덕趙
德의 『문록文錄』과 『문원영화文苑英華』, 그리고 요보신姚寶臣
의 『문수文粹』에서 글자가 구본과 합치되는 것은 또한 참고하
여 교정하였다.13)

　방숭경이 한유의 시문을 교정하면서 가장 중시한 교본은 모두 3
종이다. 첫째, 상부祥符 연간(1008~1016)에 간행된 항본杭本 40권
이다. 이 교본은 당시 여러 문집에서 구본이라고 말한 것으로 아직
외집外集이 붙어 있지 않았다. 둘째, 가우嘉祐 연간(1056~1063)에
촉에서 간행한 촉본蜀本이다. 이 교본은 유욱劉煜, 유개柳開(947~
1000), 구양수(1007~1072), 윤수(1001~1047) 사가본四家本으로
촉인蜀人 소부蘇溥가 교정하였다. 셋째, 좌승左丞 이한로李漢老
(李邴, 1085~1146)와 참정叅政 사임백謝任伯(謝克家)이 교정한

---

13) 方崧卿, 『韓集擧正』 권1, 장1a~장2a. "韓文自校本盛行, 世無全書, 歐公謂, 韓文印本, 初未必
誤多, 爲校讎者妄改. 僕嘗得祥符中所刊杭本四十卷, 其時猶未有外集, 今諸集之所謂舊本者此也.
旣而得蜀人蘇溥所校劉柳歐尹四家本, 此本嘉祐中嘗刊於蜀, 故傳於世. 繼又得李左丞漢老, 謝叅
政任伯所校秘閣本. 李本之校閣本, 最爲詳密, 字之疑者, 皆標同異於其上, 故可得以爲據. 大抵以
公文石本之存者校之閣本, 常得十九, 杭本得十七, 而蜀本得十五六焉. 今只三本爲定. 其詩十卷,
則校之唐令狐氏本, 碑誌祭文, 則以南唐保大本兼訂焉. 其趙德文錄, 文苑英華, 姚寶臣文粹, 字之
與舊本合者, 亦以叅校, 諸本所不具, 而理猶未通者, 然後取之校本焉."

비각본秘閣本이다. 이 교본은 가장 상밀한 것으로 의심스러운 글자 위에 모두 동이를 표시해놓았다. 방숭경은 이 3본을 석본石本과 비교하였는데, 그 결과 비각본은 열에 아홉이 동일하고, 항본은 열에 일곱이 동일하며, 촉본은 열에 다섯이나 여섯이 동일하다고 하였다. 그는 이 3종의 교본 이외에 한유의 시 10권은 당唐 영호씨令狐氏의 교본을 활용하여 교정하였고, 비지碑誌와 제문祭文은 남당南唐의 보대保大연간(943~957)의 교본을 함께 참고하여 교정하였다. 또한, 그는 조덕趙德의『문록文録』과 이방李昉(925~996)의『문원영화文苑英華』, 그리고 요보신姚寶臣(姚鉉, 968~1020)의『문수文粹』등 산문 선집들을 참고하여 교정하였다. 그는『한집거정』의 끝에 붙여놓은『한집거정서록』14)에서 서문에서 말한 교본들에 대해 상세하게 설명해놓았는데, 주요 내용을 살펴보면 다음과 같다.

[표 2] 방숭경이 저본으로 활용한 校本의 내용

교본	주요 내용 및 작품
秘閣本	승평한 시기에 비각秘閣에 보존되어 오던 교본. 황정견黃庭堅(1045~1105), 왕흠신王欽臣(1036~1102), 포유鮑由(1049~1114) 등의 이 교본을 저본으로 삼아 교정함. 한유가 만년에 작업한 원본과 관련이 있는 귀중본임. 비각본을 교정한 사본으로는 이병李邴의 교본과 사극가謝克家의 교본이 있음. 그중 이병의 교본이 가장 상세하나 31권 이하 4권이 빠져 있음.
謝本	사극가가 비각본을 교정한 교본. 사극가의 외할아버지인 진사도陳師道(1053~1102)에 의해 시작되어 동생인 사극명謝克明에게 이어지고, 건염建炎 3년(1190)에 태주台州 군자당君子堂에서 완성됨.
李本	이병李邴이 비각본을 교정한 교본. 그가 17년간 은거했던 복건福建 천주泉州에서 완성됨. 비각본에 기초를 두고 있지만 다른 판본들과 상이한 부분에 대해 주의 깊게 기록함.
杭本	항주杭州 명교사明教寺에서 대중大中 상부祥符 2년(1009)에 간행한 교본. 아직 외집이 있지 않고, 비각본과 같은 곳이 많음. 상태가 온전하지 못했으나 뒤에 강사중姜師仲의 사본을 얻어 필사본을 완성함. 이병이 교정한 비각본의 원문 주석을 참고함.

14) 方崧卿,『韓集舉正敍録』, 장1a~장14b.

蜀本	소부蘇溥에 의해 경력慶歷 연간(1041~1048)에 교정되고, 가우嘉祐 연간에 촉蜀에서 간행됨. 유욱劉煜이 편찬한 외집과 함께 유개柳開, 구양수歐陽修, 윤수尹洙 등에 의해 교정을 거친 것으로, 방승경은 4가의 노력을 높이 평가함. 외집과 음절음切을 지닌 최초의 판본임.
唐令狐氏本	당唐 영호도令狐綯의 아들인 영호징令狐澄이 소장하고 있던 사본寫本. 이 사본은 함통咸通 11년(870)에는 시부詩賦 10권만 존재함. 소송蘇頌(1021~1101)이 채제蔡齊(988~1039)의 집에서 입수한 것으로, 두 사람의 교정을 거침. 이후 사극가謝克家가 입수하여 다시 교정함.
南唐保大本	송宋이 강남江南 지역을 평정하고 획득한 3천 권의 문집에 포함된 사본. 후에 한림원翰林院에 하사됨. 천희天禧 연간(1017~1021)에 1천 권으로 정리되었는데, 한유의 문장은 제문祭文과 비지墓誌 등 몇 권만 남아 있었음. 지금 외집 3권에 속해 있는 3편의 제문이 정집正集에 들어가 있음.
趙德의文祿	조덕趙德은 한유가 조주자사潮州刺史로 부임했을 때 만난 사람으로, 한유는 그를 향교 교장과 해양현위海陽縣尉로 임명함. 그는 한유가 상경한 후에 『문록文錄』이라는 한유 시선집을 편찬함. 이 사본은 6권에 한유 시 75수가 수록되어 있었으나 현재 전하지 않음.
文苑英華	이방李昉에 의해 987년에 완성된 시문 선집으로 한유의 작품은 162편이 수록되어 있음. 송대에 인가에 많이 전하지는 못했으나 내용이 완정하여 학자들에 의해 종종 원문을 교정하는 저본으로 활용됨.
文粹	요현姚鉉에 의해 대중大中 상부祥符 4년(1011)에 편찬됨. 한유의 작품은 75편이 수록되어 있음. 대략 항주본을 많이 활용함. 세상에 함께 전하여 한유의 시문을 교정하는 사람들에게 저본으로 널리 활용됨.
石本	구양수의 『집고록集古錄』, 조덕趙德의 『금석록金石錄』, 동원董遠의 『서발書跋』, 홍경선洪慶善의 『한문변증韓文辨證』에 실린 내용을 활용함. 또한, 「변주동서수문기汴州東西水門記」, 「연희정기燕喜亭記」, 「운주계당기鄆州谿堂記」, 「송이원귀반곡서送李愿歸盤谷序」, 「이원빈묘지李元賓墓誌」, 「설공달묘지薛公達墓誌」, 「노응신도비路應神道碑」, 「전씨선묘비田氏先廟碑」, 「유통군비劉統軍碑」, 「서언왕묘비徐偃王廟碑」, 「호향신도비胡珦神道碑」, 「남해신묘비南海神廟碑」, 「처주공자묘비處州孔子廟碑」, 「유주나지묘비柳州羅池廟碑」, 「제상군부인문祭湘君夫人文」, 「이간묘지李干墓誌」, 「예파연명瘞破硯銘」 등 17편의 탁본을 활용함.

　방승경은 한유의 시문을 교정해 편찬하고 『한집거정』이라고 이름을 붙였는데, 그는 서명을 '거정擧正'이라고 붙인 것에 대해 당의 유학자 곽경郭京이 왕보사王輔嗣, 한강백韓康伯 등이 교정한 전본傳本의 오류를 '열거하여 바로잡아[擧正]' 『주역거정周易擧正』 3권을 지은 것에서 취했다고 하였다.[15] 앞서 살폈듯이 그는 한유의 시문을 교정하면서 항본, 촉본, 비각본 등 3종을 기본으로 다양한 교

본들을 활용하였다. 그는 이 한유의 시문을 교정하면서 글자가 제본에는 갖추어져 있지 않고, 문맥이 제대로 통하지 않은 후에야 여러 교본을 참고하여 오류를 바로잡았다. 또한, 그는 한유의 시문을 교정하면서 다양한 기호를 사용하여 교정한 글자와 원문을 구별하였다. 먼저 그는 개정한 글자에는 붉은 글씨로 구분하였고, 제거할 글자에는 원권圓圈(○)을 표기하였다. 이어 그는 첨가할 글자에는 방권方圈(□)을 표기하였고, 순서가 바뀐 글자에는 흑선墨線으로 곡절曲折하여 을乙자를 표기하였다. 그 예로 그가 한유의 「백이송」을 교정한 내용을 살펴보면 다음과 같다.

[표 3] 방숭경의 『한집거정』 수록 「백이송」의 원문 및 주석

①以范文正皇祐四年爲蘇才翁手寫本校擧世非之力行而不惑者則千五百年乃一人而已耳② 杭本與文粹皆同上　蜀本只作千百年一云自周元初至唐貞元末幾二千年公言千五百年擧其成也抱 祭器而去乙③杭同　文粹與蜀本有之字從天下之賢士與天下之諸侯而往攻之④杭同　謝校　蜀本 與文粹皆作率天下之賢士與天下之諸侯而往攻之信道篤而自知明者也⑤三本同上　李校所 謂士者　凡一人響之　凡一人沮之⑥杭本三館本文粹皆同　李謝校　閣本與文粹所謂無所字.16)

* □ : 曾入字(추가)，　○ : 衍去字(삭제)，　乙 : 轉倒字(순서 바꿈)

방숭경은 한유의 「백이송」을 교정하면서 범중엄范仲淹의 교본, 항본, 요현의 『문수』, 촉본, 삼관본三館本(각본閣本, 사극가謝克家의 교본, 이병李邴의 교본) 등 7종의 교본을 활용하여 모두 여섯 곳에 주석을 달았다. 먼저 그는 ①에서 범중엄의 교본이 황우皇祐 4년(1052)에 소재옹蘇才翁의 수사본手寫本을 교정한 것임을 밝혔다. 이어 그는 ②에서 항본과 『문수』에 근거하여 원문의 "거세비지

---

15) 方崧卿, 『韓集擧正』 권1, 장1a. "唐儒郭京有周易擧正三卷, 蓋以所得王輔嗣韓康伯註定眞本, 擧正傳本之訛, 題義取此."

16) 方崧卿, 『韓集擧正』 권4, 장21b~장22a.

이불혹자擧世非之而不惑者, 즉천백년내일인이이이則千百年乃一人而已耳."에서 '지之' 다음에 '역행力行'을 추가하고, '천千' 다음에 '오五'를 추가하였다. 이곳에서 그는 촉본에는 '오五'가 없다고 말하여, 촉본보다는 항본과 『문수』를 중시하였다. 이어 그는 '오五'를 추가한 이유로 어떤 사람이 "주나라 초기부터 당나라 정원貞元에 이르기까지 이천 년이 못 되므로 공이 천오백 년이라고 말한 것은 성수成數를 든 것이다."라고 한 말을 인용하였다.

다음으로 그는 ③에서 항본에 근거하여 "포제기이거지抱祭器而去之."에서 '지之'를 삭제하고, 이어 『문수』와 항본에는 '지之'가 있다고 말하여 『문수』와 촉본보다는 항본을 중시하였다. 그는 ④에서 항본과 이한로의 교본에 근거하여 "종천하지현사從天下之賢士, 여천하지제후與天下之諸侯, 이왕공지而往攻之."의 원문을 확정하고, 이어 촉본과 『문수』에는 '종從'이 '솔率'로 되어 있음을 밝혔다. 이어 그는 ⑤에서 삼본三本(각본, 항본, 촉본)과 이한로의 교본에 근거하여 "신도독信道篤, 이자지명자야而自知明者也."의 원문을 확정하였다. 마지막으로 그는 ⑥에서 항본, 삼관본, 『문수』에 근거하여 "소위사자所謂士者, 범일인예지凡一人譽之, 범일인저지凡一人沮之."에서의 '범凡'과 '일一'의 순서를 바꾸어놓았고, 이어 각본과 『문수』에는 '소위所謂'에서의 '소所'가 없음을 밝혔다. 이로 보아 위중거는 한유의 「백이송」을 교정하면서 삼관본과 항본을 촉본이나 『문수』보다 중시한 것으로 생각된다.

5. 맺음말

앞서 살폈듯이 한유가 824년에 세상을 떠나고 나서 오래지 않은 시기에 이한이 편찬한 『창려선생집』 41권은 그 이후에 나온 교정서와 주석서의 저본으로 활용되었다는 점에서 한유 문집의 연구에서 매우 중요한 의미를 지니고 있다. 송대에 한유의 시문의 주석서들을 종합해 간행한 책으로는 위중거魏仲擧가 1200년에 간행한 『오백가주음변창려선생집五百家註音辨昌黎先生集』과 왕백대王伯大가 1227년에 간행한 『주문공교창려선생집朱文公校昌黎先生集』이 있다. 이 두 책의 이름은 이한이 명명命名한 『창려선생집』의 앞에 각각 '오백가주음변五百家註音辨'과 '주문공교朱文公校'라고 주석가와 교정자를 추가하였다. 또한 이 두 책에 수록된 한유의 작품 수는 이한이 위의 글에서 밝힌 한유의 시문 717편과 모두 같다. 이와 같이 이한이 한유 문집을 편찬하면서부터 다양한 형태의 교정서와 주석서가 세상에 나왔고, 그 과정에서 한유의 문장이 고문의 전형으로 자리하는 데 결정적으로 기여하였다.

송대에 들어와 문단에서는 양웅揚雄과 유흠劉歆의 작품을 시문時文으로 여겼는데, 사람들은 이들의 글을 과거답지에 구사해 명성을 날리는 것이 유행하였고, 한유의 문장을 말하는 자는 찾아보기 어려웠다. 그러나 천성天聖(1023~1031) 연간을 거치면서 고학古學이 점차 성행하여 한유의 문장을 읽는 학자들이 많아졌는데, 당시 사람들은 구양수가 여러 차례에 걸쳐 바로잡은 교정본을 함께 전하면서 선본이라고 생각하였다. 앞서 살폈듯이 구양수는 24세에 낙양에서 관직생활을 시작하면서 당대의 문장가인 윤수 등과 함께 30여 년에 걸쳐 구본을 참고해 한유 시문을 교정하였다. 이와 같이 구양수가 한유 시문을 교정한 것을 계기로 학자들이 고문을 숭상하여 한유의 문장이 아니면 배우지 않을 정도로 유행하게 되었다는 점에서 그 의미를 찾을 수 있다.

방숭경은 송대에 한유 문장이 온전하게 전하지 않은 것은 교본이 성행했기 때문이라고 생각하였다. 그는 그 증거로 구양수가 한유문의 인본印本은 처음에는 반드시 잘못된 것이 많지 않았으나, 교정한 자들이 이를 함부로 고쳤다[17]고 말한 것을 들었다. 앞서 살폈듯이 그는 『한집거정』을 편찬한 자료들은 항본, 촉본, 비각본 등 3종의 교본을 포함해 당대에 나온 이본들을 모두 망라하고 있다는 점에서 그 자료적 가치가 매우 크다. 주희는 방숭경이 편찬한 『한집거정』은 상부 항본杭本, 가우 촉본蜀本 및 이한로와 사임백이 교감한 관각본館閣本을 정본으로 삼았고, 관각본을 더욱 존숭하여 오류가 있더라도 이를 곡종曲從하고 다른 본은 좋더라도 기록하지 않았다[18]고 하였다. 이와 같이 방숭경이 편찬한 『한집거정』은 주희가 도학적 문학관에 기초해 한유의 시문을 다시 교정하는 계기를 촉발했다는 점에서 의미가 적지 않다.

---

17) 方崧卿, 『韓集擧正』 권1, 장1a. "韓文自校本盛行, 世無全書, 歐公謂, 韓文印本, 初未必誤多, 爲校讎者妄改."

18) 朱熹, 『朱熹集』(四川敎育出版社, 1996) 권76, 「書韓文考異前」, 4003면. "其去取, 多以祥符杭本、嘉祐蜀本, 及李謝所據館閣本爲定, 而尤尊館閣本, 雖有謬誤, 往往曲從, 他本雖善, 亦棄不錄."

II

주희의 『한문고이』 편찬

1. 머리말

주희는 주돈이周敦頤에서 시작해 장재張載, 정호程顥, 정이程頤로 이어진 북송의 도학을 집대성했을 뿐만 아니라, 이들에 의해 제기된 도학가의 문학이론을 집대성하기도 하였다. 그는 "문은 모두 도를 따라 나오는 것인데, 어찌 문이 도리어 도를 꿰뚫을 수 있는 이치가 있겠는가? 문은 문이고 도는 도이다."[19]라고 하여, 도학가의 입장에서 '문이관도文以貫道'로 대표되는 고문이론의 모순과 그 폐해를 논리적으로 비판하였다. 그가 당시 사람들이 과거를 위해 지은 글은 괴기하여 조금도 성실 정당한 생각이 없이 신기함만을 추구하였고, 특히 부위浮僞, 섬교纖巧하게 글을 지어 문장이 아름답지 못했던 영가학파永嘉學派를 종사宗師로 여겨 그 폐해가 크다[20]고 말한 것이 그 한 예이다. 이와 같이 그는 주돈이의 '문이재도설'에 기초해 재도의 의미를 면밀하게 밝히는 한편, 정이의 '작문해도설'에 의거해 말단을 좇는 폐해를 신랄하게 비판함으로써 재도론으로 일

---

19) 黎靖德 編, 『朱子語類』(『문연각사고전서』 701책) 권139, 장15a, 「論文上」. "這文皆是從道中流出, 豈有文反能貫道之理. 文是文, 道是道."

20) 朱熹, 「答陳膚中」, 『晦庵集』(『문연각사고전서』 1143책). 권49, 장31a. "科擧文字固不可廢, 然近年觀弄得鬼怪百出, 都無誠實正當意思, 一味穿穴, 旁支曲徑, 以爲新奇. 最爲永嘉浮僞纖巧, 不美尤甚, 而後生輩多宗師之, 此是今日莫大之弊."

컬어지는 도학가의 문학이론을 확립하였다.[21]

주희는 당시 사람들이 책을 읽을 때 먼저 일정한 기준으로 신기함만을 찾아 글의 본질을 이해하지 못했고, 신기한 것을 얻게 되면 이를 준거로 시문時文을 짓곤 하였다[22]고 비판하였다. 이어 그는 당시 한유의 시문을 교정한 책들 또한 이러한 분위기에 편승해 힘써 신기한 것만을 좇아 글을 거꾸로 만들거나 문자가 어긋나고 거슬리는 것이 많다[23]고 생각하였다. 그는 위와 같이 당시 문단이 신기함만을 추구해 큰 폐해를 입게 된 직접적인 원인이 여조겸呂祖謙, 섭적葉適, 진부량陳傅良 등이 주도한 영가학파에 있는 것으로 보고, 한유의 시문을 교감하는 가운데 자신이 체계화한 도학적 문학관을 정치하게 적용함으로써 말단으로 치닫던 당시의 문단을 바로 잡고자 하였다. 본 장에서는 주희가 위와 같은 재도적 문학관에 기초해 한유의 시문을 주석하여 편찬한『한문고이』에 대해 살펴보기로 한다.

2. 편찬 목적

주희는 방숭경이『한집거정』을 편찬하면서 존숭했던 항본과 촉본, 그리고 관각본은 그 간행된 시기나 교감한 내용으로 보아 신뢰하기 어렵다고 생각하였다. 그는『한집거정』이 간행되기 35년 전인

---

21) 곽소우, 「朱子之文學批評」, 『照隅室古典文學論集』(丹靑圖書有限公司, 中華民國 74년), 251면.

22) 黎靖德 編, 『朱子語類』 권10, 장23a, 「讀書法上」. "纔把書來讀, 便先立箇意思, 要討新奇, 都不理會他本意著實, 纔討得新奇, 便準擬作時文."

23) 朱熹, 「言箴」, 『原本韓集考異』(『문연각사고전서』 1073책) 권4, 장11a. "近世校本, 務爲新奇, 多作倒語, 文乖字逆."

1189년에 온릉溫陵에서 관직을 역임하면서 방숭경이 언급한 사본 謝本의 당사자인 사임백謝任伯의 조카 사경영謝景英을 방문해 사본을 직접 보고,[24] 방숭경이 본 사본이 진본이 아닐 가능성에 대해 의문을 표했다. 또한 그는 구양수가 천희天禧(1017~1021) 연간에 수주隨州의 이씨李氏에게서 촉본蜀本을 얻었는데, 이 촉본은 매우 낡고 손상된 곳이 많은 것으로 보아 모인摹印된 시기가 상부祥符(1008~1016) 연간의 항본杭本과 엇비슷하고, 가우嘉祐 촉본蜀本은 이 촉본의 자손이 분명하다[25]고 하였다. 그리고 방숭경이 '관각본은 한유가 만년에 정리한 것으로 마땅히 따라야 한다.'고 말한 것에 대해, 관각본은 오류가 가장 많다는 점으로 보아 교정을 거치지 않은 처음 원고일 것으로 단정하였다.[26] 주희는 방숭경이 편찬한 『한집거정』에 대해 다음과 같은 문제점을 지적하였다.

> 이 문집은 지금의 판본이 같지 않은 것이 많다. 오직 근년에 남안군南安軍에서 간행한 방숭경의 교정본이 정선精善하다고 일컬어진다. 별도로 『한집거정』 10권이 있는데 버리고 취한 뜻을 논한 것이 또한 다른 본에는 없는 것이다. 그러나 그 버리고 취한 것이 대부분 상부祥符 항본杭本, 가우嘉祐 촉본蜀本 및 이한로李漢老와 사임백謝任伯이 고거한 관각본館閣本을 정본定本으로 삼았는데, 관각본을 더욱 존숭하여 비록 오류가 있더라도 왕왕 곡종曲從하였으며, 다른 본은 비록 좋더라도 또한 버리고 기록하지 않았다. 『한집거정』에 이르러서는 또한 용례는 많고 풀

---

24) 朱熹,「跋方季申所校韓文」,『晦庵集』권83, 장6b. "又季申所謂謝本, 則紹興甲戌乙亥之間, 予官溫陵, 謝公弟如晦之子景英, 爲舶司屬官, 嘗於其几間見之."

25) 朱熹,「韓文考異序」,『晦庵集』권76, 장45b. "爲兒童時, 得蜀本韓文於隨州李氏, 計其歲月, 當在天禧中年. 且其書已故弊脫畧, 則其摹印之日, 與祥符杭本, 蓋未知其孰先孰後, 而嘉祐蜀本, 又其子孫明矣."

26) 朱熹,『原本韓集考異』권4, 장16a~장16b,「汴州東西水門記」註. "方氏直謂閣本, 爲公晚年所定, 不知何據而云. 然以今觀之, 其舛誤爲最多, 疑爲初出未校之本, 前已辨之詳矣."

이가 적어 보는 자들이 혹 밝게 알 수가 없다. 때문에 지금 그 책을 인하여 다시 교정하되 여러 본들의 동이를 모두 참고하여, 하나같이 문세와 의리 및 다른 책으로 징험할 수 있는 것으로써 판결을 하였다. 진실로 옳은 것이면 비록 민간에서 근래에 나온 소본小本일지라도 감히 어기지 않았으며, 편치 못한 것이 있으면 비록 관본官本과 고본古本, 석본石本일지라도 감히 믿지 않았다. 또한 각각 그 소이연을 상세히 밝혀 『한문고이』 10권을 만들었다. 버리고 취한 것이 좋지 못한 것은 보는 자들이 이리 저리 필삭하기 바란다.27)

주희가 쓴 「서한문고이전書韓文考異前」의 전문으로, 우리는 이 글의 내용을 통해 『한문고이』의 편찬 목적을 알 수 있다. 주희는 글을 읽을 때에는 먼저 익숙하게 읽어 그 말이 나의 입에서 나온 것같이 하고, 정밀하게 생각하여 그 뜻이 나의 마음에서 나온 것같이 해야 비로소 얻는 것이 있다28)고 하였다. 그는 당시 선본으로 알려진 방숭경의 『한집거정』은 교정이 정밀하고 변증이 넓었지만 몇 가지 문제가 있는 것을 발견하였다. 그는 상부祥符 항본杭本, 가우嘉祐 촉본蜀本 및 이한로李漢老와 사임백謝任伯이 고거한 관각본을 정본으로 삼았고, 특히 관각본을 지나치게 존숭하여 비록 오류가 있더라도 이를 곡종하였다는 것이다. 따라서 주희는 한유의 시문을 교감하면서 여러 본들의 동이同異를 모두 참고하되, 반드시 글의 문세

---

27) 朱熹, 「書韓文考異前」, 『晦庵集』 권76, 장46b~장47a. "此集, 今世本, 多不同. 惟近歲南安軍所刊, 方氏校定本, 號爲精善. 別有擧正十卷, 論其所以去取之意, 又他本之所無也. 然其去取, 多以祥符杭本, 嘉祐蜀本, 及李謝所據館閣本爲定, 而尤尊館閣本, 雖有謬誤, 往往曲從, 他本雖善, 亦棄不錄. 至於擧正, 則又例多而詞寡, 覽者 或頗不能曉知. 故今輒因其書, 更爲校定, 悉考衆本之同異, 而一以文勢義理及他書之可證驗者決之. 苟是矣, 則雖民間近出小本, 不敢違, 有所未安, 則雖官本古本石本, 不敢信. 又各詳著其所以然者, 以爲考異十卷. 庶幾去取之未善者, 覽者得以叅伍而筆削焉."

28) 黎靖德 編, 『朱子語類』 권10, 장12b, 「讀書法上」. "大抵觀書, 先須熟讀, 使其言皆若出于吾之口, 繼以精思, 使其意若出于吾之心, 然後可以有得爾."

와 의리를 살펴 그 내용을 징험하였다. 또한 옳은 것이라면 비록 민간에서 나온 사소한 것일지라도 어기지 않았으며, 편안하지 못한 것이 있으면 비록 관본官本이나 고본古本, 석본石本일지라도 믿지 않았다. 이와 같이 그는 방숭경이 한유의 글을 익숙하게 읽고 정밀하게 생각해 제본의 동이와 오류를 논하지 않고, 단지 명망이나 형세를 좇아 그 진위가 분명하지 않은 삼본三本만을 존숭함으로써 적지 않은 오류를 범한 것으로 보고, 이를 바로잡고자 『한문고이』를 편찬하였다.

[표 1] 『한문고이』 수록 「백이송」의 원문 및 주석

擧世非之力行而不惑者則千百年乃一人而已矣①方從杭粹及范文正公寫本無力行二字千下有五字云自周初至唐貞元未幾二千年公言千五百年舉其成也　今按此篇自一家一國以至舉世非之而不惑者汎說有此三等人而伯夷之窮天地亘萬世而不顧又別是上一等人不可以此三者論也前三等人皆非有所指名故舉世非之而不顧者亦難以年數之實論其有無而且以千百年言之蓋其大約如此耳今方氏以伯夷當之已失全篇之大指至於計其年數則又捨其幾二千年全數之多而反促就千五百年奇數之少其誤益甚矣方說不通文理大率類此不可以不辨**去之**②方無之字從天③從或作率**與天**④與或作從**明也**⑤明下或有者字**所謂**⑥或無所字**一凡人**⑦諸本兩句皆作凡一人唯范本並作一凡人乃與下文非聖人者相發明諸本非是**夫聖人乃萬世之標準也**⑧準方作准　今按準字從水準聲俗作准方本誤也又按此篇之意所謂聖人正指武王周公而言也既曰聖人則是固爲萬世之標準矣而伯夷者乃獨非之而自是如此是乃所以爲窮天地亘萬世而不顧者也與世之以一凡人之毀譽而遽爲喜慍者有閒矣近世讀者多誤以伯夷爲萬世標準故因附見其說云

[표 1]은 주희가 「백이송」을 교정한 내용이다. 주희는 이곳에 모두 8개의 주석을 달았는데, 내용상으로 방숭경의 교정 내용을 다시 교정한 것과 다른 교본의 내용을 교정한 것으로 구분된다. 전자의 경우는 ①, ②, ⑧ 등 3곳이고, 후자의 경우는 ③, ④, ⑤, ⑥, ⑦ 등 5곳이다. 그는 ①에서 방숭경이 '방행力行'을 삭제하고 '천千' 아래 '오五'를 추가하여, '천오백년千五百年'이라는 성수成數를 쓴 것이

라고 말한 것은 문리가 통하지 않는다고 하였다. 그는 한유가 이 글에서 '일가一家'와 '일국一國'으로부터 '거세비지이불혹자擧世非之而不惑者'에 이르기까지 세 등급의 사람이 있음을 말하였고, 백이가 '궁천지긍만세이불고窮天地亘萬世而不顧'한 것은 별도의 한 등급으로 앞의 세 등급과는 다른 경우라고 보았다. 따라서 그는 세 등급의 사람은 모두 이름을 지적한 것이 없으므로, '거세비지이불혹자擧世非之而不惑者'는 연수의 실제로서 그 유무를 논하기 어려워 '천백千百'이라고 그 대략을 말한 것으로 보았다. 그러나 그는 방승경이 백이를 이것에 해당시킴으로써 이미 전편全篇의 대지大旨를 잃었고, 그 연수를 계산할 때에 이천 년 전수全數의 많은 것을 버리고 촉급하게 천오백 년 기수奇數의 작은 것을 말하여 잘못이 더욱 심하다고 하였다. ⑧에서 주희는 ②에서 밝힌 내용으로 들어 세상 사람들이 백이를 '궁천지긍만세이불고자窮天地亘萬世而不顧者'가 아닌 '만세지표준자萬世之標準者'로 잘못 이해하고 있는 것을 바로잡았다. 이와 같이 그는 「백이송」을 교정하면서 방승경이 3종의 교본에 근거하여 원문을 교정한 것에 대해 글의 이치[文理]에 근거하여 그 오류를 바로잡았다.

3. 주석의 주요 내용

1) 문세와 문리의 중시

주희는 「한문고이서韓文考異序」에서 "한유가 글을 지을 때는 비록 '힘써 진언陳言을 버리는 것[力去陳言]'을 일로 삼았으나, 또한 반드시 '문자가 순조롭게 이어지고[文從字順]' 각각 그 본분을 아는 것을 귀하게 여겼다. 독자들이 혹 이 권도權道를 얻지 못하면 문리 의의를 실로 쉽게 말하지 못하는 것이 있다."29)고 하였다. 실제로 한유의 글은 도리를 잘 말했으나 잡극雜劇을 잘 말하기도 하여, 매우 평이해야 할 경우에는 매우 평이했고 험기할 경우에는 매우 험기하였다.30) 따라서 한유의 글에 내포된 의미를 바로 이해하기 위해서는 무엇보다 먼저 '역거진언力去陳言'과 '문종자순文從字順'과의 관계를 명확히 살피는 것이 중요하다. 한유가 '힘써 진언陳言을 버린 것'만을 염두에 두고 그의 글을 살피면, 결국 '문자가 순조롭게 이어지는 것'과는 상반된 결과를 가져올 수 있기 때문이다. 주희는 방숭경이 한유의 글을 교감하면서 문세와 문리에 의거해 '역거진언力去陳言'과 '문종자순文從字順' 사이에서 권도를 유지하지 못하고, 오직 한유가 '힘써 진언을 버린 것'에만 초점을 맞춤으로써 적지 않은 오류를 범한 것으로 보았다.

① **衆皺** - 방본方本은 촉인蜀人 한중소본韓仲韶本을 좇아 '후섥蟝' 자로 쓰고 말하길, "두꺼비이다. 두 운자는 모두 비유를 취하여 높이 여러 봉우리가 날아 달리는 것이 날다람쥐들이 달려 내려가는 것과 같고, 나지막한 언덕들이 펼쳐져 있는 것이 두꺼비들이 늘어서 있는 것과 같음을 말한다."고 하였으니, 뜻으로는 근사하다.

今按: 이것은 촉본蜀本이 잘못된 것이다. 심원용본沈元用本 또한 그러한데 모두 옳지 않다. 이것은 다만 산을 오를 때에 나무들이 얇게 가로막혀 있어 한창 충수蟲獸들과 함께 가다가 홀연

---

29) 朱熹, 「韓文考異序」, 『晦庵集』 권76, 장16a~장16b. "抑韓子之爲文, 雖以力去陳言爲務, 而又必以文從字順各識其職爲貴. 讀者, 或未得此權度, 則其文理意義, 正自有未易言者."

30) 黎靖德 編, 『朱子語類』 권139, 장11a, 「論文上」. "退之要說道理, 又要雜劇, 有平易處, 極平易, 有險奇處, 極險奇."

히 산 정상에 이르러 탁 트여 앞산들이 낮게 보이는 것이, 비록 높은 언덕과 깊은 골짜기이더라도 다만 주름진 물건이 작게 오 그라든 문양이 있는 것과 같음을 말할 뿐이다. 이는 매우 잘 형용한 것으로 높은 산에 올라 넓은 평야를 마주하지 않으면 이 말이 교묘하다는 것을 알지 못한다. 하물며 이 구의 '중추衆皺'는 아래 글 '제혹諸或'의 강령이 되고 '제혹諸或'은 곧 '중추衆皺'의 조목이 되어, 그 어의語意가 이어지고 문세가 개합開闔하는 것이 조금도 어긋날 수 없는 것임에랴? 만약 방숭경의 말과 같다면 오직 기강을 잃고 행렬을 어지럽힐 뿐만이 아니다. 날다람쥐는 동물이고 산의 형체는 항상 고요하여 결코 서로 같은 이치가 없으며, 두꺼비와 나지막한 언덕은 비록 대략 유사하지만 높은 정상에서 아래를 보는데 오히려 언덕을 이룬 것과 같다면, 또한 매우 작은 것이 아니므로 남산이 매우 높다는 것을 보지 못하여, 아래 문장의 '제혹諸或'과 더불어 소밀疎密함과 공졸工拙함이 매우 어울리지 못하는 것이 있다. 옛사람은 차치하고 지금 겨우 글을 지을 수 있는 거자擧子들도 이미 이렇게 짓지 않거늘, 하물며 한유는 문기文氣와 필력筆力이 성대하고 관건關鍵과 기율紀律이 엄함에랴? 대저 지금 사람들은 한유의 글에 대해서 '힘써 진언을 버린 것[力去陳言]'을 공교롭게 여길 줄만 알았지, '문자가 순조롭게 이어지는 것[文從字順]'을 귀하게 여기지 않았기 때문에, 괴이함을 좋아하고 평상을 잃은 것이 이와 같이 많다.[31]

①은 「남산시南山詩」의 "쟁영제총정崢嶸躋冢頂, 숙섬잡오유悠

---

31) 朱熹, 『原本韓集考異』 권1, 장9a~장9b, 「南山詩」註. "衆皺. 方從蜀人韓仲韶本, 作候皮云, 石礱也. 二韻皆取喻, 謂高而羣峯飛馳, 如顯駞之奔低, 而堆阜分布, 如衆候皮之列, 於義爲近. 今按, 此蜀本之誤, 沈元用本亦然, 皆非是. 蓋此但言登山之時, 叢薄蔽翳, 方與蟲獸羣行, 而忽至山頂, 則豁然見前山之低, 雖有高陵深谷, 但如皺物微有盧摺之文耳. 此最爲善形容者, 非登高山臨曠野, 不知此語之爲工也. 況此句衆皺, 爲下文諸或之綱領, 而諸或乃衆皺之條目, 其語意接連, 文勢開闔, 有不可以豪釐差者. 若如方說. 則不唯失其統紀, 亂其行列. 而顯駞動物, 山體常靜, 絶無相似之理, 石礱之與堆阜, 雖略相似, 然自高頂下視, 猶若成堆, 則亦不爲甚小, 而未足見南山之極高矣, 其與下文諸或, 疎密工拙, 又有迥然不侔者. 未論古人, 但使今時擧子稍能布置者, 已不爲此, 又況韓子, 文氣筆力之盛, 關鍵紀律之嚴乎. 大抵, 今人於公之文, 知其力去陳言之爲工, 而不知其文從字順之爲貴, 故其好恠失常, 類多如此."

閃雜眶貀. 전저획개활前低劃開闊, 난만퇴중추爛漫堆衆皺."에서 '중추衆皺'를 교감한 것이다. 방숭경은 '추皺'자를 촉인蜀人 한중소본韓仲韶本에 의거해 '후皴'자로 쓰고 이를 '두꺼비'라고 풀이하여, '유貀'자와 '후皴'자를 운으로 하는 4구의 시는 높이 여러 봉우리가 날 듯 내달리는 것이 날다람쥐들이 달려 내려가는 모습과 같고, 나지막한 언덕들이 펼쳐져 있는 것이 두꺼비들이 늘어서 있는 모습과 같은 것으로 보았다. 그러나 주희는 이와 같은 방숭경의 교감이 글의 기강을 잃고 행렬을 어지럽힌 것으로 생각하였다. 이 구의 다음에 이어진 '혹연약상종或連若相從', '혹축약상투或蹙若相鬪' 등 '혹或'자로 시작되는 시구들은 '중추衆皺'의 조목을 나열한 것이고, '중추衆皺'는 이들 시구의 강령으로 보아야만 이 시의 어의語意가 이어지고 문세가 개합開闔하게 된다. 또한 날다람쥐는 움직이는 동물이지만 산의 형체는 항상 고요한 것으로 서로 같지 않다. 그리고 두꺼비와 언덕은 유사하기는 하지만 높은 정상에서 아래를 보고 언덕을 이룬 것과 같다고 하면, 남산이 매우 높다는 것을 제대로 설명할 수 없게 되어 다음 '혹或'자로 시작되는 시구들과 어울리지 않게 된다. 따라서 인용 시구들은 나무들이 얇게 가로막혀 있어 짐승들과 함께 산을 오르다가 홀연히 산 정상에 이르게 되면, 높은 언덕과 깊은 골짜기이더라도 다만 주름진 물건이 작게 오그라든 문양이 있는 것과 같은 것으로 보아야 한다. 주희는 이와 같이 방숭경이 한유가 '힘써 진언陳言을 버린 것'만을 중시하고, 그가 '문자가 순조롭게 이어진 것'을 도외시함으로써 중대한 오류를 범한 것으로 보았다.

② 祖宗 - '종宗' 아래 방본方本에는 '묘廟'자가 있다.
今按: 이러한 공가公家의 문자는 혹 군상君上에서 시행되거나
혹 이민吏民에게 펼치는 것으로, 다만 당시의 체식體式을 사용

하여 곧장 사의事意를 펼쳐야 쉽게 이해하여 통용할 수 있으니, 희극戲劇이나 명기銘記에 있는 시편 등과 같이 오래가기를 기약하여 때로 기괴奇怪한 것을 내어도 구애됨이 없는 것과는 다르다. 때문에 한유의 문장이 비록 고고高古하다고 말하기는 하지만, 이러한 곳에 있어서는 또한 감히 일부러 신교新巧하게 지어 장경莊敬하고 평이平易한 문체를 잃지 않았다. 단지 그 사이에서 반복反覆되고 곡절曲折하게 사리를 모두 말하였으니, 곧 이는 참된 문장으로 다른 사람들이 스스로 미치지 못할 뿐이다.32)

②는 「체협의禘祫議」의 "복이폐하伏以陛下, 추효조종追孝祖宗, 숙경사사肅敬祀事."를 교감한 것이다. 이 글은 조정에서 시행되거나 백성에게 펼치는 공용문[公家文字]임으로, 반드시 당시의 체식을 사용하여 곧장 일의 본말을 펼쳐야 한다. 한유는 관직 생활을 하면서 비록 상관을 거스르는 한이 있더라도 시사時事나 직사職事를 논할 때는 모두 공장公狀의 문체를 사용하고 고문이나 기어奇語를 쓰지 않았다.33) 그는 또한 공용문을 지을 때에도 장경莊敬하고 평이平易한 문체를 사용하여 반복反覆되고 곡절曲折하게 사리를 모두 말하였다. 공용문은 희극戲劇이나 명기銘記 속에 실린 시와 같이 기괴한 것을 내어도 구애되지 않는 것과는 다르다. 방숭경과 같이 '조종祖宗' 아래에 '묘廟'자를 두면 1구 4자로 순조롭게 이어지는 글의 맥락이 어긋나게 되어, 결국 공용문이 추구하는 장경하고 평이한 문체에서 벗어난다. 이와 같이 주희는 한유의 글은 문장의 체식에 따라서 글자를 온전히 사용하여 참 문장의 모습을 갖추고

---

32) 朱熹,『原本韓集考異』권5, 장5a~장5b, 「禘祫議」註. "祖宗. 宗下, 方有廟字. 今按, 此等公家文字, 或施於君上, 或布之吏民, 只用當時體式, 直述事意, 乃易曉而通行, 非如詩篇等於戲劇銘記期於久遠, 可以時出奇怪而無所拘也. 故韓公之文, 雖曰高古, 然於此等處, 亦未嘗敢故為新巧, 以失莊敬平易之體. 但其間, 反覆曲折, 說盡事理, 便是真文章, 他人自不能及耳."

33) 朱熹,『原本韓集考異』권5, 장12b, 「爲河南令上留守鄭相公啟」註. "公於朝廷, 或抵上官, 論時事及職事, 則皆如公狀之體, 不用古文奇語."

있는데, 방승경은 공용문의 특징과 성격을 깊이 생각해 글의 본의를 구하지 못함으로써 이와 같은 오류를 범한 것으로 보았다.

주희는 글을 읽을 때에 마음을 비우고 조용히 생각하며 차분하게 글의 의미를 구해야 그 의미가 분명히 드러나고, 구차한 것에 안주해 천착에 빠지거나 고거에 이끌려 겨우 한 뜻을 얻어 이를 고집하면 글의 참모습을 잃게 된다[34]고 하였다. 한유는 글을 지을 때 일정한 단계를 설정하지 않고 곧장 자신의 생각을 끝까지 펼쳐 자연스럽고 순수하여 찢기거나 터진 것이 없었다.[35] 그의 글은 내용이나 체재에 따라서 변화를 거듭했지만, 이는 모두 언어의 절주에서 나와 자연스럽게 평이하거나 험기하게 된 것이다. 그러나 당시의 교정본들은 한유의 글을 교정하면서 힘써 신기한 말을 찾아 글자를 거꾸로 만들거나 어긋나고 거슬리게 하였다. 이와 같이 주희는 방승경의 『한집거정』 또한 문세와 문리로서 한유 글의 특징인 '역거진언力去陳言'과 '문종자순文從字順'의 실제를 면밀하게 살피지 못하고, 오로지 신기한 것을 좋아해 색다르게 발음하거나 억지로 글자를 빌림으로써 적지 않은 오류를 범한 것으로 이해하였다.

2) 제본의 동이와 오류

주희는 "글을 읽을 때 제가의 설이 서로 다른 곳을 잘 살펴야 한다. 갑설甲說이 이와 같다면 갑甲을 이리저리 살펴 그 글을 모두 연구하고, 을설乙說이 이와 같다면 을乙을 이리저리 살펴 그 글을

---

34) 朱熹, 『楚辭辯證』(『문연각사고전서』 1062책) 권하, 장6a, 「天問」 註. "古書之誤, 類多如此. 讀者, 若能虛心靜慮, 徐以求之, 則解后之間, 或當偶得其實. 顧乃安於苟且, 狃於穿鑿, 牽於考据, 僅得一說而據執之, 便以為是, 以故不能得其本真, 而已誤之中, 或復益之誤."

35) 黎靖德 編, 『朱子語類』 권40, 장38b, 「論文上」. "韓不用科段, 直便說起去至終篇, 自然純粹成體無破綻."

모두 연구해야 한다. 양가의 설을 모두 살피고 나서 또 참고하고 궁구해야 반드시 바른 것이 나온다."36)고 하였다. 주희는 「한문고이서」에서 구양수가 "한유의 글은 인본印本이 처음에는 반드시 잘못이 많았던 것은 아닌데 교정하는 사람들이 함부로 고쳤다."37)고 말하거나, "30년간 누가 선본을 가지고 있다는 말을 들으면 반드시 찾아서 개정하였다."38)고 말하여, 구양수는 이미 구본舊本들을 반드시 옳은 것으로 여겨 추종하지 않았음을 밝혔다. 주희는 특히 관각본은 민간에서 올라온 것을 사관에게 시켜 베끼게 하고 관리가 이를 교정한 것으로, 그 전해온 것이 모두 작자의 수고手藁가 아니며 교정한 자들도 유향劉向이나 양웅揚雄일 수 없다39)고 하여 이를 크게 신뢰하지 않았다. 따라서 그는 방숭경의 『한집거정』이 단지 항본杭本과 촉본蜀本, 관각본館閣本만을 의존하여 적지 않은 오류를 범한 것으로 보고, 한유의 글을 교감하는 가운데 방숭경이 존숭했던 삼본三本을 포함한 제본의 동이와 오류를 정밀하게 논증하였다.

③ 誰無施而有獲 - 방본方本은 각본閣本을 좇아 '수誰'를 '유惟'로 쓰고, 아래에 또한 '덕德'자를 두어 말하길, "이본李本에서 '진사도가 '덕德'자를 없앴다.'고 했는데, 금본今本에는 다시 '유惟'를 '수誰'로 잘못 썼으니 오류가 심하다."라고 하였다.
今按: 이 구는 본래 「초사楚辭」의 "숙무시이유보孰無施而有報, 숙불식이유확孰不殖而有穫."이란 말을 쓴 것으로 사의詞意가

---

36) 黎靖德 編, 『朱子語類』 권11, 장27a, 「讀書法下」. "凡看文字, 諸家說有異同處, 最可觀. 謂如甲說如此, 且摶扯住甲, 窮盡其詞, 乙說如此, 且摶扯住乙, 窮盡其詞, 兩家之說既盡, 又參攷而窮究之, 必有一真是者出矣."

37) 朱熹, 「韓文考異序」, 『晦庵集』 권76, 장15b. "韓文印本, 初未必誤多, 爲校讐者, 妄改."

38) 朱熹, 「韓文考異序」, 『晦庵集』 권76, 장16a. "三十年間, 聞人有善本者, 必求而改正之, 則固未嘗必以舊本爲是, 而悉從之也."

39) 朱熹, 「韓文考異序」, 『晦庵集』 권76, 장16a. "至於祕閣官書, 則亦民間所獻, 掌故令史所抄, 而一時館職所校耳. 其所傳者, 豈真作者之手藁, 而是正之者, 豈盡劉向揚雄之倫哉."

이미 유래가 있고, 또한 상하의 문세와 서로 응하므로 가우嘉祐 항본杭本과 제본은 대부분 이와 같다. 곧, 이는 한공의 본문으로 서로 전한 것이 이미 오래되었으니 진사도가 마음대로 정한 것이 아니다. 각본閣本의 오류가 이와 같은데 방씨가 이를 믿고 오히려 선본을 오류로 여겼으니 지금 살피지 않을 수 없다. 또한 가우嘉祐 항본杭本은 세상에 많이 있는데도 같지 않은 곳을 방씨가 모두 기록하지 않았다. 어찌 우연히 못 본 것이겠는가? 소홀히 여기고 잘 살피지 못한 것이다.40)

③은 「복지부復志賦」의 '수무시이유획誰無施而有獲'을 교감한 것이다. 방숭경은 각본閣本을 좇아 '수誰'를 '유惟'로 쓰고 아래에 '덕德'자를 두었다. 그리고 이본李本에서 '진사도가 덕德'자를 없앴다.'고 말한 것을 인용하고, 금본今本에는 다시 '유惟'를 '수誰'로 잘못 써 오류가 심하다고 하였다. 그러나 이 구는 『초사楚辭』의 "숙무시이유보孰無施而有報, 숙불식이유확孰不殖而有穫"에서 온 것으로, 사의詞意의 유래가 분명할 뿐 아니라 상하의 문세 또한 잘 어울리고 있다. 이로 보아 이 구는 한유의 원문이 당시까지 전해진 것이지 진사도가 마음대로 바꾼 것이 아닌 것이 분명하다. 당시 관각의 장서는 민간에서 취하여 학자들이 틈을 내 교정한 것으로 정선精善된 사본보다 나은 것이 없는데도, 세속에서는 관본이라는 이유로 그 문리를 살피지 않고 이를 존신尊信해 따랐다.41) 주희는 방숭경 또한 이러한 풍조에 편승해 가우嘉祐 항본杭本을 관각본과 면

---

40) 朱熹, 『原本韓集考異』 권1, 장4a~장4b, 「復志賦」 註. "誰無施而有獲 - 方從閣本, 誰作惟, 下又有德字云, 李本謂陳無已去德字, 今本復訛惟為誰, 其誤甚矣. 今按, 此句本用楚詞, 孰無施而有報, 孰不殖而有穫之語, 詞意既有自來, 又與上下文勢相應, 故嘉祐杭本與諸本, 多如此. 乃是韓公本文, 相傳已久, 非陳以意定也. 閣本之謬如此, 而方信之, 反以善本為誤, 今不得而不辯也. 又嘉祐杭本, 世多有之, 而其不同處, 方皆不錄, 豈其偶未見耶. 抑忽之而不觀也."

41) 朱熹, 『原本韓集考異』 권4, 장16b, 「汴州東西水門記」 註. "大抵館閣藏書, 不過取之民間, 而諸儒略以官課校之耳. 豈能一一精善, 過於私本. 世俗但見其為官本便尊信之, 而不復問其文理之如何已."

밀하게 비교해 그 차이를 밝히지 못하고, 유독 관각본을 존숭하고 사본을 홀시함으로써 정선된 사본이 오히려 잘못이라고 지적하는 오류를 범하였다고 하였다.

④ **靑壁無路難夤緣** - 방본方本은 당본唐本을 좇아 '오월벽로난반연五月壁路難攀緣'이라고 쓰고 말하길, "『포용집鮑溶集』에 「배공등화산陪公登華山」 시가 있는데 오월이다. '인夤'은 혹 '반攀'으로 썼다."고 하였다.

今按: 공의 이 시는 본래 고의古意로써 제목을 단 것으로 산에 오르는 일을 기록한 시가 아니다. 또한 태산泰山과 화산華山의 험준함은 천고에 우뚝하여 '오천인五千仞을 깎아 만든 것'이라고 말하는데, 어찌 유독 오월인 연후에야 올라가기 어렵겠는가? 만약 구법句法으로 말하면 '오월벽로五月壁路'는 '청벽무로靑壁無路'와는 의상意象의 공졸工拙이 크게 짝하지 못하니, 또한 식자識者를 기다리지 않고도 그 득실을 알 수 있다. 방씨는 고본古本에 빠지고 방증旁證에 이끌려, 문리를 살피지 않고 이것을 버리고 저것을 취했으니 또한 잘못이다. 그 원인을 따져보면 '오월五月'은 본래 '청靑'자로 당본唐本이 잘못 나누어 둘로 만든 것에서 연유하는데, 독자들이 잘 살피지 않고 다시 '무無'자를 깎아버려 마침내 이러한 오류를 만들었다. 이제 제본으로써 바로잡는다.[42]

④는 「고의古意」 시의 '청벽무로난인연靑壁無路難夤緣' 구를 교정한 것이다. 방숭경은 이 구를 『포용집鮑溶集』에 수록된 「배공등화산陪公登華山」 시를 예로 들며 '오월벽로난반연五月壁路難攀緣'

---

42) 朱熹, 『原本韓集考異』 권1, 장21b~장22a, 「古意」 註. "靑壁無路難夤緣 - 方從唐本, 作五月壁路難攀緣云, 鮑溶集, 有陪公登華山詩, 蓋五月也. 夤或作攀. 今按, 公此詩, 本以古意名篇, 非登山紀事之詩也. 且泰華之險, 千古屹立, 所謂削成五千仞者, 豈獨五月然後難攀緣哉. 若以句法言之, 則五月壁路之與靑壁無路, 意象工拙, 又大不侔, 亦不待識者 而知其得失矣. 方氏泥於古本, 牽於旁證, 而不尋其文理, 乃去此而取彼, 其亦誤矣. 原其所以, 蓋緣五月本是靑字, 唐本誤分爲二, 而讀者不曉, 因復削去無字, 遂成此謬. 今以諸本爲正."

이라고 하고 '인휴'을 '반攀'으로 썼다. 그러나 이 시는 제목을 「고의」라고 한 것에서 알 수 있듯이 한유가 실제 산을 오르고 나서 지은 작품이 아니다. 또한 이 글은 이치상 태산泰山이나 화산華山은 험준하기가 이를 데 없는데 굳이 오월이 지나서야 오르기 어렵다고 말할 필요가 없고, 구법으로 보아도 '청벽무로靑壁無路'를 '오월벽로五月壁路'라고 하면 의상意象이 매우 졸렬하게 된다. 인용 시구의 오류는 본래 당본唐本에서 '청靑'자를 '오월五月'이라고 잘못 쓴 것에서 기인한 것이다. 그러나 방숭경은 이를 잘 살피지 못하고 오히려 뒤의 '무無'자를 삭제하는 오류를 범하였다. 이와 같이 주희는 방숭경이 고본古本을 높이고 「배공등화산시」 시의 내용에 너무 집착한 나머지 문리나 구법을 바르게 살피지 못한 것으로 이해하였다.

⑤ 四鄰望之 - 각본閣本, 항본杭本, 촉본蜀本 및 제본은 '중거中居'의 아래에 모두 이 네 자가 있는데 방본方本만이 석본石本을 좇아 깎아버렸다.
今按: 문세 및 당시의 사실로 미루어 모두 이 구가 있어야 마땅하다. 만약 그것이 없으면 아래 문장에서 '믿어 두려워할 것이 없다.'고 말한 것은 누가 그것을 믿는 것이 되겠는가? 대체로 남을 위해 글을 지을 때 몸이 혹 멀리 있게 되면 직접 볼 방도가 없고, 모각摹刻한 내용이 이미 탈자나 오자가 있어 글을 훼손시키면 거듭 노력해도 마침내 고칠 수 없다. 이와 같은 것은 친히 본 것이니 또한 유독 옛것이라고 해서 옳은 것은 아니다. 방씨는 관각본, 항본, 촉본을 가장 신봉하여 비록 오류가 있더라도 왕왕 곡종했는데, 지금 이 삼본三本은 다행히 오류가 없는데도 오히려 석본의 탈구脫句에 그르쳤으니 매우 우습다.[43]

43) 朱熹, 『原本韓集考異』 권5, 장1b, 「鄆州溪堂詩幷序」 註. "四鄰望之 - 閣杭蜀及諸本, 中居之下, 皆有此四字, 方從石本刪去. 今按, 文勢及當時事實, 皆當有此句. 若其無之, 則下文所謂恃以無恐者, 爲誰恃之邪. 大凡, 爲人作文, 而身或在遠, 無由親視, 摹刻, 既有脫誤, 又以毀之, 重勞, 遂不能改. 若此者, 蓋親見之, 亦非獨古爲然也. 方氏最信閣杭蜀本, 雖有謬誤, 往往曲從, 今此三本,

⑤는「운주계당시병서鄆州溪堂詩幷序」의 "유운야惟鄆也, 절연截然中居, 사린망지四鄰望之, 약방지제수若防之制水, 시이무공恃以無恐."을 교감한 것이다. 이 부분은 관각본, 항본, 촉본 및 제본은 모두 '중거中居'의 아래에 '사린망지四鄰望之'가 있는데 방숭경은 유독 석본石本을 좇아 이를 없앴다. 그러나 이 글은 문세로 보거나 당시의 사실로 미루어 반드시 '사린망지四鄰望之'가 있어야 한다. 이 네 자가 없게 되면 아래 '시이무공恃以無恐'이라고 말한 부분에서 믿는 사람의 주체가 모호해진다. 흔히 몸이 멀리 있어 현장을 직접 답사하지 않고 글을 지으면 글의 중요한 부분을 놓칠 수 있고, 원본을 모각하면서 탈자나 오자가 있게 되면 후에 아무리 노력하더라도 마침내 고칠 도리가 없다. 주희는 이 글이 한유가 친히 현장을 보고 쓴 것으로 석본이라고 해서 따를 필요가 없다고 보았다. 이로 보면 석본에 위의 네 자가 없는 것은 원본을 모각하는 과정에서 탈루된 것이다. 이와 같이 주희는 방숭경이 관각본, 항본, 촉본을 신봉하여 비록 잘못이 있더라도 이를 곡종하였으나, 인용문에서는 오히려 이 삼본三本을 버리고 네 자가 탈루된 석본石本만을 맹신함으로써 위와 같은 오류를 범한 것으로 생각하였다.

⑥ 則何信之有 - 제본諸本은 '하何' 아래 '불不'자가 있는데 방본方本 또한 그렇다. 예전에 이 서序를 읽으면서 괴이하게 여긴즉, '하불신지유何不信之有' 아래에 글의 뜻이 단절되어 서로 이어지지 않는 것을 항상 의아해했다. 뒤에 사씨謝氏가 수교手校한 진본을 보았는데, 권수卷首에 건염建炎 봉사奉使의 인장을 사용하고 제자題字 없이 이르기를, "진사도가 전한 구공歐公의 정본도 교정하여 이 '불不'자를 산거했다."로 하였다. 처음에는

_____

幸皆不誤, 而反爲石本脫句所奪, 甚可笑也."

또한 그 의미를 알지 못했으나 천천히 읽어보고 나서, 이 글자가 장애물로 이를 제거한 후에야 한편의 혈맥이 비로소 관통한다는 것을 알고는 예전의 의문이 풀렸다. 일찍이 말하기를 '이것은 한유의 문집에서 가장 공이 있는 것인데 다만 제본은 이미 모두 미치지 못했다. 방본은 사본謝本을 의거한 것이 많은데 또한 유독 이 글자를 남겨두었으니, 아마 그 진본을 보지 못한 듯하다. 이를 알렸는데 또한 믿지 않으므로 지금 특별히 '불不'자를 제거하고, 다시 설명을 상세하게 더한다.'라고 하였다.44)

⑥은 「송진수재동送陳秀才彤」의 '즉하신지유則何信之有'를 교감한 것이다. 이곳은 방본을 비롯한 제본이 모두 '하何'자 아래 '불不'자를 두었으나, 유독 주희만이 '불不'자를 제거한 특이한 경우이다. 주희는 오래전에 이 글을 읽으며 '하불신지유何不信之有' 아래부터 글의 뜻이 단절되어 서로 이어지지 않는 것으로 생각했다. 그는 후에 사임백謝任伯이 수교手校하고 권수卷首에 제자題字 없이 건염建炎 봉사奉使의 인장만 찍혀 있는 진본에 '진사도가 전한 구양수의 정본 또한 이 '불不'자를 산거했다.'고 쓰여 있는 것을 발견하였다. 그는 사임백이 '불不'자를 제거한 이유를 정밀하게 음미해보고 나서, 이곳은 '불不'자가 장애물로 반드시 이를 제거해야만 한편의 혈맥이 관통한다는 사실을 알게 되었다. 사임백이 수교한 교정본에서 이곳이 가장 공이 있는 부분이다. 주희는 이를 직접 방숭경에게 알렸지만, 그는 이를 믿지 않고 '불不'자를 그대로 남겨두었다. 이로 보아 방숭경은 사임백의 진본을 보지 못했을 가능성이 매우 높다.

---

44) 朱熹, 『原本韓集考異』 권6, 장10b~장11a, 「送陳秀才彤」註. "則何信之有 - 諸本, 何下有不字, 方本亦然. 舊讀此序, 嘗怪, 則何不信之有以下, 文意斷絶, 不相承應, 每竊疑之. 後見謝氏手校真本, 卷首用建炎奉使之印, 未有題字云, 用陳無已所傳, 歐公定本, 讎正乃刪去此一不字. 初亦未曉其意, 徐而讀之, 方覺此字之爲礙, 去之而後, 一篇之血脉, 始復通貫, 因得釋去舊疑. 嘗謂此於韓集, 最爲有功, 但諸本既皆不及, 方據謝本爲多, 而亦獨遺此字, 豈亦未嘗見其真本邪. 嘗以告之, 又不見信, 故今特刪不字, 而復詳著其説云."

3) 학문의 득실과 공과

주희가 활동했던 송대에 한유의 학문에 대한 평가는 대체로 양분되어 있었다. 정이는 한유가 문장을 익히는 연고로 날마다 이르지 못한 것을 구했으며, 학문하는 단계는 어긋났지만 '맹자가 죽고 그 전함을 잃었다.'라고 한 것은 답습한 것이 아니라 도를 본 것이 있다[45]고 하였다. 그러나 왕안석은 시에서 "어지러이 백년의 세월을 보냈으니, 세상에서 어떤 사람이 도의 참맛을 알까? 힘써 진언陳言을 버려 말속末俗에서 자랑하니, 가엽게도 도움 없이 정신만 소모했네."[46]라고 읊었다. 주희는 한유의 글이 첨유諂諛, 희예戲豫한 것에서 나와 방랑放浪하여 무실無實한 것이 적지 않고, 추구한 도는 단지 대체大體만을 말하고 깊이 토론하고 몸소 실천하는 공효를 보지 못했다[47]고 하여, 한유가 경사經史와 제자諸子를 관통하여 시비를 분변하고 의리를 밝힌 것을 인정하면서도, 도의 쓰임을 면밀하게 궁구하지 못한 채 단지 대체大體만을 말한 것을 비판하였다. 따라서 그는 한유의 시문을 교감하면서 이와 같이 자신이 체계화한 도학적 사유에 기초해 한유의 학문에 대한 득실과 공과를 분명하게 평하였다.

> ⑦ **要自胷中無滯礙 以爲難得** - 제본諸本은 모두 이와 같은
> 데 방본方本은 각본閣本, 항본杭本, 촉본蜀本을 좇아 '흉중무체
> 애胷中無滯礙' 다섯 자를 없앴다. '자自'는 또한 혹 '차且'로 썼다.
> 今按: 이 글에서 대전大顚을 칭허稱許한 말은 대부분 후인들이

---

45) 程頤,『二程全書』권18, 장83b. "退之却倒學了, 因學文, 日求所未至, 遂有所得. 如曰軻之死不得其傳, 似此言語非是蹈襲前人, 又非鑿空撰得出, 必有所見."

46) 陳師道,『後山詩話』(『문연각사고전서』 1478책), 장4b~장5a. "紛紛易盡百年身, 擧世何人識道真. 力去陳言誇末俗, 可憐無補費精神."

47) 朱熹,「讀唐志」,『晦庵集』권70, 장6a. "今讀其書, 則其出於諂諛戲豫, 放浪而無實者, 自不爲少. 若夫所原之道, 則亦徒能言其大體, 而未見其有探討服行之効."

망령된 생각으로 숨겨 피하거나, 구절을 깎아낸 것이 너무 지나쳤기 때문에 탈락한 것이 많아 바른 뜻을 잃었다. 위의 두 조항과 같은 것은 오히려 크게 이해가 없다. 만약 이 말에서 다섯 자를 깎아버리면, 자체로 한 구를 만들기 어려워 다시 문리를 이루지 못한다. 한공의 학문이 「원도原道」에 드러난 것은 비록 대용大用의 유행을 안 것은 있으나 본연本然의 전체에 대해서는 보지 못한 것이 있는 것으로 의심되며, 장차 일용하는 사이에 또한 존양성찰存養省察함으로써 몸소 체현하는 것이 있음을 보지 못하였다. 이런 까닭에 비록 자임한 것이 무겁지 않은 것은 아니나 평생 힘을 쓴 깊은 곳은 끝내 문자 언어의 공교함에서 벗어나지 못했다. 그 호락好樂의 사적인 것에 이르면 또한 탁연卓然히 스스로 유속流俗에서 벗어나지 못했다. 함께 노닐던 자들은 한때의 문사에 지나지 않았고, 승도僧道에 있어서는 또한 겨우 모간毛干, 창관暢觀, 영혜靈惠의 무리일 뿐이다. 이렇게 몸과 마음을 세우고 안과 밖을 의뢰한 것이 이것에서 벗어나지 못했으니 또한 무엇에 의거하여 사피邪詖한 말을 막는 근본을 삼아 자임한 것의 마음을 채웠겠는가? 이런 까닭에 하루아침에 방축되어 초췌하고 무료한 가운데 다시 평일처럼 술 마시고 바둑 두며 노니는 즐거움이 없어 또한 답답함을 떨치지 못했는데, 갑자기 구석진 바닷가에서 이단의 학문이 의리로써 스스로를 이겨 사물에 어지럽혀지지 않는 사람을 보고, 그와 함께 말을 하며 비록 모두 이해하지는 못했지만 또한 어찌 마음에 맺힌 것을 깨끗이 씻어내 잠시나마 막혔던 마음을 비우지 못했겠는가? 그런즉 이곳에서 칭예한 말은 스스로 피할 필요가 없으며, 공이 '그 복을 구하지 않고 그 화를 두려워하지 않으며 그 도를 배우지 않는다.'고 말한 것에 대해 처음부터 방해되지 않는다. 비록 그렇지만 공이 이에 저들의 쭉정이가 여문 것을 인하여 우리의 알곡이 미처 익지 못한 것을 깨달아, 하루아침에 문득 몸에서 돌이켜 구하여 성현의 마음을 곡진히 했다면, 이理로써 스스로를 이겨 외물에 어지럽혀지지 않는 것이 장차 다시 저들을 부러워함이 없게 되고, 스스로가 자임한 것이 그 여지를 더욱 크게 했을 것이니 어찌 위대하지 않았겠는가?[48]

⑦은 「여맹상서與孟尚書」의 '요자흉중무체애要自胷中無滯礙, 이위난득以爲難得.'을 교감한 것이다. 방숭경은 관각본, 항본, 촉본을 좇아 '흉중무체애胷中無滯礙' 다섯 자를 삭제하고, '자自'자를 또한 '차且'자로 썼다. 위요옹魏了翁은 「한유불급맹자론韓愈不及孟子論」에서 인용 글은 시종 분세憤世, 질사嫉邪한 내용을 담고 있어 평시의 옹용雍容, 서완徐緩한 글과는 다른 모습을 띠고 있다[49]고 하였다. 주희는 한유가 이 글을 썼을 때의 심경을 꿰뚫어보고 글의 내용을 문세와 문의에 맞추어 바로잡는 한편, 자신의 도학적 사유에 기초해 한유의 학문에 내포된 득실과 공과를 평가하였다. 이 글은 본래 대전大顚을 칭허稱許한 말이 많았는데, 후인들이 망령된 생각으로 숨기거나 깎아버려 바른 뜻을 잃게 된 것이다. 한유가 대전의 말을 듣고 '흉중무체애胷中無滯礙'라고 한 것은 당시 그의 학문이 깊지 못했음을 보여주는 것이지 글의 내용 자체가 잘못된 것은 아니다. 또한 글의 이치로 보아도 '요자흉중무체애要自胷中無滯礙, 이위난득以爲難得.'에서 '흉중무체애胷中無滯礙' 다섯 자를 없애고 '자自'자를 '차且'자로 바꾸어 '요차이위난득要且以爲難得.'이라고 하면, 내용상 온전한 구를 이루지 못해 문리에 어긋나게 된다.

---

48) 朱熹, 『原本韓集考異』 권5, 장25a～장25b, 「與孟尚書」註. "要自胷中無滯礙. 以爲難得 - 諸本皆如此, 方從閣杭蜀本, 刪胷中無滯礙五字, 自又或作且. 今按, 此書稱許大顚之語, 多爲後人妄意隱避, 刪節太過, 故多脫落, 失其正意. 如上兩條, 猶無大利害. 若此語中, 刪去五字, 則要自以爲難得一句, 不復成文理矣. 蓋韓公之學, 見於原道者, 雖有以識夫大用之流行, 而於本然之全體, 則疑其有所未暗, 且於日用之間, 亦未見其有以存養省察, 而體之於身也. 是以, 雖其所以自任者, 不爲不重, 而其平生用力深處, 終不離乎文字言語之工. 至其好樂之私, 則又未能卓然有以自拔於流俗. 所與遊者, 不過一時之文士. 其於僧道, 則亦僅得毛干暢觀靈惠之流耳. 是其身心內外, 所立所資, 不越乎此, 亦何所據以爲息邪距詖之本, 而充其所以自任之心乎. 是以, 一旦放逐, 憔悴亡聊之中, 無復平日飮博過從之樂, 方且鬱鬱不能自遣, 而卒然見夫瘴海之濱, 異端之學, 乃有能以義理自勝, 不爲事物侵亂之人, 與之語, 雖不盡解, 亦豈不足以蕩滌情累, 而暫空其滯礙之懷乎. 然則凡此稱譽之言, 自不必諱, 而於公所謂不求其福, 不畏其禍, 不學其道者, 初亦不相妨也. 雖然, 使公於此, 能因彼稀稗之有秋, 而悟我黍稷之未熟, 一旦飜然反求諸身, 以盡聖賢之蘊, 則所謂以理自勝, 不爲外物侵亂者, 將無復羨於彼, 而吾之所以自任者, 益恢拓其有餘地矣, 豈不偉哉."

49) 魏了翁, 「韓愈不及孟子論」, 『鶴山集』(『문연각사고전서』 1773책) 권101, 장1a～장1b. "嘗觀韓昌黎答孟簡一書, 始終憤世嫉邪, 類非平時雍容徐緩等語."

한유가 예전에 함께 노닐던 자들은 한때의 문사에 불과했고, 교유했던 승려는 모간毛干, 창관暢觀, 영혜靈惠의 무리에 지나지 않았다. 한유는 구석진 바닷가에 방축되어 초췌하고 무료한 가운데 불교의 이치로써 스스로를 이겨 사물에 얽매이지 않았던 승려의 말을 듣게 되자, 잠시나마 답답했던 마음이 깨끗이 씻기는 기분을 맛볼 수 있었다. 당시 그가 쭉정이가 여문 것과 같은 불교의 이론을 듣고 알곡과 같은 성현의 도를 깨달았다면, 불교가 아닌 유학의 의리로써 스스로를 이겨 다시는 외물에 구속받지 않았을 것이다. 그러나 그는 비록 유학의 도로써 자임했지만 평생 힘을 기울인 것은 문자 언어의 공교함에서 벗어나지 못하였고, 대용大用의 유행을 알았지만 본연本然의 전체에 대해서는 보지 못하였다. 결국 그는 일용하는 사이에서 마음을 존양存養하고 성찰省察하여 스스로 유학의 도를 깊이 체현하지 못하였다. 주희는 방숭경을 포함한 제본들이 이와 같은 한유 학문의 깊이와 폭을 바르게 이해하지 못하고, 단순하게 한유와 불승과의 관계를 기휘해 문리에 어긋날 정도로 글의 내용을 훼손시키는 오류를 범한 것으로 생각하였다.

⑧ 이 글은 제본에는 모두 없고 오직 가우嘉祐 소항본小杭本에만 있다. 그 편차는 이곳에 두되, '여與'를 '소召'로 쓰고, '전顚'을 '전巓'으로 쓰며, '사師'를 '화상和尙'으로 썼다. 방본은 「석각石刻」의 머리에 나열했다. 지금 항본을 좇아 이곳에 붙이고 편명은 방씨와 항본을 좇았다. 또 주에 이르길 "당唐 원화元和 14년 각석刻石이 조양潮陽의 영산선원靈山禪院에 있었는데, 송宋 경력慶歷 정해丁亥에 강서江西 원척세필袁陟世弼이 이 글을 얻고는 이를 의심하여 저주滁州로 가서 구양수를 만났다. 구양수가 보고 말하길 '실로 퇴지退之의 말이니 다른 뜻은 미치지 못한다.'고 하였다."라고 하였다. 방본은 그 말을 소략하게 싣고

또한 구공歐公의 문집에 있는 「고록발미古録跋尾」를 수록하여 이르길, "문공의 「여전사서與顚師書」는 세상에 드물게 전한다. 내가 고문을 집록하면서 널리 찾았지만 오래 지난 후에 얻었다. '「계사繫辭」를 「대전大傳」이다.'라고 하고, '산림에 있는 것과 성곽에 있는 것이 차이가 없다.'라고 하는 등의 말은 마땅히 퇴지退之의 말이지만, 뒤에서 이부시랑吏部侍郎 저주자사潮州刺史라고 쓴 것은 잘못이다. 퇴지退之는 형부시랑刑部侍郎에서 저주潮州로 폄직되었고, 후에 원주袁州로 옮겼다가 소환되어 국자좨주國子祭酒가 되었으며, 병부시랑兵部侍郎으로 옮긴 지 한참이 지나서야 비로소 이부吏部로 옮겼는데, 유속流俗에서 서로 전하길 단지 '한이부韓吏部'라고만 알 뿐이다. 전사顚師의 「유기遺記」에는 비록 '장경長慶 중에 세웠다.'고 했으나, 한유의 글은 모두 국초國初에 중각重刻했기 때문에 잘못 덧보태진 것일 뿐이다."라고 하였다. 방본은 또 주에 이르길 "지금 석각石刻은 곧 원우元祐 7년에 다시 세웠다."라고 하였다. 또 이르길 "공公의 세 편지를 살피면 모두 맞이하는 상어常語일 뿐으로 처음부터 불법佛法을 숭신하는 말이 없는데, 망령된 자들이 별도의 문답한 말 등을 두루 찾아 무방誣謗을 늘어놓았다. 반드시 이 편지를 남기어 후세의 의혹을 푸는 것이 마땅하다."고 하였다.

今按: 항본杭本은 누가 주석한 것인지 모르나 원씨袁氏 자신이 쓴 것으로 의심된다. 다시 「발미跋尾」로써 그 기록을 참고하면 구공歐公의 말을 기록한 것은 오류가 아니다. 그러나 『동파잡설東坡雜説』에서는 이에 이르길 "한퇴지韓退之가 대전大顚을 좋아한 것은 징관澄觀과 문창文暢을 좋아한 것과 같은 것으로 불법을 믿은 것은 아니라고 생각되는데, 혹자가 망령되게 퇴지退之의 「여대전서與大顚書」를 찬술하였다. 그 문사가 범비凡鄙한 것이 비록 퇴지退之 집안의 노복奴僕들도 또한 이러한 말이 없는데, 지금 한 선비가 또한 그 끝에 망령되게 제題하여 이르길 '구양수가 이 글은 퇴지退之가 아니면 지을 수 없다고 말했다.'고 하여 또한 구양수를 무고했다."라고 하였다. 소공蘇公의 이 말은 단지 혹인或人에게서 나온 집주集注를 보고, 구공歐公의 친필로 된 「발미跋尾」를 보지 못한 것이다. 두 사람은 모두 일대의 문종文宗으로 불리는데, 그 버리고 취한 것이 같지 않음이 이와 같으므로 보는 자들이 의혹이 없을 수 없다. 그러나 방씨는 구공歐公의 말을 모두 싣고 소공蘇公의 설은 생략해 언급하지 않은 것에서 그 의도를 볼 수 있다. 여백공呂伯恭에 이르러 이에 『문감文鑑』에서 특별히 소식의 설을 붙여 번갈아 볼 수 있게 한즉, 그 동이의 사이에서 또한 후인後人의 의혹을 더한다. 내가 살펴보니 전하는 세 편의 글에서 최후 한 편은 실로 문리를 이루지 못하는 곳이 있다. 단지 그 사이의 어의語意와 한두 문세文勢의 억양을 깊이 음미해보면 아마도 구공歐公, 원씨袁氏, 방본方本의 생각이 실로 지나치지 않다. 다만 혹 이는 구본舊本이 망일亡逸되고 승도僧徒가 기록한 것이 참되지 못하여 탈오脫誤가 있음에 이르렀는데, 구공歐公이 특히 대강만을 본 까닭에 단지 취할 것을 취하고 의심할 것에 미칠 겨를이 없었던 것으로 생각된다. 소공蘇公은 이에 의심할 만한 것을 알았지만, 또한 그 오류임을 살피지 못하고 곧장 범비凡鄙함이 되는 까닭을 지적하였다. 의론이 비록 각각 이유가 있으나 모두 미진한 것이 없지 않다. 이에 후의 군자들과 같은즉 또한 왕왕 그 근본을 살피지 않고, 구설歐說을 따르는 자는 이미 믿을 만하다는 것을 깊이 알지 못하며, 소씨蘇氏를 주장하는 자 또한 반드시 과연 그 설이 옳다고 생각하지 못한다. 다만 다행히 그 말이 한공을 위해 얽힌 것을 풀어 세교에 도움이 있는 것 같으므로 특별히 드러냈을 뿐이니, 모두 실사를 가지고 바름을 구한 것은 아니다. 방씨方氏와 같은 것에 이르러는 비록 구설歐說을 따랐지만, 또한 한유의 기휘를 왜곡시킨 것에서 면하지 못하였으니 매우 그 말을 모른 것이다. 이미 "오래 도덕을 들었다."라고 말하고, 또 "곁에서 도의 높음을 받든다."라고 말하고, 또 "보인 것이 광대하고 심원하니 급히 알 수 있는 것이 아니다."라고 말하고, 또 "논의가 매우 굉박宏博하다."라고 말했으니, 어찌 처음부터 그 설을 숭신하는 뜻이 없었다고 말할 수 있겠는가?[50]

---

50) 朱熹, 『原本韓集考異』 권9, 장17a~장18a, 「與大顚師書」 註. "此書, 諸本皆無, 唯嘉祐小杭本有之. 其篇次在此, 與作召, 顚作巔, 師作和尚. 方本列於石刻之首. 今從杭本附此, 而名篇從方氏杭本. 又注云, 唐元和十四年, 刻石在潮陽靈山禪院, 宋慶歷丁亥, 江西袁陟世弼, 得此書, 疑之, 因

⑧은 「여대전사서與大顚師書」를 교감한 것이다. 이 글은 제본에
는 모두 없고 오직 가우嘉祐 소항본小杭本에만 있는데, 편차는 같
으나 제목을 「소대전화상서召大巓和尙書」라고 썼다. 방본은 당唐
원화元和 14년에 조양潮陽의 영산선원靈山禪院에 쓴 각석刻石으
로 보고 「석각石刻」편의 앞부분에 두었다. 구양수는 이를 한유의 작
품으로 단정하고, 「고록발미古録跋尾」에서 그 경위에 대해 상세히
고증하였다. 한편 소동파는 『동파잡설東坡雜說』에서 한유가 태전大
顚을 좋아한 것은 징관澄觀이나 문창文暢과 차이가 없으며, 이 글
의 내용 또한 범비凡鄙한 것으로 보아 이는 다른 사람이 찬술한 것
이라고 하였다. 주희는 이 글의 진위를 놓고 일대의 문종文宗으로
일컬어지는 두 사람의 말이 서로 달라 후에 의혹이 생긴 것으로 보
고, 「여대전사서」의 내용을 치밀하게 분석하여 세간의 오해를 풀었
다. 먼저 그는 이 글 중간의 문의와 문세의 억양으로 보아 앞서 말한
구양수의 생각이 지나치지 않으며, 다만 승려가 이 글을 기록하는
과정에서 탈오가 있었는데 구양수가 그 대강만을 보아 이를 의심하

之滁州, 謁歐陽永叔. 永叔覽之日, 實退之語, 它意不及也. 方本略載其語, 又録歐公集古録跋尾云,
文公與顚師書, 世所罕傳, 予以集録古文, 其求之博, 蓋久而後獲. 其以繫辭爲大傳, 謂著山林與著
城郭, 無異等語, 宜爲退之之言, 其後書吏部侍郎潮州刺史, 則非也. 蓋退之自刑部侍郎, 貶潮州,
後移袁州, 召爲國子祭酒, 遷兵部侍郎, 久之始遷吏部, 而流俗相傳, 但知爲韓吏部爾. 顚師遺記,
雖云, 長慶中立, 蓋并韓書, 皆國初重刻, 故謬爲附益爾. 方又注云, 今石刻, 乃元祐七年重立. 又
云, 按公三簡, 皆邀逵常語耳, 初無崇信佛法之說. 妄者旁沴別撰答問等語, 以肆誣謗. 要當存此簡,
以解後世之惑. 今按, 杭本, 不知何人所注, 疑袁自書也. 更以跋尾叅之, 其記歐公之語, 不謬矣.
而東坡雜說乃云, 韓退之喜大顚, 如喜澄觀文暢, 意非信佛法也, 而或者妄撰述之與大顚書. 其詞凡
鄙, 雖退之家奴僕, 亦無此語, 今一士人, 又於其末妄題云, 歐陽永叔, 謂此文非退之不能作, 又誣
永叔矣. 蘇公此語, 蓋但見集注之出於或人, 而未見跋尾之爲歐公親筆也. 二公, 皆號一代文宗, 而
其去取不同, 如此, 覽者不能無惑. 然方氏盡載歐語, 而略不及蘇說, 其意可見. 至呂伯恭, 乃於文
鑑, 特著蘇說, 以備乙覽, 則其同異之間, 又益後人之惑矣. 以余考之, 所傳三書, 最後一篇, 實有
不成文理處. 但深味其間語意, 一二文勢抑揚, 則恐歐袁方意, 誠不爲過. 但意或是舊本亡逸, 僧徒
所記不眞, 致有脱誤, 歐公特觀其大槪, 故但取其所可取, 而未暇及其所可疑. 蘇公乃覺其所可疑,
然亦不能察其爲誤, 而直斥以爲凡鄙所以. 其論雖各有以, 而皆未能無所未盡也. 若乃後之君子, 則
又往往不能究其本根, 其附歐說者, 既未必深知其所以爲可信, 其主蘇氏者, 亦未必果以其説爲然
也. 徒幸其言可爲韓公解紛, 若有補於世教, 故特表而出之耳, 皆非可與實事而求是者也. 至如方
氏, 雖附歐說, 然亦未免曲爲韓諱, 殊不知其言. 既曰久聞道德, 又曰側承道高, 又曰所示廣大深迥,
非造次可喻, 又曰論甚宏博, 安得謂初無崇信其説之意邪."

지 않았다고 하였다. 이어 그는 소동파가 글에 탈오가 있음을 의심
하기는 했으나, 그 오류의 실상을 면밀히 살피지 않고 단지 범비凡
鄙한 문사만을 가지고 다른 사람이 찬술한 것으로 보았다고 하였다.

유극장劉克莊은 『후촌시화後村詩話』에서 한유의 문집에 등장한
승려가 모두 7인으로 오직 대전大顚만이 한유의 조롱을 면하였다[51]
고 하였다. 주희 또한 대전을 제외한 다른 승려들은 모두 무뢰한들
로 한유를 설득하지 못하였다고 하였다. 이로 보아 한유가 평소 무
뢰한 승려만 대하다가 우연히 대전을 만난 것은 기이한 일이 아닐
수 없으며, 많은 사람들이 한유가 그에게 설득을 당했다고 말하는
것은 충분히 일리가 있다. 실제 한유는 대전의 말을 듣고 그의 말에
질통病痛이 있음을 알지 못하고, 단지 그의 말이 능히 형해形骸를
벗어나 이理로써 자승自勝한 말이라고 생각하였다.[52] 방숭경은 한
유가 대전에게 보낸 편지는 상어常語로 불법을 숭신하는 말이 없는
데, 후대에 별도로 승려와 문답한 말로 무방誣謗한 것이라고 하였
다. 그러나 한유가 불교를 숭신했다는 사실을 입증할 만한 예들, 예
컨대 '오래 도덕을 들었다', '곁에서 도의 높음을 받든다.'라는 등의
말을 그대로 수록한 사실로 보아, 방숭경은 한유와 승려와의 관계를
기휘해 글의 내용을 왜곡시키는 오류를 범한 것으로 생각하였다.

주희는 자신이 체계화한 도학적 사유에 기초해 한유의 학문에 대
한 득실과 공과를 구분하였다. 먼저 그는 "한유가 본원을 깊이 탐구
하여 우뚝하게 일가의 말을 이루었고, 「원도原道」, 「원성原性」, 「사

---

51) 劉克莊, 『後村詩話』(『문연각사고전서』 1481책) 권1 장17a. "唐僧見於韓集者七人, 惟大顚穎師
免造侮."

52) 黎靖德 編, 『朱子語類』권139, 장14b~장15a, 「論上上」. "韓文公亦多與僧交涉, 又不曾見好僧,
都破落戶, 然各家亦被韓文公說得也狼狽. 文公多只見這般僧後, 却着着一箇大顚也, 是異事, 人多
說道被大顚說下了, 亦有此理. 是文公不曾理會他病痛, 被他纏說得高, 便道是好了. 所以有頗聰明
識道理, 實能外形骸以理自勝之語."

설사설師說」 등 수십 편은 모두 오연奧衍, 굉심閎深하여 맹자, 양웅과
서로 표리가 되어 육경을 보필하였다. 그의 문장에 이르러서는 실마
리에 나아가 글을 지어 앞사람을 도습하지 않은 것을 구하였는데,
한유만이 글을 지음에 넉넉히 남은 것이 있다."53)고 하여, 그의 학
문과 문장을 높였다. 그러나 그는 "한유는 글을 짓는 공부에 힘써
읽은 것이 작문용에 지나지 않으며, 평생 문장 짓는 일에만 화급火
急하여 경륜이나 실무에는 마음을 쓰지 않았다."54)라고 하거나, "한
유는 도에 있어서 그 쓰임이 만사에 두루 미치는 것은 알았지만 그
본체가 나의 마음에 갖추어져 있음을 알지 못했고, 비록 문과 도가
내외內外, 천심淺深의 차이가 있음을 알았으나 끝내 완급과 경중의
순서를 살펴 취사取舍를 결정하지 못하였다."55)라고 하여, 그의 학
문과 문장을 폄하하였다. 특히 그는 한유와 불교와의 관계를 설명하
는 가운데 자신의 도학적 사유로써 한유의 학문적 수준을 재단하는
방식으로 그 득실과 공과를 명확히 하였다.

4. 맺음말

주희는 방숭경이 『한집거정』을 편찬하면서 마음속에 먼저 하나의
생각을 정해놓고 다른 사람의 설을 억지로 천착함으로써 많은 오류

---

53) 朱熹, 『原本韓集考異』 권10, 장17b, 「新書本傳」. "愈深探本元, 卓然樹立, 成一家言. 其原道原
性師說等數十篇, 皆奧衍閎深, 與孟軻揚雄相表裏, 而佐佑六經云. 至它文, 造端置辭, 要爲不襲蹈
前人者, 然惟愈爲之, 沛然若有餘."
54) 黎靖德 編, 『朱子語類』 권137, 장6a, 「戰國漢唐諸子」. "緣他費工夫去作文, 所以讀書者只爲作
文用, 自朝至暮, 自少至老, 只是火急去弄文章, 而於經綸實務不甚究心, 所以作用不得."
55) 『原本韓集考異』 권5, 장25a~장25b, 「與孟尙書」 註. "蓋韓公於道, 知其用之周於萬事, 而未知其
體之具於吾之一心, 知其可行於天下, 而未知其本之當先於吾之一身也. … 雖知文與道, 有內外淺
深之殊, 而終未能審其緩急重輕之序, 以決取舍."

를 범한 것으로 생각하였다. 따라서 그는 문장은 단지 이理를 밝히는 것으로 이理가 정밀하면 문자는 저절로 전실典實하게 된다[56]고 보고, 한유의 시문을 교감하면서 반드시 글의 내용이 이理에 합당한가에 초점을 맞추었다. 주희는 한유가 도의 본원을 깊이 탐구하여 육경을 보좌하였고, 그의 문장은 도의 단서를 잡아 앞사람을 본받지 않은 것으로 보았다. 그러나 그는 한유가 도를 천하에 행할 수 있다는 것은 알았지만 그 본체가 나의 한 몸에서 우선해야 한다는 사실을 알지 못했다고 생각하였다. 따라서 그는 자신이 집대성한 도학적 문학관에 기초해 문세와 문리에 초점을 맞추어 한유의 글을 교감하였고, 항본과 촉본, 관각본을 포함한 제본들의 동이同異와 오류를 바로잡았으며, 한유와 불교와의 관계를 중심으로 그의 학문에 대한 득실과 공과를 평하였다. 이렇듯 그는 한유의 시문을 교감하면서 고도의 철학적 사유를 기반으로 체계화한 도학적 문학관을 주도면밀하게 적용시켰고, 주희의 『한문고이』를 중심 내용으로 한 한유의 문집이 간행되면서 한유의 시문은 조선조 전 시대에 걸쳐 문장가는 물론 도학자에게까지 큰 영향을 주었다.

그 예의 하나로 이이는 선조와 문답하는 가운데 한유의 문장과 『고문진보』, 『시경』, 『서경』의 본문을 읽어 문리를 이루었다고 하고, 「문책文策」에서 "한유의 글은 능히 팔대八代의 쇄함을 일으켰으나, 스스로를 지키는 것이 견고하지 못하여 기한과 가난을 이기지 못하고 사람들에게 부르짖었다."라고 하여, 한유의 학문에 대한 득실과 공과를 분명히 나누었다.[57] 또한, 조선 중기의 문장가 최립崔岦이 명의 왕세정王世貞에게서 한유의 「획린해獲麟解」를 500번

---

56) 黎靖德 編, 『朱子語類』 권139, 장38a, 「論文上」. "文章但須明理, 理精後, 文字自典實."

57) 許捲洙, 「韓愈 詩文의 韓國에서의 受容」, 『中國語文學』(영남중국어문학회, 1984) 9집, 75면.

읽으라는 충고를 듣고 크게 부끄럽게 여긴 것이나, 도학자 송시열宋時烈의 스승인 김장생金長生이 '도학을 공부하는 사람도 먼저 문장이 되어야 할 것이니, 나를 본받지 말고 한유의 글을 읽어야 한다.'고 송시열에게 권한 것 등은 매우 유명한 일화이다.[58] 그리고 서거정徐居正의 시는 오직 한유의 체를 익혀 손이 가는 대로 써내도 염려艷麗했으며, 이식李植이 한유의 글은 문장의 종장으로 70~80수를 베껴서 읽어 맛을 알 것 같으면 종신토록 모범을 삼아야 한다고 말할 만큼 한유의 글을 중시하였다.[59] 바로 이 점에서 주희의 『한문고이』는 중국문학은 물론 한문학의 수용과 전개 과정을 이해하는 데 적지 않은 의의가 있는 것으로 생각된다.

---

58) 許捲洙, 앞의 논문, 78면.
59) 許捲洙, 앞의 논문, 79면.

III

위중거의 『오백가주음변창려선생집』 간행

1. 머리말

송대代宋에 한유의 시문의 주석을 종합해 간행한 책으로는 두 종류가 있다. 하나는 위중거魏仲擧가 1200년 복건성福建省 건양현建陽縣에서 간행한 『오백가주음변창려선생집五百家註音辨昌黎先生集』이고, 다른 하나는 왕백대王伯大가 1227년 복건성福建省 남검주南劍州에서 간행한 『주문공교창려선생집朱文公校昌黎先生集』이다. 이 두 책은 조선에서 세종 연간에 유통된 것으로 추정된다. 이러한 사실은 세종이 1428(세종 20년)에 집현전 응교應教 남수문南秀文에게 명하여 새로 편찬한 『주문공교창려선생집朱文公校昌黎先生集』의 발문을 짓도록 한 글을 통해 확인할 수 있다. 남수문은 이 글에서 당시 세상에서 성행한 한유의 문집으로 주자교본朱子校本과 오백가주본五百家注本이 있는데, 주자교본은 글자는 바르지만 주가 간략하고 오백가주본은 주는 상세하지만 글자가 잘못되었다[60]고 하였다. 남수문이 말한 주자교본은 왕백대가 간행한 『주문공교창려선생집』을 가리키고, 오백가주본은 위중거가 간행한 『오

---

[60] 『世宗實錄』 권83, 세종 20년 11월, 175면. "二書皆文深字奇, 注解無慮數百家, 而盛行于世者, 韓有二本. 朱子校本, 字正而註略, 五百家注本, 注詳而字訛."

백가주음변창려선생집』을 가리킨다.

『오백가주음변창려선생집』의 편자로 알려진 위중거의 행적에 대해서는 『사고전서총목四庫全書總目』에 기록된 내용을 통해 그 편린을 엿볼 수 있을 뿐이다. 이 기록에 따르면 위중거는 건양 지역의 서고書賈로 이익을 위해 한유와 유종원 문집을 간행하였다.[61] 위중거는 이 외에도 여대방呂大防, 정구程俱, 홍흥조洪興祖 등이 편찬한 한유의 연보를 모아 『한문유보韓文類譜』 7권을 간행하였고,[62] 편자 미상으로 알려진 『삼국육조오대기년총변三國六朝五代紀年總辨』에서 권28을 간행하였다.[63] 이러한 사실을 종합해볼 때 위중거는 송대 경원慶元 연간(1195~1200)에 상업적 수단을 목적으로 복건성 건양현 마사진麻沙鎭을 중심으로 활동했던 전문 출판업자였고, 그는 당시에 전하던 한유 시문의 주석들을 활용하여 일명 마사본麻沙本이라고 불리는 방각본坊刻本으로 『오백가주음변창려선생집』을 간행했음을 알 수 있다.

현재 연세대학교 도서관에는 위중거가 경원 6년(1200)에 간행한 『오백가주음변창려선생집』 40권과 『외집』 10권 32책을 영인한 판본이 소장되어 있고, 서울대학교 도서관에는 인헌仁軒 부공富公이 건륭乾隆 49년(1784)에 강서江西에서 중간한 『중간오백가주음변창려선생문집』 40권 16책이 소장되어 있다. 또한, 서울대학교 규장각에는 간행 연도를 알 수 없는 『신간오백가주음변창려선생문집』 1책

---

61) 紀昀 等撰, 『四庫全書總目』(『문연각사고전서총목』 2책) 권89, 장7b. "魏仲擧, 乃建陽書賈, 今所傳五百家註韓柳文集, 卽出其家, 蓋以刊書射利者."

62) 嵇璜 等撰, 『續文獻通考』(『문연각사고전서총목』 3책) 권164, 장8b, "魏仲擧, 韓文類譜七卷. 仲擧, 乃慶元中書賈也. 嘗刊韓集五百家注, 輯呂大防·程俱·洪興祖三家所撰譜記, 編爲此書."

63) 嵇璜 等撰, 『續文獻通考』(『문연각사고전서총목』 3책) 권167, 장3a~b. "三國六朝五代紀年總辨二十八卷. 不著撰人名氏. 此書爲仲擧所摘出刊行者, 實卽紀年備遺中之二十八卷也. 以其題名旣別, 仍爲錄入, 而特加辨證於此."

(권7~권9)이 영본零本 형태로 소장되어 있고,[64] 연세대학교 도서관에는 계미자번각본癸未字飜刻本으로 알려진 『오백가주음변창려선생외집』 1책(권1~권4)이 영본 형태로 소장되어 있다. 필자가 확인한 바에 따르면 중국에서 간행된 두 판본은 같은 내용으로 되어 있으나, 서울대학교 규장각에 소장된 조선판본은 주석이 중국본과 서로 다른 곳이 발견된다. 본 장에서는 경원 6년에 위중거가 건양에서 간행한 『오백가주음변창려선생집』이 한국에서 간행되어 유통하면서 당시의 문인학자들이 한유의 시문을 이해하는 데 매우 중요한 역할을 담당한 것에 주목하고, 필자가 입수한 중국본과 한국본을 주텍스트로 삼아 판본의 종류와 형태, 그리고 오백가주의 실체와 제가주의 활용 양상 등에 대해 살펴보고자 한다.

2. 판본의 종류와 형태

연세대학교 도서관에는 [그림 1]과 같이 『신간오백가주음변창려선생문집』(이하 연세대본(1)이라고 칭함) 40권과 『외집』 10권 32책이 소장되어 있다. 이 책은 앞머리에 붙인 간지에 "거남경도서관장據南京圖書館藏, 송경원6년宋慶元六年, 위중거가숙각본魏仲擧家塾刻本, 영인影印, 원서판原書版, 광고20.6㎝框高二十・六釐米, 관13.1㎝寬十三・一釐米."라고 적혀 있는데, 이로 보아 이 책은 남경도서관에서 소장하고 있던 송 경원 6년(1200)에 간행된 위중거의 가숙본家塾本을 다시 영인한 것으로 추정된다. 이 책의 판식은 사주단변四周單邊에 반곽半郭의 길이는 20.6×13.1㎝이고, 행수와 자

---

64) 『新刊五百家註音辨昌黎先生集』(木版本, 서울대학교 규장각, 古895.1143H19s) 권7~권9.

수는 10행 18자에 주쌍행註雙行이며, 어미는 상하내향흑어미上下內向黑魚尾로 되어 있다. 한편 『사고전서』에는 『외집』 10권이 제외된 『오백가주음변창려선생문집』 40권이 수록되어 있는데, 이에 대해 「제요」에서는 주이존朱彝尊의 말을 인용해 이 책은 장주長洲의 문백인文伯仁의 집에 있던 것을 이일화李日華의 집으로 옮긴 것으로, 『정집正集』 40권 이외에 『외집』 10권, 『별집』 1권, 『논어필해論語筆解』 10권이 유전되는 과정에서 탈락하였다[65]고 하였다.

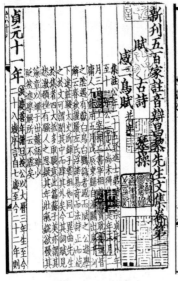

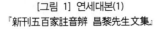

[그림 1] 연세대본(1)　　　　　　[그림 2] 서울대본
『新刊五百家註音辨 昌黎先生文集』　　『重刊五百家註音辨 昌黎先生文集』

---

65) 魏仲擧 編, 『五百家注昌黎文集』(『문연각사고전서』 1074책), 「提要」. "朱彝尊稱此書, 向有宋槧本, 在長洲文氏, 後歸李日華家, 正集之外, 尙有外集十卷, 別集一卷, 附論語筆解十卷, 此本止四十卷, 而外集別集不與焉. 蓋流傳旣久, 又有所缺佚矣."

한편 서울대학교 도서관에는 [그림 2]와 같이 청 건륭 49년(1784)에 인헌 부공이 간행한 『중간오백가주음변창려선생문집』(이하 서울대본이라고 칭함) 40권 16책의 영인본이 소장되어 있다.66) 이 책의 앞에는 건륭 49년 10월에 쓴 관루씨觀樓氏의 「지識」와 건륭 28년(1765) 8월에 쓴 허도기許道基의 「서序」가 실려 있다. 허도기의 「서」에 의하면 관루씨는 강서江西 지역을 다스렸던 인헌 부공67)을 가리킨다. 부공이 쓴 「지」는 다음과 같다.

> 두보의 문집은 천가주千家註가 있고 한유의 문집은 오백가주五百家註가 있어 높이 여길 뿐이다. 두보의 시는 지금도 얻을 수 있지만 한유인즉 매우 적다. 내가 옛날 도성에 사는 사대부 장서가가 송나라 때의 판본을 가지고 있다는 것을 듣고 빌려 보려고 생각했으나 얻지 못하였다. 금년 여름에 이 문집을 가지고 팔려는 사람이 있었는데, 그것을 보고는 물색物色을 얻어 기쁨을 이기지 못하였다. 이로 인하여 한유 문집의 판본이 세상에 유통하는 것이 유독 이 주석본만 오랫동안 볼 수 없을 뿐만 아니라고 생각하였다. 곧 명나라 동아당東雅堂 서씨본徐氏本, 삼경당三經堂 장씨본蔣氏本은 그 판목이 또한 모두 좀먹거나 썩어서 남아 있는 것이 없었으며, 남은 것으로는 오직 근래에 수야당秀埜堂 고씨본顧氏本, 영회당永懷堂 갈씨본葛氏本, 아우당雅雨堂 노씨본盧氏本일 뿐이지만, 갈본葛本은 주가 없고 고본顧本과 노본盧本은 시에 그쳤다. 그런즉 뒤에 사람들이 한유의 문집을 읽는 자가 그 대전大全을 보아 바른 내용을 살피려 해도 또한 어렵지 않겠는가? 내가 이미 이것을 얻고는 필부가 옥을 가지고 있어 오히려 화를 일으키게 될까 두려워하여, 삼가 원식原式에 의거해 조각하는 사람에게 맡기어 중국의 동호인들에게

---

66) 『重刊五百家註音辨昌黎先生文集』(淸乾隆本, 서울대학교 도서관, 3424 97) 40권 16책, 1~9.

67) 許道基, 「重刊五百家註音辨昌黎先生文集序」, 『重刊五百家註音辨昌黎先生文集』 권두. "仁軒富公, 司藩江右出, 所刊韓文五百家註, 以示予."

공개한다. 판각이 끝났으므로 이에 그 연기緣起를 기록한다.[68]

　위 글에서 보듯이 청대에는 송대의 판본을 구하기가 극히 어려웠던 듯하다. 당시에는 송 경원대에 간행된 판본뿐만 아니라 명대에 간행된 동아당東雅堂 서씨본徐氏本, 삼경당三經堂 등도 모두 썩거나 좀먹어 남아 있는 것이 없었다. 청대에 수야당秀埜堂 고씨본顧氏本, 영회당永懷堂 갈씨본葛氏本, 아우당雅雨堂 노씨본盧氏本 등이 간행되었으나, 갈씨본은 주가 없고 고씨본과 노씨본은 시만 간행하여 전모를 파악하기 어려웠다. 이 때문에 부공은 건륭 49년 여름에 오백가주본을 구입하자마자 같은 해 11월에 원식原式 그대로 간행했던 것이다. 이 책의 판식은 사주단변四周單邊에 반곽半郭의 길이는 19.0×11.5㎝이고, 행수와 자수는 10행 18자에 주쌍행註雙行이며, 어미는 상하내향흑어미上下內向黑魚尾로 되어 있다. 연세대본(1)과 서울대본은 반곽半郭의 길이만 조금 다를 뿐 나머지는 모두 같은 형태로 조판되어 있다.

[표 1] 연세대본(1)과 서울대본 『오백가주음변창려선생문집』의 서지 비교

판본 서지	연세대본(1)	서울대본
저작 사항	『新刊五百家註音辨昌黎先生文集』 40권 『外集』 10권 32冊	『重刊五百家註音辨昌黎先生文集』 40권 16책
소장 장소	연세대학교 도서관	서울대학교 도서관
판본 형태	木板 影印本	木板 影印本

68) 富公,「重刊五百家註音辨昌黎先生文集識」,『重刊五百家註音辨昌黎先生文集』, 권두. "杜集有千家註, 韓集有五百家註, 尙已. 杜詩, 今猶可得, 韓則絶少. 余舊聞者中士大夫藏書家, 有宋時槧本, 思借觀之, 未獲也. 今年夏, 有携是集求售者, 閱之, 不勝喜以物色得之. 因思韓集板本之行於世者, 不獨是註久不可見. 卽如明東雅堂徐氏本, 三經堂蔣氏本, 其板, 亦皆剝朽無存, 存者, 惟近時秀埜堂顧氏, 永懷堂葛氏, 雅雨堂盧氏本耳, 葛本無註, 顧本盧本, 止於詩. 然則後之人, 讀韓集者, 欲觀其大全, 稽其雅故, 不亦難乎. 余旣得此, 懼夫匹夫之以懷璧罪也, 謹依原式, 付剞劂氏, 以公之海內之同好者. 刻竣, 爲識其緣起於此."

간행 연도	慶元 6年(1200)	乾隆 49년(1784)
조판 형식	四周單邊, 半郭 20.6×13.1㎝, 有界, 10行 18字, 註雙行 23字, 上下內向黑魚尾	四周單邊, 半郭 19.0×11.5㎝, 有界, 10行 18字, 註雙行 23字, 上下內向黑魚尾
특기 사항	間紙에 "據南京圖書館藏宋慶元六年魏仲擧家塾刻本影印原書版框高二十·六釐米寬十三·一釐米"라는 내용이 있음.	序에 "乾隆歲在甲辰孟冬觀樓氏識."와 "乾隆二十有八年秋八月兩海許道基謹序."라는 내용이 있음.

『세종실록』에는 한국에서 최초로 한유의 문집이 간행된 사실을 알려주는 기록이 있다. 이 책의 152권에 수록된 「지리지地理誌」의 '경상도慶尙道 진주목조晉州牧條'에서 "단속사斷俗寺는 진주 서쪽 40리에 있는데, 선종禪宗에 속하고 급전給田 150결이다. 절에『한창려집韓昌黎集』및 『이상국집李相國集』의 판목이 있다."[69]고 하였다. 단속사는 고려시대에 최이崔怡의 아들인 만종萬宗이 혜심慧心의 뒤를 이어 주지로 있었던 곳이다. 최이는 몽고의 침입으로 불타버린 대장경을 새로 판각하고자 대장도감大藏都監을 설치하는 한편, 남해南海에 분사도감分司都監을 별도로 두었다. 남해는 진주와 단속사에서 멀지 않은 곳으로 진주지역의 최대사찰인 단속사가 대장경 간행에 적지 않은 영향을 행사하였다. 또한, 단속사에서 가까운 진주는 최씨의 식읍지였으며 상대적으로 몽고군의 피해가 없던 지역이다. 이규보의『동국이상국집』은 최이가 설치한 남해 분사도감에서 1251년에 간행되었는데, 그 판목이 세종 대까지 단속사의 장판각에 보관되어 있었다.[70] 이로 보아『동국이상국집』의 판목과 함께 보관되어 있던『한창려집』은 적어도『동국이상국집』이 간행된 1251년(고종 38)에서 시작해 세종이 즉위한 1419년(세종 원년) 이

---

69)『世宗實錄』권152, 649면. "斷俗寺在州西四十二里, 屬禪宗, 給田一百五十結. 寺有韓昌黎集及高麗李相國集板."

70) 宋熹準, 「斷俗寺의 創建 以後 歷史와 廢寺過程」,『南冥學硏究』(경상대학교 남명학연구소, 1999) 제9집, 413면.

전에 간행된 것으로 추정할 수 있다.

위와 같이 단속사에 보관되어 있던 『한창려집』의 실체와 관련해 『청분실서목淸芬室書目』의 다음과 같은 기록이 있어 주목된다.

> 『오백가주음변창려선생외집』 10권 2책. 당 한유 찬. 편자 미상. 세종원년 기해己亥 진주간. 목판. 사주단변. 유계. 10행 16자 내지 18자. 주쌍행 23자. 광곽의 길이 19.5㎝ 내지 20.5㎝. 권10은 단지 1장이 남아 있고 「한문강목韓文綱目」이 부착되어 있다. 2장의 밑에는 최예崔汭의 발문跋文과 각수刻手 8인의 이름이 나열되어 있다. 발문에서 이르길, "오른쪽 한유의 시문은 간행한 해가 오래되어 판목이 썩고 글자가 마모되었으며, 또한 탈간脫簡한 것이 있기 때문에 학자들이 병으로 여겼다. 지난 정유년 봄에 감사監司 광릉廣陵 이지강李之剛이 이곳에 와서 판목判牧 유염柳琰, 판관判官 양권梁權에게 다시 목판에 새기도록 부탁하였으나 완성을 보지 못하고 이임하였다. 감사 우균禹均, 경력經歷 정포鄭包, 판목 이은李殷, 판관 김안도金安道, 목사 민교閔校가 서로 이어 일을 감독하여 마치게 되었다. 아아! 여러 군자들이 학자들에게 공이 있는 것이 크므로 이에 기록한다.71)

위의 글로 보아 『청분실서목』에 기록되어 있는 『오백가주음변창려선생외집』 10권 2책은 세종 원년(1419)에 진주에서 간행된 것이다. 이 책은 정유년(1417) 봄에 진주감사로 부임한 이지강의 명에 따라 판목判牧 유염柳琰, 판관判官 양권梁權 등이 간행을 시작하였고, 이지강의 뒤를 이은 감사 우균禹均, 경력經歷 정포鄭包, 판

---

71) 李仁榮,『淸芬室書目』(寶蓮閣, 1968), 221~222면. "五百家註音辨昌黎先生外集 十卷 二冊. 唐韓愈撰. 編者未詳. 世宗元年己亥, 晉州刊. 木板. 四周單邊. 有界. 十行十六字乃至十八字. 注雙行二十三字. 匡郭長十九·五糎乃至二十·五糎. 卷十存第一葉. 附着韓文綱目. 二葉尾有崔汭跋. 次刻手八人列名. 跋云, 右韓子詩文, 刊行歲久, 板朽字刓, 且有脫簡, 故學者病焉. 越丁酉春, 監司廣陵李相之剛, 憲來, 囑諸判牧柳相琰, 判官梁君權, 更錄于梓, 未就而見代. 監司禹相均, 經歷鄭君包, 判牧李相殷, 判官金君安道, 牧使閔公校, 相繼督功以訖. 戲. 數君子之有功於學者大矣. 是爲之誌."

목 이은李殷, 판관 김안도金安道, 목사 민교閔校 등에 의해 1419
년에 완간되었다. 이 책의 권10에 붙어 있는 최예崔汭의 발문에는
한유의 시문이 간행한 것이 오래되어 판목이 썩고 글자가 마모되었
으며 심지어는 탈간脫簡한 것이 있다고 하였다. 최예가 이곳에서
말한 구판본舊板本은 간행 시기로 보거나 지리적 위치로 보아, 진
주 감영 서쪽 40리에 있는 단속사의 장경각에 보관된『한창려집』일
가능성이 크다. 이것이 사실일 경우 단속사의 장경각에 보관되어 있
던 한유 문집의 판목은『오백가주음변창려선생문집』일 것으로 추정
할 수 있다. 또한, 진주감사 이지강李之剛이 '다시 판목에 새기라고
[更鏤于梓]' 명할 정도로 판목이 썩거나 글자가 마모된 상태로 보
아, 단속사의 장경각에서 보관하고 있던 판본은 새로 중간된 세종
원년보다 상당히 앞선 시기에 조판되었을 것으로 추정된다.[72]

연세대학교 도서관에는 [그림 3]과 같이『오백가주음변창려선생
외집』(이하 연세대본(2)라고 칭함) 1책(권1~권4)이 영본의 형태로
소장되어 있다.[73] 이 책의 판식은 사주단변에 반곽의 길이가
19.7×12.6㎝이고, 행수와 자수는 10행에 16자에서 18자이며, 주는
쌍행에 23자로 되어 있다. 이 책은『청분실서목』에서 밝힌『오백가
주음변창려선생외집』10권 2책의 판식과 동일한 것으로 보아, 연세
대본(2)는 세종 원년에 진주에서 중간한 책의 일부일 것으로 추정된
다. 그러나 연세대본(2)는 연세대본(1)의『외집』과 판식과 글자 형
태는 동일한 반면, 각 행의 글자 수가 서로 다른 것이 눈에 띈다. 한

---

72) 단속사 장판각에 보관되어 있던『韓昌黎集』의 간행 시기에 대해 허권수 교수는『韓昌黎集』,
『동국이상국집』과 함께 보관되어 있는 것을 근거로 고려 고종 때 간행된 것으로 보았고[許捲
洙,「韓愈 詩文의 韓國에서의 受容」(『中國語文學』제9집, 영남대학교 중어중문학회, 74면)],
심경호 교수는 崔汭의 발문에 근거하여 고려 말로 추정하였대[심경호,「한국 한문산문의 발
달과 韓愈 문장의 수용」(『어문논집』50집, 민족어문학회)].

73)『新刊五百家註音辨昌黎先生外集』(木版本, 연세대학교 도서관, 고서(귀)345○).

예로 연세대본(1)은 『외집』 장1b에서 5행의 글자 수가 18자로 되어 있는데, 연세대본은 같은 곳의 글자 수가 16자로 되어 있다. 연세대학교 도서관에서 제공하고 있는 서지 정보에서는 연세대본이 계미자를 번각한 것이라고 하였다. 그러나 현재로서는 이 연세대본이 연세대본(1)을 원식原式 그대로 다시 간행한 것인지, 계미자본을 번각한 것인지에 대해서는 보다 면밀한 검토가 필요하다.74)

서울대학교 규장각에는 [그림 4]와 같이 『신간오백가주음변창려선생문집』(이하 규장각본이라고 칭함) 1책(권7~권9)이 영본 형태로 소장되어 있다.75) 본고에서는 이 판본을 규장각본이라고 칭하기로 한다. 이 책의 판식은 사주단변에 반곽의 길이는 18.9×12.4cm이고, 행수와 자수는 10행 16자에 주쌍행 23자이며, 어미는 상하내향 흑어미로 되어 있다. 이와 같은 규장각본의 판식은 연세대본(1)이나 연세대본(2)의 판식과 비교해볼 때 반곽의 길이와 각 행의 글자 수에서 차이가 있다. 특히 규장각본 권7~권9의 내용을 연세대본(1)과 대조한 결과, 다음과 같이 권7에 수록된 일부 작품의 원문과 주석이 서로 다른 곳이 눈에 띈다.

---

74) 계미자는 1403년(태종 3)에 만들어 1410년 2월부터 책을 찍어 보급한 것으로 알려져 있다. 또한, 계미자는 활자의 크기와 글자의 모양이 고르지 않거나 경우에 따라서는 각 행의 활자 수가 2, 3자의 차이가 있는 것으로 알려져 있다. 이와 같이 계미자의 사용 연대나 조판 기술로 보아 1419년(세종 원년)에 진주에서 중간된 『新刊五百家註音辨昌黎先生外集』이 계미자로 간행되었을 가능성도 배제할 수 없다.

75) 『新刊五百家註音辨昌黎先生文集』(서울대학교 규장각, 古895.1143-H19s-7/9).

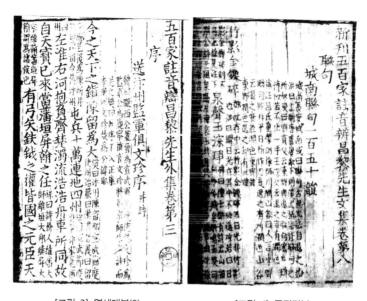

[그림 3] 연세대본(2)
『五百家註音辨昌黎先生外集』

[그림 4] 규장각본
『新刊五百家註音辨昌黎先生文集』

[표 2] 규장각본과 연세대본(1)의 내용 비교

판본 작품	新刊五百家註音辨昌黎先生文集 (규장각본)	新刊五百家註音辨昌黎先生文集 (연세대본(1))
感春三首 (권7)	哀響誇箏笛艶姬蹋筵舞清眸刺劍戟孫曰言眸子清朗如劍戟之刺甚稱其俊快也補注張文潛云東坡言退之詩不解文字飲惟知醉紅裙疑若清苦自飾者至云艶姬蹋筵舞清眸刺劍戟則如此老子箇中興復不淺㉮刺 亦切心懷平生友莫一在燕席㉯孫曰故心念平生交游無一人在席也死者長眇芒生㉠在困乖隔在一作者少年真可喜老大百無益㉡孫曰言少年見此高會則喜我已老大雖見之百無益也	哀響誇箏笛艶姬蹋筵舞清眸刺劍戟孫曰言眸子清朗如劍戟之刺甚稱其俊快也補注張文潛云東坡言退之詩不解文字飲惟知醉紅裙疑若清苦自飾者至云艶姬蹋筵舞清眸刺劍戟則如此老子箇中興復不淺心懷平生友莫一在燕席死者長眇芒生㉠者困乖隔生者或作生存少年真可喜老大百無益
晚寄張十八 助敎周郎博士 (권7)	張籍周況也㉢籍字文昌時為國子助敎況娶禮部侍郎韓雲卿之孫開封尉俞之女蓋公之從婚時為四門博士 日薄風景曠出歸偃前簷晴雲如攀絮新月似	張籍周況也ⓐ或無郎字 日薄風景曠ⓑ薄或作落方云薄迫也國語今會日薄矣恐事之不集今詳語勢但如白樂天

	磨鎌⑦音廉田野興偶動衣冠情久厭吾生可攜手⑦孫曰吾生謂籍況歎息歲將淹	所謂旌旗無光日色薄耳方說非是出歸偃前簷晴雲如擘絮新月似磨鎌田野興偶動衣冠情久厭吾生可攜手歎息歲將淹ⓒ方云淹當作殥殘也淹延之義不可通用今人書殁作殂作徂多互用李白詩東溪卜築歲將淹又遠行歲已淹字皆訛o今按古字通用者多方何獨知此獨不可通用也
題張十八所居(권7)	㉕樊曰張籍居長安西街孟東野詩所謂西明寺後窮瞎大祝也按長安志西明寺在延康坊西南隅公爲庶子時作籍詩有酬韓庶子篇卽酬此作也附于後君居泥溝上泥溝一作濁溝㉖泥濁萍靑靑泥濁一作溝濁蛙讙橋未掃蟬喧門長扃㉗嘈小聲云嘈呼恵反名秩後名千品㉘孫曰千品之後謂名秩最卑也詩文齊六經端来問奇字孫曰漢書劉歆子棻嘗從揚雄學作奇字云奇字古文之異者王莽使甄豐刊定六軆一曰古文二曰奇字三曰篆書四曰隷書五曰繆書六曰蟲書爲我講聲形孫曰周禮保章氏掌教國子六書注云一曰指事二曰象形三曰諧聲四曰會意五曰轉注六曰假借形聲如江河之類	君居泥溝上ⓛ溝濁萍靑靑諸本上句作濁溝下句作泥濁蛙讙橋未掃ⓓ讙或作喧蟬喧門長扃名秩後千品秩最卑也詩文齊六經端来問奇字孫曰漢書歆子棻從揚雄學作奇字注云奇字古文之異者王莽使甄豐刊定六軆一曰古文二曰奇字三曰篆書四曰隷書五曰繆書六曰蟲書爲我講聲形孫曰周禮保章氏掌教國子六書注云一曰指事二曰象形三曰諧聲四曰會意五曰轉注六曰假借形聲如江河之類

　　[표 2]에서 보듯이 ㉠과 ㉡은 권7에 수록된 「감춘3수感春三首」와 「제장십팔소거題張十八所居」의 원문에서 글자가 서로 다른 경우이다. ㉠은 규장각본에서는 '생生'자로 표기되어 있으나 연세대본(1)에는 '자者'자로 표기되어 있고, ㉡은 규장각본에서는 '니泥'자로 표기되어 있으나 연세대본(1)에는 '구溝'자로 표기되어 있다. ㉕~㉘는 연세대본(1)에는 없고 규장각본에만 달려 있는 주석이고, ⓐ~ⓓ는 규장각본에는 없고 연세대본(1)에만 달려 있다. 특히 ⓐ~ⓓ는 왕백대가 간행한 『주문공교창려선생집』의 주석과 동일하다.76) 앞서 살폈듯이 왕백대의 『주문공교창려선생집』은 위중거가 경원 6년

---

76) 王伯大 編, 『別本韓文考異』(『문연각사고전서』 1073책).

(1200)에 간행한 연세대본(1)보다 27년이 지난 1227년에 간행된 것이다. 이로 보아 연세대본(1)은 위중거가 경원 6년에 간행한 가숙본에서 적어도 표에 제시된 3편의 작품이 탈간脫簡되었으며, 이 부분을 왕백대의『주문공교창려선생집』에 수록된 주자의 주석을 달아보완한 것일 가능성이 크다. 이러한 사실은 주이존朱彝尊이『오백가창려집주』발문에서 위중거의 가숙본이 송대 판본에서 가장 정교하지만 중간에 3권이 빠져 후인이 보충하여 원주原注는 이미 사라졌다[77]고 말한 것을 통해서도 확인할 수 있다. 이로 보아 규장각본은 연세대본(1)보다 이른 시기에 간행된 판본을 저본으로 하여 한국에서 간행된 것으로,『동국이상국집』이 간행된 1251년(고종 38)에서 시작해 세종이 즉위한 1419년(세종 원년) 사이에 간행된 것으로 추정되는 단속사 장경각의 구판본일 가능성을 배제할 수 없다.

[표 3] 연세대본(2)와 규장각본의 서지 비교

판본 / 서지	연세대본(2)	규장각본
저작 사항	『五百家註音辨昌黎先生外集』권1~권4 1冊(零本)	『新刊五百家註音辨昌黎先生文集』권7~권9 1冊(零本)
소장 장소	연세대학교 도서관	서울대학교 규장각
판본 형태	木板本	木板本
간행 연도	세종 원년(1419. 추정)	미상
조판 형식	四周單邊, 半郭 19.7×12.6cm, 有界, 10行 16~18字, 註雙行, 上下內向黑魚尾	四周單邊, 半郭 18.9×12.4cm, 有界, 10行 16字, 註雙行 23字, 上下內向黑魚尾
특기 사항	卷3과 卷4에서 8張이 缺落됨.	卷7과 卷9에서 7張이 缺落됨.

---

77) 朱彝尊,「跋五百家昌黎集注」,『曝書亭集』(『문연각사고전서』1318책) 권52, 장9a. "是書, 向藏長洲文伯仁家, 歸吾鄕李太僕君, 實蓋宋槧之最精者, 惜中間闕三卷, 後人補抄, 原注已失, 不可復覩."

3. 오백가의 실체 분석

주이존은『오백가창려집주』발문에서 경원 6년 봄에 건안의 위중
거가 가숙에서『오백가주음변창려선생집』을 출간하면서 148명에
불과한 주석자의 수를 500명이라고 말한 것은 힘써 박학博學과 상
설詳說을 과시했던 마사리 출판업자들의 얕은 생각에서 비롯된
것78)이라고 하였다. 실제 이 책은 머리에 평론評論·고훈詁訓·음
석音釋한 사람으로 당나라의 유구劉昫부터 송나라의 왕질王銍까
지 148명의 이름을 나열하였고, 이어 집주集注 50명, 보주補注 50
명, 광주 廣注50명, 석사釋事 20명, 보음補音 20명, 협음協音 10
명, 정오正誤 20명, 고이考異 10명 등을 제시하였다. 그러나 이들
을 모두 합하여도 368명에 불과해 500명에는 미치지 못할 뿐만 아
니라, 뒤에 새로 추가한 사람들은 이름조차 밝혀져 있지 않다.79) 필
자가 조사한 바에 따르면 위중거가 실명으로 나열한 148명의 이름
을 실제로 주석을 통해 밝힌 것은 이보다 훨씬 적은 것으로 드러났
다. 이를 구체적으로 알아보기 위해 연세대본(1)에 수록된 주석에서
당대에 활동했던 11명을 제외하고, 송대에 활약한 137명과 이들의
저서 141종을 ① 훈고, ② 논평, ③ 음석으로 나누어 표로 제시하면
다음과 같다.

---

78) 朱彝尊,「跋五百家昌黎集注」,『曝書亭集』권52, 장14b. "慶元六年春, 建安魏仲擧, 刻於家塾,
亦稱五百家. 按其實, 則列名者, 一百四十八家而已. 其餘所云, 新添集注五十家, 補注五十家, 廣
注五十家, 釋事二十家, 補音二十家, 協音十家, 正誤二十家, 考異十家, 殆亦無稽之言爾. 然當時
刊書者, 知以博學詳說爲要務, 今則守一家之説, 以爲兔園册, 其智出麻沙里刊書者之下矣."

79) 魏仲擧 編,『五百家注昌黎文集』, 장1a,「提要」. "首列評論詁訓音釋諸儒名氏一篇, 自唐燕山劉
氏, 迄潁人王氏, 共一百四十八家, 又附以新添集注五十家, 補注五十家, 廣注五十家, 釋事二十家,
補音二十家, 協音十家, 正誤二十家, 考異十家, 統計祇三百六十八家, 不足五百之數, 而所云新添諸
家, 皆不著名氏."

[표 4] 위중거가 제시한 주석자 148명의 내용별 분류

구분 유형	내용	저자명(서명)	저자 수
훈고	시문 주석	魏泰(『韓文注』), 程敦厚(『韓柳意釋』), 孫汝聽, 韓醇, 劉崧, 祝充(이상 『全解』), 嚴有翼(『韓文切證』), 蔡夢弼(『纂註昌黎集』), 蔡元定(『評註昌黎文』), 周必大(『註昌黎集』)	10
	교정·교감	歐陽脩(『校韓文書集』), 謝參(『校正韓柳文』), 蘇溥, 魏揆之(이상 『校正韓柳文集』), 穆脩, 晏殊, 呂夏卿(이상 『校定韓文』), 呂大防(『讎正韓文』), 朱熹(『韓文考異』), 方崧卿(『韓文舉正』), 李樗, 鄭耕老, 陳汝義, 劉安世, 胡安國, 謝元逸, 李朴, 周行已, 高元之, 許開(이상 『校正昌黎集』), 陸九淵, 陸九齡, 周惇頤, 張載, 郭忠孝, 史彌大(이상 『校證昌黎集』), 郭雍(『校證韓文』)	27
	연보 고증	呂大防(『年譜』), 洪興祖(『韓文年譜辨證』), 樊汝霖(『韓文公志及譜註』), 程至道(『昌黎年譜』)	4
	작품 교감	柳開(『韓雙鳥詩全解』), 朱廷玉(『羅池廟碑全解』)	2
	발문·기타	董昭, 孫博(이상 『跋韓柳文集』), 劉煜重(『次昌黎外集』)	3
	계		46
논평	문집	程頤, 尹洙, 王安石, 曾鞏, 曾肇, 李淸臣, 鄭厚, 黃庭堅, 張耒, 秦觀, 陳師道, 晁補之, 李廌, 馬存, 鄭少微, 洪芻, 呂祖謙, 陳傅良, 楊萬里, 王十朋, 宋遠孫, 邵博, 劉望之, 晁公武(이상 『文集』), 蘇洵(『老泉文』), 蘇軾(『東坡文集』), 蘇轍(『潁濱文集』), 蘇過(『斜川文集』), 唐庚(『魯國文集』), 張舜民(『畫墁集』), 張栻(『南軒文集』), 劉子翬(『奧論文集』), 李石(『方舟集』), 劉貞(『橫舟集』), 姜如晦(『月溪集』), 王咨(『雪齋集』), 沈瀛(『竹齋集』)	37
	사서	宋祁(『新史本傳』), 石介(『唐鑑』), 孫甫(『唐論斷』), 范祖禹(『唐鑑』), 石矛(『唐史發揮』), 王崇(『唐書訓辨』), 趙明誠(『金石錄』), 司馬光(『資治通鑑考異』), 王得臣(『麈史』), 林之奇(『漢唐龜鑑』), 張九成(『漢唐鑑』), 葉適(『唐鈔』), 胡寅(『讀史管見』), 吳縝, 吳曾(이상 『唐書糾繆』), 王銍(『韓會傳』)	16
	시화·선집	王崇(『注唐文』), 李昉(『文苑英華』), 姚鉉(『唐文粹』), 朱氏(『秀水閒居錄』), 沈括(『筆談』), 胡存(『漁隱叢話』), 曾氏(『筆墨閒錄』), 周少隱(『楚辭贅說』), 鄭鑑(『進卷』), 葛立方(『韻語陽秋』), 蔡寬夫(『詩話集』)	11
	저자	鄒浩, 謝諤, 石大任, 尹焞, 孔武仲, 張俞, 呂本中, 張震, 劉觀, 李燾, 李繁, 陸唐老, 黃唐, 蔣璨, 任淵, 謝良佐, 陳元裕, 陳鵬飛	18
	어록·작품	陳長方, 宋遠系, 楊時, 馬永卿(이상 『語錄』), 祖無擇(『韓公遠州廟記』)	5
	계		87

음석		『全解』(祝充), 『韓文切證』(嚴有翼), 『唐書音辨』(竇苹), 『音辨』(張敦頤), 『協音古韻』(吳棫), 『詩協音』(顧伯邨), 『毛詩協韻』(鄭樵), 『柳文音辯』(潘緯)	8
	계		8
총계			141

[표 4]에서 보듯이 위중거가 한유의 시문을 훈고했다고 거명한 사람은 모두 46명이다. 이를 유형별로 다시 나누면 ① 한유의 시문 전편을 주석한 것이 위태魏泰(『한문주韓文注』)를 비롯해 10명, ② 한유의 시문을 교정하거나 교감한 것이 구양수(『교한문서집校韓文書集』)를 비롯해 27명, ③ 한유의 연보를 편찬하거나 고증한 것이 여대방呂大防(『연보年譜』)을 비롯해 4명, ④ 한유의 개별 작품을 고증한 것이 유개柳開(「한쌍조시전해韓雙鳥詩全解」)와 주정옥朱廷玉(「나지묘비전해羅池廟碑全解」) 2명, ⑤ 한유 문집에 발문을 쓰거나 차례를 논한 것이 동소董昭, 손박孫博(이상 「발한유문집跋韓柳文集」)과 유욱중劉煜重(『차창려외집次昌黎外集』) 3명이 있다. 그러나 표에 제시된 46명 가운데 실제로 연세대본(1)에 이름이 제시된 사람은 다음과 같이 모두 14명에 불과하다.

[표 5] 한유의 시문을 훈고한 책에서 인용한 경우

내용 번호	저자명	서명	인용 빈도	예문
1	歐陽脩	校韓文書集後	4편	尚書刑部員外郎守法爭棘不阿歐陽公云疑有脫字(「唐故河南縣令張君墓誌銘」, 권30)
2	柳開	韓雙鳥詩全解	1편	還當三千秋更起鳴相酬柳曰謂其後尤不能終如此矣復有其甚或者久而見興也(「雙鳥」, 권5)
3	穆脩	校定韓文	1편	補注穆伯長曰韓元和聖德詩平淮西碑柳雅章之類皆辭嚴義偉制作如經能奉然聳唐德於盛漢之表(「元和聖德詩幷序」, 권1)

4	魏泰	韓文注	3편	**煌煌東方星**魏道輔云夏英公竦評老杜初秋月云微升紫塞外已隱暮雲端意主肅宗也(「醉後」, 권2)
5	洪興祖	韓文年譜辨證	전편	**貞元十一年**洪慶善年譜曰按公以大曆三年生至今二十八歲序言自七歲至今二十二年則是二十八歲矣又畫記云貞元甲戌余在京師云云明年出京師至河陽甲戌十年也則是十一年無疑作五年十五年者皆非(「感二鳥賦幷序」, 권1)
6	程敦厚	韓柳意釋	전편	**咸賓于徐贄玉帛死生之物**程曰贄執以為贄也書曰五玉三帛二生一死贄(「衢州徐偃王廟碑」, 권27)
7	朱廷玉	羅池廟碑全解	1편	**欽于世世**朱廷玉曰此志柳侯見德邦人死而獲廟祀之報以足一篇之詞也(「柳州羅池廟碑」, 권31)
8	樊汝霖	韓文公志及譜註	전편	**行見有籠白烏白鸜鵒而西去者**樊曰舊史德宗紀貞元十一年六月河陽獻白烏(「感二鳥賦幷序」, 권1)
9	孫汝聽	全解	전편	**五月戊辰愈東歸**孫曰東歸河陽(「感二鳥賦幷序」, 권1)
10	韓醇	全解(詁訓韓昌黎先生文集)	전편	**愈既從隴西公平汴州**韓曰晉拜尚書左僕射汴州刺史受命遂行公及劉宗經韋弘景實從之辟公爲汴州觀察推官(「服志賦幷序」, 권1)
11	祝充	全解(音注韓文公文集)	전편	**癸酉自潼闢出**祝曰左氏以守桃林之塞注桃林在洪農縣東潼闢(「感二鳥賦幷序」, 권1)
12	嚴有翼	韓文切證	전편	**與百千人偕進偕退曾不得名於薦書**嚴有翼曰謂應博學宏辭科試也公三上宰相書云三選於吏部卒無成者是也(「感二鳥賦幷序」, 권1)
13	陳汝義	校正昌黎集	1편	**於乎古風襮順而裏方**陳曰襮領也衣表也詩繡衣朱襮謂衣領之在外者(「唐故秘書少監贈絳州刺史獨孤府君墓誌銘」, 권29)
14	蔡夢弼	纂註昌黎集	전편	**凌大江之驚波兮過洞庭之漫漫**蔡曰按唐地理志洞庭在岳州巴陵縣郭璞注山海經云洞庭地穴湖水廣圓五百餘里日月若出沒於其中(「復志賦幷序」, 권1)

[표 5]에서 보듯이 연세대본(1)에는 ① 한유의 시문 전편을 주석한 10명에서 위태魏泰(『한문주韓文注』), 정돈후程敦厚(『한유의석

韓柳意釋』), 손여청孫汝聽·한순韓醇·축충祝充(이상『전해全解』),
엄유익嚴有翼(『한문절증韓文切證』), 채몽필蔡夢弼(『찬주창려집纂
註昌黎集』) 등 7명의 주석이 인용되어 있다. 특히 ①에서 손여청,
한순, 축충의 『전해』, 정돈후의 『한유의석』, 엄유익의 『한문절증』,
그리고 ③ 한유의 연보를 편찬하거나 고증한 것에서 홍흥조洪興祖
의 『한문년보변증韓文年譜辨證』과 번여림樊汝霖의 『한문공지급
보주韓文公志及譜註』는 한유 시문 전편에 걸쳐 인용되어 있다. 위
증거는 이들 7명의 주석서를 활용하여 주를 단 것으로 보아, 이들
주석서는 당시에 원형이 온전히 보존되어 있었던 것으로 추정된다.
이러한 사실은 왕백대王伯大가 원대 천력天曆 원년(1328)에 주희
의 『한문고이』의 주를 떼어 정문正文 아래에 놓고, 홍흥조의 『연보
변증』, 번여림의 『연보주』, 손여청, 한순, 축충, 『전해』 등80)에서 주
석을 모아 『주문공교창려선생집朱文公校昌黎先生集』을 간행한 것
에서도 확인할 수 있다.

　한편 ② 한유의 시문을 교정하거나 교감한 27명에서 연세대본(1)
에 인용되어 있는 것은 구양수의 『교한문서집후校韓文書集後』에
서 4편, 목수穆脩의 『교정한문校定韓文』과 진여의陳汝義의 『교
정창려집校正昌黎集』에서 1편 등 모두 3명의 주석뿐이다. 이 중
구양수가 「당고하남현령장군묘지명唐故河南縣令張君墓誌銘」에서
"상서형부원외랑수법쟁극불아尚書刑部員外郎守法爭棘不阿."를
교감하여 "구양공운의유탈자歐陽公云疑有脱字."라고 한 것에서 보
듯이, 주석자의 이름을 밝히고 원문의 진위를 교감하거나 글자의 오
류를 교정한 것은 『교한문서집후校韓文書集後』 1종에 불과하다.

---

80) 王伯大 編, 『別本韓文考異』(『문연각사고전서』 1073책), 장1b, 「提要」. "洪興祖年譜辨証, 樊汝
　霖年譜注, 孫汝聽解, 韓醇解, 祝充解."

이를 제외한 교정본이나 교감본은 모두 주석자의 이름이 제시되어 있지 않아, 위중거가 어느 책을 저본으로 활용했는지 알기 어렵다. 또한, 위중거가 제시한 27명의 교정본과 교감본이 당시에 원형이 보존된 상태로 존재하고 있었는지, 위중거가 직접 인용해 주석을 단 일부를 제외하고는 이름으로만 남아 있었는지 알기 어렵다.

[표 4]와 같이 위중거가 한유의 시문을 논평한 글을 인용한 책은 모두 86명이다. 이를 유형별로 다시 나누면 ① 문집에서 인용한 것이 정이程頤(『문집文集』) 등 37명, ② 시화집이나 시문선집에서 인용한 것이 왕숭王崇(『주당문注唐文』) 등 11명, ③ 사서를 인용한 것이 송기宋祁(『신사본전新史本傳』) 등 15명, ④ 책명을 제시하지 않고 인용한 것이 추호鄒浩 등 18명, ⑤ 어록이나 작품을 제시한 것이 진장방陳長方 등 5명이 있다. 그러나 위에 제시된 86명에서 실제 연세대본(1)에 이름이 제시된 사람은 다음과 같이 모두 28명에 불과하다.

[표 6] 한유의 시문을 논평한 글에서 인용한 경우

내용 번호	저자명	서명	인용 빈도	예문
1	范祖禹	唐鑑	1편	**宜定樂章以告神明東巡泰山奏功皇天**補注范太史唐鑑曰終唐之世惟栁宗元以封禪爲非以韓愈之賢猶勸憲宗則其餘無足怪也(「潮州刺史謝上表」, 권39)
2	司馬光	資治通鑑考異	2편	**守一城捍天下以千百就盡之卒戰百萬日滋之師蔽遮江淮**溫公曰唐人皆以全江淮爲巡遠之功按睢陽雖當江淮之路城既被圍若取江淮繞出其外睢陽豈能障之哉盖巡善用兵賊畏巡爲後患不滅巡則不敢越遏其南耳誠如溫公所云是亦遮蔽江淮也(「張中丞傳後叙」, 권13)
3	程頤	文集	2편	**臣罪當誅兮天王聖明**補注伊川曰退之琴操有曰臣罪當誅兮天王聖明道文王意中事前後之人道不到此徐仲車言退之拘幽操謂文王囚羑里乃云臣罪當誅兮天王聖明可謂知文王之用心矣凱風七子之母猶不能安其室而云母氏聖善我無令人重自責也(「拘幽操文王羑里作」, 권1)

내용 번호	저자명	서명	인용 빈도	예문
4	蘇軾	東坡文集	3편	江作青羅帶補注東坡云退之詩江作青羅帶子厚詩海上 靈山似劍鋩子瞻為之對曰縈纚豈無羅帶水割愁還有劍 鋩山(「送桂州嚴大夫」, 권10)
5	曾肇	文集	1편	曾子開曰湘水出全灘水出道二水至永合而爲一以入洞 庭黃陵廟在瀟湘之尾洞庭之口(「黃陵廟碑」, 권31)
6	黃庭堅	文集	2편	浩浩復湯湯灘聲抑更揚補注魯直云退之之裁聽水句尤見 工所謂浩浩湯湯抑更揚者非安客裏夜卧飽聞此聲安能 周旋妙處如此耶(「宿龍宮灘」, 권9)
7	唐庚	魯國文集	3편 이상	狄之水兮唐曰狄水名古琴操云狄水深兮風揚波船楫顚 倒更相加歸來歸來胡爲斯(「琴操十首幷序」, 권1)
8	陳長方	語錄	1편	補注陳齊之曰退之效玉川子月蝕詩乃刪盧仝冗語耳非 效玉川也韓雖法度森嚴便無盧仝豪放之氣(「月蝕詩效 玉川子作」, 권5)
9	石大任	議論	1편	必曰君子則吉小人則凶者不可也賢不肖存乎己貴與賤 禍與福存乎天補注武昌石大任曰韓愈謂貴與賤禍與福 存乎天以予觀之貴與賤禍與福乎天可也禍與福存乎天則不 可也蓋禍與福在己而已孟子曰禍福無不自己求之者是 禍與福皆存乎己歟(「與衛中行書」, 권17)
10	尹焞	議論	1편	古之所謂正心而誠其意者將以有爲也尹彥明曰介甫謂 退之正心誠意將以有爲非是蓋介甫不知道也正心誠意 便休却是釋氏也正心誠意乃所以將有爲也非韓子不能 至是(「原道」, 권11)
11	朱氏	秀水閒居 錄	1편	補注朱居靖公秀水間居錄云鼉魚之狀龍吻虎爪蟹目鼉 鱗尾長數尺末大如箕芒刺成鉤仍有膠粘多於水濱潛伏 人畜近以尾擊取益猶象之任鼻也(「鼉魚文」, 권36)
12	王得臣	麈史	2편	羲之俗書趂姿媚數紙尚可博白鵝補注王得臣麈史云王 右軍書多不講偏旁此退之所謂羲之俗書趂姿媚者也(「 石鼓歌」, 권5)
13	張俞	議論	1편	故愈嘗推尊孟氏以爲功不在禹下爲此也補注張俞論曰 韓言孟軻輔聖明道之功不在禹下斯亦過矣予謂楊墨之 禍未若洪水然而九年之害非禹不能平孔氏之道雖見侵 毁然而不由軻而益尊苟毁譽由軻而興則不足謂之孔子 之道使聖人復生必不易予言也
14	沈括	筆談	2편	竹影金鏁碎沈存中云竹影金鏁碎乃日光非竹影也洪曰 謂日光在其中不必道破若曰日影金鏁碎則不可也餘見 注下(「城南聯句一百五十韻」, 권8)
15	呂本中	議論	1편	思元賓而不見見元賓之所與者卽如元賓焉補注呂居仁 云公此數句蓋出於孟子或問百里奚自鬻於秦一章最見 抑揚反復處其後曾子固苔李沿書亦如此類宜皆詳讀(「 苔李師錫秀才書」, 권16)

내용 번호	저자명	서명	인용 빈도	예문
16	胡存	漁隱叢話	3편 이상	**才豪氣猛易語言往往蛟螭雜螻蚓**苕溪漁隱叢話云立之詩 有不工處故退之以此譏之(「贈崔立之評事」, 권4)
17	曾氏	筆墨間錄	3편 이상	筆墨間錄云此序乃司馬遷之文非相如文也(「元和聖德 詩并序」, 권1)
18	洪芻	文集(詩話)	2편	**怒煩豕狗**洪駒父詩話云豕狗豕聲也(「祭河南張署負外文」, 권22)
19	呂祖謙	文集	1편	補注呂氏童蒙訓徐師川問山谷曰人言東野聯句即非平 日所作恐之有所潤色山谷云退之安能潤色東野若 東野潤色退之却有此理(「城南聯句一百五十韻」, 권8)
20	楊萬里	文集	1편	**仁與義為定名道與德爲虛位**誠齋楊萬里曰道德之實非 虛也而道德之位則虛之韓子之言實其虛者也其曰仁與 義為定名又曰吾之所謂道德者合仁與義言之也而後道 德之虛位可得而實矣(「原道」, 권11)
21	林之奇	漢唐龜鑑	2편	**陽子將不得爲善人乎**補注林少穎曰退之譏陽城固善矣 及退之為史官不敢褒貶而柳子厚作書以責之子厚之責 退之亦猶退之之責陽城也目見泰山不見眉睫其是之謂 乎(「諫臣論」, 권14)
22	張九成	漢唐鑑	2편	**其南州王始政於溫終政於襄恒平物估賤斂貴出民用有** **經**張曰臯性勤儉知人疾苦所至恒平物估貴則出賣之給 將吏廉俸豪舉不得擅其利(「曹成王碑」, 권28)
23	晁公武	文集	1편	晁氏曰此非銘羅池神之文弔宗元之文也(「柳州羅池廟 碑」, 권31)
24	李石	方舟集	3편 이상	**鬼無氣鬼無聲與形**補注李石曰公子彭生託形于豕晉文 公託聲于牛韓子謂鬼無聲與形未盡也(「原鬼」, 권11)
25	陸唐老	議論	1편	**一爲公與相潭潭府中居**補注上舍陸唐老曰退之不絶吟 六藝之文不停披百家之編招諸生立館舍勉勵其行業之 未至而深戒其真望於有司此豈有利心於吾道者佛骨一 疏議論奮曾不以全就禍福回其操原道一書累千百言 攘斥異端用力殆與孟軻氏等退之所學所行亦無愧矣惟 符讀書城南一詩乃徵見其有庚於向之所得者駭目潭潭 之居揗鼻蟲蛆之背切切然餌其幼子以富貴利達之羨此 豈故韓愈哉(「符讀書城南」, 권6)
26	黃唐	議論	2편	**楚滅徙秦而居天水畧**黃曰秦滅楚遷大姓於隴西因居 天水(「唐故相權公墓碑」, 권30)
27	葛立方	韻語陽秋	3편 이상	**悔尤即此是幽屛**葛立方曰此則陶潛歸去來辭覺今是昔 非之意似有所悟也(「秋懷詩十一首」, 권1)
28	蔡寬夫	詩話集	3편 이상	**二子不宜爾將疑斷還**補補注蔡寬夫詩話云退之陽山之 貶以詩考之亦為王叔文章執誼等所排耳子厚禹錫於退 之最然於是不能無疑故云同官盡才俊偏善柳與劉云 云(「赴江陵途中」, 권1)

[표 6]에서 보듯이 ① 문집에서 인용한 것으로 정이, 증조曾肇, 황정견黃庭堅, 홍추洪芻, 여조겸呂祖謙, 양만리楊萬里, 조공무晁公武(이상『문집文集』), 소식(『동파문집東坡文集』), 당경唐庚(『노국문집魯國文集』), 이석李石(『방주집方舟集』) 등 10명, ② 시화집에서 인용한 것으로 주씨朱氏(『수수한거록秀水閒居錄』), 심괄沈括(『필담筆談』), 호존胡存(『어은총화漁隱叢話』), 증씨曾氏(『필묵간록筆墨間錄』), 갈립방葛立方(『운어양추韻語陽秋』), 채관부蔡寬夫(『시화집詩話集』) 등 6명, ③ 사서에서 인용한 것으로 (『당감唐鑑』), 사마광司馬光(『자치통감고이資治通鑑考異』), 왕득신王得臣(『진사진사塵史』), 임지기林之奇(『한당귀감漢唐龜鑑』), 장구성張九成(『한당회漢唐鱠』) 등 5명, ④ 책명을 제시하지 않고 인용한 것으로 석대임石大任, 윤돈尹焞, 장유張兪, 여본중呂本中, 육당로陸唐老, 황당黃唐 등 6명, ⑤ 어록에서 인용한 것으로 진장방陳長方 1명 등이 있다. 인용 빈도수는 1편이 12명, 2편이 8명, 3편 이상이 8명 등이다. 이 가운데 특히 호존胡存의『어은총화漁隱叢話』와 당경唐庚의『노국문집魯國文集』, 이석李石의『방주집方舟集』 등은 모두 5편 이상이 인용된 것으로 보아, 위중거는 이들 책에 수록된 논평을 주로 활용한 것으로 판단된다.

한편 위중거는 [표 6]에서와 같이 28명의 주석을 인용하면서 15명의 이름 앞에 '보주補注'라고 표기하였다. 이 15명은 위중거가 책의 머리에서 실명으로 예시한 148명에 포함되는 것인지, 이름은 밝히지 않은 '보주' 50명에 포함하는 것이지 알 수 없으나, 어느 경우이든 숫자가 중복되어 있다는 혐의를 피하기 어렵다. 또한, 예문 18번에서 보듯이 홍추의『문집文集』에서 인용한 것으로 되어 있으나, 실제로는 홍추의『시화詩話』에서 인용한 것이다. 그리고 예문 8번에서 보듯이 진장방의 『어록』에서 인용한 것으로 되어 있으나, 실제로는 송대 왕정덕王正德이 편찬한 『여사록餘師錄』[81]과 하계문何谿汶이 편찬한 『죽장시화竹莊詩話』[82]에 나오는 것이다. 이러한 사실들로 미루어 위중거가 거명한 저자의 숫자와 주석서의 명칭은 실체와 차이가 있는 것이 적지 않은 것으로 생각된다.

[표 7] 한유의 시문을 음석한 글에서 인용한 경우

내용 번호	저자명	서명	인용 빈도	예문
1	祝充	全解(音注韓文公文集)	전편	**使使者進於天子**祝曰使者將命者也論語使者出ㅇ下使字疏吏切(「感二鳥賦幷序」, 권1) **其間居**祝曰間暇也禮記孔子閒居音閑(「感二鳥賦幷序」, 권1)
2	嚴有翼	韓文切證	전편	**秖以招尤而速累**嚴有翼曰累力僞切(「感二鳥賦幷序」, 권1) **雄之飛于朝日羣雌孤雄意氣橫出**嚴曰橫下孟切(「雄朝飛操」, 권1)

[표 7]에서 보듯이 위중거가 한유 시문의 음석서를 인용한 것은 축충祝充(『전해全解』), 엄유익嚴有翼(『한문절증韓文切證』), 두평竇枰(『당서음변唐書音辨』), 장돈이張敦頤(『음변音辨』), 오역吳棫(『협음고운協音古韻』), 고백패顧伯邶(『시협음詩協音』), 정초鄭樵(『모시협운毛詩協韻』), 반위潘緯(『유문음변柳文音辯』) 등 모두 8명이다. 그러나 이 8명의 주석에서 실제로 연세대본(1)에 인용되어 있는 것은 축충의 『전해』와 엄유익의 『한문절증』 등 2명에 불과하다. 위중거가 『전해』라고 제시한 축충의 주석본은 『음주한문공문집音注韓文公文集』[83]을 가리킨다. 표에 제시된 예문에 '하사자소이

---

81) 王正德 編, 『餘師錄』(『문연각사고전서』 1230책) 권2, 장15a, 「陳長文」.

82) 何谿汶 編, 『竹莊詩話』(『문연각사고전서』 1481책) 권12, 장13a, 「月蝕詩效玉川子作」.

절下使字疏吏切'이나 '한음한閒音閑'이라고 한 것에서 보듯이 축충의 음석은 절음切音을 표기하기도 하고 동음同音을 표기하기도 하였다. 또한, 위중거는 간혹 엄유익의 『한문절중』의 주석을 인용하기도 하였는데, 그의 음석은 '루역위절累力僞切'이나 '횡하맹절橫下孟切'이라고 한 것과 같이 주로 절음으로 표기하였다. 이 두 책을 제외한 나머지 6명의 저서들은 한유의 시문과는 직접 관련이 없는 일반 음운서이거나 『당서唐書』나 『시경』, 『유종원집柳宗元集』을 음석한 것으로, 위중거가 실제 이들 책을 참고해 주석을 달았을 가능성은 매우 낮다.

4. 제가주의 활용 양상

위중거가 간행한 『오백가주음변창려선생집』은 전 장에서 밝힌 바와 같이 일정한 체제에 따라서 제가의 주석을 절충하거나 통합하는 방식으로 편집되어 있다. 또한, 주석은 해당 원문의 아래에 주석자의 이름을 밝혀 주석을 달고, 추가할 내용이 있을 경우에는 '집주集注'와 '보주補注', '구주舊注'라고 표기한 다음 주석을 달았다. 이들 주석은 앞에서 밝힌 44명의 저서를 활용해 행간이나 글자의 의미를 파악하는 데 도움을 주는 내용으로 구성되어 있다. 이 책의 편집 형식과 주안점을 구체적으로 알아보기 위해 연세대본(1)에서 제가주를 활용한 양상에 대해 살펴보면 다음과 같다.

---

83) 朴永珠, 「韓愈文集歷代刊刻情形」, 『중어중문학』 10집(영남대학교 중어중문학회, 1985), 236면.

[표 8] 『오백가주음변창려선생집』의 제가주 활용 양상(1)

판본 작품	오백가주음변창려선생문집(연세대본(1))
復志賦 幷序	①-1樊曰公貞元八年擢進士第十一年猶未得仕東歸十二年始佐汴州明年又辭以疾詳夫出處此賦不待講而明矣其句法步驟離騷往往相似㉮-1補注晁無咎嘗取此賦於變騷而系之曰蓋愈自傷幼學既壯而弗獲思復其志以晉知已欲去未可云**愈既從隴西公平汴州**③-1隴西公董晉也②-1韓曰晉拜尚書左僕射汴州刺史受命遂行公及劉宗經韋弘景實從之辟公爲汴州觀察推官③-1孫曰貞元十二年七月以東都留守董晉爲宣武軍節度使平鄧惟恭李廼之亂辟公爲其府推官詳見晉行狀中**其明年七月有負薪之疾**①-2樊曰負薪賤者之稱禮記問庶人之子長曰能負薪矣幼曰未能負薪也又君使士射不能則辭以疾曰某有負薪之憂鄭氏注憂亦作疾③-2孫曰公羊注云大夫病曰犬馬士病曰負薪公病作此賦故云**退休于居作復志賦其辭曰居悒悒之無解兮**④-1祝曰悒憂悒説文云不安也選云良增悒悒③-3孫曰無解者無以自解也○悒音邑ⓐ-1解一作辭**獨長思而永歎**④-2祝曰永歎長息也詩況也永歎①-3樊曰騷云心鬱鬱之憂思兮獨永歎乎增傷○④-2歎音灘**豈朝食之不飽兮寧冬裘之不完昔余之既有知兮**㉮-2補注既有知謂稍長也**誠坎軻而艱難**④-3祝曰坎軻不平易貌喻不得志選坎軻多苦辛○軻枯我切坎或作轗**當歲行之未復兮從伯氏以南遷**③-4孫曰歲行十二年而一復大歷十二年公從兄會南遷韶州時年十歲故云歲行未復也伯氏兄稱詩伯氏吹塤仲氏吹篪**凌大江之驚波兮過洞庭之漫漫**⑤-1蔡曰按唐地理志洞庭在岳州巴陵縣郭璞注山海經云洞庭地穴湖水廣圓五百餘里日月若出沒於其中④-4祝曰漫漫大水貌選歸海流漫漫○漫謨官切**至曲江而乃息兮**⑤蔡曰唐地理志韶州治曲江縣**逾南紀之連山**②-2韓曰唐一行以天下山河之象存乎兩戒分南北紀韶在南紀之外焉③-5孫曰詩滔滔江漢南國之紀南紀猶言南方也逾南紀之連山謂盡南方之山言遠也㉮-3補注南紀字杜詩多用如南紀風濤壯南紀阻歸楫相國生南紀之類**嗟日月其幾何兮**③-6孫曰言至韶未幾也**携孤嫠而北旋**㉮-4補注携挈也孤謂孤兒嫠謂寡婦左氏傳云莒子殺其夫已爲嫠婦③孫曰謂會卒於韶州公從嫂婦葬河陽○④-5携户圭切嫠音釐⑤蔡曰旋以宣切還也**值中原之有事兮將就食於江之南也**①樊曰公遭值梁崇義李希烈朱泚之亂中原騷然乃避地江南③-7孫曰公嘗居宣城○ⓐ-3一作江南無之字⑤-2蔡曰建中二年成德魏博山南平盧節度相繼稱亂三年王武俊李希烈反四年涇原姚令言犯京師德宗幸奉天朱泚犯奉天興元元年李懷光反如梁州貞元元年公以中原多故避地江左祭嫂鄭夫人云既克反葬遭時艱難百口偕行避地江濆正謂此也

[표 8]은 위중거가 한유의 「복지부병서復志賦幷序」의 원문에 주석을 단 내용으로, ①은 번여림의 『연보주』, ②는 한순의 『고훈창려선생문집』, ③은 손여청의 『전해』, ④는 축충의 『음주한문공문집』, ⑤는 채몽필의 『찬주창려집』에 달려 있는 주석을 인용한 것이다. 위의 내용에서 가장 큰 특징은 위중거가 원문에 해당하는 주를 달면서 두 사람 이상의 주석을 활용했다는 점이다. 그 한 예로 원문

"유기종롱서공愈既從隴西公."에서 왕백대는 동진董晉의 행장을 인용해 주석을 단 손여청의 주를 활용하였으나, 위중거는 위의 손여청의 주석과 함께 동진의 행적을 요약한 한순의 주를 함께 활용하였다. 손여청과 한순의 주석은 모두 한유가 변주관찰추관汴州觀察推官이 된 내력을 설명한 것으로 문장만 다를 뿐 내용상으로는 별 차이가 없다. 다른 한 예로 원문 "치중원지유사혜値中原之有事兮, 장취식어강지남야將就食於江之南也."에서 위중거는 번여림, 손여청, 채몽필 등 세 명의 주석을 활용하였다. 그중 번여림의 주석은 한유가 중원에서 발생한 난을 피해 강남으로 옮겼음을 밝힌 것이고, 손여청의 주석은 한유가 거처한 강남 지역이 선성宣城임을 말한 것이며, 채몽필의 주석은 한유의 「제수정부인祭嫂鄭夫人」의 원문을 인용해 그가 강남으로 옮긴 전후 과정을 상세하게 설명한 것이다. 이와 같이 그는 일부 내용이 중복되더라도 가능하면 제가들의 다양한 주석을 첨삭 없이 제시하여, 독자들이 한유의 글을 이해하는 데 필요한 정보들을 두루 접할 수 있게 하였다.

[표 8]에서 ㉮-1, ㉮-2, ㉮-3, ㉮-4는 위중거가 '보주' 아래에 주를 단 것이다. ㉮-1은 조무구晁無咎의 논평을 인용해 한유가 「복지부」를 지은 이유를 밝힌 것이고, ㉮-2는 원문 '기유지既有知'의 의미를 풀이한 것이다. 또한, ㉮-3은 원문 '남기南紀'의 출처에 대해 두보의 시를 통해 밝힌 것이고, ㉮-4는 본문의 '휴携', '고孤', '이鳌'의 뜻과 출처를 밝힌 것이다. 앞서 살폈듯이 위중거는 책의 머리에서 평론·고훈·음석한 사람 148명의 이름을 나열하고, 이어서 집주 50명, 보주 50명, 광주 50명, 석사 20명, 보음 20명, 협음 10명, 정오 20명, 고이 10명 등을 제시하였다. 그러나 실제 연세대본(1)에는 '집주'와 '보주'라는 표기는 달려 있으나, '광주', '석사', '보음', '협음', '정오',

'고이' 등의 표기는 찾을 수 없고, 위중거가 언급하지 않은 '구주'라
는 표기가 달려 있다. 이를 확인하기 위해 연세대본(1)에 수록된 '집
주', '보주', '구주'의 내용을 살펴보면 다음과 같다.

[표 9] 『오백가주음변창려선생집』의 제가주 활용 양상(2)

판본 / 작품	오백가주음변창려선생문집(연세대본(1))
感二鳥賦 并序	㉮-1集注公年二十五登進士第時德宗貞元八年至十一年公二十八尚未得仕故是年正月二月三月連上宰相三書宰相趙憬賈耽盧邁皆庸人不能用五月戊辰東歸自潼關出息于河之陰遇有獻白烏白鸚鴿者感而賦之公進學解云春秋謹嚴左氏浮誇易奇而法詩正而葩下逮莊騷太史所錄子雲相如同工異曲先生之於文可謂閎其中而肆其外矣今其詞賦見於集者四大抵多取騷意此篇蘇子美亦謂其悲激頓挫有騷人之思疑其年壯氣銳欲發其藻章以耀于世蘇語雖少貶然進學解所云不虛矣
閔己賦	㉯補注公嘗佐董晉于汴未幾晉薨尋佐張建封于徐建封又薨罷去居洛此其所以賦閔己也其辭云恒未安而既危此晃無咎嘗取此賦於續楚詞而系之曰愈才高數黜官頗自傷其不遇故云就水草以休息兮恒未安而既危君子有失其所兮小人有得此時蓋思古人靜俟之義以自堅其志終之於無悶云 **有至聖而爲之依歸兮又何苦不自得於艱難** ㉮-2集注蘇內翰為膠西守孔宗翰作顏樂亭詩其序有曰昔夫子以簞食瓢飲賢顏子而韓子乃以爲哲人之細事何哉蘇子曰古之觀人也必於其小焉觀之其大者容有僞焉人能碎千金之璧不能無失聲於破釜能搏猛虎不能無變色於蜂蠆孰知簞食瓢飲之爲哲人大事乎司馬溫公又曰子瞻論韓愈以在隱約而平寬為哲人之細事以爲君子於人必求其小觀焉光謂韓子以三書秪宰相求官與于襄陽書求朝夕芻米僕賃之資又好悅人以誌詔而受其金非戚戚於貧賤如此烏知顏子之所爲哉司馬蘇氏之論當矣雖然退之嘗荅李習之書曰孔子稱顏回一簞食一瓢飲人不堪其憂回也不改其樂彼人者有聖者爲之依歸而又有簞食瓢飲足以不死其不憂而樂也豈不易易哉若僕無所依歸無簞食瓢飲無所取資則餓而死不亦難乎而此賦又云爾蓋閔己之不若也東坡溫國獨謂其不然要爲顏子言之爾
曹成王碑	**王及州不解衣下令掊鎖擴門** ㉰舊注掊擊也把也彼垢切擴引張也古莫切

[표 9]는 위중거가 한유의 「감이조부병서感二鳥賦并序」, 「민기
부閔己賦」, 「조성왕비曹成王碑」 등의 원문에 주석을 단 내용이다.
㉮-1과 ㉮-2는 '집주'라는 표기 아래 달려 있는 주석이다. 그는 ㉮-1
에서 「감이조부」의 제목 아래에 달면서 한유가 이 작품을 짓게 된
이유와 함께 「진학해進學解」의 원문을 인용하여 한유의 부賦 작품

4편에 대한 문체적 특징을 말하였다. 이어 그는 ㉮-2에서 공종한孔宗翰의「안락정시서顔樂亭詩序」와 소식·사마광의 논평, 한유의「답이습지서答李翊之書」등을 인용하여 한유가 간난艱難을 감수하며 성인에게 귀의한 이유를 설명하였다. ㉯는 '보주'라는 표기 아래 달려 있는 주석이다. 위중거는 이곳에서 한유가「민기부」를 지은 이유와 함께 조무구가 지은 부賦의 원문을 인용해놓았다. ㉰는 '구주'라는 표기 아래 달려 있는 주석이다. 위중거는 이곳에서 한유의「조성왕비曹成王碑」의 원문에서 사용된 '부掊'와 '확擴'의 의미와 독음을 밝혔다. 이와 같이 '보주', '집주', '구주'에서도 위중거는 글자나 문장의 뜻, 어휘의 출처나 창작 동기 등과 다양한 정보를 제공하였다.

앞서 살폈듯이 위중거는 왕백대에 비해 저본으로 활용한 번여림의『연보주』, 한순의『고훈창려선생문집』, 손여청의『전해』, 축충의『음주한문공문집』, 채몽필의『찬주창려집』의 주석을 다양하게 활용하였다. 그러나 이들 사실만 가지고 위중거가 이들 저본의 주석을 원문 그대로 인용했다고 단정하기는 어렵다. 앞서 살폈듯이 조선에서 세종 20년(1428)에 간행한『주문공교창려선생집』은 주희의『한문고이』를 원주原註로 삼고,『오백가주음변창려선생집』과 한순의『고훈창려선생문집』를 부주附註로 달아 편찬한 것이다.[84] 따라서 이 책에서 인용된 한순의 주석과 연세대본(1)의 주석을 비교해보면, 위중거가 한순의 주석을 얼마나 충실히 인용했는가를 파악할 수 있다. 조선본과 연세대본(1)에 인용된 한순의 주석을 표로 제시하면 다음과 같다.

---

84)『世宗實錄』권83, 175~176면. "韓主朱本, 逐節, 先書考異, 其元註入句, 未斷者, 移入句斷. 五百家註及韓醇詁訓, 更采詳備者, 節附考異之下, 白書附註以別之."

[표 10] 『오백가주음변창려선생집』의 제가주 활용 양상(3)

판본 작품	주문공교창려선생집 (조선본)	오백가주음변창려선생문집 연세대본(1)
送石處士 赴河陽幕	**長把種樹書**①-1韓曰史記秦始皇紀秦皇焚書 所不去者卜筮醫藥種樹之書	**長把種樹書**①-1韓曰種樹書見 史記秦始皇紀
晚秋郾城 夜會李正 封聯句	**雪下收新息**①-2韓曰新息蔡州縣名是歲十月 李愬襲蔡賊吳元濟至懸瓠城夜半雪其賊晏然 不知遂克蔡擒元濟**爾牛時寢訛**①-3韓曰詩爾 牛來思或寢或訛訛動也**爲詩安能詳庶用存糠 粕**①-4韓曰壯子桓公讀書於堂上輪扁斲輪於 堂下曰君之所讀古人之糟粕也	**雪下收新息爾牛時寢訛爲詩 安能詳庶用存糠粕**

　[표 10]은 한유의 두 작품의 원문에 달려 있는 주석을 비교한 것이다. ①-1은 「송석처사부하양막送石處士赴河陽幕」의 원문에서 말한 '종수서種樹書'의 뜻을 풀이한 것이다. 조선본에는 『사기』의 원문이 제시되어 있으나, 위중거는 출전만 밝혔을 뿐 원문은 제시하지 않았다. ①-2, ①-3, ①-4는 「만추언성야회이정봉연구晚秋郾城夜會李正封聯句」에 달려 있는 한순의 주석을 인용한 것이다. ①-2는 원문에 나오는 '신식新息'과 관련된 역사적 사건을 들어 의미를 풀이한 것이고, ①-3은 '이우시침와爾牛時寢訛'의 출전인 『시경』의 원문을 들어 그 뜻을 풀이한 것이며, ①-4는 '강박糠粕'의 의미를 『장자』의 글을 인용해 설명한 것이다. 위중거는 이들 주석을 모두 수록하지 않았다. 이로 보아 조선본에서 인용한 한순의 주석들이 원문을 이해하는 데 얼마나 중요한 것인가에 대해서는 논외로 하더라도, 위중거는 적어도 한순의 『고훈창려선생문집』에 수록된 주석을 원문 그대로 인용하지 않은 것은 분명하다.

　앞서 [표 8]에서 특히 주목되는 것은 ⓐ-1, ⓐ-2, ⓐ-3, ⓐ-4이다. 이들 주석은 왕백대가 주희의 『한문고이』에서 인용한 것이다. 앞 장에서 살폈듯이 주희는 자신이 집대성한 도학적 문학관에 기초해 문세와 문리에 초점을 맞추어 한유의 글을 교감하였고, 항본과 촉본, 관각본을 포함한 제본들의 동이와 오류를 바로잡았으며, 한유와 불교와의 관계를 중심으로 그의 학문에 대한 득실과 공과를 평하였다. 이렇듯 그는 한유의 시문을 교감하면서 고도의 철학적 사유를 기반으로 체계화한 도학적 문학관을 주도면밀하게 적용시켰다. 위중거는 ⓐ-2의 주석을 수록하지 않았고, ⓐ-1에서 '해혹작사解或作辭'를 '해일작사'解一作辭라고 주를 달았으며, ⓐ-3에서 '혹우무지자或又無之字'를 '일작강남무지자一作江南無之字'라고 주를 달았다. 위중거는 ⓐ-1과 ⓐ-3에서 주석자의 이름을 제시하지 않아, 그가 과연 이들 주석이 주희의『한문고이』에서 인용한 것인지는 알 수 없다. 그러나 위중거가 ⓐ-3에서 주희가 방숭경이 편찬한『한집거정』을 비판한 내용을 인용하지 않은 것에 주목할 필요가 있다. 이를 자세히 살펴보기 위해 주희의『한문고이』와 위중거의 주석을 표로 제시하면 다음과 같다.

[표 11] 『오백가주음변창려선생집』의 제가주 활용 양상(4)

판본 작품	한문고이(사고전서본)	오백가주음변창려선생문집 연세대본(1)
復志賦 幷序	**誰無施而有獲**ⓐ方從閣本誰作惟下又有德字云李本謂陳無己去德字今本復詿爲誰其誤甚矣 今按此句本用楚詞孰無施而有報孰不殖而有獲之語詞意既有自來又與上下文勢相應故嘉祐杭本與諸本多如此乃是韓公本文相傳已久非陳以意定也閣本之繆如此而方信之反以善本爲誤今不得而不辨也又嘉祐杭本世多有之而其不同處方皆不錄豈其偶未見耶抑忽之而不觀也	**昔余之約吾心兮誰無施而有獲**①樊曰騷云孰無施而有報兮孰不實而有獲

[표 11]은 한유의 「복지부병서」의 원문에 주석을 단 것이다. ⓐ는 주희가 「복지부」의 '수무시이유획誰無施而有獲'을 교감한 내용이다. 방숭경은 각본閣本을 좇아 '수誰'를 '유惟'로 쓰고 아래에 '덕德'

자를 두었다. 그리고 이본李本에서 '진사도가 '덕德'자를 없앴다.'고 말한 것을 인용하고, 금본今本에는 다시 '유유'를 '수수誰'로 잘못 써 오류가 심하다고 하였다. 그러나 이 구는 『초사』의 "숙무시이유보孰無施而有報, 숙불식이유확孰不殖而有穫"에서 온 것으로, 사의詞意의 유래가 분명할 뿐 아니라 상하의 문세 또한 잘 어울리고 있다. 이로 보아 이 구는 한유의 원문이 당시까지 전해진 것이지 진사도가 마음대로 바꾼 것은 아니다. 방숭경은 가우嘉祐 항본杭本을 관각본과 면밀하게 비교해 그 차이를 밝히지 않고, 유독 관각본을 존숭하고 사본을 홀시함으로써 정선된 사본이 오히려 잘못이라고 지적하는 오류를 범하였다. 그러나 위중거는 이와 같은 주희의 주석을 인용하지 않고 ①과 같이 「이소」의 원문을 제시한 번여림의 주석을 인용했을 뿐이다. 이는 위중거가 도학적 문학관이 철저하게 적용된 주희의 주석을 배제하였음을 보여주는 것으로, 이를 통해 그가 책을 간행하면서 가급적 특정한 견해나 편향된 주제에서 벗어나 다양한 내용의 주석들을 독자에게 제공하려 했음을 알 수 있다.

5. 맺음말

앞서 살폈듯이 위중거는 1200년(경원 6년)에 『오백가주음변창려선생집』을 간행하면서 책의 머리에 평론·고훈·음석한 148명의 이름을 나열하였다. 그러나 그가 이 책에 실제로 이름을 제시한 것은 훈고서 14명, 논평문 28명, 음석서 2명 등 모두 44명으로, 이는 그가 이 책에서 제시한 148명의 34%로 전체의 3분의 1에 불과한 것이다. 이로 보아 그가 책의 제목을 '오백가주'라고 한 것은 앞서 주이존이 밝혔듯이 박학과 상설을 과시했던 마사리 출판업자들의 얕은 생각에서 나온 것임이 분명하다. 그러나 위중거는 도학적 문학관이 주도면밀하게 적용되어 있는 주희의 『한문고이』를 배제한 채, 제가들의 독자들이 필요한 정보들을 많이 접할 수 있도록 제가들의 주석을 첨삭 없이 인용하였다. 이와 같은 그의 주석은 한유 문집과 관련된 대부분의 주석서들이 사라진 지금 왕백대의 『주문공교창려선생집』에서는 얻을 수 없는 다양한 정보들을 제공하고 있는 것이 사실이다.

세종은 당시에 성행하던 왕백대의 『주문공교창려선생집』과 위중거의 『오백가주음변창려선생집』은 원문과 주석이 서로 달라 독자들이 내용을 이해하는 데 적지 않은 혼란을 준다고 보고, 집현전 학사 최만리崔萬理와 김빈金鑌 등에게 두 책의 장단점을 면밀히 살펴 새로 편찬하도록 명하였다. 세종 20년에 갑인자로 간행된 『주문공교창려선생집』은 이와 같은 세종의 명에 의해 세상에 나온 것이다. 세종은 성학을 잇고 문교를 밝혀 경서와 사서를 모두 인쇄하여 반사하는 한편, 문장이 예스럽지 못한 것을 염려하여 한유와 유종원의 문집을 간행하였다. 세종 20년에 간행된 『주문공교창려선생집』은 문인 학자들로 하여금 경서와 사서를 연구하여 그 열매를 곱씹게 하고 한유와 유종원의 문장을 익혀 그 꽃을 펼치게 하려는 우문右文 정책85)이 결실을 맺은 것으로, 이후 조선의 문인 학자들이 도학적 문학관을 정립하거나 고풍의 문장을 구사하는 데 적지 않은 영향을 끼쳤다.

그 예로 운근수와 최립이 수차례 왕복하면서 한유 문장의 토석吐

---

85) 『世宗實錄』 권83, 176면. "臣伏覩殿下, 以緝熙聖學, 丕闡文敎, 凡諸經史, 悉印悉頒, 又慮詞體之不古, 發揮二書, 嘉惠儒士, 使之研經史以咀其實, 追韓柳以摘其華, 其所以右文育材者, 可謂無所不用其極矣."

釋을 정정訂正해『정의집람訂疑集覽』상·하권을 편찬하여, 후학들이 한유의 글을 읽다가 의심나는 곳이 있으면 참고할 수 있도록 한 것[86]을 들 수 있다. 이곳에는 「원도原道」를 시작으로 「청천현종묘의請遷玄宗廟議」에 이르기까지 129편에 달하는 한유의 문장을 윤근수尹根壽와 최립崔岦이 연토研討한 내용이 수록되어 있다. 또한, 퇴계는 『상설고문진보대전전집』에 수록된 한유의 「청청수중포靑靑水中蒲」에서 「석고가石鼓歌」까지 18편의 원문과 주석을 재해석하여 『고문전집강해』를 편찬하였고,[87] 이덕홍李德弘은 『상설고문진보대전후집』에 수록된 한유의 「백이송伯夷頌」에서 「진소유자서秦少游子書」까지 10편을 퇴계에게 질의하고 답변한 내용을 모아 『고문후집질의』를 편찬하였다.[88] 이와 같이 조선에서 주희의 도학적 문학관이 녹아들어 있는 갑인자본『주문공교창려선생집』이 널리 유행하게 되면서, 특정한 편견 없이 한유의 시문을 이해하는 데 필요한 정보들이 다양하게 제공되어 있는 『오백가주음변창려선생집』의 위상이 현저히 낮아졌다. 이와 같은 조선에서의 한유 문집의 편찬과 유통 양상은 문이재도文以載道를 중심으로 한 도문일치를 지향했던 조선시대 한문학의 특징을 단적으로 보여주고 있다는 점에서 그 의미가 적지 않다.

---

86) 尹根壽, 『月汀集別集』(『한국문집총간』 47책) 권3, 363면. "韓文則曾從同知崔岦, 相與往復訂正, 寫成訂疑集覽上下卷, 或可因其有疑難處而叅考, 則不無所益."

87) 정재철, 『고문진보 연구』(문예원, 2014), 158~161면.

88) 정재철, 앞의 책, 184면.

한유 시문 주석서의 간행

1. 머리말

주희가 고도의 철학적 사유를 기반으로 체계화한 도학적 문학관을 주도면밀하게 적용시켜 편찬한『한문고이』10권은 그의 생존 시에 인쇄되지 못하고 제자인 장흡張洽에 의해 1208년에 이루어졌다.[89] 그 후 송 보경 3년(1227)에 왕백대王伯大가『한문고이』의 주를 떼어 각구各句의 아래에 산입散入하여 복건성 남검주에서『주문공교창려선생집朱文公校昌黎先生集』이라는 이름으로 간행하였다. 이 책은 명에 들어와 정통 13년(1448)에 서림書林 왕종옥王宗玉에 의해 다시 간행되었고, 이후 만력 33년(1605)에 주희의 후손인 주오필朱吾弼에 의해 다시 세상에 나왔다.

한편 왕백대가 1227년에『주문공교창려선생집』을 간행한 지 40여 년이 지난 송 함순 연간(1264~1274)에 요영중廖瑩中이 항주杭州에서『창려선생집昌黎先生集』을 간행하였다. 세상에서는 이 책을 요영중의 서재 이름인 세채당世綵堂을 본떠 세채당본이라고 일컫는다. 이후 명에 들어와 만력 연간(1573~1620)에 서시태徐時泰가 이 책을 강소江蘇의 장주長州에서 다시 간행하였다. 당시 그는 간

---

89) Charles Hartman, 文鍾鳴 譯, 앞의 논문, 218면.

행자의 이름을 자신의 서재 이름을 따라 동아당東雅堂으로 바꾸었고, 이어 명 숭정 6년(1633)에 장지교蔣之翹가 한유의 시문에 제가의 주석을 붙여 『당한창려집唐韓昌黎集』이라는 이름으로 간행하였다.

본 장에서는 중국에서 주희가 편찬한 『한문고이』와 위중거가 편찬한 『오백가주음변창려선생문집』에 수록된 주석들을 종합하고 절충하여 간행한 한유 문집 주석서들을 살펴보기로 한다. 그 방법으로 먼저 1227년에 왕백대가 편찬하고 명대에 왕종옥과 주오필이 간행한 『주문공교창려선생집』에 대해 알아보고, 이어 함순 연간에 요영중이 간행하고 만력 연간에 서시태가 중간한 『창려선생집』에 대해 살펴본 후, 마지막으로 숭정 6년에 장지교가 간행한 『당한창려집』에 대해 알아보기로 한다.

2. 왕백대의 『주문공교창려선생집』

1) 판본의 종류와 형태

왕백대가 1227년에 편찬한 『주문공교창려선생집』은 건양현 마사리의 서방에서 간행되었다. 그러나 이 책을 간행한 서방에서는 각 편의 끝에 붙여놓은 주석이 찾아보기 불편하다고 생각하고, 이들 주석을 취하여 각 구의 아래에 옮겨놓았다. 따라서 이 책은 주희와 왕백대의 원본이 완전히 개정된 것인데, 이후 이 책이 세상에 널리 유전되면서 주희의 원본으로 인식되었다.90) 이 책은 현재 『사고전서』에 『별본한문고

---

90) 朱熹, 『原本韓集考異』(『문연각사고전서』 1073책), 「提要」. "厥後麻沙書坊, 以注釋綴於篇末, 不便披尋, 又取而散諸各句之下, 非惟全改朱子之舊, 倂伯大之舊, 亦全改矣. 流俗相傳, 執此以爲朱子之本, 其實誤也."

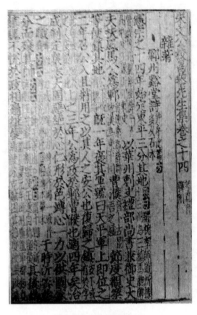

[그림 1] 고려대본
『朱文公校昌黎先生集』

이『別本韓文考異』라는 이름으로 수록되어 있고,[91] 고려대학교 도서관에는 [그림 1]과 같이 원판본元版本으로 추정되는『주문공교창려선생집朱文公校昌黎先生集』(이하 고려대본으로 칭함) 영본 1책(권13~권15)이 소장되어 있다.[92]

이 판본의 판식은 사주단변에 행수와 자수는 18행 23자에 주쌍행이고, 어미는 상하흑구上下黑口, 하향흑어미下向黑魚尾로 되어 있다. 또한 이 판본은 권14의 1장 1행에 '주문공교창려선생문집권지십사朱文公校昌黎先生文集卷之十四'이라고 표기되어 있고, 1행 원문 아래에 '고이음석부考異音釋附'라는 주석이 달려 있다. 이로 보아 장지교가『당한창려집』을 편찬한 명 숭정 연간에는 송명유학의 정통을 계승한 도학가를 포함하여, 진한고문가와 당송고문가로 양분된 문장가들에 의해 한유의 문장이 고문의 전범으로 인식된 것으로 생각된다.

한편 일본 교토대학교 도서관에는 [그림 2]와 같이 명 정통 13년(1448)에 서림 왕종옥이 간행한『주문공교창려선생집』(이하 교토대본으로 칭함) 40권 16책이 소장되어 있다.[93] 이 책의 판식은 사주

---

91) 王伯大 編, 『別本韓文考異』(『문연각사고전서』 1073책).

92) 『朱文公校昌黎先生文集』(木版本, 고려대학교 도서관, 만송貴中-24) 零本 1책(권13~15).

93) 『朱文公校昌黎先生文集』(일본목판본, 교토대학교 도서관) 40권 16책.

쌍변에 행수와 자수는 12행 23
자에 주쌍행이며, 어미는 상하
흑구上下黑口, 하향흑어미下向
黑魚尾로 되어 있다. 또한 이
판본은 권1의 1장 1행에 '주문
공교창려선생문집권지일 '朱文
公校昌黎先生文集卷之一'이
라고 표기되어 있고, 2행에 '회
암주선생고이晦庵朱先生考異'
와 '유경왕선생음석留畊王先生
音釋'이라고 표기되어 있다. 그
리고 이 판본의 권수에는 이한
李漢의 서문에 이어 다음과 같
이 1448년에 왕종옥이 쓴 지문

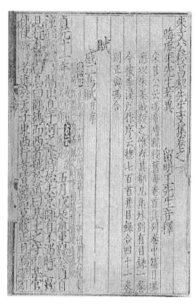

[그림 2] 교토대본
『朱文公校昌黎先生集』

識文이 수록되어 있다. 그는 이 글에서 한유와 유종원의 문집이 당
말唐末에서 시작해 송을 거치면서 유자들과 문사들이 그들의 문장
을 전범으로 삼았으나, 그가 살던 때에는 초기의 판본들은 민멸되고
이어져 간행된 속집들은 일부가 누락되어 있다고 하였다. 이에 그는
여러 곳을 수소문해 권집卷集이 온전히 갖추어져 있는 선본善本을
구하게 되었고, 곧이어 한유와 유종원의 문집을 간행하였다고 하였
다.[94] 이로 보아 왕종옥은 서림에서 서방을 운영하던 사람으로, 그
가 1448년에 간행한 『주문공교창려선생집』은 유종원의 문집과 함

---

94) 王宗玉, 「識」, 『朱文公校昌黎先生文集』(일본목판본, 교토대학교 도서관) 卷首, 장7b. "韓柳二
先生文集, 行世久矣. 唐季歷末以來, 儒人文士, 莫不宗之, 以爲文章之模範, 序記之矜式, 惜乎.
舊板漫滅, 續集遺闕, 讀者憾焉. 本堂廣求, 訪到善本, 卷集全備. 宗玉喜不自勝, 命工鼎新綉梓,
以廣其傳, 使四方文學君子, 得觀二先生之全文, 不致湮沒, 豈不偉歟. 幸鑑大明正統歲舍戊辰十月
吉日, 書林王宗玉謹識."

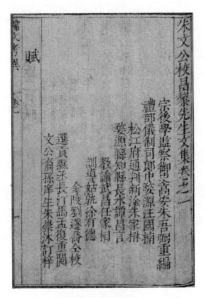

[그림 3] 규장각본
『朱文公校昌黎先生集』

께 당시에 전해져온 왕백대의 구본舊本을 다시 간행한 것으로 생각된다.

그리고 서울대학교 규장각에는 [그림 3]과 같이 명 만력 33년(1605)에 주오필朱吾弼이 중편重篇한 『주문공교창려선생집』(이하 규장각본으로 칭함) 40권, 『외집』 10권 등 52권 10책이 소장되어 있다.95) 이 책은 표지 제목이 『한문고이』라고 되어 있고, 판식은 사주쌍변에 책 크기는 26×16.6㎝이다. 또한 이 책의 행수와 자수는 9행 18자에 주쌍행이고, 어미는 하향백어미下向白魚尾로 되어 있다. 이 판본은 권1의 1장 1행에 '주문공교창려선생문집권지일朱文公校昌黎先生文集卷之一'이라고 표기되어 있고, 2행에서 10행에는 각각 '종후학감찰어사고안주오필중편宗後學監察御史高安朱吾弼重篇', '예부의제사낭중무원왕국남禮部儀制司郞中婺源汪國楠', '송강부통판신감주가무松江府通判新淦朱家棟', '무원현지현장수담창언婺源縣知縣長水譚昌言', '교유무창임가상教諭武昌任家相', '훈도고숙서유덕訓導姑孰徐有德', '금릉유천교동교金陵劉遷喬仝校', '선공현승장정마맹복중열選貢縣丞長汀馬孟復重閱', '문공예손상생주숭

―――――――――

95) 『朱文公校昌黎先生文集』(木版本, 서울대학교 규장각, 3424 205) 40권, 『外集』 10권, 『集傳』 1권, 『遺文』 1권, 合 40책.

'목정재文公裔孫庠生朱崇沐訂梓'라고 표기되어 있다. 이로 보아 이주오필이 감찰어사로 재임할 때에 이 책을 중편하였고, 왕국남汪國楠, 주가무朱家楙, 담창언譚昌言, 임가상任家相, 서유덕徐有德, 유천교劉遷喬, 맹복중孟復重 등이 교열에 참여하였으며, 주희의 후손인 주숭목朱崇沐이 상재한 것임을 알 수 있다.

[표 1] 고려대본·교토대본·규장각본 『주문공교창려선생집』의 서지 비교

판본 / 서지	고려대본	교토대본	규장각본
저작 사항	『朱文公校昌黎先生集』影本 1책(권13~권15)	『朱文公校昌黎先生集』 40권 『外集』 10권, 『集傳』 1권, 『遺文』 1권, 合 16책	『朱文公校昌黎先生集』 40권 『外集』 10권, 『集傳』 1권, 『遺文』 1권, 合 40책
소장 장소	고려대학교 도서관	교토대학교 도서관	서울대학교 규장각
판본 형태	木板 影印本	木板 影印本	木板 影印本
간행 연도	元代(추정)	正統 13년(1448)	萬曆 33년(1605)
간행(편찬)자	미상	王宗玉 刊	朱吾弼 重篇
조판 형식	四周單邊, 半郭 18.4×12.2cm, 有界, 18行 23字, 註雙行 23字, 上下黑口, 下向黑魚尾:25.3×14.1cm	四周雙邊, 有界, 12行 23字, 註雙行, 上下黑口, 下向黑魚尾	四周雙邊, 책 크기 26×16.6cm, 13행 23자, 註雙行, 上白口 下向白魚尾
특기 사항	影本 1책으로 간행자 및 간행시기 알 수 없음	卷首에 王宗玉이 正統 13년(1448)에 쓴 識文이 수록됨	卷首에 朱吾弼이 萬曆 33년(1605)에 쓴 序文이 수록됨

2) 내용의 선정과 조직

1448년에 왕종옥이 간행한 교토대본 권수에는 주희가 쓴 서문에 이어 왕백대가 1227년에 쓴 서문이 다음과 같이 수록되어 있다.

군재郡齋에서 근래에 주문공朱文公이 교정한 창려집을 간행하였다. 『한문고이』를 붙여놓았고, 음석은 예전에 간행한 것이다.

처음 읽는 자들은 아직 음석을 구하는 것을 벗어나지 못하여, 여러 교본을 살펴보아도 이미 글자가 모두 같지 않고, 또한 음이 잘못되거나 일이 어긋난 것이 많다. 이 책에는 집주가 있고, 보주가 있고, 변증이 있고, 전해가 있어, 음이 통하고 구가 풀이되며, 사물을 인용하고 유례를 이어놓은 것이 비록 더욱 상세한 것 같으나, 본문 사이에 서로 어긋난 것이 있으므로 내가 근심하였다. 지금 모두 교본에 따라서 다시 음훈을 교정하고, 인하여 두루 제가의 주해에서 채집한 것과 본문에서 사용할 만한 것을 일일이 열거해 기록하였으며, 아직 갖추어지지 않은 것은 이 책에 박통한 여러 사우士友들과 함께 기록하였으나, 생각하건데 그 사이에 빠져 있는 것이 여전히 많다. 예전에 황정견이 이르기를 "두보의 시와 한유의 문장은 한 글자도 유래처가 없는 것이 없다."라고 하였으니, 반드시 말한 것을 모두 파악한 이후에 두 문인의 글을 읽을 수 있다는 것을 말한다. 실수로 스스로 헤아리지 못한 것은 각 권의 왼쪽에 기록한 것을 붙여놓고, 그 아래 부분을 비워놓아 탐구하는 자가 풀이하기를 기다리니, 다시 음변이 서로 계속되어 혹여 도움이 있기를 기대한다. 보경 3년 6월 16일에 승의랑承議郎 특첨강통판特添羌通判 남검주군주겸관내권농사南劍州軍州兼官內勸農事 왕백대王伯大가 삼가 쓰다.96)

위의 글은 왕백대가 남검주 군주軍州로 머물고 있던 군재郡齋에서 『주문공교창려선생집』을 간행하고 나서 쓴 것이다. 그는 이 책을 편찬하면서 한유의 『한문고이』를 붙여놓고, 음석은 자신이 예전에 책으로 간행한 것을 사용하였다. 이와 같이 그가 한유 시문의 음

96) 王伯大,『朱文公校昌黎先生集』卷首, 장3a~장4b,「序」. "郡齋近刊朱文公校定昌黎集. 附以考異, 而音釋則舊所刊也. 初讀者未免求之音釋, 質諸校本, 旣字不盡同, 且音訛事多缺, 此書有集注, 有補注, 有辨證, 有全解, 音通句釋, 引物連類, 雖若加詳, 而於本文間亦抵捂, 余頗病之, 今悉從校本, 更定音訓, 因旁摭諸家註解, 與本文用事者, 枚舉而記. 其凡有未備, 則訪諸士友, 博極此書者, 併記之. 意其間闕逸尙多也. 昔黃太史有云, 杜詩韓文無一字無來處, 竊謂必盡所云, 而後可讀二文公之書, 過不自料, 附所嘗記錄於逐卷之左, 而空其下方, 以待求者釐釋, 冀更相繼續於音辯, 或有補云. 寶慶三年季夏旣望, 承議郎特添羌通判南劍州軍州兼官內勸農事王伯大謹書. 音釋如集中考異已載者, 更不重出."

석에 관심을 갖게 된 것은 초학자들이 당시 간행된 교정본에 제시된 음석이 일치하지 않을 뿐만 아니라 잘못 제시된 음이 많았기 때문이라고 하였다. 또한 그는 당시에 한유의 시문을 주석서에는 모두 '집주'와 '보주'가 있고, 홍흥조의 『변증』과 손여청·한순·축충의 『전해』는 음이 통하고 구가 풀이되며, 자세하게 사물을 인용하고 유례를 제시하였다. 그러나 그는 이들 주석서가 본문 사이에 서로 어긋난 것이 있다고 보고, 이 책을 편찬하면서 교본에 따라 음훈을 교정하였으며, 제가의 주해에서 채집한 것 중에서 본문에 사용할 만한 것을 일일이 열거하였다. 그리고 그는 실수로 잘 이해하지 못한 것은 각 권의 왼쪽에 기록한 것을 붙여놓아 그 후에도 음변이 정확하게 규명될 수 있도록 하였다. 그러나 현재 왕종옥이 1448년에 간행한 교토대본과 주오필이 1605년에 중편한 규장각본에는 모두 권수에 왕백대가 쓴 「범례」에서 위와 같이 왕백대의 음석을 해당 원문 아래에 붙여놓은 사실을 밝히고 있다.[97] 이로 보아 이 두 판본은 모두 서림에서 왕백대의 음석을 해당 원문 아래에 붙여 간행한 판본을 다시 간행한 것으로 생각된다. 이를 구체적으로 확인하기 위해 연세대본(1)『오백가주음변창려선생집』과 교토대본『주문공교창려선생집』의 제가주의 활용 양상을 비교해보면 다음과 같다.

---

97) 王宗玉 刊, 『朱文公校昌黎先生集』, 장1a, 「朱文公校昌黎先生集凡例」. "留畊先生, 又集諸家之善, 更定音釋, 援據的當, 音訓詳明, 猶未附入正集, 仍於逐卷之左, 空其下, 方以待竄補, 是雖足見先生之謙德 而觀者未免卽此較彼, 其於披閱, 又未爲便. 今本宅所刊, 係將南檢州官本爲據, 倂將音釋附正集焉, 使觀者一目可盡, 而文義粲然, 亦先生發明此書之本心也. 幸鑑."

[표 2] 주희·위중거·왕백대의 「복지부병서復志賦并序」 주석 비교

한문고이 (사고전서본)	오백가주음변창려선생집 연세대본(1)	주문공교창려선생집 (교토대본)
	①-1樊曰公貞元八年擢進士第十一年猶未得仕東歸十二年始佐汴州明年又辭以疾詳夫出處此賦不待講而明矣其句法步驟離騷往往相似㉠-1補注晁無咎嘗取此賦於變騷而系之蓋愈自傷幼學旣壯而弗獲思復其志以晉知已欲去未可云 愈旣從隴西公平汴州③-1隴西公董晉也②-1韓曰晉拜尚書左僕射汴州刺史受命遂行公及劉宗經韋弘景實從之辟公為汴州觀察推官③-1孫曰貞元十二年七月以東都留守董晉為宣武軍節度使平鄆惟恭李㴶之亂辟公為其府推官詳見晉行狀中其明年七月有負薪之疾①-2樊曰負薪賤者之稱禮記問庶人之子長曰能負薪矣幼曰未能負薪也又君使士射不能則辭以疾某有負薪之憂鄭氏注憂亦作疾③-2孫曰公羊注云大夫病曰犬馬士病曰負薪公病作此賦故云退休于居作復志賦其辭曰 居惛惛之無解兮④-1祝曰惛憂惛說文云不安也選云良增惛惛③-3孫曰無解者無以自解也○Ⓐ-1惛音邑ⓐ-1解一作辭獨長思而永歎○-2祝曰永歎長息也詩況也永歎○-3樊曰騷云心鬱鬱之憂思兮溟永歎乎增傷○Ⓐ-2歎音灘豈朝食之不飽兮寧冬裘之不完昔余之旣有知兮㉠-2補注旣有知謂稍長也誠坎軻而艱難④-3祝曰坎軻不平易貌喻不得志選坎軻多苦辛○-3軻枯我切㉠-2坎或作轗當歲行之未復兮從伯氏以南遷④-4孫曰歲行十二年而一歲大歷十二年公從兄會南遷韶州時年十歲故云歲行未復也伯氏兄稱謂伯氏吹塤仲氏吹篪凌大江之驚波兮過洞庭之漫兮⑤-1蔡曰按唐地理志洞庭在岳州巴陵縣郭璞注山海經云洞庭地穴湖水廣圓五百餘里日月若出沒於其中④-4祝曰漫漫大水貌選歸海流漫漫○Ⓐ-4漫謨官切至曲江而乃息兮○-5蔡曰唐地理志韶州治曲江縣逾南紀之連山②-2韓曰唐一行以天下山河之象存乎兩戒分南北紀韶在南紀之外焉③-5孫曰詩滔滔江漢南國之紀南紀猶言南方也逾南紀之連山謂盡南方之山言遠也㉠-3補注南紀字杜詩多用如南紀風濤壯南紀阻歸楫相國生南紀之類嗟日月其幾何兮③-6孫曰言至韶未幾也携孤嫠而北旋④-4補注携挈也孤謂孤兒嫠謂寡婦左氏傳云莒子殺其夫已為嫠婦○-7孫曰謂會卒於韶州公從嫂婦嫠河陽○Ⓐ-5携户圭切⑤-6嫠音釐⑤-3蔡曰旋以宣切還也值中原之有事兮將就食於江之	①-1樊曰其句法步類離騷往往相似㉠-1晁無咎嘗取此賦於變騷愈旣從隴西公③-1孫曰董晉也貞元十二年七月以東都留守董晉為宣武軍節度使平鄆惟恭之亂辟公為其府推官詳見晉行狀平汴州其明年七月有負薪之疾退休于居作復志賦其辭曰 居惛惛Ⓐ-1音邑④-1憂也選云良增惛惛之無解兮獨長思而永歎Ⓐ-2音灘①-3騷云心鬱鬱之憂思兮溟永歎乎增傷ⓐ-1解或作辭豈朝食之不飽兮寧冬裘之不完昔余之旣有知兮誠坎軻Ⓐ-3音可④-3坎軻不平易貌選坎軻多苦辛而艱難當歲行之未復兮從伯氏以南遷逾大江之驚波兮過洞庭之漫兮至曲江而乃息兮逾南紀②-2韓曰唐一行以天下山河之象存乎兩戒分南紀北紀韶在南紀之外③-5詩滔滔江漢南國之紀之連山嗟日月其幾何兮携孤嫠Ⓐ-6音釐而北旋ⓐ-3孤嫠謝作嫠孤值中原之有事兮將就食於江之南ⓐ-4方從閣本無將字於下有大字或又無之字今詳文勢皆非是
無解ⓐ-1解或作辭 孤嫠ⓐ-3謝作嫠孤 將就食於江之南ⓐ-4方從閣本無將字於下有大字或又無之字今詳文勢皆非是		

100 한유 문집 연구

南也①樊曰公遭值梁崇義李希烈朱泚之亂中原騷然乃避地江南③-8孫曰公嘗居宣城o@-4一作江南無之字⑤-4蔡曰建中二年成德魏博山南平盧節度相繼稱亂三年王武俊李希烈反四年涇原姚令言犯京師德宗幸奉天朱泚犯奉天興元元年李懷光反如梁州貞元元年公以中原多故避地江左祭嫂鄭夫人云既克反葬遭時艱難百口偕行避地江濆正謂此也

[표 2]는 주희, 위중거, 왕백대가 한유의 「복지부병서復志賦幷序」 원문 일부에 주석을 단 내용이다. 그중 ⓐ-1, ⓐ-2, ⓐ-3, ⓐ-4는 주희, 위중거, 요영중 등이 『한문고이』에 주석을 단 것이다. ⓐ-1은 주희가 원문 '해解'자가 이본에는 '사辭'자로 되어 있음을 밝힌 것이고, ⓐ-2는 위중경이 '감坎'자가 이본에는 '감轗'자로 되어 있음을 밝힌 것이다. ⓐ-3은 주희가 원문 '고리孤嫠'가 사극가謝克家의 교본에는 '이고嫠孤'로 되어 있음을 밝힌 것이고, ⓐ-4는 주희가 방숭경이 각본閣本을 따라 원문 '장將'자를 제외하고 '어於'자 아래에 '대大'자를 추가한 것과 이본에 '지之'자가 없는 것에 대해 문세에 의거해 수정한 것이다. 이에 대해 위중거는 ⓐ-1에서 주희가 '해혹작사解或作辭'로 표기한 것과 달리 '해일작사解一作辭'로 표기하였고, ⓐ-2에서 주희의 주석에는 빠져 있는 '감혹작감坎或作轗'을 수록하였다. 그리고 ⓐ-3은 수록하지 않았고, ⓐ-4에서 주희가 원문의 '장將'자, '어於'자, '지之'자를 교정한 내용 중에서 '작作'자만 '일작 강남무지자一作江南無之字'라고 표기하였다. 그러나 왕백대는 주희가 주석한 ⓐ-1, ⓐ-3, ⓐ-4를 원문 그대로 수록하고, 위중거가 주석한 ⓐ-2주를 수록하지 않았다. 이로 보아 왕백대는 원문 글자의 이본 표기에 대해서는 주로 주희의 주석을 취한 것으로 생각된다.

[표 2]에서 ①, ②, ③, ④, ⑤는 위중거가 번여림, 한순, 손여청, 축충, 채몽필의 주석을 수록한 것이다. 이들 주석을 왕백대가 채록한

내용을 살펴보면 다음과 같다. 첫째, ①-1에서 번여림의 주석을 대폭 생략하여 "기구법보류其句法步類, 이소왕왕상사離騷往往相似."만 수록하였고, ①-3에서 주석자의 이름을 삭제하였으며, ①-2와 ①-4의 주석을 수록하지 않았다. 둘째, ②-1에서 한순의 주석을 수록하지 않았고, ②-2는 위중거와 왕백대의 주석이 동일하나 왕백대는 마지막 글자인 '언焉'을 생략하였다. 셋째, ③-1에서 왕백대는 손여청의 주석을 한 곳에 모아놓았으나, 위중거는 원문 "유기종롱서공愈旣從隴西公, 평변주平汴州." 아래에 주석자를 밝히지 않고 "농서공동진야隴西公董晉也."를 별도로 떼어놓았다. 이어 ③-2, ③-3, ③-4, ③-6, ③-7, ③-8은 모두 수록하지 않았고, ③-5는 '손왈孫曰'을 삭제하고 주석의 일부인 "시도도강한詩滔滔江漢, 남국지기南國之紀."만 제시하였다. 넷째, ④-1과 ④-3에서 축충의 주석을 주석자를 밝히지 않은 채 축소해놓았고, ④-2와 ④-4의 주석을 수록하지 않았다. 다섯째, ⑤-1, ⑤-2, ⑤-3, ⑤-4는 채몽필의『찬주창려집』의 주석으로 왕백대는 이를 모두 수록하지 않았다. 이와 같이 왕백대는『주문공교창려선생집』을 편찬하면서 번여림의『연보주』, 한순의『고훈창려선생문집』, 손여청의『전해』, 축충의『전해』등의 주석서를 활용하였고, 이들 주석서의 내용을 대폭 축소해 해당 자구 아래에 붙여놓았다.

[표 2]에서 Ⓐ-1, Ⓐ-2, Ⓐ-3, Ⓐ-4, Ⓐ-5, Ⓐ-6은 위중거가 원문에 사용된 글자의 음을 주석한 것이다. 위중거는 이곳에 주를 달면서 동음同音과 절음切音 등 두 가지 방식을 사용하였다. 먼저 그는 Ⓐ-1, Ⓐ-2, Ⓐ-6에서 '읍음읍悒音邑', '탄음탄歎音灘', '이음리氂音釐' 등과 같이 동음을 제시하였고, 이어 그는 Ⓐ-3, Ⓐ-4, Ⓐ-5에서 '가고아절軻枯我切', '만모관절漫謨官切', '휴호규절携户圭切' 등과 같이 절음을 제시하였다. 이와 달리 왕백대는 동음만 제시하고 있어 주목

된다. 먼저 그는 Ⓐ-4의 '만漫'과 Ⓐ-5의 '휴携'의 음을 제시하지 않았다. 그리고 그는 Ⓐ-1, Ⓐ-2, Ⓐ-6에서 위중거와 같이 '읍음읍悒音邑', '탄음탄歎音灘', '이음리鼇音釐'라고 동음을 제시하였다. 그러나 Ⓐ-3에서 위중거가 '가고아절軻枯我切'이라고 절음을 제시한 것과 달리 '가음가軻音可'라고 동음을 제시하였다. 앞서 살폈듯이 위중거가 한유 시문의 글자를 음석하면서 활용한 주석서는 축충의『음주한문공문집』과 엄유익의『한문절중』이다. 축충의 음석은 절음을 표기하기도 하고 동음을 표기하였으나, 엄유익의 음석은 모두 절음으로 표기하였다. 이로 보아 위중거가 Ⓐ-1에서 Ⓐ-6까지 제시한 음석은 축충의『음주한문공문집』에서 인용한 것으로 생각된다. 그러나 왕백대가 Ⓐ-3에서 위중거가 절음切音을 제시한 것과 달리 동음同音을 제시한 것에서 보듯이, 그는 서문에서 밝힌 바와 같이 자신이 직접 만든『음석』의 내용을 그대로 제시한 것으로 생각된다.

　[표 2]에서 ㉮-1, ㉮-2, ㉮-3, ㉮-4는 위중거가 '보주' 아래에 주를 단 것이다. ㉮-1은 조무구晁無咎의 논평을 인용해 한유가「복지부」를 지은 이유를 밝힌 것이고, ㉮-2는 원문 '기유지旣有知'의 의미를 풀이한 것이다. 또한, ㉮-3은 원문 '남기南紀'의 출처에 대해 두보의 시를 통해 밝힌 것이고, ㉮-4는 본문의 '휴携', '고孤', '이鼇'의 뜻과 출처를 밝힌 것이다. 그러나 왕백대는 ㉮-1에서 '보주'를 표기하지 않고 주석의 내용을 일부 절록하여 "조무구상취차부우변소晁無咎嘗取此賦于變騷."만 수록하였다. 그 외에 ㉮-2, ㉮-3, ㉮-4의 주석은 모두 수록하지 않았다. 왕백대는 한유 시문을 주석하면서 앞의 '보주'와 함께 '집주', '구주'의 주석을 인용하였는데, 이를 구체적으로 살펴보기 위해『주문공교창려선생집』과『오백가주음변창려선생집』에 수록된 '집주', '보주', '구주'의 활용 양상을 살펴보면 다음과 같다.

[표 3] 위중거와 왕백대의 집주·보주·구주 활용 양상

판본 / 작품	오백가주음변창려선생집 연세대본(1)	주문공교창려선생문집 (교토대본)
感二鳥賦并序	㉮-1集注公年二十五登進士第時德宗貞元八年至十一年公二十八尚未得仕故是年正月二月三月連上宰相三書宰相趙憬賈耽盧邁皆庸人不能用五月戊辰東歸自潼闗出息于河之陰遇有獻白鳥白鸜鵒者感而賦之公進學解云春秋謹嚴左氏浮誇易奇而法詩正而葩下逮莊騷太史所錄子雲相如同工異曲先生之於文可謂閎其中而肆其外矣今其詞賦見於集者大抵多取騷意此篇蘇子美亦謂其悲激頓挫有騷人之思疑其年壯氣銳欲發其藻章以耀于世蘇語雖少貶然進學解所云不虛矣	㉮-1集注貞元十一年公以前進士三上宰相書不報東歸感所獻二鳥而賦之時宰相趙憬賈耽盧邁也
閔己賦	㉯補注公嘗佐董晉于汴未幾晉薨尋佐張建封于徐建封又薨去居洛其所以賦閔已也其辭云恒未安而既危指此晁無咎嘗取此賦於續楚詞而系之曰愈才高數黜官頗自傷其不遇故云就水草以休息今恒未安而既危君子有失其所兮小人有得其時蓋思古人靜俟之義以自堅其志終之於無悶云 **有至聖而爲之依歸兮又何苦不自得於艱難**㉮-2集注蘇內翰為膠西守孔宗翰作顏樂亭詩其序有曰昔夫子以簞食瓢飲賢顏子而韓子乃以為哲人之細事何哉蘇子曰古之觀人也必於其小焉觀之其大者容有偽焉人能碎千金之璧不能無失聲於破釜能搏猛虎不能無變色於蜂蠆孰知簞食瓢飲之為哲人大事乎司馬溫公又子瞻論韓愈以在隱約而平寬爲哲人之細事以爲君子於人必於其小焉光謂韓子以三書祇宰相求官與于襄陽書求朝夕芻米僕賃之資又好悦人以誌詔而受其金其戚戚於貧賤如此烏知顏子之所爲哉司馬蘇氏之論當矣雖然退之嘗荅李習之書曰孔子稱顏回一簞食一瓢飲人不堪其憂回也不改其樂彼人者有聖者爲之依歸而又有簞食瓢飲足以不死其不憂而樂也豈不易哉若僕無所依歸無簞食瓢飲無所取資則餓而死不亦難乎而此賦又云爾蓋閔己之不若也東坡溫國獨謂其不然要爲顏子言之爾	**有至聖而爲之依歸兮又何苦不自得於艱難**ⓐ何下或有苦字
曹成王碑	**王及州不解衣下令掊鎖擴門**㉰舊注掊擊也把也彼垢切擴引張也古莫切	**王及州不解衣下令掊鎖擴門**㉰舊注掊擊也把也彼垢切

[표 3]에서 ㉮-1과 ㉮-2는 '집주'라는 표기 아래 달려 있는 주석이다. ㉮-1은 한유의 「감이조부感二鳥賦」의 제목 아래에 달려 있는 주석으로, 위중거는 이곳에서 한유가 이 작품을 짓게 된 이유와 함께 「진학해」의 원문을 인용하여 한유의 부賦 작품 4편에 대한 문체적 특징을 논하였다. 그러나 왕백대는 단지 이 작품의 창작 동기를 간략하게 축약시켜 주를 달았다. ㉮-2는 위중거가 공종한孔宗翰의 「안락정시서顔樂亭詩序」와 소식과 사마광의 논평, 한유의 「답이습지서答李翊之書」 등을 인용하여 한유가 간난艱難을 감수하며 성인에게 귀의한 이유를 설명하였다. 그러나 왕백대는 이 주석을 수록하지 않고, ⓐ와 같이 '하하혹유고자何下或有苦字'라고 적어놓았다. ㉯에서 위중거는 「민기부閔己賦」를 지은 이유와 함께 조무구가 지은 부賦의 원문을 인용하여 주를 달았다. 그러나 왕백대는 창작 의도만 수록하고 조무구의 부는 수록하지 않았다. ㉰는 '구주'라는 표기 아래 달린 주석의 예이다. 위중거는 이곳에서 '부掊'자와 '확擴'자의 의미와 독음을 밝혔으나, 왕백대는 '부掊'자의 뜻과 독음만 밝혔다. 이와 같이 위중거는 '보주', '집주', '구주'의 내용을 수록하면서 글자나 문장의 뜻, 어휘의 출처나 창작 동기 등과 다양한 정보를 제공하였는데, 이와 달리 왕백대는 이들 주석을 수록하지 않거나 내용을 간략하게 축약시켜 놓았다.

왕백대가 편찬한 『주문공교창려선생집』은 앞서 살펴보았듯이 일정한 체제에 따라서 제가의 주석을 절충하거나 통합하는 방식으로 편집되어 있다. 또한 주석은 해당 원문의 아래에 주석자의 이름을 밝혀 주석을 달고, 추가할 내용이 있을 경우에는 '집주'와 '보주', '구주'라고 표기한 다음 주석을 달았다. 그리고 홍흥조의 『연보』와 『변증』, 번여림의 『연보주』, 손여청의 『전해』, 한순의 『집해』, 축충의『전해』등의 주석을 채록하고, 자신이 직접『음석』을 만들어 각 편의 끝에 붙여놓았다. 그러나 복건성 건양현 마사리의 서방에서 이 책을 간행하면서 각 편의 끝에 붙여놓은 주석이 찾아보기 불편하다고 생각하고, 이들 주석을 취하여 각 구의 아래에 옮겨놓았다. 이와 같이 마사리 서방에서 간행된 책은 앞에서 밝힌 주석서를 활용해 행간이나 글자의 의미를 파악하는 데 도움을 주는 내용으로 구성되어 있다는 점에서 그 의미가 있다.

3. 요영중의『창려선생집』

1) 판본의 종류와 형태

요영중이 송나라 함순 연간(1264~1724)에 항주에서 간행한『창려선생집』은 명나라 만력 연간(1573~1620)에 서시태徐時泰에 의해 이 책이 강소의 장주에서 다시 간행되었고, 당시 서시태는 이 책의 간행자를 자신의 서재 이름을 따라 동아당이라고 하였다. 청대 학자인 진경운陳景雲은 서시태가 간행자의 이름을 동아당으로 바꾼 이유에 대해, 요영중이 원대에 악명 높은 융화정책을 펼쳤던 가사도賈似道(1213~1275)의 도당에 속해 있었기 때문이라고 하였다.98) 이 책은『사고전서』에『동아당한창려집東雅堂韓昌黎集』이라는 이름으로 수록되어 있고,99) 국립중앙도서관에는 [그림 4]와 같이 표지 제목이『송판한창려전집宋板韓昌黎全集』(이하 국립도서관

---

98) Charles Hartman, 文鍾鳴 역, 앞의 논문, 219면.
99) 徐時泰 刊,『東雅堂韓昌黎集』(『문연각사고전서』1075책).

본으로 칭함)이라는 이름으로 40권 11책이 소장되어 있다.100) 이 판본의 판식은 사주쌍변에 반곽 19.6×12.6cm이다. 또한 이 판본의 행수와 자수는 9행 17자에 주쌍행이고, 어미는 상흑어미上黑魚尾: 25.4×16.0cm로 되어 있다. 이 판본은 권1의 1장 1행에 '창려선생문집권제일昌黎先生文集卷第一'이라고 표기되어 있고, 2행에는 '부賦'라는 장르명과 주석이 수록되어 있다.

[그림 4] 국립도서관본 『昌黎先生集』

2) 내용의 선정과 조직

요영중이 편찬한 『창려선생집』에는 앞부분에 「범례」가 붙어 있는데, 이를 통해 그가 이 책을 편찬하면서 제가의 주석을 활용한 양상을 살펴볼 수 있다. 그중 이 책의 내용 구성과 관련하여 주목되는 것 네 가지를 제시하면 다음과 같다. 첫째, 경서, 제자서, 사서 등의 일을 인용할 때는 『한문고이』의 앞에 쓰고, 석음은 그 아래에 붙여 놓았다. 둘째, 작은 원[小圈] 아래에 '금안今按'이라고 말한 것은 모두 『한문고이』의 전문全文이다. 셋째, '구주'에서 '모씨운某氏云'이라고 인용한 것은 주희의 『이소집주離騷集註』의 예에 따라 모두

---

100) 『宋板韓昌黎全集』(冠山堂藏板本, 국립중앙도서관, 일산貴3747-100) 40권 11책.

제거하였다. 넷째, 선유의 의론 중에서 원문의 내용과 관련이 있는 것은 듣고 본 것에 의거해 증입하였다.[101] 이와 같이 요영중은 이 책을 편찬하면서 제가의 주석서를 활용해 행간이나 글자의 의미를 파악하는 데 도움을 주는 내용으로 구성하였다. 이를 구체적으로 확인하기 위해 주희와 위중거의 주석을 요영중의 주석과 비교해보면 다음과 같다.

[표 4] 주희·위중거·요영중의 「복지부병서復志賦幷序」 주석 비교

한문고이 (사고전서본)	오백가주음변창려선생집 (연세대본(1))	창려선생집 (국립도서관본)
無解ⓐ-1解 或作辭 孤藝ⓐ-3謝 作藝孤 將就食於 江之南ⓐ-4 方從閣本 無將字於 下有大字 或又無之 字今詳文 勢皆非是	①-1樊曰公貞元八年擢進士第十一年猶未得仕東歸汴州十二年始佐汴州明年又辭以疾詳夫出處此賦不待講而明矣其句法步驟離騷徃徃相似㉑-1補注晁無咎嘗取此賦於變騷而系之曰蓋愈自傷幼學既壯而弗獲思復其志以晉知已欲去未可云 愈既從隴西公平汴州③-1隴西公董晉也②-1韓曰晉拜尚書左僕射汴州受命遂行公及劉宗經韋弘景實從之辟公爲汴州觀察推官③-1孫曰貞元十二年七月以東都留守董晉爲宣武軍節度使平鄆惟恭李廼之亂辟公爲其府推官詳見晉行狀中其明年七月有負薪之疾①-2樊曰負薪賤者之稱禮記間庶人之子長曰能負薪矣幼曰未能負薪也又君使士射不能則辭以疾曰某有負薪之憂鄭氏注藝亦作疾②-2孫曰公羊注云大夫病曰犬馬士病曰負薪公病作此賦故云退休于居作復志賦其辭曰居悒悒之無解兮④-1祝曰悒憂悒説文云不安也選云良增悒悒③-3孫曰無解者無以自解也Ⓐ-1悒音邑ⓐ-1解一作辭獨長思而永歎④-2祝曰永歎長息也詩況也永歎①-3樊曰騷云心鬱鬱之憂思兮獨永歎	①-1公貞元八年擢進士第十一年猶未得仕東歸汴州十二年始佐汴州明年又辭以疾其賦句法步驟離騷徃徃相似㉑-1晁無咎嘗取此賦於變騷愈既從隴西公平汴州③-1隴西公董晉也②-1按晉行狀正元十一年七月拜檢校尚書左僕射汴州刺史受命遂行公及劉宗經韋弘景寔從之辟公為汴州觀察推官其明年七月則十三年作也其明年七月有負薪之疾①-2負薪賤者之稱禮記間庶人之子長曰能負薪矣幼曰未能負薪也君使士射不能則辭以疾曰某有負薪之憂鄭氏注藝亦作疾○③-2公羊注云大夫病曰犬馬士病曰負薪公病作此賦故云退休于居作復志賦其辭曰居悒悒之無解兮Ⓐ-1悒音邑④-1祝曰悒憂也悒選良增悒悒ⓐ-1解一作辭獨長思而永歎Ⓐ-2音灘①-3騷云心鬱鬱之憂思兮獨永歎乎増傷●豈朝食之不飽兮寧冬裘之不完昔余之既有知兮誠坎軻而艱難④-3坎軻不

---

101) 徐時泰 重編, 『東雅堂韓昌黎集』(『문연각사고전서』 1075책), 장2a, 「凡例」. "一. 註引經子史等事, 則書于攷異之上, 釋音則附其下. 一. 小圈下今按云攷者, 並是攷異全文. 一. 舊註引某氏云者, 今倣朱子離騷集註例, 開散去. 一. 先儒議論有關係者, 隨所聞見增入."

平增傷○Ⓐ-2歠音灘**豈朝食之不飽兮寧冬裘之不完昔余之旣有知兮**㉑-2補注旣有知謂稍長也**誠坎軻而艱難**④-3祝曰坎不平易貌喩不得志選坎軻多苦辛○Ⓐ-3軻枯我切ⓐ-2坎或作轗**當歲行之未復兮從伯氏以南遷**③-4孫曰歲行十二年而一復大歷十二年公從兄會南遷韶州時年十歲故云歲行未復也伯氏兄稱詩伯氏吹塤仲氏吹篪**凌大江之驚波兮過洞庭之漫漫**⑤-1蔡曰按唐地理志洞庭在岳州巴陵縣郭璞注山海經云洞庭地穴湖水廣圓五百餘里日月若出沒於其中④-4祝曰漫漫大水貌選歸海流漫漫○Ⓐ-4謨宦切**至曲江而乃息兮**⑤-2蔡曰唐地理志韶州治曲江縣**逾南紀之連山**②-2韓曰唐一行以天下山河之象存乎兩戒分南北紀韶在南紀之外焉③-5孫曰詩滔滔江漢南國之紀南紀猶言南方也逾南紀之連山謂盡南方之山言遠也㉑-3補注南紀字杜詩多用如南紀風濤壯南紀阻歸楫相國生南紀之類**嗟日月其幾何兮**③-6孫曰言至韶未幾也**携孤鶖而北旋**㉑-4補注携挈也孤謂孤兒鶖謂寡婦左氏傳云莒人殺其夫已爲鶖婦③-7孫曰謂會卒於韶州公從嫂婦塟河陽○Ⓐ-5携戶圭切Ⓐ-6鶖音釐⑤-3蔡曰旋以宣切還也**值中原之有事兮將就食於江之南也**①-4樊曰公遭值梁崇義李希烈朱泚之亂中原騷然乃避地江南③-8孫曰公嘗居宣城ⓐ-4一作江南無之字⑤-4蔡曰建中二年成德魏博山南平盧節度相繼稱亂三年王武俊李希烈反四年涇原姚令言犯京師德宗幸奉天朱泚犯奉天興元元年李懷光反如梁州貞元元年公以中原多故避地江左祭嫂鄭夫人云旣克反塟遭時艱難百口偕行避地江濆正謂此也	平易貌選坎軻多苦辛○Ⓐ-3軻音可ⓐ-2坎或作轗**當歲行之未復兮從伯氏以南遷**③-4歲行十二年而一復大歷十二年公從兄會南遷韶州時年十歲故云歲行未復也伯氏兄稱詩伯氏吹塤仲氏吹篪**凌大江之驚波兮過洞庭之漫漫**⑤-1按唐地理志洞庭在岳州巴陵縣郭璞注山海經云洞庭地穴湖水廣圓五百餘里日月若出沒於其中④-4漫漫大水貌選歸海流漫漫○Ⓐ-4謨宦切**至曲江而乃息兮**⑤-2地理志韶州治曲江縣**逾南紀之連山**②-2唐一行以天下山河之象存乎兩戒分南北紀韶在南紀之外焉③-5詩云滔滔江漢南國之紀南㉑-3南紀字杜詩多用如南紀風濤壯南紀阻歸楫相國生南紀之類**嗟日月其幾何兮携孤鶖而北旋**㉑-4孤謂孤兒鶖謂寡婦左氏傳云莒人殺其夫已爲鶖婦③-7謂會卒於韶州公從嫂婦塟河陽○Ⓐ-5携戶圭切Ⓐ-6鶖音釐⑤-3旋以宣切還也ⓐ-3孤鶖一作鶖孤**值中原之有事兮將就食於江之南也**方从閣本無將字於下有大字或又無之字今詳文勢皆非是○ⓐ-4一作江南無之字⑤-4建中二年成德魏博山南平盧節度相繼稱亂三年王武俊李希烈反四年涇原姚令言犯京師德宗幸奉天朱泚犯奉天興元元年李懷光反如梁州貞元元年公以中原多故避地江左

　[표 4]는 주희, 위중거, 요영중이 한유의 「복지부병서」 원문 일부에 주석을 단 내용이다. 그중 ⓐ-1, ⓐ-2, ⓐ-3, ⓐ-4는 주희, 위중거, 요영중 등이 본문 글자에 대해 이본에서 다르게 사용된 글자를 말하거나 본문 글자의 음을 제시한 것이다. ⓐ-1은 주희가 원문 '해解'

자가 이본에는 '사辭'자로 되어 있음을 밝힌 것이고, ⓐ-2는 위중경이 '감坎'자가 이본에는 '감轗'자로 되어 있음을 밝힌 것이다. ⓐ-3은 주희가 원문 '고리孤嫠'가 사극가의 교본에는 '이고嫠孤'로 되어 있음을 밝힌 것이고, ⓐ-4는 주희가 방숭경이 각본을 따라 원문 '장將'자를 제외하고 '어於'자 아래에 '대大'자를 추가한 것과 이본에 '지之'자가 없는 것에 대해 문세에 의거해 수정한 것이다. 이에 대해 요영중은 ⓐ-1에서 '해혹작사解或作辭'로 표기한 주희의 주석을 취하지 않고, '해일작사解一作辭'로 표기한 위중거의 주석을 취하였다. 이어 그는 ⓐ-2에서 위중거가 '감혹작감坎或作轗'으로 표기한 주석을 취하였다. 그리고 그는 ⓐ-3에서 '사작리고謝作嫠孤'라고 표기한 주희와 달리 '일작리고一作嫠孤'라고 표기하여 교본의 출처를 밝히지 않았다. 마지막으로 그는 ⓐ-4에서 주희가 원문의 '장將', '어於', '지之'를 교정한 것을 취하지 않고 '작作'자만 '일작강남무지자一作江南無之字'라고 표기한 위중거의 주석을 취하였다. 이로 보아 요영중은 원문 글자의 이본 표기에 대해서는 주로 위중경의 주석을 취한 것으로 생각된다.

　[표 4]에서 ①은 번여림, ②는 한순, ③은 손여청, ④는 축충, ⑤는 채몽필의 주석을 위중거가 수록한 것이다. 요영중이 이들 주석을 수록한 내용을 살펴보면 다음과 같다. 첫째, ①-1, ①-2, ①-3에서 '번왈樊曰'을 삭제하였고, ①-4는 수록하지 않았다. 둘째, ②-1에서 '한왈韓曰'을 삭제한 후에 "안진행장按晉行狀, 정원십일년칠월배검교元十一年七月拜檢校."를 추가하고, 문장이 끝난 다음에 "기왈명년칠월其曰明年七月, 즉십삼년작야則十三年作也."를　추가하였다. 이는 그가 한순의 주석에 해당하는 사서史書의 원문을 제시하고, 자신의 평어를 추가한 것이다. 그러나 그는 ②-2에서 '한왈韓曰'을

삭제하였다. 셋째, ③-1에서 "농서공동진야隴西公董晉也."만 제시하고 '손왈孫曰' 다음의 문장은 모두 삭제하였고, ③-5에서 '손왈孫曰'을 삭제하고 이어진 문장에서 "시운詩云, 도도강한滔滔江漢, 남국지기남南國之紀南."만 수록하였다. 이어 그는 ③-2, ③-4, ③-7은 '손왈孫曰'을 삭제하였고, ③-3, ③-6, ③-8은 수록하지 않았다. 넷째, ④-1에서 그는 '축왈祝曰'은 제시하였으나 "설문운불안야説文云不安也."는 삭제하였고, ④-3에서 '축왈祝曰'과 "유불득지喻不得志."를 삭제하였다. 이어 그는 ④-4에서 '축왈祝曰'을 삭제하였고, ④-2는 수록하지 않았다. 다섯째, 그는 ⑤-1에서 '채왈蔡曰'을 삭제하고 끝에 '야也'자를 추가하였다. 이어 그는 ⑤-2와 ⑤-3에서 '채왈蔡曰'을 삭제하였고, ⑤-4에서 '채왈蔡曰'과 마지막 문장인 "제수정부인운祭嫂鄭夫人云, 기극반장既克反蝥, 조시간난遭時艱難, 백구해행百口偕行, 피지강분避地江濆, 정위차야正謂此也."를 삭제하였다.

[표 4]에서 Ⓐ-1, Ⓐ-2, Ⓐ-3, Ⓐ-4, Ⓐ-5, Ⓐ-6은 위중거와 요영중이 원문에 사용된 글자의 음을 주석한 것이다. 위중거는 이곳에 주를 달면서 동음과 절음 등 두 가지 방식을 사용하였다. 먼저 그는 Ⓐ-1, Ⓐ-2, Ⓐ-6에서 '읍음읍悒音邑', '탄음탄歎音灘', '이음리鬶音釐' 등과 같이 동음을 제시하였고, 이어 그는 Ⓐ-3, Ⓐ-4, Ⓐ-5에서 '가고아절軻枯我切', '만모관절漫謨官切', '휴호규절携户圭切' 등과 같이 절음을 제시하였다. 요영중 또한 위중거와 같이 음석하면서 동음과 절음의 방식을 모두 취하였다. 먼저 그는 Ⓐ-1, Ⓐ-2, Ⓐ-6에서 위중거와 같이 '읍음읍悒音邑', '탄음탄歎音灘', '리음리鬶音釐'라고 동음을 제시하였고, Ⓐ-4, Ⓐ-5에서 위중거와 같이 '모관절謨官切', '휴호규절携户圭切'이라고 절음을 제시하였다. 그러나 그는 Ⓐ-3에서 위중거가 '가고아절軻枯我切'이라고 절음을 제시한 것과 달리

'가음가軻音可'라고 동음을 제시하였다. 앞서 살폈듯이 위중거가 한유 시문의 글자를 음석하면서 활용한 주석서는 축충의『음주한문공문집』과 엄유익의『한문절증』이다. 축충의 음석은 절음을 표기하기도 하고 동음을 표기하였으나, 엄유익의 음석은 모두 절음을 표기하였다. 요영중이 Ⓐ-3에서 '가軻'자의 음을 동음인 '가可'자로 제시한 것은 축충의『음주한문공문집』를 활용한 것으로 생각된다.

[표 4]에서 ㉮-1, ㉮-2, ㉮-3, ㉮-4는 위중거와 요영중이 '보주' 아래에 주를 단 것이다. ㉮-1은 조무구의 논평을 인용해 한유가「복지부」를 지은 이유를 밝힌 것이고, ㉮-2는 원문 '기유지既有知'의 의미를 풀이한 것이다. 또한 ㉮-3은 원문 '남기南紀'의 출처에 대해 두보의 시를 통해 밝힌 것이고, ㉮-4는 본문의 '휴携', '고孤', '이嫠'의 뜻과 출처를 밝힌 것이다. 그러나 요영중은 ㉮-1에서 '보주'를 표기하지 않고 주석의 내용을 일부 절록하여 "조무구상취차부우변소晁無咎嘗取此賦于變騷."만 수록하였고, ㉮-2는 수록하지 않았다. 이어 ㉮-3은 '보주'를 삭제하고 수록하였고, ㉮-4는 '보주'와 첫 문장인 '휴설야携挈也'을 삭제하고 수록하였다. 요영중은 한유 시문을 주석하면서 앞의 '보주'와 함께 '집주', '구주'의 주석을 인용하였는데, 이를 구체적으로 살펴보기 위해『오백가주음변창려선생집』과『창려선생집』에 수록된 '집주', '보주', '구주'의 활용 양상을 살펴보면 다음과 같다.

[표 5] 위중거와 요영중의 집주·보주·구주 활용 양상

판본 작품	오백가주음변창려선생집 (연세대본(1))	창려선생집 (국립도서관본)
感二鳥賦 并序	㉮-1集注公年二十五登進士第時德宗貞元八年至十一年公二十八尚未得仕故是年正月二月三月連上宰相三書宰相趙憬賈耽盧邁皆庸人不能用五月戊辰東歸自潼關出息于河之陰遇有獻二鳥白鸚鴿者感而賦之公進學解云春秋謹嚴左氏浮誇易奇而法詩正而葩下逮莊騷太史所錄子雲相如同工異曲先生之於文可謂閎其中而肆其外矣今其詞賦見於集者四大抵多取騷意此篇蘇子美亦謂其悲激頓挫有騷人之思疑其年壯氣銳欲發其藻章以耀于世蘇語雖少貶然進學解所云不虛矣	㉮-1公貞元十一年正月至三月以前進士連三上宰相書不報時宰相趙憬賈耽盧邁宜其不遇也五月東歸遇所獻二鳥感而作公之賦賦見於集者四大抵多取於離騷之意此篇蘇子美亦謂其悲激頓挫有騷人之思疑其年壯氣銳欲發其藻章以耀于世蘇語雖少貶然進學解所云不虛矣
	㉯補注公嘗佐董晉于汴未幾晉薨尋佐張建封于徐建封又薨罷去居洛此其所以賦閔已也其辭云恒未安而既危指此晃無咎嘗取此賦入之續楚詞而系之曰愈才高數黜官頗自傷其不遇故云就水草以休息兮恒未安而既危君子有失其所兮小人有得其時蓋思古人靜俟之義以自堅其志終之於無悶云	㉯公嘗佐董晉于汴未幾晉薨復佐戎徐州徐師張建封也建封又薨罷去居來居于洛時貞元十六年也晃無咎嘗取此賦於續楚詞而系之曰愈才高數黜官頗自傷其不遇故云
閔已賦	有至聖而爲之依歸兮又何苦不自得於艱難㉮-2集注蘇內翰爲膠西守孔宗翰作顏樂亭詩其序有曰昔夫子以簞食瓢飲賢顏子而韓子乃以爲哲人之細事何哉蘇子曰古之觀人也必於其小焉觀之其大者容有僞焉人能碎千金之璧不能無失聲於破釜能搏猛虎不能無變色於蜂蠆孰知簞食瓢飲之爲哲人大事乎司馬溫公又曰子瞻論韓愈以在隱約而平寬爲哲人之細事以爲君子於人必於其小焉光謂韓子以三書衹宰相求官與于襄陽書求朝夕芻米僕賃之資又好悅人以誌銘而受其金其感戚於貧賤如此烏知顏子之所爲哉司馬蘇氏之論當矣雖然退之嘗荅李習之書曰孔子稱顏回一簞食一瓢飲人不堪其憂回也不改其	有至聖而爲之依歸兮又何苦不自得於艱難㉮-2東坡爲膠西守孔宗翰作顏樂亭詩其序有曰昔夫子以簞食瓢飲賢顏子而韓子乃以爲哲人之細事何哉蘇子曰古之觀人也必於其小焉觀之其大者容有僞焉人能碎千金之璧不能無失聲於破釜能搏猛虎不能無變色於蜂蠆孰知簞食瓢飲之爲哲人大事乎司馬溫公又曰子瞻論韓愈以在隱約而平寬爲哲人之細事以爲君子於人必於其小觀焉光謂韓子以三書抵宰相求官與于襄陽書求朝夕芻米僕賃之資又好悅人以誌銘而受其金其感戚於貧賤如此烏知顏子之所爲哉司馬蘇氏之論當矣雖然退之嘗荅李習之書曰孔子稱顏回一簞食一瓢飲人不堪其憂回也不改其樂彼人

	樂彼人者有聖者爲之依歸而又有簞食瓢飮足以不死其不憂而樂也豈不易哉若僕無所依歸無簞食瓢飮無所取資則餓而死不亦難乎而此賦又云爾蓋閔己之不若也東坡溫國獨謂其不然要爲顏子言之爾	者有聖者爲之依歸而又有簞食瓢飮足以不死其不憂而樂也豈不易哉若僕無所依歸無簞食瓢飮無所取資則餓而死不亦難乎而此賦又云爾蓋閔己之不若也東坡溫國獨謂其不然要爲顏子言之爾
曹成王碑	王及州不解衣下令掊鎖擴門㉓舊注掊擊也把也彼垢切擴引張也古莫切	王及州不解衣下令掊鎖擴門㉓掊音剖擴古莫切擴一作攟

[표 5]에서 ㉮-1과 ㉮-2는 위중거가 '집주'라고 표기하고 주를 달아놓은 것이다. ㉮-1은 한유의 「감이조부感二鳥賦」의 제목 아래에 달려 있는 주석으로, 위중거는 이곳에서 한유가 이 작품을 짓게 된 이유와 함께 「진학해」의 원문을 인용하여 한유의 부賦 작품 4편에 대한 문체적 특징을 논하였다. 그러나 요영중은 원의를 해치지 않은 범위 내에서 원문을 절반 정도로 축약해놓았다. ㉮-2는 위중거가 공종한孔宗翰의 「안락정시서顏樂亭詩序」와 소식과 사마광의 논평, 한유의 「답이습지서答李翊之書」 등을 인용하여 한유가 간난艱難을 감수하며 성인에게 귀의한 이유를 설명하였다. 요영중은 ㉮-2에서 '집주'를 삭제하고, 이어 첫 부분인 '소내한蘇内翰'을 '동파東坡'로 수정하고 이어지는 원문을 전재全載하였다. ㉯에서 위중거는 「민기부」를 지은 이유와 함께 조무구가 지은 부賦의 원문을 인용하여 주를 달았다. 요영중은 ㉯에서 '집주'를 삭제하고, 전반부는 원의를 해하지 않는 수준에서 일부 내용을 수정하는 한편, 문장의 끝 부분인 '취취就'자에서 '운云'자에 이르는 45자를 삭제하였다. ㉰는 '구주'라는 표기 아래 달린 주석의 예이다. 위중거는 이곳에서 '부掊'자와 '확擴'자의 의미와 절음을 제시하였으나, 요영중은 '구주'를 삭제하고 '부掊'자의 동음과 '확擴'자의 절음을 제시하였다. 이로 보아 위중거는 '보주', '집주', '구주'의 내용을 수록하면서 글자나 문장의 뜻,

어휘의 출처나 창작 동기 등과 다양한 정보를 제공하였는데, 이와 달리 요영중은 '보주', '집주', '구주'라는 표기를 삭제하고, 주석의 내용도 문의를 해하지 않는 범위 내에서 문장을 축소해 수록한 것으로 생각된다.

4. 장지교의 『당한창려집』

1) 판본의 종류와 형태

장지교蔣之翹는 명 숭정崇禎 6년(1633)에 한유의 시문에 제가의 주석을 붙여 『당한창려집唐韓昌黎集』이라는 이름으로 간행하였다. 이 책은 서울대학교 규장각에 표지 제목이 『당한창려집』(이하 국립도서관본으로 칭함)이라는 이름으로 본집本集 40권, 외집外集 10권, 별책別冊 등 14책이 소장되어 있고,[102] 같은 곳에 [그림 5]와 같이 권3~권5가 누락된 영본 11책이 소장되어 있

[그림 5] 규장각본 『唐韓昌黎集』

다.[103] 이 판본의 책 크기는 24.2×15.5cm이고, 행수와 자수는 9행 17자에 주쌍행이다. 이 판본은 권1의 1장 1행에 '당한창려집권

---

102) 『唐韓昌黎集』(木版本, 서울대학교 규장각, 奎中3952-v1-14) 40권, 外集 10권, 合 14책.

103) 『唐韓昌黎集』(木版本, 서울대학교 규장각, 一蓑古895.1081-H19d) 零本 11책. 권3~권5 누락.

제일唐韓昌黎集卷第一'이라고 표기되어 있고, 2행에는 '명취明檇(이장지교집주李蔣之翹輯注)'라고 표기되어 있으며(이하 글자는 지운 흔적이 있음), 3행에는 '부賦'라는 장르명과 4행에 '감이조부병서感二鳥賦幷序'라는 작품명과 주석이 수록되어 있다. 또한 이 판본의 권수에는 진계유陳繼儒가 쓴 「주한유집서注韓柳集序」가 실려 있고, 이어 장지교가 쓴 「주한유집서注韓柳集序」가 수록되어 있다. 또한, 『당한창려집』의 별책에는 이한李漢의 「당한창려집서唐韓昌黎集序」, 「독한집서설讀韓集敍說」, 유문遺文, 부록附錄으로 이루어져 있다. 그중에서 「독한집서설」에는 이고李翶, 송기宋祁, 정호, 소식, 황정견, 주희에 이어 명초의 도학을 대표하는 오징吳澄과 방효유方孝孺를 비롯해 진한고문을 주창한 전칠자前七子의 하경명何景明과 후칠자後七子의 왕세정王世貞, 그리고 이들에 맞서 당송고문을 주창하며 『당송팔대가문초唐宋八大家文鈔』를 편찬한 모곤茅坤이 한유의 문장을 비평한 글이 함께 실려 있다.104)

2) 내용의 선정과 조직

장지교가 편찬한 『당한창려집』에는 권수에 진계유와 장지교가 쓴 「주한유집서」에 이어 「교주한유집론례校注韓柳集論例」가 붙어 있다. 이곳에는 '논합집論合集', '논정문論正文', '논주論注', '논평論評', '논구절論句節', '논고이論考異', '논인증論引證', '논피휘論避諱', '논외집유문부록論外集遺文附錄' 등이 수록되어 있다. 장지교는 이 글의 끝에 이 책을 편찬하면서 참고한 주석서로 홍흥조洪興祖・번여림樊汝霖・손여청孫汝聽・한순韓醇・유숭劉崧・축충祝

---

104) 蔣之翹 刊, 『唐韓昌黎集』 卷首, 敍說1a~敍說16a, 「讀韓集敍說」.

充·채원정蔡元定·왕백대王伯大의 주와 방숭경方崧卿의『한집거정』, 주희의『한문고이』, 위중거의 오백가주五百家注 등을 제시하였다. 이어 그는 위의 주석들을 종합하여 그 동이同異를 산정하고 그 득실을 고증하였으며, 침식을 잊고 많은 책을 종합하여 새로운 내용을 채집하였다고 하였다. 그 결과 그는 이 책에 수록된 주석은 구본舊本의 내용은 열에 두셋에 불과하고, 나머지 열에 일곱 여덟은 자신의 의견에서 나온 것이라고 하였다.105) 이를 구체적으로 확인하기 위해 주희, 위중거의 주석과 장지교의 주석을 비교해보면 다음과 같다.

[표 6] 주희·위중거·장지교의「복지부병서復志賦并序」주석 비교

한문고이 (사고전서본)	오백가주음변창려선생집 (연세대본(1))	당한창려집 (규장각본)
無解ⓐ-1解 或作辭 **孤嫠**ⓐ-3謝 作嫠孤 **將就食於 江之南**ⓐ-4 方從閣本 無將字於 下有大字 或又無之 字今詳文 勢皆非是	①-1樊曰公貞元八年擢進士第十一年猶未得仕東歸十二年始佐汴州明年又辭以疾詳夫出處此賦不待講而明矣其句法步驟離騷徃徃相似㉗-1補注晁無咎嘗取此賦於變騷而系之曰蓋愈自傷幼學既壯而弗獲思復其志以晉知己欲去未可云 **愈既從隴西公平汴州**③-1隴西公董晉也②-1韓曰晉拜尙書左僕射汴州刺史受命遂行公及劉宗經韋弘景實從之辟公爲汴州觀察推官③-1孫曰貞元十二年七月以東都留守董晉爲宣武軍節度使平鄧惟恭李廼之亂辟公爲其府推官詳見公行狀中**其明年七月有負薪之疾**①-2樊曰負薪賤者之稱禮記間庶人之子長曰能負薪矣幼曰未能負薪也又君使士射不能則辭以疾曰某有負薪之憂鄭氏注薪亦作柴③-2孫曰公羊注云大夫病曰犬馬士病曰負薪公病作此賦故云**退休于居作復志賦其辭曰**	○①-1貞元八年公擢進士第十一年猶未任仕東歸十二年始佐汴州明年又辭以疾詳夫出處此賦不待講而明矣其句法步驟離騷徃徃相似㉗-1蓋公自傷其幼學既壯而弗獲復其志以晉知己欲去未可云此下十二句晁無咎嘗取入變騷 **愈既從隴西公平汴州其明年七月有負薪之疾**③-1隴西公董晉也②-1③-1貞元十二年七月拜檢挍尙書左僕射汴州刺史平鄧惟恭之亂公及劉宗經韋弘景實從之辟公爲汴州觀察推官ⓐ其明年則十三年也①-2負薪賤者之稱禮記間庶人之子長曰能負薪矣幼曰未能負薪也又君使士射不能則辭以疾曰某有負薪之憂③-2公羊注大夫病曰犬馬士病曰負薪**退休于居作復**

105) 蔣之翹, 刊『唐韓昌黎集』卷首, 論例6a~論例7a,「校注韓柳集論例」. "洪興祖·樊汝霖·孫汝聽·韓醇·劉崧·祝充·蔡元定·王伯大注及方崧卿擧正·朱子考異·魏仲擧五百家注. … 彙集諸注, 刪其異同, 攷其得失, 而又博綜群書, 寢食不遑, 冥搜廣採, 存舊本者什二三, 出自胸臆者七八."

居悒悒之無解兮④-1祝曰悒憂悒說文云不安也選云良增悒悒③-3孫曰無解者無以自解也○ⓐ-1悒音邑ⓐ-1解一作辭獨長思而永歎④-2祝曰永歎長息也詩況也永歎①-3樊曰騷心之鬱鬱之憂思兮獨永歎乎增傷○ⓐ-2歎音灘豈朝食之不飽兮寧冬裘之不完昔余之旣有知兮-2補注旣有知謂稍長也誠坎軻而艱難-3祝曰坎軻不平易貌喩不得志選坎軻多苦辛○ⓐ-3軻枯我切-2坎或作轗當歲行之未復兮從伯氏以南遷③-4孫曰歲曰歲行十二年而一復大歷十二年公從兄會南遷韶州時年十歲故云歲行未復也伯氏兄稱詩伯氏吹塤仲氏吹箎凌大江之驚波兮過洞庭之漫漫⑤-1蔡曰按唐地理志洞庭在岳州巴陵縣郭璞注山海經云洞庭地穴湖水廣圓五百餘里日月若出沒於其中④-4祝曰漫漫大水貌選歸海流漫漫○ⓐ-4漫謨官切至曲江而乃息兮⑤-2蔡曰唐地理志韶州治曲江縣逾南紀之連山②-2韓曰唐一行以天下山河之象存乎兩戒分南北紀韶在南紀之外焉③-5孫曰詩滔滔江漢南國之紀南紀猶言南方也逾南紀之連山謂盡南方之山言遠也㉠-3補注南紀字杜詩多用如南紀風濤壯南紀阻歸榾相國生南紀之類嗟日月其幾何兮③-6孫曰言至韶未幾也携孤嫠而北旋㉠-4補注携挈也孤謂孤兒嫠謂寡婦左氏傳云莒子殺其夫已爲嫠婦-7孫曰謂會卒於韶州公從嫂婦塟河陽○ⓐ-5携户圭切-6嫠音釐⑤-3蔡曰旋以宣切還也值中原之有事兮將就食於江之南①-4樊曰公遭值梁崇義李希烈朱泚之亂中原騷然乃避地江南③-8孫曰公嘗居宣城ⓐ-4一作江南無之字⑤-4蔡曰建中二年成德魏博山南平盧節度相繼稱亂三年王武俊李希烈反四年涇原姚令言犯京師德宗幸奉天朱泚犯奉天興元元年李懷光反如梁州貞元元年公以中原多故避地江左祭嫂鄭夫人云旣克反塟遭時艱難百口偕行避地江濆正謂此也	志賦其辭曰居悒悒之無解兮獨長思而永歎Ⓐ-1悒音邑ⓐ-1解一作辭-2歎音灘○-3楚辭心之鬱鬱之憂思兮獨永歎乎增傷豈朝食之不飽兮寧冬裘之不完昔余之旣有知兮誠坎軻而艱難ⓐ-2坎或作轗○④-3坎軻不平易貌當歲行之未復兮從伯氏以南遷-4歲行十二年而一復大歷十二年公從兄南遷韶州時年十歲故云歲行未復也伯氏兄稱詩伯氏吹塤仲氏吹箎凌大江之驚波兮過洞庭之漫漫Ⓐ-4漫謨官切○⑤-1唐地理志洞庭在岳州巴陵縣郭璞注山海經云洞庭地穴湖水廣圓五百餘里日月若出沒其中至曲江而乃息兮逾南紀之連山(b)曲江在今廣東韶州以滇水武水抱城回曲而流故名②-2唐一行以天下山河之象存乎兩戒分南北紀韶在南紀之外③-5詩滔滔江漢南國之紀㉠-3南紀字杜詩多用如南紀風濤壯南紀阻歸榾相國生南紀之類嗟日月其幾何兮携孤嫠而北旋Ⓐ-5携户圭切Ⓐ-6嫠音釐⑤-3旋以宣切-3孤嫠一作嫠孤○㉠-4孤謂孤兒嫠謂寡婦左傳莒子殺其夫已爲嫠婦-7此公謂兄會卒於韶州公從嫂婦塟河陽○值中原之有事兮將就食於江之南ⓐ-4或無將字於下有大字或又無之字皆非也○⑤-4建中二年成德魏博山南平盧節度相繼稱亂三年王武俊李希烈反四年涇原姚令言犯京師德宗幸奉天朱泚犯奉天興元元年李懷光反如梁州貞元元年公以中原多故避地江左○(c)以上語意清峭似屈原哀郢之遺

[표 6]은 주희, 위중거, 장지교가 한유의 「복지부병서復志賦幷序」

원문 일부에 주석을 단 내용이다. 그중 ⓐ-1, ⓐ-2, ⓐ-3, ⓐ-4는 주희, 위중거, 장지교 등이 원문 글자에 대한 이본의 표기에 대해 언급한 것이다. ⓐ-1은 주희가 원문 '해解'자가 이본에는 '사辭'자로 되어 있음을 밝힌 것이고, ⓐ-2는 위중경이 '감坎'자가 이본에는 '감轗'자로 되어 있음을 밝힌 것이다. ⓐ-3은 주희가 원문 '고리孤釐'가 사극가謝克家의 교본校本에는 '이고釐孤'로 되어 있음을 밝힌 것이고, ⓐ-4는 주희가 방숭경이 각본閣本을 따라 원문 '장將'자를 제외하고 '어於'자 아래에 '대大'자를 추가한 것과 이본에 '지之'자가 없는 것에 대해 문세에 의거해 수정한 것이다. 이에 대해 장지교는 ⓐ-1에서 '해혹작사解或作辭'로 표기한 주희의 주석을 취하지 않고, '해일작사解一作辭'로 표기한 위중거의 주석을 취하였다. 이어 그는 ⓐ-2에서 위중거가 '감혹작감坎或作轗'으로 표기한 주석을 그대로 취하였다. 그리고 그는 ⓐ-3에서 주희의 주석을 취하였으나, '사謝'자를 '일一'자로 표기하여 교본校本의 출처를 밝히지 않았다. 마지막으로 그는 ⓐ-4에서 주희의 주석을 취하고, 위중거가 '작作'자만 '일작강남무지자一作江南無之字'라고 표기한 주석을 취하지 않았다. 다만 그는 주희의 주석을 취하면서 '방종각본方從閣本'을 '무無'자로 바꾸어 교본의 출처를 밝히지 않았고, '금상문세今詳文勢'를 삭제하여 주희가 그와 같이 판단한 이유를 제시하였다. 이로 보아 장지교는 원문 글자에 대한 이본의 표기에 대해서는 주로 교본의 출처를 밝히지 않은 채 주희의 주석을 취하였고, 주희가 주석을 달지 않은 곳은 위중거의 주석을 그대로 따른 것으로 생각된다.

[표 6]에서 ①은 번여림, ②는 한순, ③은 손여청, ④는 축충, ⑤는 채몽필의 주석을 위중거가 수록한 것이다. 장지교가 이들 주석을 수록한 내용을 살펴보면 다음과 같다. 첫째, ①의 '번왈樊曰', ②의 '한왈韓曰', ③의 '손왈孫曰', ④의 '축왈祝曰', ⑤의 '채왈蔡曰' 등 주석

의 출처를 모두 삭제하였다. 둘째, 주석의 일부 글자나 문장을 삭제하거나 다른 글자로 대체하였다. 그는 ①-1에서 '공公'자를 삭제하고, '득得'자를 '임任'자로 바꾸었다. 또한 그는 ①-3에서 '소운騷云'을 '초사楚辭'로, ③-7에서 '손왈孫曰'을 '차공此公'으로 바꾸었다. 그리고 그는 ②-2에서 '언焉'자, ⑤-3에서 '환야還也'를 삭제하였다. 셋째, 위중거의 주석 일부를 삭제하였다. 그는 ①-2에서 "정씨주鄭氏注, 우역작질憂亦作疾.", ③-2에서 "공병작차부고운公病作此賦故云.", ③-5에서 "남기유언남방야南紀猶言南方也. 유남기지연산逾南紀之連山, 위진남방지산언원야謂盡南方之山言遠也.", ④-3에서 "유부득지선喩不得志. 선감가다고신選坎軻多苦辛.", ⑤-4에서 "제수정부인운祭嫂鄭夫人云, 기극반장旣克反葬, 조시간난遭時艱難, 백구해행百口偕行, 피지강분避地江濆, 정위차야正謂此也."를 삭제하였다. 넷째, 위중거의 주석을 수록하지 않았다. 그는 ③-3의 "손왈孫曰, 무해자무이자해야無解者無以自解也.", ③-8의 "손왈孫曰, 공상거선성公嘗居宣城.", ④-1의 "축왈祝曰, 읍우읍悒憂悒. 설문운說文云, 불안야不安也. 선운選云, 양증읍읍良增悒悒.", ④-2의 "축왈祝曰, 영탄장식야永歎長息也. 시황야영탄詩況也永歎.", ④-4의 "축왈祝曰, 만만대수모漫漫大水貌, 선귀해류만만選歸海流漫漫.", ⑤-2 "채왈蔡曰, 당지리지唐地理志, 소주치곡강현韶州治曲江縣."을 수록하지 않았다. 다섯째, 위중거의 주석 두 개를 한 개로 통합하였다. 그는 ②-1과 ③-1을 통합하여 "정원십이년칠월貞元十二年七月, 배검교상서좌복야변주자사拜檢校尚書左僕射汴州刺史, 평등유공지난平鄧惟恭之亂, 공급유종경위홍경실종지公及劉宗經韋弘景實從之, 벽공위변주관찰추관辟公爲汴州觀察推官."이라고 제시하였다.

[표 6]에서 ⒜-1, ⒜-2, ⒜-3, ⒜-4, ⒜-5, ⒜-6은 위중거와 장지교가 원문에 사용된 글자의 음을 주석한 것이다. 위중거는 이곳에 주를 달

면서 동음同音과 절음切音 등 두 가지 방식을 사용하였다. 먼저 그는 Ⓐ-1, Ⓐ-2, Ⓐ-6에서 '읍음읍悒音邑', '탄음탄歎音灘', '이음리釐音釐' 등과 같이 동음을 제시하였고, 이어 그는 Ⓐ-3, Ⓐ-4, Ⓐ-5에서 '가고아절軻枯我切', '만모관절漫謨官切', '휴호규절攜戶圭切' 등과 같이 절음을 제시하였다. 장지교 또한 위중거와 같이 음석하면서 동음과 절음의 방식을 모두 취하였다. 먼저 그는 Ⓐ-1, Ⓐ-2, Ⓐ-6에서 위중거와 같이 '읍음읍悒音邑', '탄음탄歎音灘', '이음리釐音釐'라고 동음을 제시하였고, Ⓐ-4, Ⓐ-5에서 위중거와 같이 '모관절謨官切', '휴호규절攜戶圭切'이라고 절음을 제시하였다. 그러나 그는 Ⓐ-3에서 위중거가 절음을 제시한 '가고아절軻枯我切'을 삭제하였다.

[표 6]에서 (a), (b), (c)는 장지교가 새롭게 주석을 붙여놓은 것이다. 그는 (a)에서 원문에 나오는 '명년明年'의 의미를 "기왈명년칙십삼년야其曰明年則十三年也."라고 풀이하였다. 이어 그는 (b)에서 원문에 나오는 '곡강曲江'의 위치에 대해 당시 광동廣東 소주韶州라고 밝히고, '곡강曲江'의 의미를 "정수湞水와 무수武水가 성을 감싸 둘러쳐 흘렀기 때문"이라고 상세하게 풀이하였다. 마지막으로 그는 (c)에서 위의 표까지 제시된 작품의 어의語意를 청초淸峭한 풍격으로 제시하고, 굴원이 초나라 수도인 영郢 땅을 애도했던 유의遺意가 있다고 비평하였다.

[표 6]에서 ㉮-1, ㉮-2, ㉮-3, ㉮-4는 위중거와 장지교가 '보주' 아래에 주를 단 것이다. ㉮-1은 조무구의 논평을 인용해 한유가 「복지부」를 지은 이유를 밝힌 것이고, ㉮-2는 원문 '기유지既有知'의 의미를 풀이한 것이다. 또한 ㉮-3은 원문 '남기南紀'의 출처에 대해 두보의 시를 통해 밝힌 것이고, ㉮-4는 본문의 '휴携'자, '고孤'자, '이釐'자의 뜻과 출처를 밝힌 것이다. 장지교는 ㉮-1에서 위중거의 주석을 '보주'의 표기 없이 "○개공자상기유학蓋公自傷其幼學, 기장이

불획기장이불획弗獲, 사복기지思復其志, 이진지기以晉知已, 욕거미운欲去未可云."과 "○차하십이구此下十二句, 조무구상취입변소此下十二句晁無咎嘗取入變騷."라고 분리시켜, 마치 '○' 이하의 주석은 자신이 주석한 것으로 보이게 하였다. 이어 그는 ㉮-2의 "보주補注, 기유지旣有知, 위초장야謂稍長也."를 제시하지 않았고, ㉮-3에서는 '보주'를 삭제하였다. 그리고 그는 ㉮-4에서 '보주'와 첫 문장인 '휴설야攜挈也'를 삭제하였다. 장지교는 한유 시문을 주석하면서 앞의 '보주'와 함께 '집주', '구주'의 주석을 인용하였는데, 이를 구체적으로 살펴보기 위해 『오백가주음변창려선생집』과 『당한창려집』에 수록된 '집주', '보주', '구주'의 활용 양상을 살펴보면 다음과 같다.

[표 7] 위중거와 장지교의 집주·보주·구주 활용 양상

판본 작품	오백가주음변창려선생집 (연세대본(1))	당한창려집 (규장각본)
感二鳥賦 并序	㉮-1集注公年二十五登進士第時德宗貞元八年至十一年公二十八尚未得仕故是年正月二月三月連上宰相三書宰相趙憬賈耽盧邁皆庸人不能用五月戊辰東歸自潼關出息于河之陰遇有獻白鳥白鷴鴿者感而賦之公進學解云春秋謹嚴左氏浮誇易奇而法詩正而葩下逮莊騷太史所錄字雲相如同工異曲先生之於文可謂閎其中而肆其外矣今其詞賦見於集者四大抵多取騷意此篇蘇子美亦謂其悲激頓挫有騷人之思疑其年壯氣鋭欲發其藻章以耀于世蘇語雖少貶然進學解所云不虛矣	㉮-1貞元十一年正月至三月以前進士三上宰相書不報時宰相趙憬賈耽盧邁也五月東歸遇所獻二鳥感而賦之夫公之賦見於集者四大抵多有取於離騷之意者故此篇蘇子美亦其悲壯激烈得騷人之思但欲發其藻章以耀於世是不免少氣鋭爲疑耳(a)李漢序之爲篇什之首非深之退之者也
閔己賦	㉯補注公嘗佐董晉于汴未幾晉薨尋佐張建封于徐建封又薨罷去居洛此所以賦閔己也其辭云恒未安而旣危指此晁無咎嘗取此賦於續楚詞而系之曰愈才高數黜官頗自傷其不遇故云就水草以休息兮恒未安而旣危君子有失其所兮小人有得其時蓋思古人靜俟之義以自堅其志終之於無悶云	㉯公嘗佐董晉於汴未幾晉薨復佐戎徐州徐帥張建封也建封又薨公罷去居來居于洛時貞元十六年也晁無咎曰愈才高數黜官頗自傷其不遇故爲此賦云

	有至聖而爲之依歸兮又何苦不自得於艱難㉮-2集注蘇内翰爲膠西守孔宗翰作顏樂亭詩其序有曰昔夫子以簞食瓢飲賢顏子而韓子乃以爲哲人之細事何哉蘇子曰古之觀人也必於其小焉觀之其大者容有僞焉人能碎千金之璧不能無失聲於破釜能搏猛虎不能無變色於蜂蠆孰知簞食瓢飲之爲哲人大事乎司馬溫公又曰子瞻論韓愈以在隱約而平寬爲哲人之細事以爲君子於人必於其小觀焉光謂韓子以三書祇宰相求官與于襄陽書求朝夕芻米僕賃之資又好悦人以誌詔而受其金其戚戚於貧賤如此烏知顏子之所爲哉司馬蘇氏之論當矣雖然退之嘗苔李翊之書曰孔子稱顏回一簞食一瓢飲人不堪其憂回也不改其樂彼人者有聖人爲之依歸而又有簞食瓢飲足以不死其不憂而樂也豈不易哉若僕無所依歸無簞食瓢飲無所取資則餓而死不亦難乎此賦又云爾蓋閔已之不若也東坡溫國獨謂其不然要爲顏子言之爾	有至聖而爲之依歸兮又何苦不自得於艱難㉮-2東坡爲膠西守孔宗翰作顏樂亭詩其序有曰昔夫子以簞食瓢飲賢顏子而韓子乃以爲哲人之細事何哉蘇子曰古之觀人也必於其小焉觀之其大者容有僞焉人能碎千金之璧不能無失聲於破釜能搏猛虎不能無變色於蜂蠆孰知簞食瓢飲之爲哲人大事乎司馬溫公又曰子瞻論以爲君子於人必於其小觀焉光謂韓子以三書抵宰相求官與于襄陽書求朝夕芻米僕賃之資又好悦人以誌銘而受其金其戚戚於貧賤如此烏知顏子之所爲哉雖然退之(亦嘗言之矣其)答李習之書曰孔子稱顏回一簞食一瓢飲人不堪其憂回也不改其樂彼人者有聖人爲之依歸而又有簞食瓢飲足以不死其不憂而樂也豈不易哉若僕無所依歸無簞食瓢飲無所取資則餓而死不亦難乎此賦又云爾蓋閔已之不若也東坡溫國獨謂其不然要爲顏子言之耳
曹成王碑	王及州不解衣下令掊鎖擴門㉺舊注掊擊也把也彼垢切擴引張也古莫切	王及州不解衣下令掊鎖擴門㉺掊音剖擴古莫切一作擴

[표 7]에서 ㉮-1과 ㉮-2는 위중거가 '집주'라고 표기하고 주를 달아 놓은 것이다. ㉮-1은 한유의 「감이조부」의 제목 아래에 달려 있는 주석으로, 위중거는 이곳에서 한유가 이 작품을 짓게 된 이유와 함께 「진학해」의 원문을 인용하여 한유의 부부 작품 4편에 대한 문체적 특징을 논하였다. 이에 대해 장지교는 '집주'를 삭제하고, 원의를 해치지 않는 범위 내에서 문장을 바꾸어 원문을 절반 정도로 축약해놓았다. 그런데 소식은 위의 작품의 풍격에 대해 '비격돈좌悲激頓挫'라고 비평하였으나, 장지교는 이를 '비장격렬悲壯激烈'이라고 바꾸어 소식과는 다소 다른 비평안을 보여주었다. 또한 그는 (a)에서 이한李漢이 한유의 작품에 순서를 정하면서 첫 작품으로 놓은 것을 지적하고, 이

로 보아 그는 한유를 깊이 아는 자가 아니라고 주석하였다.

㉮-2는 위중거가 공종한孔宗翰의 「안락정시서安樂亭詩序」와 소식과 사마광의 논평, 한유의 「답이습지서答李翊之書」 등을 인용하여 한유가 간난艱難을 감수하며 성인에게 귀의한 이유를 설명하였다. 이에 대해 장지교는 ㉮-1과 같이 '집주'를 삭제하고, 중간 부분에서 "논한유이재은약이평관韓愈以在隱約而平寬, 위철인지세사爲哲人之細事."와 "사마소씨지론당의司馬蘇氏之論當矣."를 삭제하였다. ㉯에서 위중거는 「민기부」를 지은 이유와 함께 조무구가 지은 부賦의 원문을 인용하여 주를 달았다. 이에 대해 장지교는 '집주'를 삭제하고, 전반부는 원의를 해하지 않는 수준에서 일부 내용을 수정하는 한편, 문장의 끝 부분인 '취就'자에서 '운云'자에 이르는 45자를 삭제하였다. ㉰는 「조성왕비曹成王碑」에서 '구주舊注'라는 표기 아래 달린 주석의 예이다. 위중거는 이곳에서 '부掊'자와 '확擴'자의 의미와 절음을 제시하였으나, 장지교는 '구주'를 삭제하고 '부掊'자의 동음과 '확擴'자의 절음을 제시하였다. 이로 보아 위중거는 '보주', '집주', '구주'의 내용을 수록하면서 글자나 문장의 뜻, 어휘의 출처나 창작 동기 등과 다양한 정보를 제공하였으나, 장지교는 '보주', '집주', '구주'라는 표기를 삭제하고, 주석의 내용도 문의를 저해하지 않는 범위 내에서 대폭 축소해 수록한 것으로 생각된다.

5. 맺음말

인헌仁軒 부공富公이 청 건륭 49년(1784)에 『중간오백가주음변창려선생문집』을 간행하고 쓴 서문에 따르면, 그가 이 책을 간행한 당시에 한유 문집이 세상에 유통되는 것이 매우 적었다고 한다. 그는 이 글에서 명대에 간행된 판본으로 동아당東雅堂 서씨본徐氏本과 삼경당三經堂 장씨본蔣氏本 등이 있었는데, 이 두 판본은 모두 썩거나 좀먹어 남아 있는 것이 없다고 한다. 이어 그는 청대에 수야당秀埜堂 고씨본顧氏本, 영회당永懷堂 갈씨본葛氏本, 아우당雅雨堂 노씨본盧氏本 등이 간행되었는데, 갈씨본은 주가 없이 원문만 수록되어 있고, 고씨본과 노씨본은 시만 수록되어 있어 한유 작품의 전모를 파악하기 어려웠다고 하였다.106) 그가 말한 동아당 서씨본과 삼경당 장씨본은 서시태가 만력 연간에 중간한 『창려선생집』과 장지교가 숭정 6년에 편찬한 『당한창려집』을 가리킨다.

앞서 살폈듯이 주오필은 1605년에 왕백대의 『주문공교창려선생집』을 다시 간행하였다. 그는 이 책의 서문에서 한유의 문장은 재도 문학의 전형성을 갖추고 있다고 말하고, 주희와 한유의 생각은 동성同聲은 아니더라도 동기同氣는 되고, 동기同氣는 아니더라도 동심同心은 된다고 하였다. 그 이유로 그는 주희가 한유를 평하면서, "한유가 지은 글은 비록 힘써 진언陳言을 버리는 것을 책임으로 여겼다."고 하였으나, 한편으로는 "문자가 순종하고[文從字順], 각각 그 직분을 알아야 한다[各識其職]를 귀하게 여겼다."고 말한 것을 들었다.107) 이로 보아 주오필이 중편重篇한 『주문공교창려선생집』은 왕백대가 이 책을 편찬한 송 보경 연간부터 명 만력 연간까지

---

106) 富公, 「重刊五百家註音辨昌黎先生文集識」, 『重刊五百家註音辨昌黎先生文集』 卷首. "因思韓集板本之行於世者, 不獨是註久不可見. 卽如明東雅堂徐氏本, 三經堂蔣氏本, 其板, 亦皆剝朽無存, 存者, 惟近時秀埜堂顧氏, 永懷堂葛氏, 雅雨堂盧氏本耳, 葛本無註, 顧本盧本, 止於詩."

107) 朱吾弼 刊, 『朱文公校昌黎先生文集』 卷首, 장4a～장5b, 「韓文考異序」. "蓋凡昌黎所爲文, 粹然一軌於道, 猶之百揆三事, 奉天子之禮樂征伐. 以紀四方, 無一而非實用也. 由漢以下, 諸儒無慮百家, 自紫陽爲之折衷, 而衆言乃定, 於一至於排斥異端, 傳諸戎首. 又於六經爲擯詔彼, 與昌黎非直同聲, 而且同氣, 非直同氣, 而此同心, 千古與稽, 且暮遇之, 故其言曰: 韓子之爲文, 雖以力去陳言爲務, 又必以文從字順・各識其職爲貴, 則羽翼昌黎之意, 可知矣."

400여 연간 주희의 고향인 신안 지역을 중심으로 명맥이 이어져온 주자학파들의 재도적 문학관이 반영되어 있다는 점에서 그 의미를 찾을 수 있다.

한편 요영중이 송 함순 연간(1264~1274)에 『창려선생집』을 간행하고 쓴 「범례」에서, 위중거가 경원 연간에 간행한 오백가주본은 홍흥조洪興祖의 『변증辨證』, 번여림樊汝霖의 『연보주年譜注』, 손여청孫汝聽·한순韓醇·유숭劉崧의 『전해全解』, 축충祝充의 『음의音義』, 채원정蔡元定의 『보주補註』 등 제가의 주석들을 인용한 것이 중복에서 벗어나지 못했다고 하였다. 또한 그는 방숭경의 『한집거정』과 주희의 『한문고이』는 수록되어 있지 않은 것을 못마땅하게 여기고, 이 문제를 해결하기 위해 먼저 주희의 『한문고이』를 위주로 하여 제가의 주석 중에서 요어要語를 취하여 그 아래에 부주附註로 붙여놓았다.[108] 이와 같이 명 만력 연간에 재도적 문학관이 반영되어 있는 왕백대의 『주문공교창려선생집』이 나온 것과 동시에, 서시태에 의해 왕백대의 주석과 비교해 보다 다양한 내용의 주석들이 수록되어 있는 요영중의 『창려선생집』이 다시 간행되었다는 점에서 그 의미를 찾을 수 있다.

마지막으로 장지교는 명 숭정 6년(1633)에 한유의 『당한창려집』을 간행하고 쓴 서문에서, 한유와 유종원의 문장이 당나라 3백 년을 대표할 뿐만 아니라 3대 및 양한兩漢과 나란히 할 만하다고 평하였다. 두 사람의 문장은 마음과 도가 서로 하나가 된 '문이재도文以載道'를 잘 보여주고 있기 때문이다. 따라서 그는 이들의 문장은 당시

---

108) 徐時泰 刊, 『東雅堂韓昌黎集』(『문연각사고전서』 1075책), 장1b, 「凡例」. "魏仲舉刊五百家註, 引洪興祖·樊汝霖·孫汝聽·韓醇·劉崧祝充·蔡元定諸家註文, 未免冗複, 而方崧卿舉正, 朱子校本攷異, 却未附入, 讀者病之. 今以朱子校本攷異爲主, 而刪取諸家要語, 附註其下, 庶讀是書者, 開卷曉然."

과거 문장에 전범으로 삼을 만하고, 일상의 실용적인 문장을 짓는데 도움이 된다고 보았다. 그는 두 사람의 문집을 편찬하면서 원문에 주를 달고 작품에 평을 붙였는데, 천착하거나 아호阿好에 빠지지 않고 문장의 본의를 발명하여 도에 어긋남이 없도록 하였다고 말하였다.109) 이와 같이 그가 편찬한 『당한창려집』은 '문이재도'로 일컬어지는 도학적 문학관에 기초하여 역대의 주석들을 통합하고, 이에 더하여 도학적 심미의식에 기초하여 작품에 대한 평가를 가했다는 점에서 그 의미를 찾을 수 있다.

---

109) 蔣之翹 刊, 『唐韓昌黎集』卷首, 序11a~序13b, 「注韓柳集序」. "唐三百年文章, 所以坦然明白, 揭於日月, 渾渾灝灝, 浸如江海, 同於三代, 駕於兩漢者, 惟韓柳之文也. 則是文者, 非道不立, 非道不充, 非道不由, 其心與道一, 故其言無非道也, 所謂文以載道, 其眞無媿於文矣乎. 況今天子, 右文制治, 四海同風, 斯道大明之日, 二公之文, 實堪范士試取而讀之, 所謂藻火黼黻之交輝, 金聲玉振之迭奏, 魚龍波濤之驚迅, 一一可適於世用也. 予於是手集而注之而評之, 不事穿鑿, 不爲阿好, 務以發明二家爲文之旨而止, 或於道不相鑿, 用梓之而質諸同好云. 歲崇禎癸酉夏六月朔, 檇李 蔣之翹 書于碩邁書室."

제2부

한국의 한유 문집 수용

I
갑인자본 『주문공교창려선생집』의 간행

1. 머리말

『세종실록』을 보면 세종 20년(1428) 여름에 집현전 부제학副提學 최만리崔萬理, 직제학直提學 김빈金鑌, 박사博士 이영서李永瑞, 성균사예成均司藝 조수趙須 등에게 명하여 한유와 유종원 문집의 주석을 편찬하게 하고, 같은 해 11월에 책이 완성되자 집현전 응교應教 남수문南秀文에게 발문을 짓도록 세종이 명한 글이 있어 주목된다.

> 당나라 한유와 유종원이 지은 문장은 웅위雄偉하고 아건雅健하여 우주에 우뚝 섰으니, 실로 만세토록 작자의 궤범軌範이 된다. 이 때문에 주희가 후생들에게 말하여, "만약 한유와 유종원의 문장을 숙독하지 않으면 문장을 잘 지을 수 없다."고 하였다. 그러나 두 사람의 글은 모두 문장이 심원하고 글자가 기이하여 주해한 것이 무려 수백 사람인데, 세상에 성행하는 것으로 한유 문집은 두 판본이 있다. 주희의 교정본[朱子校本]은 글자는 바르지만 주가 간략하고, 오백가의 주석본[五百家注本]은 주는 상세하지만 글자가 잘못되었다. 유종원 문집도 역시 두 본이 있으니, 『증광주석增廣注釋』과 『음변音辯』은 또한 오백가의 상세한 것만 같지 못하여, 읽는 자가 이것을 가지고 저것과 비교하여도 알기가 쉽지 않다.[1]

---

1) 『世宗實錄』권83, 세종 20년 11월, 175면. "唐韓柳氏所著文章, 雄偉雅健, 傑立宇宙, 實萬世作

위의 글에서 남수문은 한유와 유종원의 문장은 웅위雄偉하고 아건雅健하여 작자의 궤범軌範이 되지만, 한편으로는 문장이 심원하고 글자가 기이하여 주석한 사람이 무려 수백에 이른다고 하였다. 이어 그는 당시 세상에서 성행한 한유의 문집으로 주자교본朱子校本과 오백가주본五百家注本이 있다고 하였다. 주자교본은 왕백대가 편찬한 『주문공교창려선생집』을 말하고 위중거가 편찬한 『오백가주음변창려선생집』을 가리킨다. 세종은 당시에 성행하던 위의 두 책은 원문과 주석이 서로 달라 독자들이 내용을 이해하는 데 적지 않은 혼란을 주고 있다고 보고, 집현전 학사인 최만리와 김빈 등에게 명하여 두 책의 장단점을 면밀히 살펴 다시 편찬하도록 하였다.

세종 20년에 갑인자로 간행된 『주문공교창려선생집』은 위와 같은 세종의 명에 의해 세상에 나온 것이다. 인용 글에서 보듯이 세종은 성학을 잇고 문교를 밝혀 경서經書와 사서史書를 모두 인쇄하여 반사하는 한편, 문장이 예스럽지 못한 것을 염려하여 한유와 유종원의 문집을 간행하도록 명하였다. 따라서 이 두 문집은 문인 학자들로 하여금 경서와 사서를 연구하여 그 열매를 씹게 하고 한유와 유종원의 문장을 익혀 그 꽃을 펼치게 하려는 우문右文 정책[2]이 결실을 맺은 것으로, 이후 조선의 문인 학자들이 도학적 문학관을 정립하거나 고풍의 문장을 구사하는 데 지대한 영향을 끼쳤을 것으로 생각된다.

본 장에서는 세종 20년에 갑인자로 간행된 『주문공교창려선생집』이 조선시대 한문학의 전개 과정과 그 특징을 이해하는 데 매우 중요한 자료인 것으로 보고, 이 책의 편집 형식과 내용 구성 및 문학

者之軌範也. 是以朱文公嘗語後生曰; 若將韓柳文熟讀不到, 不會做文章. 然二書皆文深字奇, 注解無慮數百家, 而盛行于世者, 韓有二本. 朱子校本, 字正而註解, 五百家注本, 注詳而字訛. 柳亦有二本, 其增廣注釋音辯, 又不如五百家之詳也. 讀者就此較彼, 未易領會."

2) 『世宗實錄』 권83, 176면. "臣伏覩殿下, 以緝熙聖學, 丕闡文教, 凡諸經史, 悉印悉頒, 又慮詞體之不古, 發揮二書, 嘉惠儒士, 使之研經史以咀其實, 追韓柳以摛其華, 其所以右文育材者, 可謂無所不用其極矣."

사적 의미에 대해 고찰하고자 한다.[3] 논의는 주로 현재 국립중앙도
서관에 소장되어 있는 경오자체 훈련도감자 복각본『주문공교창려
선생집』40권을『사부총간』에 수록된『주문공교창려선생집』, 그리
고 조선에서 목판본으로 간행된『신간오백가주음변창려선생집』과
비교하는 방식으로 진행하기로 한다.

2. 판본의 종류와 형태

현재 세종 20년에 간행된『주문공교창려선생집』은 2종의 갑인자
본, 병자자본, 경오자체 훈련도감자본, 경오자체 훈련도감자복각본
등이 전해지고 있다. 하버드대학교 예칭도서관에는 [그림 1]과 같이
세종 20년(1438)에 갑인자로 인출된 영본 1책이 소장되어 있는데,[4]
이 책은 표지 왼쪽 아래에 "세재신묘하남피대구거소구입계사환도중
추연대도서관신장歲在辛卯夏南避大邱居所購入癸巳還都仲秋延
大圖書館新裝 서여西餘"라고 적혀 있다. 이로 보아 이 책은 신묘
년(1951)에 대구에서 구입한 것으로 추정된다. 이 책의 판식은 사주
단변에 반곽의 길이는 26.4×17.0㎝이고, 행수와 자수는 10행 18자
에 주쌍행이며, 어미는 상하하향흑어미上下下向黑魚尾로 되어 있다.

---

3) 조선에서 간행한『朱文公昌黎先生集』을 연구한 것으로는 李章佑 교수의 李章佑,「朝鮮朝 刊
本『朱文公昌黎先生集』에 관하여」(『閒堂車柱環博士頌壽論文集』, 1981)와 김학주 교수의「선
조 刊『朱文公昌黎先生集』略考」(『조선시대 간행 중국문학 관계서 연구』, 서울대학교출판부,
2000)가 있다. 위의 논문에서 이장우 교수는 학계에 조선에서 간행한『주문공창려선생집』의
편찬 동기와 판본을 학계에 소개하였고, 김학주 교수는 이 책의 체례와 특징에 대해 고찰하
였다.

4)『朱文公校昌黎先生集』(甲寅字本, 하버드대학교 옌칭도서관, TK9428.9-7232(2)) 권34~37.

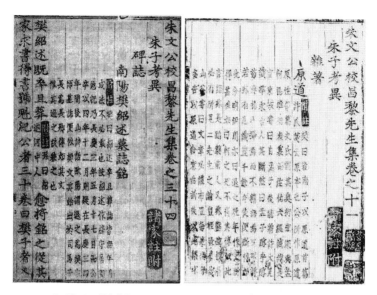

[그림 1] 갑인자본(1)
『朱文公校昌黎先生集』

[그림 2] 갑인자본(2)
『朱文公校昌黎先生集』

또한 국립중앙도서관에는 [그림 2]와 같이 중종 13년(1518)에 갑인자로 인출된 것으로 추정되는 영본 2책이 소장되어 있는데,5) 이 책은 서명 위에 '이춘희인李春熙印', 서명 끝에 '선생공가장서先生公家藏書', 서명 아래에 '남부의근추기男富儀謹追記', 변란 아래에 '창蒼', 권11 권수의 서명 아래에 '이춘희인李春熙印'과 '창사蒼史', 권11의 권말에 '순의체일純義體一'이라는 도장이 찍혀 있다. 이로 보아 이 책은 장서가 이춘희李春熙가 소장하고 있던 것으로 추정된다. 이 책의 판식은 사주단변에 반곽의 길이는 26.4×17.0㎝이고, 행수와 자수는 10행 17자에 주쌍행이며, 어미는 내향3엽어화문어미內向3葉魚花紋魚尾로 되어 있다.

---

5) 『朱文公校昌黎先生集』(甲寅字本, 국립중앙도서관 청구기호 古貴3747-247) 목록 1, 권11.

[표 1] 갑인자본 2종의 서지 비교

판본 서지	갑인자본(1)	갑인자본(2)
저작 사항	『朱文公昌黎先生集』零本 1책(권34~권37)	『朱文公昌黎先生集』零本 2책 (목록 1책, 권11 1책)
소장 장소	하버드대학교 옌칭도서관	국립중앙도서관
판본 형태	금속활자본(갑인자)	금속활자본(갑인자)
간행연도	세종 20년(1438)	중종 13년(1518, 추정)
조판 형식	四周雙邊, 半郭 26.4×17.0㎝, 有界, 10行 18字, 註雙行, 上下下向黑魚尾:31.0×20.1㎝	四周雙邊, 半郭 25.4×16.9㎝, 有界, 10行 17字, 註雙行, 上下內向3葉魚花紋魚尾:34.7×21.2㎝
특기 사항	표지 제목 오른쪽에 "甲寅字 世宗十六年 西紀一四三四年 鑄成", 왼쪽에 "朱文公昌黎先生集零本一冊世宗三十年戊午西紀一四三八年 印出"이라고 쓰여 있음. 표지 왼쪽 하단에 "歲在辛卯夏南遊大邱居所購入癸巳還都仲秋延大圖書館新裝 西餘"라고 쓰여 있음.	서명 위에 '李春熙印', 서명 끝에 '先生公家藏書', 서명 아래에 '男富儀謹追記', 변란 아래에 '蒼'이라는 도장이 찍혀 있음. 권11 권수의 서명 아래에 '李春熙印'과 '蒼史', 권11의 권말에 '純義體一'이라는 도장이 찍혀 있음.

한편 국립중앙도서관에는 [그림 3]과 같이 중종 연간(1506~1544)에 병자자로 인출된 것으로 추정되는 영본 1책이 소장되어 있다.[6] 이 책의 판식은 사주쌍변에 반곽의 길이는 23.0×15.4㎝이고, 행수와 자수는 11행 20자에 주쌍행이며, 어미는 상하내향세3엽화문어미上下內向細3葉花紋魚尾로 되어 있다. 또한, 국립중앙도서관에는 [그림 4]와 같이 선조 32년(1599)에 임진왜란의 병화로 없어진 서책을 인쇄하기 위해 훈련도감에서 만든 경오자체庚午字體 훈련도감자訓鍊都監字로 인출된 것으로 추정되는 영본 1책이 소장되어 있다.[7] 이항복李恒福은 훈련도감에서 안평대군이 쓴 인본印本을 탁본해 활자로 만들어 가장 먼저 『주문공교창려선생집』을 간행하였는데, 사람들이 서로 다투며 책을 사들여 남은 이익이 넉넉하여 군비를 충당

---

6) 『朱文公校昌黎先生集』(丙子字本, 국립중앙도서관, 한고朝46-나-13) 권5.

7) 『朱文公校昌黎先生集』(庚午字體 訓鍊都監字覆刻本, 국립중앙도서관, 일산古3717-79) 권15.

하는 데 도움이 되었다[8]고 하였다. 우리는 이를 통해 세간에서 한유 문집에 대한 관심이 어느 정도였는가를 알 수 있다. 이 책의 판식은 사주쌍변에 반곽의 길이는 24.2×15.8cm이고, 행수와 자수는 9행 16자에 주쌍행이며, 어미는 상하하향3엽화문어미上下下向3葉花紋魚尾로 되어 있다. 국립중앙도서관에는 광해군 2년(1610)에 간행된 경오자체 훈련도감자복각본訓鍊都監字覆刻本 15책[9]이 소장되어 있다. 필자가 확인한 바에 따르면 세종 20년에 간행된 갑인자본은 16책 40권 완질로 남아 있는 경오자체 훈련도감자복각본과 일부 오·탈자를 제외하고 모두 같은 내용으로 구성되어 있다.

[그림 3] 병자자본
『朱文公校昌黎先生集』

[그림 4] 훈련도감자본
『朱文公校昌黎先生集』

---

8) 李恒福, 『白沙集』 권2, 196면, 「訓鍊都監印韓昌黎集跋」. "都監自罷屯田, 思所以足食者, 必毛擧而錐撾之無遺. 間印諸書, 響之爲軍儲, 後得安平大君所寫印本數書, 楊刻爲活字, 圓轉可愛. 首印是書, 於是薦紳好事者, 爭奔走焉. 遂斥實, 消息時權, 其贏積其奇羨, 庫人告給, 使衆工稱食, 皆仰機利, 以末取足, 猶有餘息, 是何但養兵之利, 亦寓文於武, 相因而相長之者也."

9) 『朱文公校昌黎先生集』(庚午字體 訓鍊都監字覆刻本, 국립중앙도서관, 일산古3717-77) 권1~40.

[표 2] 병자자본과 경오자체 훈련도감자본의 서지 비교

판본 서지	병자자본	경오자체 훈련도감자본
저작 사항	『朱文公昌黎先生集』 零本 1책 (권5)	『朱文公昌黎先生集』 零本 1책(권15)
소장 장소	국립중앙도서관	국립중앙도서관
판본 형태	금속활자본(병자자)	목활자본(경오자체 훈련도감자)
간행연도	중종 연간(1506~1544)	중종 13년(1518, 추정)
조판 형식	四周雙邊, 半郭 23.0×15.4cm, 有界, 11行 20字, 註雙行, 上下內向細3葉花紋魚尾:30.2×19.1cm	四周雙邊, 半郭 24.2×15.8cm, 有界, 9行 16字, 註雙行, 上下內向3葉花紋魚尾:33.8×21.0cm
특기 사항	원문 글자 오른쪽 아래에 圓圈(○)과 批點이 찍혀 있음.	없음.

3. 저본의 활용 양상

세종 20년에 조선에서 간행한 『주문공교창려선생집』의 편집 형식에 대해서는 앞서 밝힌 남수문의 발문을 통해 그 윤곽을 확인할 수 있다.

> 한유 문집은 주자의 교본을 주로 하여 구절을 좇아 먼저 『고이考異』를 써서 그 원주原註를 구절에 넣었고, 구절이 끊어지지 않는 것은 구절이 끊어지는 곳에 옮겨 넣었다. 『오백가주五百家註』와 한순韓醇의 『고훈詁訓』에서 다시 상세하게 갖춰진 것을 뽑아 절마다 『고이』의 아래에 붙이고 흰 바탕으로 '부주附註'라고 써서 붙여 구별하였다. 유종원 문집은 『증주增註』와 『음변音辯』을 위주로 하고 역시 『오백가주』와 한순의 『고훈』에서 상세하게 갖추어진 것을 취하여 증보增補하니, 구절은 그 논지가 통하게 되고 글자는 그 새김이 궁구되어, 책을 펴고 한 번 읽어보면 밝기가 마치 어두움을 깨쳐주는 것과 같게 되었다.[10]

---

10) 『世宗實錄』 권83, 175~176면. "韓主朱本, 逐節, 先書考異, 其元註入句, 未斷者, 移入句斷. 五

이곳에서는 위의 내용에 의거하여 세종 20년에 갑인자로 간행된 『주문공교창려선생집』의 편집 형식에 대해 알아보기로 한다. 이를 위해 『사고전서』에 수록된 『원본한집고이原本韓集考異』와 『사부총간』에 수록된 『주문공교창려선생집』, 국립중앙도서관에 소장된 조선목판본 『신간오백가주음변창려선생집』의 원문과 주석을 제시하면 다음과 같다.

[표 3] 갑인자본 『주문공교창려선생집』의 저본 활용

판본 작품	原本韓集考異 (사고전서본)	朱文公校昌黎 先生集 (사부총간본)	五百家註音辨昌黎 先生集 (조선목판본)	朱文公校昌黎先生集 (갑인자본)
晚寄張十八助教周郎博士一首	日ⓐ薄ⓑ薄或作落方云薄追也國語今會日薄矣恐事之不集 今ⓒ [按語勢但如白樂天所謂旌旗無光日色薄耳方說非是歲將淹	日ⓐ薄風景曠ⓑ薄或作落方云薄追也國語今會日薄矣恐事之不集 今ⓒ [詳]語勢但如白樂天所謂旌旗無光日色薄耳方說非是	日㉮落風景曠	日ⓐ薄風景曠ⓑ薄或作落方云薄追也國語今會日薄矣恐事之不集○今ⓒ [詳]語勢但如白樂天所謂旌旗無光日色薄耳方說非是
城南聯句一百五十韻	①方云蜀本作一百五十韻今本因之然此詩實多韻不可以爲据	③聯句古無此法自退之始上則唐虞賡歌下則漢武栢梁皆聯句之所起④樊曰劉貢父云東野與退之聯句宏壯辯博似若不出一手王深父云退之容有潤色⑤呂氏童蒙訓徐師川問山谷曰人言	②城南長安城南③或曰聯句古無此法自退之始洪曰上則唐虞賡歌下則漢武栢梁皆聯句之所起④樊曰劉貢父云東野與退之聯句宏壯辯博似若不出一手王深父云退之容有潤色⑤○補注呂氏童蒙訓徐師川問山谷曰人言東野	①方云蜀本作一百五十韻今本因之然此詩實多韻不可以爲据【附註】②韓曰城南長安城南也公正元十九年冬自御使出爲陽山令 … 中略 … 孟郊終之曰畢竟任詩趣卽此意云③聯句古無此法自退之始④樊曰劉貢父云東野與退之聯句宏壯辯博似

百家註及韓醇詁訓, 更采詳備者, 節附考異之下, 白書附註以別之. 柳主增註音辯, 亦取五百家註韓醇詁訓詳備者, 增補, 句暢其旨, 字究其訓, 開卷一覽, 昭若發矇."

	東野聯句大非平日所作恐是退之有所潤色山谷云退之安能潤色東野若東野潤色退之却有此理①方云蜀本作一百五十韻今本因之然此詩實多韻不可以爲据	聯句即非平日所作恐是退之有所潤色山谷云退之安能潤色東野若東野潤色退之却有此理	若不出一手王深父云退之容有潤色⑤呂氏童蒙訓徐師川問山谷曰人言東野聯句大非平日所作恐是退之有所潤色山谷云退之安能潤色東野若東野潤色退之却有此理
주석 없음	綠髮抽珉甍ⓒ韓曰細草ⓔ孫曰綠苔也靑膚ⓗ孫曰靑皮也ⓒ韓曰苔蘚甍瑤楨ⓘ音貞說文木也ⓞ瑤楨美幹	ⓒ綠髮抽珉甍ⓖ郊ⓔ孫曰綠髮綠苔也柚珉甍言生於珉甍之上也甍井甍珉石之次玉者珉甍美言之也靑膚甍瑤楨ⓗ孫曰靑膚青皮也ⓢ甍高也ⓞ瑤楨美幹也ⓒ韓曰綠髮細草ⓒ靑膚苔蘚楨說文剛木也ⓩ楨知京切	綠髮抽珉甍ⓒ韓曰綠髮細草也ⓔ孫曰綠苔也珉石之次玉者甍井甍珉甍美言之也ⓗ言綠苔生於珉甍之上青膚甍瑤楨ⓗ孫曰青膚青皮也ⓒ韓曰苔蘚楨音貞說文木也ⓞ瑤楨美幹
誰復㉠或作復誰	風期誰復廣㉠誰復或作復誰	風期誰復廣ⓗ孫曰廣續	風期誰復廣㉠誰復或作復誰【附註】ⓗ孫曰廣續也ⓒ四語盖專記營造也桑變取海變桑田義也詩築之登登毛傳曰登登用力也孟蓋合二字而用之霞闓當謂接雲霞之峻也張協七命曰彫闓連霞風期猶風標ⓔ晉習鑿齒傳風期超邁ⓗ方曰已上十二韻皆言京都人士繁華之習

　[표 3]은 네 판본의 한유 문집 권7에 실린 「만기장십팔조교주랑박사1수晩寄張十八助教周郎博士一首」와 권8에 실린 「성남련구일150운城南聯句一百五十韻」의 원문과 주석 내용이다. ⓐ～ⓒ는 주

희가 원문의 글자를 교감하고 그 이유를 제시한 것이다. 원문의 '박薄'자에 대해 방숭경은 『국어國語』에 '금회일박의今會日薄矣'를 인용하면서 '낙落'자로 고쳤는데, 주희는 백거이가 '정기무광일색박旌旗無光日色薄'이라고 말한 것을 예로 들어 다시 '박薄'자로 정정하였다. 사부총간본과 갑인자본에는 모두 '박薄'자로 되어 있는데, 갑인자본 편찬자들은 원문의 글자를 확정할 때에 주자의 교감을 그대로 따랐음을 알 수 있다. ⓑ는 '일박日薄'에 대해 주희가 주석한 것으로 사부총간본과 갑인자본에서는 이를 시구의 끝에 옮겨놓았다. 남수문이 발문에서 구절이 끊어지지 않는 것은 구절이 끊어지는 곳에 옮겨 넣었다고 말한 것이 바로 이를 가리켜 말한 것이다. ⓒ는 주희가 『한문고이』에서 '안按'자라고 쓴 것을 사부총간본과 갑인자본에서 '상詳'자로 바꾼 것이다. 갑인자본의 저본으로 사부총간본을 활용했음을 보여주는 사례 가운데 하나이다.

①~⑤는 시의 제목 아래에 제가의 주석을 옮겨놓은 것이다. ①은 주희가 제목에 대해 주석한 것으로 사부총간본과 갑인자본에만 달려 있다. ②는 제목 아래에 한순이 주석을 단 것으로 사부총간본은 내용이 삭제되어 있고 조선본은 내용이 대폭 축약되어 있다. 그러나 갑인자본은 '한왈韓曰'이라고 명기하여 주석자가 한순임을 밝혔고, 중간에 장문의 내용을 추가하였다. 남수문이 발문에서 한순의 『고훈詁訓』에서 상세하게 갖춰진 것을 뽑아 절마다 옮겨놓았다고 말한 것이 바로 이를 가리켜 말한 것이다. 사부총간본과 조선목판본에서는 이 부분을 '혹왈或曰'이라고 표기하고 내용을 삭제하였다. ③은 '혹왈或曰'과 홍흥조洪興祖의 주석을 옮긴 것이다. 사부총간본에는 '혹왈或曰'과 '홍왈洪曰' 네 글자가 빠져 있고, 갑인자본에는 '혹왈或曰' 두 글자와 홍흥조의 주석이 모두 삭제되어 있다. ④는

번여림樊汝霖이 제목에 주석을 단 것으로 세 판본에 모두 같은 내용이 실려 있다. ⑤는 여본중呂本中이 편찬한 『동몽훈童蒙訓』의 내용을 인용한 것으로 조선목판본에는 'ㅇ보주補注'라고 표기한 다음 이를 옮겨놓았다.

㉠~㉧은 원문 '청부용요정青膚聳瑤楨'과 '녹발추민綠髮抽珉鬖' 아래에 제가의 주석을 붙인 것이다. ㉠에서 '교郊'자는 맹교를 가리키는 것으로 조선목판본에만 달려 있다. ㉡과 ㉢은 한순이 '녹발綠髮', '청부青膚', '요정瑤楨' 등에 주석한 것으로 사부총간본은 주석을 해당 시구 아래에 달았으나 조선목판본과 갑인자본은 주석을 연구聯句의 끝에 모아놓았다. ㉣은 손여청孫汝聽이 원문의 '녹발綠髮'에 대해 주석한 것이다. 사부총간본에는 단지 "손왈록태야孫曰綠苔也."라는 주석만 달려 있고, 갑인자본에는 내용이 축약되어 있다. ㉤은 갑인자본에만 달려 있는데 주석자의 이름이 제시되지 않은 것으로 보아 편찬자가 '녹발綠髮'의 의미를 풀어놓은 것으로 추정된다. ㉥~㉧은 손여청이 원문의 '청부용요정青膚聳瑤楨'에 대해 주석한 것으로, 사부총간본과 갑인자본에는 "㉦용고야聳高也."가 빠져 있고 "㉧요정미간瑤楨美斡."은 한순의 주석에 붙어 있다. 그러나 갑인자본에는 '청부青膚'에 해당하는 주석만 옮겨놓았다. ㉨은 '정楨'자를 음석한 것으로, 조선본은 '정楨'은 '지知'와 '경京'의 반절이라고 하였으나 사부총간본과 갑인자본에서는 '정楨'의 음은 '정貞'이라고 표기하여 주석의 방식을 달리하였다.

㉮~㉰는 원문 '풍기수부갱風期誰復賡' 아래에 주희와 제가의 주석을 옮겨놓은 것이다. ㉮는 주희가 시의 원문 '수부誰復' 아래에 달아놓은 것으로 조선목판본에는 이것이 빠져 있다. ㉯는 손여청이 '갱賡'자를 풀이한 것으로 사부총간본에는 빠져 있고, 갑인자본은

주희의 원주原註 다음에 【부주附註】라고 표기한 다음에 옮겨놓
았다. ㉯는 위의 시 "상변홀무만桑變忽蕪蔓, 장재랑등정樟裁浪登
丁. 하투거능극霞鬪詎能極, 풍기수부갱風期誰復賡." 4구의 내용을
풀이한 것으로 유일하게 갑인자본에만 달려 있다. 특히 이곳에는
'등登', '하투霞鬪', '풍기風期'가 사용된 경우를 『시경』과 장협張協
의 「칠명七命」 등을 예거하여 논증하였는데, 이는 갑인자본의 편찬
자가 위의 4구를 새로 주석하여 함께 모아놓은 것으로 판단된다. ㉰
는 '풍기風期'의 용례로 진습晉習의 「착치전鑿齒傳」을 인용한 것
으로 사부총간본과 조선목판본에는 모두 빠져 있다. ㉱는 인용 시구
를 포함해 모두 12운이 가리키는 의미를 풀이한 것으로 사부총간본
과 조선목판본에는 모두 빠져 있다.

　위에서 보듯이 갑인자본의 편찬자들은 왕백대가 중편한 『주문공
교창려선생집』은 글자가 바르지만 주가 간략하고, 위중거가 편찬한
『오백가주음변창려선생집』은 주는 상세하나 글자의 오류가 많다는
사실을 간파하였다. 따라서 이들은 갑인자본을 편집하면서 원문은
주희의 교감한 글자를 그대로 적고, 주희의 주석은 각각 구절이 끝
나는 곳으로 옮겨놓았다. 이어 제가의 주석은 【부주附註】라고 표
기한 다음 왕백대의 『주문공교창려선생집』, 위중거의 『오백가주음
변창려선생집』, 한순의 『고훈』 등에 수록된 주석을 편찬 목적과 부
합하는 것만 옮겨놓았다. 그리고 이에서 한 걸음 더 나아가 제가의
주석으로는 행간의 의미를 제대로 파악하기 어렵거나 예시된 용례
들이 본문과 어울리지 않을 경우, 행간이 가리키는 의미를 다시 풀
이하거나 본문 내용에 맞는 용례들을 각종의 전적을 인용해 새로
제시하였다. 그 결과 갑인자본 『주문공교창려선생집』은 이전 판본
들과는 확연히 다른 일관된 형식과 내용을 갖추게 됨으로써 그동안

어둡게만 느껴졌던 한유 시문의 논지가 통하고 글자의 의미가 드러나게 되었다.

4. 주석의 주요 내용

1) 도학적 의리의 발명

주희는 한유가 힘써 진언陳言을 버리고 시서육예의 글을 좇아 비루한 문풍을 바르게 바꾼 것을 인정하면서도, 그가 도와 문을 쪼개 두 물건으로 만들어 경중과 본말을 거꾸로 돌려놓았다는 사실을 지적하였다.[11] 따라서 그는 유학의 중흥을 표방하며 문체의 변화를 주도한 한유의 문장 비평을 통해 '문이재도文以載道'로 일컬어지는 도학적 문학관이 구현된 문장의 전형을 제시하고자, 고도의 철학적 사유를 기반으로 체계화한 심미 기준에 의거해 한유 시문의 득실과 공과를 논하였다.[12] 조선의 문풍을 바로잡기 위한 목적으로 편찬된 갑인자본『주문공교창려선생집』은 위와 같이 주희가 교감한 원문과 주석을 가감 없이 전재했을 뿐만 아니라, 주희가 한유의 시문을 교감하면서 적용한 도학적 문학관에 의거해『오백가주창려문집』에 복잡하게 뒤섞여 있던 제가들의 주석을 마름질하였다.

　① 번여림이 말하였다. "동파東坡가 일찍이 말하길, '맹자 이후로 큰 식견을 가지고 옛사람을 찾아 구하여 단연코 맹자는 순일

---

11) 朱熹,「讀唐志」,『朱熹集』(四川敎育出版社, 1996) 권70, 3653~3654면. "韓愈氏出, 始覺其陋, 慨然號於一世, 欲去陳言, 以追詩書六藝之作. … 蓋未免裂道與文以爲兩物 而於其輕重緩急 本末賓主之分 又未免於倒懸而逆置之也."

12) 주희가 편찬한『韓文考異』의 내용에 대해서는 앞 장에서 상세히 언급하였으므로, 본장에서는 原註에 해당하는 주희의 주석에 대한 논의는 가급적 자제하고 주로 [附註]로 달려 있는 제가의 주석을 중심으로 연구를 진행하였다.

하고 순일하며, 순자荀子와 양웅揚雄은 선택하기는 했으나 정밀
하지 못하고 말하기는 했으나 상세하지 못하다고 말했으니, 만
약 견식이 있지 않았다면 어찌 천여 년 후에 단연한 것이 이와
같이 분명할 수 있었겠는가?'라고 하였다."13)

② 번여림이 말하였다. "소자유蘇子由가 말하길, '한유의 학문은
아침저녁으로 인의예지仁義禮智와 형명도수刑名度數의 사이에
서 종사하였고, 형이상자形而上者부터는 한유가 알지 못하는 바
였다. 「원도原道」를 지으면서 마침내 도덕道德을 가리켜 허위虛
位라고 하고, 불교·노자를 배척하기를 양주·묵적과 동등하게
했으니, 어찌 도를 알았겠는가? 한유는 문장에만 뛰어난 자이
다.'라고 하였다."14)

　①과 ②는『오백가주창려문집』권8에 실린「원도原道」의 두주頭
註와 미주尾註에 번여림이 주석을 붙인 것이다. ①은 번여림이 소
동파가 한유의「원도」를 평한 내용을 인용하여 주석을 단 것이다.
이 글에서 소동파는 한유가 식견이 지대하였기 때문에 맹자와 순자,
그리고 양웅의 학문을 분명하게 평가할 수 있었다고 하였다. ②는
번여림이 소철蘇轍이 한유의「원도」를 평한 내용을 인용하여 주석
을 단 것이다. 이 글에서 소철은 한유가 아침저녁으로 인의예지仁
義禮智와 형명도수刑名度數에만 종사하였고 유학의 형이상학적
사유에 대해서는 알지 못하였다고 비판하면서, 그 예로 한유가 도덕
을 허위虛位라고 말하거나 불교와 노자를 배척하기를 양주와 묵적
을 배척한 것과 동등하게 여긴 것을 들었다. 갑인자본에는 ①이 두

---

13) 魏仲擧 編,『五百家注昌黎文集』권11, 장1a,「原道」頭註. "樊曰; 東坡嘗曰; 自孟子後, 能將許
　　大見識, 尋求古人. 其斷然曰; 孟子醇乎醇, 荀與揚也, 擇焉而不精, 語焉而不詳, 若非有見識, 豈
　　千餘年後, 便斷得如此分明."

14) 魏仲擧 編,『五百家注昌黎文集』권11, 장7b~장8a,「原道」尾註. "樊曰; 蘇子由; 愈之學, 朝
　　夕從事于仁義禮智刑名度數之間, 自形而上者, 愈所不知也. 原道之作, 逐指道德爲虛位, 而斥佛
　　老, 與楊墨同科, 豈爲知道哉. 韓愈工于文者也."

주에 붙어 있으나 ②는 미주에서 빠져 있다. 주희는 『한문고이』에서 「원도」를 평하여 "한유의 학문이 「원도」에 드러난 것은 비록 대용大用의 유행을 안 것은 있으나 본연本然의 전체에 대해서는 보지 못한 것이 있는 것으로 의심되며, 장차 일용하는 사이에 또한 존양存養·성찰省察로서 몸소 체현하는 것이 있음을 보지 못하였다. 이런 까닭에 비록 자임한 것이 무겁지 않은 것은 아니나 평생 힘을 깊이 쓴 곳은 끝내 문자 언어의 공교함에서 벗어나지 못했다."[15]고 말하였다. 갑인자본의 편찬자는 위와 같이 주희가 「원도」의 학문적 득실을 평한 것에 의거해 한유에 대한 평가가 상반된 두 주석을 면밀하게 고찰하여, 한유의 공을 긍정적으로 평가한 소동파의 설을 채택했던 것이다.

③ 이천선생伊川先生이 말하였다. "어떤 이가 묻기를, '한유의 「독묵자讀墨子」 한 편은 어떻습니까?'라고 하였다. 내가 말하길, '이 한 편의 뜻은 역시 매우 좋다. 다만 말이 근엄하지 못하여 옳지 못한 것이 있다. 공자가 상동尙同·겸애兼愛한 것이 묵자와 같다고 말한 것은 매우 옳지 않다.'라고 하였다."[16]

④ 홍흥조가 말하였다. "지금 한유는 이에 공자가 반드시 묵자를 사용하고, 묵자는 반드시 공자를 사용한다고 했으니, 어찌 어긋난 것이 이와 같은가? 만약 공자와 묵자가 반드시 서로를 사용했다면 맹자가 묵자를 막은 것은 잘못이 된다."[17]

15) 朱熹, 『原本韓集考異』 권5, 장14b, 「與孟尙書」 註. "蓋韓公之學, 見於原道者, 雖有以識夫大用之流行, 而於本然之全體, 則疑其有所未睹, 且於日用之間, 亦未見其有以存養省察, 而體之於身也. 是以, 雖其所以自任者, 不爲不重, 而其平生用力深處, 終不離乎文字言語之工."

16) 魏仲擧 編, 『五百家注昌黎文集』 권11, 장2a~장25b, 「讀墨子」 頭註. "伊川先生曰; 或問退之讀墨一篇如何. 曰; 此一篇意, 亦甚好, 但言不謹嚴, 便有不是處. 至若言孔子尙同兼愛, 與墨子同, 則甚不可也."

17) 魏仲擧 編, 『五百家注昌黎文集』 권11, 장26b, 「讀墨子」 尾註. "洪曰; 今謂退之, 乃謂孔子必用墨子, 墨子必用孔子, 抑何乖刺如是耶. 若以孔墨, 爲必相用, 則孟子距之爲非矣."

③과 ④는『오백가주창려문집』권11에 실린「독묵자讀墨子」의 두 주와 미주에 정이와 홍홍조의 주석을 붙인 것이다. ③에서 정이는 한유가 지은「독묵자」에 대해 평가하면서 한유가 글의 전편에서 말하고자 하는 의도는 바람직하지만 말이 근엄하지 못하다고 지적하고, 그 예로 이 글의 첫 부분에서 "유기묵이상동겸애儒譏墨以尚同兼愛, 상현명귀尚賢明鬼, 이공자외대인而孔子畏大人."이라고 하여 공자가 상동尚同하거나 겸애兼愛한 것이 묵자와 같다고 말한 것을 들었다. ④에서 홍홍조는「독묵자」의 끝부분에 "공자필용묵자孔子必用墨子, 묵자필용공자墨子必用孔子, 불상용不相用, 부족위공묵不足為孔墨."이라고 말한 것은 실상과 매우 다르다고 비판하였다. 홍홍조는 한유가 이 글에서 공자와 묵자가 서로를 사용했다는 말이 옳다면, 이는 한유가「여맹간서與孟簡書」에서 맹자가 양주와 묵적의 설을 막아 "향무맹씨向無孟氏, 칙개복좌임則皆服左衽, 이언주이의而言侏離矣."라고 말한 것과 논리적으로 모순이 된다고 생각하였다. 갑인자본에는「독묵자」의 두주에 ③이 실려 있으나 미주에는 ④가 빠져 있다. 이로 보아 갑인자본의 편찬자는 이 글의 득과 실을 함께 논한 정이의 평과 혹독한 비판으로 일관한 홍홍조의 평은 서로 어울리지 않다고 보고, 주희가 한유의 시문을 교감하면서 잣대로 삼은 도학적 의리에 의거해 홍홍조의 평을 삭제한 것으로 생각된다.

⑤ 一鳥落城市: 유씨柳氏가 말하였다. "석가가 가르침을 펼 때는 반드시 도읍에 거처하였다." 번여림이 말하였다. "화복의 설은 군중들을 고동鼓動시킬 수 있다." 一鳥集巖幽: 유씨가 말하였다. "노자가 가르침을 펼 때에는 산림에서 서식棲息하였다." 홍홍조가 말하였다. "청정淸淨과 무위無爲로 한 곳에 모여 집을 짓는다."[18]

---

18) 魏仲擧 編,『五百家注昌黎文集』권5, 장18a,「雙鳥」註. "柳曰; 釋之爲教, 必處都邑. 樊曰; 禍福

⑥ **春風捲地起, 百鳥皆飄浮**: 유씨가 말하였다. "정도正道가 쇠하고 요풍澆風이 성하였기 때문에 춘풍春風에 견준 것이다. 백조百鳥가 떠다니는 것은 모든 사악함이 일어난 것이다." 홍홍조가 말하였다. "춘풍이 일어나면 백조百鳥가 날고 또한 운다. 천하에서 선명자善鳴者는 그 때를 만나면 그 기술로 스스로 떨친다."19)

⑤와 ⑥은 『오백가주창려문집』 권3에 실린 「쌍조雙鳥」의 원문에 달려 있는 주석이다. 이 시에서 '쌍조雙鳥'가 무엇을 가리키는가에 대해서는 많은 견해가 제시되었다. 어떤 이는 이백과 두보를 가리킨다고 하였고, 고공자기高公子奇는 한유 전후시기에 활동한 집정자라고 하였으며, 소송蘇頌은 불교와 노자를 가리키는 것이라고 말하였다.20) ⑤에서 유씨柳氏와 번여림은 "일조락성시一鳥落城市"를 주석하여 석가가 도읍에 거처하여 화복의 설로 군중들을 고동鼓動시키는 모습을 읊은 것이라고 하였다. 그리고 "일조집암유一鳥集巖幽"에 대해 유씨와 홍홍조는 노자가 산림에 은둔하여 거처를 마련하고 청정清淨과 무위無爲로 가르침을 펼친 것이라고 하였다. ⑥은 "춘풍권지기春風捲地起, 백조개표부百鳥皆飄浮."에 대해 유씨와 번여림이 주석한 것이다. 유씨는 이곳에서 춘풍春風은 정도正道가 쇠하고 요풍澆風이 성한 모습을 말한 것이고, 백조百鳥가 떠다니는 것은 모든 사악함이 일어난 것을 비유한 것이라고 하였다. 홍홍조는 춘풍이 불면 백조百鳥가 날고 울듯이 천하에 선명자善鳴者는 그

之說, 足以鼓動羣衆. "栁曰; 老之爲教, 棲息山林, 洪曰; 清浄無爲, 集一作巢."

19) 魏仲擧 編, 『五百家注昌黎文集』 권5, 장18a, 「雙鳥」註. "栁曰; 正道衰, 澆風盛, 故比之春風, 百鳥飄浮, 衆邪興也. 洪曰; 春風起, 則百鳥飛且鳴矣. 天下之善鳴者, 遇其時, 各以其術自奮."

20) 魏仲擧 編, 『五百家注昌黎文集』 권5, 장17a~장17b, 「雙鳥」頭註. "或者, 遂謂此詩, 爲李杜作非也. 按栁仲塗, 雙鳥詩解云, 高公子奇, 白雙鳥者, 當其韓之前後斯執政人也. ...(中略)... 蘇丞相子容云, 意以是指佛老二學, 以其終篇, 本末考之, 或然."

때를 만나면 타고난 기술로 스스로를 떨친다고 하였다. 위와 같이 사고전서본의 주석에는 ⑤에서 쌍조雙鳥를 불교와 노자에 비의한 것으로 보았으나, ⑥에서는 불교나 노자와는 관련 없이 유학의 도나 출처의 때와 연계하여 풀이하였다. 갑인자본에는 ⑤가 빠져 있고 ⑥은 붙어 있다. 이로 보아 갑인자본의 편찬자는 도학적 의리의 관점에서 보면 쌍조雙鳥를 불교와 노자에 비유해 풀이하는 것이 보다 적실한 듯하지만, 여러 의견이 제기된 쌍조雙鳥의 의미를 불교와 노자에 비의한 주석은 객관성이 결여되어 있다고 생각하고 이를 삭제한 것으로 생각된다.

2) 제본의 절충과 통합

갑인자본의 저본으로 활용된 왕백대의 『주문공교창려선생집』과 위중거의 『오백가주음변창려선생집』 및 한순의 『고훈』 등은 주석자의 이름이 서로 중복될 뿐만 아니라 주석자의 관점 또한 일정한 기준 없이 뒤섞여 있다. 따라서 이들 판본에 수록된 수백여 명의 주석들을 통해 한유의 문장을 명확하게 이해하는 것은 한계가 있었다. 세종의 명을 받아 한유의 문집을 새로 편찬한 최만리와 김빈 등은 이미 한유 문장의 문체적 특징을 명확히 인식하고 있었을 것으로 생각된다. 이러한 사실은 세종 12년에 시행된 집현전 학사에게 학업을 권면한 내용에 의하면, 사서오경과 여러 사서史書를 비롯해 한유와 유종원의 글을 읽어 중국에 보내는 표表·전箋을 짓거나 월과月課로 표表·전箋·시詩·문文을 제술하도록 한 것21)을 통해 알 수 있다. 그렇기에 남수문은 앞서 살핀 발문에서 주희의 교정본

---

21) 『世宗實錄』 권48, 239면.

은 글자는 바르지만 주석이 간략하여 심원한 그의 문장을 깊이 이해하는 것에 문제가 있다고 말했던 것이다. 세종의 명에 의해 갑인자본을 편찬하였던 최만리와 김빈 등은 당시에 널리 유통하고 있던 『오백가주음변창려선생집』으로는 한유 문장의 핵심을 파악하기 어렵다는 사실을 간파하고, 기존의 주석을 맹목적으로 수용하는 태도에서 탈피해 수백여 명에 이르는 주석을 편찬 목적에 맞도록 절충하고 통합하였다.

⑦ 번여림이 말하였다. "『맹자』에서 태왕太王이 빈豳에 거처하였는데 적인狄人이 침입하자 가죽과 비단으로 그들을 섬겼으나 면하지 못하였다. … 운운 … 이에 노인들을 불러 알려 말하였다. "적인狄人이 바라는 것은 우리의 토지이다. 나는 장차 떠날 것이다." 빈豳을 떠나 양산梁山을 넘어 기산岐山의 아래에 도읍을 정하여 거처하였다."22)

⑧ 엄씨嚴氏가 말하였다. "한유는 정원貞元 15년 2월에 동진董晉의 상을 만나 변주汴州의 낙양洛陽으로 갔다가 변주의 난리를 듣고 마침내 팽성彭城으로 와서 장건봉張建封에게 의지했다. 가을에 이르러 작별하고 떠나려 하자 건봉建封이 주청하여 절도추관節度推官이 된 것으로 인하여 막중幕中에 머물렀다. 임명을 받은 다음 날 원중院中의 고사절목故事節目을 보니 새벽에 들어와 밤에 돌아가야 한다는 한 조건이 있었는데, 이를 불편하다고 생각하고 9월 1일에 글을 올려 말한 것이다."23)

22) 魏仲擧 編, 『五百家注昌黎文集』 권1, 장28a. 「岐山操周公爲太王作」註, "樊曰; 孟子, 太王居豳, 狄人侵之, 事之以皮幣, 不得免焉, 云云. 乃屬其耆老而告之曰; 狄人之所欲者, 吾土地也, 我將去之, 去豳, 踰梁山, 邑子岐山之下, 居焉."

23) 魏仲擧 編, 『五百家注昌黎文集』 권17, 장1b, 「上張建封僕射書」註, "嚴曰; 退之, 以貞元十五年二月, 從董晉之喪, 自汴之洛, 聞汴之亂, 逐來彭城, 依張建封. 至秋, 欲辭去, 建封, 奏爲節度推官, 因留幕中. 受命之明日, 見院中事目, 有晨入夜歸, 一件以爲不便, 乃於九月一日, 上書言之."

⑦은『오백가주창려문집』권1에 실린 「기산조주공위태왕작岐山操周公爲太王作」의 두주에 번여림의 주석을 붙인 것이다. 번여림은 이곳에서『맹자』의 글을 인용하여 태왕太王이 빈豳에서 적인狄人을 피해 기산岐山의 아래로 천도한 일에 대해 말하였다. 갑인자본에는 이 주석이 빠져 있다. 편찬자가『맹자』의 윗글은 누구나 알고 있는 사건이라고 생각하고 이를 삭제했던 것이다. ⑧은『오백가주창려문집』권17에 실린 「상장건봉복사서上張建封僕射書」의 "9월1일九月一日"에 엄씨嚴氏가 주석을 단 것이다. 엄씨는 이곳에서 한유가 9월 1일 장건봉張建封에게 편지를 올리게 된 이유를 설명하고, 같은 해 2월부터 9월 1일까지 이어진 한유의 행적을 소상히 밝혔다. 이곳의 일부 내용은 두주와 중복되어 있는데, 갑인자본에는 이 주석이 모두 빠져 있다. 편찬자는 이곳의 주석이 두주에 실린 내용만으로도 9월 1일에 한유가 장건봉에게 편지를 올린 이유를 충분히 파악할 수 있다고 보고 이를 삭제했던 것이다. 갑인자본에는 위와 같이 여러 곳에서 경서와 사서에서 자주 나오는 전고를 삭제하거나,24) 한유의 행적과 관련해 굳이 설명할 필요가 없거나 설명이 중복되어 있는 것을 제외하였다.25)

　⑨ 籬筵不能翽: 손여청이 말하였다. "이사籬筵는 얇은 깃이다. '翽翽'는 날아가는 소리를 이른다. 『시경』에서 '홰홰기우翽翽其

---

24) 한 예로 「上于襄陽書」(『五百家注昌黎文集』 권17, 장6a)의 "古人有言, 請自隗始."에서 "孫曰; 史記, 燕昭王, 謂郭隗曰; 誠得賢士, 與共國, 孤之願也. 先生視可者, 得身事之. 隗曰, 王欲致士, 先從隗始, 況賢於隗者, 豈遠千里哉."라는 주석과, 「送石洪處士赴河陽叅謀序」(『五百家注昌黎文集』 권21, 장11a)의 "沐浴戒行李"에서 "嚴曰; 左氏傳, 僖三十年曰; 君舍鄭, 以爲東道主行李之往來. 杜注, 行李, 使人. 又襄八年曰; 亦不使一介行李, 告於寡君, 注, 行李, 行人也."라는 주석이 갑인자본에는 모두 삭제되어 있는 것을 들 수 있다.

25) 한 예로 「送幽州李端公序」(『五百家注昌黎文集』 권20, 장19a)의 "愈嘗與偕朝"에서 "樊曰; 元年六月, 公始自江陵, 召爲國子博士, 而此序首言元年春, 春字必羨文也."라는 주석과, 「送桂州嚴大夫」(『五百家注昌黎文集』 권10, 장34a)의 頭註에서 "孫曰; 長慶二年四月, 以嚴謩爲御史大夫, 充桂州觀察使, 公與白居易張籍, 皆有詩送其行."라는 주석이 갑인자본에는 모두 삭제되어 있는 것을 들 수 있다.

羽'라고 하였다." 한순이 말하였다. "이리離는 번藩이고 이사離籭는 죽기竹器이다. 홰翽는 날아가는 소리이다. 이사離籭가 어찌 날 수 있겠는가?" 번여림이 말하였다. "'이사불능홰離籭不能翽는 글자를 마땅히 섬시襂襹가 되어야 한다. 장형張衡이 「서도부西都賦」에서 이르기를 '피모우지섬시被毛羽之襂襹'라고 하였으니 '불능홰不能翽'라고 말할 수 있다."26)

⑩ **離籭不能翽**: 방숭경方崧卿이 말하였다. "이離는 금본今本에서 '죽竹'자를 쓰는데 잘못이다. 고악부古樂府에서 '죽간竹竿은 어찌 그리 살랑살랑 흔들리고, 어미魚尾는 어찌 그리 촉촉하게 물들었는가?'라고 하였다." 【부주附註】『문선』「목화해부木華海賦」에서 '부추리시鳧雛離襹, 학자임삼鶴子淋滲.'이라고 하였는데, 오신주五臣註에서 '이시離襹는 모우毛羽가 처음 생긴 모양이다. 대개 모두 빗물에 젖어 물든 형상을 말한 것이다.'라고 하였다.27)

⑨는 조선본『신간오백가주음변창려선생집』권8에 실린 「추우련구秋雨聯句」의 "이사불능홰離籭不能翽"에 세 사람이 주석을 붙인 것이다. 손여청은 위의 시구에서 이사離籭를 '얇은 깃'으로, 홰翽를 '날아가는 소리'로 풀고 그 예로『시경』에서 "홰홰기우翽翽其羽"라고 한 것을 들었다. 그러나 한순은 이離는 '가려 막는 물건[藩]'을 가리키는 것으로 보아 이사離籭를 죽기竹器로 홰翽를 '날아가는 소리'로 풀고, 이사離籭는 날 수 있는 것이 아니라고 하였다. 이와 달리 번여림은 이사離籭를 섬시襂襹로 보고 그 예를 장형張衡이

---

26) 『新刊五百家註音辨昌黎先生集』(木版本, 서울대학교 규장각, 古895.1143H19s) 권8, 「秋雨聯句」. "孫曰; 離籭, 薄羽, 翽, 謂飛聲也. 詩, 翽翽其羽. 韓曰; 離, 藩, 離籭, 竹器. 翽, 飛聲也. 離籭, 安能飛哉. 樊曰; 離籭不能翽, 字當作襂襹, 張衡, 西都賦云, 被毛羽之襂襹, 則可云不能翽矣."

27) 『朱文公校昌黎先生集』권8, 장19a. 「秋雨聯句」註. "方曰; 離, 今本從竹非. 古樂府, 竹竿何嫋嫋, 魚尾何離籭. 【附註】選, 木華海賻, 鳧雛離襹, 鶴子淋滲. 五臣註曰; 離襹, 毛羽初生貌. 大抵, 皆雨水沾漬之狀."

「서도부西都賦」에서 "피모우지섬시被毛羽之襳褷"라고 말한 것을 들면서, 섬시襳褷는 날 수 있는 것이 아니라고 하였다. ⑩은 조선본 『주문공교창려선생집』에서 같은 곳에 주석을 붙인 것이다. 이곳의 원문에는 이사籬筵에서 '이籬'자가 '이離'자로 되어 있는데, 이것은 주희가 방숭경이 「고악부古樂府」에서 "죽간하요요竹竿何嫋嫋, 어미하리사魚尾何離筵."라고 말한 것에 의거해 '이籬'자를 '이離'자로 수정한 것을 그대로 수용한 것이다. 조선본 『주문공교창려선생집』에는 원문 이사離筵로 사용된 예를 『문선』 「목화해부木華海賦」의 "부추리시鳧雛離筵, 학자임삼鶴子淋滲."에서 오신주五臣註에 이시離筵는 모우毛羽가 처음 생긴 모양으로 이시離筵와 임삼淋滲은 모두 빗물에 젖어 물든 형상이라고 말한 것을 들었다. 이로 보아 갑인자본의 편찬자들은 조선본 『신간오백가주음변창려선생집』에서 이사籬筵의 의미를 풀이한 세 가지 주석을 모두 삭제하고, 주희의 원문 교감과 주석의 내용에 맞추어 이사離筵와 관련된 용례를 찾아 주석을 새로 단 것으로 생각된다.

⑪ 噢姦何噢唶: 축충祝充이 말하였다. "『광운廣韻』에서 '오이噢咿는 슬퍼하는 것이다.'라고 하였다. 오噢는 들이마시는[飲] 소리이다." 손여청이 말하였다. "간姦은 적당賊黨이다. 오왈噢唶은 입안에 넣어 씹는[噢嚼] 소리이다. ○ 오噢는 어於와 육六의 반절이고, 왈唶은 오烏와 팔八의 반절이다."[28]

⑫ 噢姦何噢唶: 오噢는 어於와 도到의 반절로 세 가지 뜻이 있는데, 이때의 음은 '부르짖는다[叫]'는 것이다. 또 위委와 우羽의 반절로 '신음하며 아파하는[咻痛]' 소리이다. 또 을乙과 육六의 반절로 오이噢咿는 '슬퍼한다[悲]'는 것이다. 여기서는 규오

---

28) 『新刊五百家註音辨昌黎先生集』 권8, 장23a, 「征蜀聯句」 註. "祝曰; 廣韻, 噢咿, 悲也. 噢, 飲聲. 孫曰; 姦, 賊黨, 噢唶, 噢嚼聲. ○ 噢, 於六切, 唶, 烏八切."

呷噢의 뜻이 되어야 한다. 싸움에 목이 마르면 맞부딪쳐 공격하
여[豖擊] 떠들썩하여 시끄럽고[喧呶], 적당賊黨을 보고 잡아먹기
를 생각[思噉]하면 부르짖으면서[噢呀] 들이마시고자 한다[欲
飮]. 자서字書에서 마시는 소리를 嘈이라고 하였다. 왈嘈은 어
於와 팔八의 반절이다. 구음舊音에는 오噢를 모두 을乙과 육六
의 반절을 좇아 '적당賊黨을 슬퍼한다[噉姦].'고 하였으니 어찌
그들을 슬퍼하겠는가?29)

⑪은 조선본『신간오백가주음변창려선생집』권8에 실린 「정촉련
구征蜀聯句」의 '담간하오왈噉姦何噢嘈'에 주석을 붙인 것이다. 축
충祝充은『광운廣韻』에서 '오이噢呀'의 의미는 '슬퍼하는 것'이라
고 풀이한 것을 인용하여 '오噢'는 들이마시는 소리라고 하였다. 또
한 손여청은 '간姦'은 적당賊黨을 의미하고, '오왈噢嘈'은 입안에
넣어 씹는[噉囓] 소리라고 하였다. 그리고 '오噢'는 '어於'와 '육六'
의 반절이라고 하고, '왈嘈'은 '오烏'와 '팔八'의 반절이라고 하였다.
⑫는 조선본『주문공교창려선생집』에서 같은 곳에 주석을 단 것이
다. 이곳에서는 축충과 손여청이 '오噢'를 '을乙'과 육六의 반절로
보거나 '담간噉姦'의 의미를 '적당賊黨을 슬퍼하는 것'으로 풀이한
것은 글의 이치에 맞지 않는다고 비판하였다. '오噢'는 세 가지로 발
음되는데, 첫째는 '어於'와 '도到'의 반절로 뜻은 '부르짖다[叫]'이고,
둘째는 '위委'와 '우羽'의 반절로 '신음하며 아파하다[咻痛]'이며, 셋
째는 '을乙'과 '육六'의 반절로 '이呀'와 함께 쓰여 '슬퍼하다[悲]'의
뜻을 가지고 있다고 하였다. 이어 '간하오왈姦何噢嘈'이 내포하고
있는 의미는 '싸움에 목이 마르면 맞부딪쳐 공격하여[豖擊] 떠들썩

---

29)『朱文公校昌黎先生集』권8, 23a, 「征蜀聯句」註. "噢, 於到切, 有三義, 此音, 叫也. 又委羽切,
咻痛聲. 又乙六切, 噢呀 悲也. 此當以叫噢爲義, 言渴於鬪則, 豖擊而喧呶, 見奸思噉則, 噢叫而欲
飮. 字書, 飮聲, 爲之嘈, 嘈於八切. 舊音, 噢, 皆從乙六切, 噉姦, 何悲之云."

하여 시끄럽고[喧呶], 적당賊黨을 보고 잡아먹기를 생각[思噉]하면 부르짖으면서[噢咻] 들이마시고자 한다[欲飲].'는 것이라고 하고, 이 때문에 '어於'와 '팔八'의 반절인 '왈嘅'[마시는 소리]과 조응하기 위해서는 '오噢'는 '부르짖다'의 뜻이 되어야 한다고 하였다. 이로 보아 갑인자본의 편찬자들은 축충이 인용한『광운廣韻』의 권위에 이끌리거나 손여청의 설에 안주하지 않고, 시구의 문맥을 면밀히 검토하고 여러 자서字書의 내용을 꼼꼼히 살펴 주석의 오류를 바로잡은 것으로 생각된다.

5. 맺음말

세종은 건국 초기의 쇠퇴한 문교를 진작하기 위해 경서經書와 사서史書를 중심으로 한 출판 사업에 심혈을 기울였다. 대표적인 사례로 명나라 영락 연간(1403~1424)에 한漢·당唐·송宋 이래의 제유들의 중설衆說을 종합해 사서오경 및『성리대전』229권을 간행한 것을 들 수 있다. 세종 원년(1419)과 8년(1427) 두 차례에 걸쳐 명에서 유입한 이 판본들은 세종의 명에 의해 각 지방 관청에서 간행하였다. 세종 9년(1428)부터 시작해 11년(1430)에 이르기까지 강원도에서『사서대전』을 간행하였고, 경상도에서『성리대전』·『주역대전』·『서경대전』·『춘추대전』등을 간행하였으며, 전라도에서『시경대전』과『예기대전』을 간행하였다. 이후 이 책의 각판들은 각 도로부터 중앙의 주자소로 이관하여 수요에 따라 수차에 걸쳐 중간되었고, 각 지방에서도 많은 번각본들이 나와 전국에서 널리 유통되었다.

세종 20년에 간행된 갑인자본『주문공교창려선생집』이 여러 차례 중간되고, 한유의 시문이 선집 형태로 간행되어 전국에서 유통되면서 조선의 문장가들에게 심대한 영향은 끼쳤다. 가장 대표적인 것으로 윤근수와 최립이 수차례 왕복하면서 한유의 문장의 토석吐釋을 정정訂正하여『정의집람訂疑集覽』상·하권을 편찬하여, 후학들이 한유의 글을 읽다가 의난처疑難處가 있으면 참고할 수 있도록 한 것30)을 들 수 있다. 이 책은 후에『한문토석韓文吐釋』이라는 이름으로 간행되었는데, 이곳에는「원도原道」를 시작으로「청천현종묘의請遷玄宗廟議」에 이르기까지 129편에 달하는 한유의 문장을 윤근수尹根壽와 최립崔岦이 연토研討한 내용이 수록되어 있다. 최립은 명나라 사행길에서 왕세정王世貞이 그에게 한유의「획린해獲麟解」를 500번 읽으라는 충고를 듣고 크게 부끄럽게 여긴 일화31)가 널리 전하고, 윤근수 또한 종계주청사宗系奏請使로 심양瀋陽에서 만난 왕도곤汪道昆을 알아보지 못하였다가 왕세정이 왕도곤의 문장을 칭찬한 글을 읽고 나서 탄식했던 문장가였다.32) 조선 중기에 고문사古文辭를 창도하여 조선 사대부의 문장이 체재體裁를 갖추는 데 크게 기여했던 두 사람이 130여 편에 달하는 한유의 문장을 현토를 중심으로 질의하고 답변한 것에서, 세종이 문교를 진흥시키고 문풍을 회복하고자 간행한『주문공교창려선생집』이 조선의 문

---

30) 尹根壽,『月汀集別集』권3, 363면. "韓文則曾從同知崔岦, 相與往復訂正, 寫成訂疑集覽上下卷, 或可因其有疑難處而叅考, 則不無所益."

31) 李德懋,『靑莊館全書·淸脾錄』(『한국문집총간』258책) 권32, 6면. "世傳崔簡易堂岦, 入燕謁王元美, 王時仕劇務, 文案山積, 賓客滿堂, 判決應對, 滾滾如流. 崔已茫然自失, 及出其所爲文一卷以求敎, 元美閱一遍曰; 有意於作者之軆, 但讀書不多, 聞見未廣, 才力不逮, 歸讀原道五百, 宜有益耳."

32) 李德懋,『靑莊館全書·淸脾錄』권32, 11면. "尹月汀根壽, 性喜中原, 倡爲古文辭, 朝鮮士大夫文章, 能具軆裁者, 月汀之力也. 其所纂雜錄中原事頗記評, 一條曰; 癸酉以宗系奏請使, 赴京, 到瀋陽, 値操鍊兵部侍郞汪道昆, 其後見南冥所著而叅州四部藁, 盛稱汪伯玉, 始知汪侍郞. 卽近日文章大家, 若知其天下文章士, 則便當出往路旁, 仰望眉宇而未及知也, 至今爲恨."

인들에게 끼친 영향을 읽을 수 있다.

갑인자본『주문공교창려선생집』은 퇴계를 중심으로 한 도학자들이 도학적 의리를 잣대로 문학을 재단하는 실마리가 되기도 하였다. 앞 장에서 말했듯이 퇴계의 문인인 이덕홍李德弘은『상설고문진보대전후집』에 수록된 130편의 작품에서 의심나는 부분을 퇴계에게 질의하고 답변한 내용을 모아『고문후집질의』를 편찬하였는데, 이곳에는 「백이송伯夷頌」에서 「진소유자서秦少游子書」까지 한유의 문 10편에 대한 이덕홍의 질의가 수록되어 있다.『상설고문진보대전』은 고도의 철학적 사유에 기초한 도학적 문학관이 주도면밀하게 적용되어 있어, 문이재도를 신조로 삼아 도문일치를 추구했던 조선시대의 문인 학자들이 시문을 익히는 교재로 삼기에 적합하였다. 그러나 퇴계를 중심으로 한 조선의 도학자들은 이 책을 맹목적으로 수용하는 태도에서 벗어나, 작품에 투영된 의리를 살피거나 다양한 자료들을 동원해 주석상의 오류를 검증하였다. 이로 보아 고려 말에 중국에서 들어온 주자학이 세종의 경서 간행과 보급에 힘입어 조선에서 점차 토착 개화되어 가던 시기에, 주희의 도학적 문학관이 녹아들어 있는 갑인자본『주문공교창려선생집』은 퇴계를 중심으로 한 도학자들이 주자학적 문학관을 강화하는 논리를 세우는 데 적지 않게 기여한 것으로 판단된다.

II

갑진자본 『한문정종』의 간행

1. 머리말

현재 한국학중앙연구원 장서각에는 [그림 1]과 같이 갑진자甲辰字로 간행된 『한문정종韓文正宗』상권 1책이 소장되어 있다.[33] 또한 국립중앙도서관에는 같은 갑진자로 간행된 『한문정종』하권 1책이 소장되어 있고,[34] 고려대학교 도서관에도 『한문정종』하권 영본 1책이 소장되어 있다.[35] 이 갑진자본 『한문정종』은 후에 목판으로 간행되었는데, 현재 서울대학교 규장각에는 [그림 2]와 같이 목판본 『한문정종』상하 2권 2책이 소장되어 있다.[36] 이 목판본은 충남대학교 도서관과 고려대학교 도서관에 상하 2권 2책[37]과 하권 영본 1책[38]이 각각 소장되어 있다.

---

33) 『韓文正宗』(甲辰字本, 한국학중앙연구원 장서각, 귀 D3C 109 1) 上卷 1책(전2권2책, 제2책 결). 이 책의 조판 형식은 四周單邊, 半郭 20.5×14.3cm, 有界, 11~12行 19字, 小字雙行, 內向花紋魚尾: 25.4×18.4cm이다.

34) 『韓文正宗』(甲辰字本, 국립중앙도서관, 한貴3747-97) 下卷 1책.

35) 『韓文正宗』(甲辰字本, 고려대학교 도서관, 화산 貴 184-2) 下卷 1책.

36) 『韓文正宗』(木版本, 서울대학교 규장각, 奎中.2451) 上下卷 2책. 이 책의 조판 형식은 四周單邊, 半郭 20.2×14.0cm, 10行 17字, 小字雙行, 上下黑口魚尾, 下向黑魚尾: 27.1×19.0cm이다.

37) 『韓文正宗』(木版本, 충남대학교 도서관, 別集類-226) 上下卷 2책.

38) 『韓文正宗』(木版本, 고려대학교 도서관, 만송. 貴 184A 2) 下卷 1책. 신공제는 중종 26년(1531)에 平安道觀察使로 부임하여 2년 후인 중종 28년(1533)에 漢城府判尹으로 임명되었다.

한편 고려대학교 도서관에 소장된 갑진자본『한문정종』의 권말卷末에는 화산華山 이성의李聖儀 선생이 1961년 4월 29일에 쓴 '성종십오년成宗十五年 갑진활자본甲辰活字本'이라고 쓴 刊記와 함께 '가정임진평양개간嘉靖壬辰平壤開刊'이라고 쓴 간기刊記와 평양부윤平壤府尹 신공제申公齊(1469~1536)를 포함해 이 책을 목판으로 인행한 사람의 이름이 제시되어 있다.[39] 이로 보아 갑진자본『한문정종』은 갑진자가 주자소에서 동활자로 주조된 1484년(성종 15)에서 신공제가 평양에서 목판으로 간행한 임진년壬辰年(1532년, 중종 27) 사이에 간행된 것으로 생각된다.

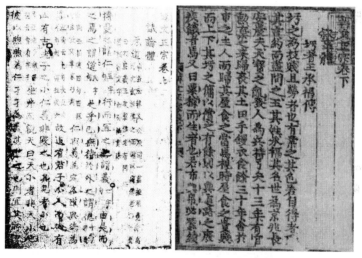

[그림 1] 갑진자본『韓文正宗』卷上   [그림 2] 목판본『韓文正宗』卷下

갑진자본『한문정종』은 송대에 진덕수眞德秀(1178~1235)가 편찬한『문장정종文章正宗』에 수록된 한유 작품과『부록』에 일부 작

---

39)『韓文正宗』(甲辰字本, 고려대학교 도서관, 화산 貴 184-2) 下卷, 卷末.

품을 추가해 간행한 것이다. 진덕수는『문장정종』에서 중국 역대의 작품을 '사명辭命', '의론議論', '서사敍事', '시부詩賦'로 나누어 수록하였는데,『한문정종』에는 그중 '의론'과 '서사'에 실려 있는 한유의 작품 75편이 수록되어 있다. 이 책의 상권에는「원도原道」부터「송온처사부하양군서送溫處士赴河陽軍序」까지 한유의 의론체 작품 40편이 수록되어 있고, 하권에는「오자왕승복전圬者王承福傳」부터「증태전동공행장贈太傳董公行狀」까지 한유의 서사체 작품 35편이 수록되어 있다. 또한 이 책의『부록』에는『문장정종』에는 실려 있지 않은「여우양양서與于襄陽書」부터「신수등왕각기新修滕王閣記」까지의 한유 작품 13편이 수록되어 있다.

위와 같이 한유 작품 88편이 수록되어 있는『한문정종』에는 모두 원문에 주석과 방점들이 달려 있다. 그런데 이 책에 달려 있는 주석과 방점은 이 책의 저본으로 사용된『문장정종』을 비롯해『문장궤범』이나『고문관건』,『고문진보』등에 달려 있는 주석이나 방점과는 차이가 적지 않다. 이는 곧『한문정종』이『문장정종』에 수록된 한유 작품을 그대로 취했음에도 불구하고, 이 책의 간행 목적과 그 내용이『문장정종』과는 크게 달랐음을 의미하는 것이다. 따라서 본고에서는 이와 같이 조선에서 16세기를 전후로 한 시기에 한유의 작품 88편을 취하여 갑진자로『한문정종』을 간행한 목적과 주요 내용, 그리고 문학사적 의미에 대해 알아보기로 한다.

2. 간행 목적

　중국에서 간행된 선집류는 크게 두 계통으로 구분된다. 하나는 최초의 시문선집으로 불리는 『문선』을 중심으로 한 '담문일파談文一派'의 선집류이고, 다른 하나는 송대에 진덕수가 『문장정종』을 편찬한 것을 계기로 출현한 '담리일파談理一派'의 선집류이다.40) 『문선』은 아려雅麗한 문장을 실었으나 모두 바른 내용을 지닌 것은 아니었다. 중국에서 『문선』에 실린 반욱潘勗의 「책위공구석문冊魏公九錫文」이나 완적阮籍의 「위정충권진왕전爲鄭沖勸晉王箋」과 같은 문장은 명교에 어긋나는 내용으로 사람들의 조롱거리가 되었다. 이와 달리 『문장정종』은 바른 내용을 담고 있어 집집마다 서가를 채웠지만 누구도 이를 공격하거나 즐겨 익히는 사람이 없었다고 한다.41)

　실제로 진덕수는 『문장정종』에 수록할 작품을 선정하면서 하나같이 의리를 밝히고 세상의 쓰임에 절실한 것을 위주로 하여, 문체가 옛것에 근본하고 의리가 경서에 가깝지 않으면 문사가 비록 뛰어나더라도 모두 배제하였다.42) 그는 이와 같은 편찬 목적에 맞추어 '의론'에는 『춘추』의 간쟁諫爭·논설論說의 글과 전한前漢 이후의 상

---

40) 永瑢 編, 『四庫全書總目』(『문연각사고전서』 1책) 권186, 장1b, 「總集類一」. "文選以下, 互有得失, 至宋眞德秀文章正宗, 始別出談理一派."

41) 永瑢 編, 『四庫全書總目』(『문연각사고전서』 1책) 권190, 장27a, 「古文雅正十四卷」. "潘勗九錫之文, 阮籍勸進之箋, 名敎有乖, 而簡牘竝列, 君子恒譏焉, 是雅而不正也. 至眞德秀文章正宗, 金履祥濂洛風雅, 其持論, 一準於理, 而藏棄之家, 但充揷架, 固無人起而攻之, 亦無人嗜而習之, 豈非正而未雅歟."

42) 眞德秀 編, 『文章正宗』(戊申字本, 국립중앙도서관, 한고朝43-나12) 卷首, 장1a, 「綱目」. "正宗云者, 以後世文辭之多變, 欲學者識其源流之正也. 自昔集錄文章者衆矣, 若杜預摯虞諸家, 徃徃堙沒弗傳, 今行於世者, 惟梁昭明文選姚鉉文粹而已. 繇今眂之, 二書所錄, 果皆得源流之正乎. 夫士之於學, 所以窮理而致用也. 文雖學之一事, 要亦不外乎此, 故今所輯, 以明義理切世用爲主, 其體本乎古, 其指近乎經者, 然後取焉, 否則辭雖工, 亦不錄."

소上疏·봉사封事의 글, 그리고 후대에 의리를 발명하고 치도治道
를 분석하며 인물을 포폄한 작품을 위주로 채록하였고,[43] '서사敍
事'에는 『좌전』·『사기』·『한서』에 실린 서사 문장과 후대에 나온
기기·서序·전傳·지誌에서 간엄簡嚴한 작품을 선록하여 문장의
법식으로 삼았다.[44]

위와 같은 내용으로 이루어진 『문장정종』은 조선에서 여러 차례에
걸쳐 금속활자와 목판으로 간행되었다. 먼저 세종은 즉위한 지 10년
(1428)에 주자소에 명하여 『문장정종』을 『초사』 등과 함께 경오자로
간행하였다.[45] 또한 국립중앙도서관에는 명종 연간(1545~1567)에 갑
진자로 간행된 것으로 추정되는 4권 1책[46]과 19권 1책[47]이 소장되어
있다. 이어 영조 37년(1761)에 홍계희洪啟禧(1703~1771)가 이 책을 교
정한 후에 운각芸閣에 부탁하여 무신자로 약간의 책을 인행하였다.[48]

위와 같이 진덕수가 담리談理를 목적으로 편찬한 『문장정종』은
문이재도文以載道를 중심으로 한 도문일치를 지향했던 조선시대의
문인 학자들에 의해 고문의 전범으로 인식되었다. 그 예로 15세기
후반에 문장가로 활동한 김종직(1431~1492)이 1472년에 『고문진
보』에 쓴 발문을 들 수 있다. 이 글에서 그는 양나라 소통의 『문선』
이 나온 이래 유형별로 편찬한 선집이 많이 나왔지만, 모두 풍부함

---

43) 『韓文正宗』(木版本, 서울대학교 규장각, 奎中.2451) 上卷, 卷首, 장1a-장1b, 「韓文正宗綱目」.
"西山眞氏曰: 議論之文, 初無定體. … 今獨取春秋內外前所載諫爭論說之辭, 先漢以後, 諸臣所上
疏封事之屬, 以爲議論之首, 他所纂述, 或發明義理, 或敷析治道, 或褒貶人物, 以次而列焉."

44) 『韓文正宗』(木版本, 서울대학교 규장각, 奎中.2451) 上卷, 卷首, 장1b-2a,「韓文正宗綱目」. "西
山眞氏曰: 敍事起於古史官, 其體有一, 有紀一代之始終者. … 獨取左氏史漢敍事之尤可喜者, 與
後世記序傳誌之典則簡嚴者, 以爲作文之式."

45) 『世宗實錄』 卷42, 世宗 10年 11月 庚申. "命左代言金赭曰: 文章正宗楚辭等書, 學者不可不知,
其令鑄字所印之."

46) 眞德秀 編, 『文章正宗』(甲辰字本, 국립중앙도서관, 古貴2525-2).

47) 眞德秀 編, 『文章正宗』(甲辰字本, 국립중앙도서관, 한исп古朝44-나36).

48) 眞德秀 編, 『文章正宗』(戊申字本, 국립중앙도서관, 한古朝43-나12).

을 자랑하고 많은 것을 다투어 옥석이 서로 뒤섞여 있다고 비판하고, 오직 『고문진보』한 책만이 채집한 것이 자못 진덕수의 『문장정종』의 유법을 얻었다고 말하였다.[49] 그가 이 글에서 말한 『고문진보』는 조선에서 널리 읽힌 『상설고문진보대전』을 가리킨다. 이 책에는 고도의 철학적 사유에 기초한 도학적 문학관이 주도면밀하게 적용되어 있어, 문이재도를 기치로 도문일치를 지향했던 조선시대의 문인 학자들이 문장을 익히는 교재로 삼기에 적합하였다.[50] 이로 보아 그가 이 책을 『문장정종』의 유법을 얻었다고 말한 것은 이 두 책이 모두 담리를 목적으로 간행된 선집選集임을 의미하는 것임을 알 수 있다.

그런데 『문장정종』에 실려 있는 한유 작품 75편을 별도로 뽑아 갑진자로 간행한 『한문정종』에는 위와 같이 진덕수가 한문 작품에 나타난 의리를 발명하기 위해 달아놓은 주석이 철저히 배제되어 있어 주목된다. 필자가 확인한 바에 따르면 『한문정종』에 수록된 '의론'과 '서사'의 작품 75편에서 『문장정종』에 달려 있는 진덕수의 주석을 취한 것은 「독순자讀荀子」, 「불골표佛骨表」, 「상재상제삼서上宰相第三書」, 「상장복야논격구서上張僕射論擊毬書」 등 4편에 불과하고, 나머지는 모두 송대 왕백대王伯大가 편찬한 『주문공교창려선생집』을 비롯해 사방득謝枋得의 『문장궤범文章軌範』과 여조겸呂祖謙의 『고문관건古文關鍵』, 원대 황견黃堅의 『고문진보古文眞寶』와 우집虞集의 『우소암비점虞邵庵批點 문선심결文選心訣』 등과 같은 선집選集에서 주석을 취하였다. 이를 구체적으로 알아보

---

49) 金宗直, 「古文眞寶跋」, 『詳說古文眞寶大全後集』(甲寅字重刊本, 국립중앙도서관, 古3747-14) 권10, 장28a, 장28a. "梁蕭統以來, 類編諸家者多矣. 率皆誇富鬪博, 咸池之與激楚, 疊洗之與康瓠, 隋珠之與魚目, 俱收並撫, 不厭其繁, 文章之病, 不可論也. 惟眞寶一書不然, 其採輯頗得眞西山正宗之遺法."

50) 정재철, 『고문진보 연구』(문예원, 2014), 148면.

기 위해 『한문정종』에 수록된 한유 작품 4편에 달려 있는 주석을 제시하면 다음과 같다.

① 程正公曰: 韓愈曰: 孟氏醇乎醇, 又曰: 荀與揚擇不精語不詳, ⓐ若不是他見得, 豈千餘年後斷得, 如此分明, 如揚子謂老子言道德則有取, 楊子已不見道, 豈得如愈.[51]
② 韓公奏議, 非特此一篇, 如論淮西及黃家賊事宜狀, 論錢重物輕及條析張平叔塩法等, ⓑ皆專析明白, 曲當事情, 然非專爲文, 故不列子, 此姑取佛骨一表, 以見公扶正道・闢異端之功云.[52]
③ 按公三上宰相書, 今獨取此, ⓒ以其論周公之待士, 反復委折, 可爲作文之法故耳. 然以公之賢而急於仕進, 如此亦可惜也.[53]
④ ⓓ蓋此非至故哉十五字, 當作一句讀之, 乃得其意.[54]

인용문에서 ①, ②, ③은 『문장정종』에서 「독순讀荀」, 「불골표佛骨表」, 「상재상제삼서上宰相第三書」의 미주尾註에 실려 있는 주석을 『한문정종』에서 모두 제목 아래로 옮겨놓은 것이고, ④는 『문장정종』에서 「상장복사론진입유출서上張僕射論辰入酉出書」의 원문에 실려 있는 주석을 『한문정종』에서 수록한 것이다. 또한 ⓐ는 「독순讀荀」에서 한유가 "맹씨순호순孟氏醇乎醇"이라고 말하거나 "순여양택부정어불상荀與揚擇不精語不詳"이라고 단정해 말한 것에 대해 문장의 표현이 분명함을 강조한 것이고, ⓑ는 「불골표佛骨表」를 포함한 한유의 주의류奏議類는 모두 분석이 명백明白하고

---

51) 眞德秀 編, 『文章正宗』(戊申字本, 국립중앙도서관, 한古朝43-나12) 권12, 장18a, 「讀荀」尾註.

52) 眞德秀 編, 『文章正宗』(戊申字本, 국립중앙도서관, 한古朝43-나12) 권11, 장14b-장15a, 「佛骨表」尾註.

53) 眞德秀 編, 『文章正宗』(戊申字本, 국립중앙도서관, 한古朝43-나12) 권11, 장27b, 「上宰相第三書」尾註.

54) 眞德秀 編, 『文章正宗』(戊申字本, 국립중앙도서관, 한古朝43-나12) 권11, 장29b, 「上張僕射論辰入酉出書」. "諫者不休, 執事不止, 此非爲其樂不可捨, 其諫不足聽故哉." 註.

사정이 곡당曲當하다고 평한 것이다. 그리고 ⓒ는 한유가 「상재상제삼서上宰相第三書」에서 주공周公이 선비를 대우한 것을 논한 부분은 반복反復, 위절委折하여 작문의 법식이 된다고 말한 것이고, ⓓ는 「상장복사론진입유출서」의 원문 "차비위기락불가사此非爲其樂不可捨, 기동부족청고재其諫不足聽故哉." 15자를 한 구로 읽어야 글의 의미가 통한다고 밝힌 것이다. 이와 같이 『한문정종』에 수록된 진덕수의 주석들은 문장의 내용보다는 문장의 표현이나 작문법에 관한 내용으로 이루어져 있다. 이로 보아 조선 전기에 갑진자로 『한문정종』을 간행한 목적은 의리를 밝히고 세상의 쓰임에 절실한 담리談理 중심의 문장을 익히기 위한 것이 아니라, 글의 작법이나 수사적 특징을 강조하는 담문談文 중심의 문장을 익히기 위한 것으로 생각된다.

3. 『부록』 13편 및 저본

앞서 밝혔듯이 갑진자본 『한문정종』에는 『부록』에 모두 13편에 달하는 한유 작품이 수록되어 있는데, 이 작품들은 모두 중국에서 간행된 선집류에서 발췌한 것이다. 이 책에는 표지 다음에 『한문정종강목韓文正宗綱目』이 제시되어 있는데, 이곳의 『목록·부록』에는 다음과 같이 13편의 한유 작품과 함께 이들 작품의 저본으로 활용된 4종의 선집이 제시되어 있다.

[그림 3]에서 보듯이 '첩산선생선疊山先生選' 아래에 '견궤범見軌範'이라고 쓴 작은 글자[ㅇ 부분]에 이어 「여우양양서與于襄陽書」에서 「송맹동야서送孟東野序」까지 8편의 제목이 제시되어 있다. 또

한 '동래선생선東萊先生選' 아래에 '견관건見關鍵'이라고 쓴 작은 글자[□ 부분]에 이어 「원인原人」이라는 제목이 제시되어 있고, '우재선생선迂齋先生選' 아래에 '견진보見眞寶'라고 쓴 작은 글자[◇ 부분]에 이어 「진학해進學解」, 「상사일연태학시서上巳日燕太學詩序」, 「위인구천서爲人求薦序」 등 3편의 제목이 제시되어 있으며, '우소암선생선虞邵庵先生選' 아래에 '견문선見文選'이라고 쓴 작은 글자[○ 부분]에 이어 「신수등왕각기新修滕王閣記」 1편의 제목이 제시되어 있다. 이곳에서 말한 '견궤범見軌範'은 사방득謝枋得이 편찬한 『문장궤범文章軌範』을 말하고, '견관건見關鍵'은 여조겸呂祖謙이 편찬한 『고문관건古文關鍵』을 가리킨다. 또한 '견진보見眞寶'는 황견黃堅이 편찬한 『고문진보古文眞寶』를 의미하고, '견문선見文選'은 우집虞集이 편찬한 『문선심결文選心訣』을 가리킨다.

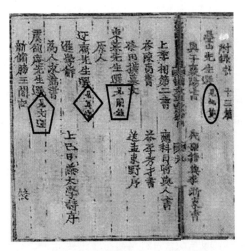

[그림 3] 『韓文正宗綱目』의 「目錄·附錄」

위와 같이 『한문정종』의 『부록』에 제시된 선집은 모두 4종인데,

그중 『문장궤범』에서 가장 많은 8편을 취하였다. 이 책은 송나라의 사방득이 초학자가 모범으로 삼을 만한 당송의 명문 69편을 모아 편찬한 것이다. 이 책은 현재 조선에서 15세기 후반에 두 차례에 걸쳐 목판으로 간행된 것으로 확인된다. 하나는 손소孫昭(1433~1484)의 문집인 『양민문집공襄敏公文集』에는 성종 6년(1475) 영천榮川에서 박치朴稚와 김영유金永濡가 목판으로 간행한 『문장궤범』에 쓴 발문이 실려 있는 것이고,55) 다른 하나는 성암고서박물관에 성종 7년(1476)에 전주에서 윤효손尹孝孫(1431~1503)이 간행하고 발문을 쓴 을해자번각본 『문장궤범』이 소장되어 있는 것이다.56)

사방득은 『문장궤범』을 편찬하면서 총 7권으로 나누어 '문장을 배우는 자는 처음에는 대담하고 끝에는 소심해야 한다'는 뜻에서 권1~권2에 '방담문放膽文' 22편을 수록하고, 권3~권7에 '소심문小心文' 47편을 수록하였다. 이 책에는 한유의 작품이 모두 31편이 수록되어 있는데, 그중 『한문정종』의 『부록』에는 「여우양양서與于襄陽書」, 「송맹동야서送孟東野序」, 「대장적여이절동서代張籍與李浙東書」, 「상재상제삼서上宰相第三書」, 「응과목시여인서應科目時與人書」, 「답진상서答陳商書」, 「이수재서李秀才序」, 「제전횡묘문祭田橫墓文」 등 8편이 수록되어 있다. 이들 8편을 제외한 한유의 작품 23편은 『한문정종』에서 의론체에 21편, 서사체에 2편으로 나뉘어 모두 수록되어 있다.57) 특히 사방득은 각 권의 두주에서 해당

---

55) 孫昭, 「文章軌範跋」, 『국역 襄敏公集』(동강서원, 1982), 1면.

56) 謝枋得 編, 『疊山先生文章軌範』(乙亥字飜刻本, 성암고서박물관, 성암4-288). 을해자는 세조 1년(1455)에 姜希顔의 글씨를 字本으로 하여 만든 동활자로 보아, 을해자본 『문장궤범』은 1455년부터 번각본이 나온 1476년 사이에 간행된 것으로 추정된다.

57) 『한문정종』의 '의론체'에 수록된 21편은 「原道」, 「原毁」, 「獲麟解」, 「師說」, 「諱辯」, 「爭臣論」, 「上宰相第三書」, 「上張僕射論書辰人酉出書」, 「與陳給事書」, 「送文暢序」, 「送許郢州序」, 「贈崔復州序」, 「送石洪處士序」, 「送董邵南序」, 「送王秀才序」, 「送高閑上人序」, 「送殷員外序」, 「送楊少尹序」, 「送溫處士赴河陽軍序」 등의 순으로 실려 있고, '서사체'에 수록된 2편은 「送李愿歸

작품들의 문체적 특징을 설명해놓았는데,『한문정종』의『부록』에는 그중 여섯 개가 다음과 같이 해당 작품의 주석과는 별도로 수록되어 있다.

⑤ ⓐ凡學文, 初要膽大, 終要心小, 由麤入細, 由俗入雅, 由繁入簡, 由豪蕩入純粹. 此皆麤枝大葉之文, 本于禮義, 老于世事, 合于人情. 初學熟之, 開廣其胷襟, 發舒其志氣, 但見文之易, 不見文之難, 必能放言高論, 筆端不窘束矣.58)

⑥ ⓑ辯難攻擊之文, 雖厲聲色, 雖露鋒鋩, 然氣力雄健, 光燄長遠, 讀之令人意强而神爽. 初學熟此, 必雄于文, ㉠千萬人場屋中, 有司亦當刮目.59)

⑦ ⓒ議論精明而斷制, 文勢圓活而婉曲, 有抑揚, 有頓挫, 有擒縱. ㉡場屋程文論, 當用此樣文法.60)

⑧ 又云: ⓓ文章占得道理, 强以淸明正大之心, 發英華果銳之氣, 筆勢無敵, 光燄燭天, 學者熟之, ㉢作經義, 作策, 必擅大名于天下.61)

⑨ 又云: ⓔ此皆謹嚴簡潔之文, ㉣場屋中, 日晷有限, 巧遲者不如拙速, 論策結尾, 略用此法度, 主司亦必以異人待之.62)

⑩ 又云: ⓕ此才學識三高, 議論關世敎, 古之立言不朽者, 如是夫. 葉水心曰: 文章不足關世敎, 雖工無益也. 人能熟此集, 學進識進, 而才亦進矣.63)

인용문 ⑤와 ⑥은『부록』의 1장 2행에 '첩산선생비운疊山先生批云'이라는 제목으로 붙어 있는 내용이고, ⑦～⑩은『부록』의「답진

盤谷序」,「柳子厚墓誌銘」순으로 실려 있다.

58) 謝枋得 編,『疊山先生文章軌範』(木版本, 국립중앙도서관, 일산貴376-2) 권1, 장1a. '放膽文'頭註.
59) 謝枋得 編,『疊山先生文章軌範』(木版本, 국립중앙도서관, 일산貴376-2) 卷2, 장1a. '放膽文'頭註.
60) 謝枋得 編,『疊山先生文章軌範』(木版本, 국립중앙도서관, 일산貴376-2) 卷3, 장1a. '小心文'頭註.
61) 謝枋得 編,『疊山先生文章軌範』(木版本, 국립중앙도서관, 일산貴376-2) 卷4, 장1a. '小心文'頭註.
62) 謝枋得 編,『疊山先生文章軌範』(木版本, 국립중앙도서관, 일산貴376-2) 卷5, 장1a. '小心文'頭註.
63) 謝枋得 編,『疊山先生文章軌範』(木版本, 국립중앙도서관, 일산貴376-2) 卷6, 장1a. '小心文'頭註.

상서答陳商書」의 원문 끝에 '우비운又批云'이라는 제목으로 붙어 있는 내용이다. ⓐ에서는 『문장궤범』에 '방담문'과 '소심문'으로 나뉘어 수록된 작품이 모두 예의禮義에서 근본하고 세상일에 능숙하며 인정에 부합한다는 것을 밝혔고, ⓑ에서는 권2에 '방담문'에서 변난辯難하거나 공격하는 문장들의 문체적 특징을 말하였다. 또한 ⓒ에서는 권3에서 '소심문'에 수록된 작품의 의론과 문세의 특징을 설명하였고, ⓓ에서는 권4에서 '소심문'에 수록된 경의經義와 책문策文의 문체적 특징을 말하였다. 그리고 ⓔ에서는 권5에서 '소심문'에 수록된 작품이 모두 근엄謹嚴, 간결簡潔한 문장임을 밝혔고, ⓕ에서는 권6에서 '소심문'에 수록된 작품의 의론이 모두 세교와 관련이 있음을 말한 것이다. 마지막으로 ㉠에서 ㉣까지는 『문장궤범』에 수록된 작품들이 과시科試의 법식[程文]을 갖추고 있음을 밝혔다.

다음 『한문정종』의 『부록』에는 『고문관건』에서 한유의 「원인原人」이 수록되어 있다. 『고문관건』은 중국에서 주로 과거 교재로 활용된 선집이다. 이러한 사실은 가정嘉靖 연간(1522~1566)에 장운장張雲章이 「고문관건서古文關鍵序」에서 "그 표말標抹과 평석評釋을 보면 또한 이 책으로 교학하는 자는 하나를 들어 셋을 아는 뜻을 얻게 되고, 또 후권後卷에 많이 있는 논책論策은 또한 과거에서 취하기 편리하다."[64]라고 말한 것을 통해 알 수 있다. 이 책에는 당송의 고문가 8명의 작품 62편이 수록되어 있는데, 그중 한유의 작품은 13편이 포함되어 있다.[65] 『한문정종』에는 앞서 『문장궤범』과 같이 『고문관건』에 수록된 한유 작품 13편이 모두 수록되어 있

---

64) 張雲章,「古文關鍵序」,『古文關鍵』(日本官版本, 국립중앙도서관, 古古5-70-나2) 卷首, 장1a-장 1b. "觀其標抹評釋, 亦偶以是敎學者乃擧一反三之意, 且後卷論策爲多, 又取便於科擧."

65) 『고문관건』에 수록된 한유의 작품 13편은「獲麟解」,「諫臣論」,「師說」,「原道」,「原人」,「諱辯」,「雜說」,「重答張籍書」,「與孟簡尙書書」,「答陳生書」,「答陳商書」,「送王含秀才序」,「送文昌序」 순으로 되어 있다.

다. 『한문정종』의 『부록』에 수록된 「원인」에는 원문의 첫 부분인 "형어상자形於上者, 위지천謂之天, 형어하자形於下者, 위지지謂 之地, 명어기양간자命於其兩間者, 위지인謂之人."의 아래에는 '극 호極好'라는 주석이 달려 있고, 원문의 마지막 부분인 "성인일시이 동인聖人一視而同仁, 독근이거원篤近而舉遠."의 아래에는 '결득극 호結得極好'라는 주석이 달려 있는데, 이 두 주석은 모두 『고문관 건』에서 그대로 옮겨놓은 것이다.66)

이어 『한문정종』의 『부록』에는 『고문진보』에 수록된 한유의 작 품 세 편이 수록되어 있다. 『고문진보』는 중국에서 두 종류가 간행 된 것으로 알려져 있다. 하나는 원대에 황견黃堅이 담문談文을 목 적으로 중국 역대의 시문을 모아 편찬한 『제유전해고문진보諸儒箋 解古文眞寶』이고, 다른 하나는 명대에 유염劉剡이 담리談理를 목 적으로 『후집』에 원대 진력陳櫟이 편찬한 『비점고문批點古文』에 수록된 100편의 고문을 더하여 편찬한 『상설고문진보대전詳說古文 眞寶大全』이다.67) 앞의 책은 세종 2년(1420)에 옥천군수 이호李護 가 목판으로 간행하였고, 뒤의 책은 세종 32년(1450)에 경오자庚午 字로 간행된 이후 적어도 5차에 걸쳐 갑인자를 비롯해 여러 곳에서 목판으로 간행되었다.68) 그런데 『부록』에 수록된 세 편의 한유 작 품에서 「상사일연태학시서上巳日燕太學詩序」는 『제유전해고문진 보』에는 수록되어 있으나 『상설고문진보대전』에는 이 작품이 빠져 있다. 또한 이곳에 실려 있는 「진학해進學解」의 주석도 『상설고문 진보대전』이 아닌 『제유전해고문진보』의 주석을 취하였다. 이를 구

---

66) 呂祖謙 編, 『古文關鍵』(日本官版本, 국립중앙도서관, 古古5-70-나2) 卷之上, 장11b-장12b, 「原 人」 註; 『韓文正宗』(甲辰字本, 국립중앙도서관, 한貴3747-97), 『附錄』, 장11b, 「原人」註.

67) 金崙壽, 「『詳說古文眞寶大全』과 『批點古文』」, 『중국어문학』(중국어문학회, 1988) 15집, 224면.

68) 정재철, 앞의 책, 99면.

체적으로 확인하기 위해 두 종의 『고문진보』와 『한문정종』에 수록
된 주석을 살펴보면 다음과 같다.

⑪ ⓐ據韓愈本傳, 唐貞元十八年, 調國子四門博士, 十九年拜監察
御史. 元和元年爲國子博士, 二年分敎東都至, 七年復爲國子博士,
後爲四門博士矣. 及爲御史之後, 又三爲博士矣. 及元和八年癸巳,
愈以數黜官, 又下遷, 乃作進學解以自喩, 發明己意, 執政奇其才,
改比部郞中. ⓑ孫樵曰: 韓吏部進學解 · 玉川子月蝕詩, 莫不拔地
倚天, 句句欲活, 讀之如赤手捕長虵, 不施鞿勒, 騎生馬. 大旨出於
揚雄解嘲 · 東方朔客難 · 班固賓戲, 而公過之.69)
⑫ ⓒ進學者而曉解之也. ⓓ迂齋曰: 設爲師弟子詰難之詞, 以伸己
志. 機軸自揚雄解嘲 · 班固賓戲來.○ⓔ元和七年, 公復爲國子博
士, 八年四十六, 自博士除尙書比部郞中 · 史館修撰. 唐史云: 愈數
黜官, 又下遷, 乃作進學解以自喩, 執政覽其文, 而奇之, 以爲有史
才, 故比除是官. 時宰相, 乃武元衡 · 李吉甫 · 李絳也. 按此則此篇
作於元和七年, 爲博士之後, 設爲問答, 以見己意, 蓋有東方朔雖自
責, 而實自贊之意. 當軸幸, 皆三賢相也, 宜其用之云. 後段借匠氏
· 醫師, 以喩宰相, 蓋本之淮南子. 淮南子曰: 賢王之用人也, 猶巧
工之制木也. 大者以爲舟航柱梁, 小者以爲楫楔, 修者以爲櫩榱, 短
者以爲侏儒枅櫨, 小大脩短, 皆得其所, 宜規矩方圓, 各有所施, 天
下之物, 莫凶於雞毒 · 烏頭也, 然而良醫橐而藏之, 有所用也. 公之
論蓋取此意, 所謂窺陳篇以竊盜者, 此亦其一也. 蓋自首其實云.70)
⑬ ⓕ孫樵曰: 韓吏部進學解 · 玉川子月蝕詩, 莫不拔地倚天, 句句
欲活, 讀之如赤手捕長虵, 不施鞿勒, 騎生馬. 大旨出於揚雄解嘲 ·
東方朔客難 · 班固賓戲, 而公過之.71)

69) 黃堅 編, 『善本大字諸儒箋解古文眞寶』(木版本, 서울대학교 규장각, 想白古 895.188e64) 권2,
장7b~장8a, 「進學解」頭註.

70) 劉剡 編, 『詳說古文眞寶大全後集』(丁酉字本, 국립중앙도서관, 일산古3745-61) 권3, 장17a-장
18b, 「進學解」頭註.

71) 『韓文正宗』(木版本, 서울대학교 규장각, 奎中.2451) 『附錄』, 장11b, 「進學解」頭註.

인용문 ⑪, ⑫, ⑬은『제유전해고문진보』,『상설고문진보대전』,
『한문정종』에 수록된「진학해」의 두주頭註이다. 그중 ⓐ에서는 황
견이 이 작품의 저작 연대를 고증하였고, ⓑ에서는 황견이 위중거
魏仲擧가 편찬한『오백가주음변창려선생집五百家註音辨昌黎先生
集.』에 수록된 주석[72]을 옮겨놓았다. 또한 ⓒ와 ⓔ에서는 유염이
진력의『비점고문』에서 이 작품의 의미와 저작 연대를 고증한 내
용을 옮겨놓았고, ⓓ에서는 유염이 누방樓昉의『숭고문결崇古文
訣』에 수록된 주석[73]을 옮겨놓았다. 그리고 ⓕ에서는『한문정종』
의 편찬자가 황견의『제유전해고문진보』에 수록한 주석 ⓑ를 다시
옮겨놓았고, ⓑ와 ⓕ에서는 손초孫樵가 한유의「진학해」와 노동
盧仝의「월식月蝕」시는 양웅揚雄의「해조解嘲」, 동방삭東方朔
의「객난客難」, 반고班固의「빈희賓戲」를 각각 모의하였지만 생동
감 있는 자구의 운용에 있어서는 이들 세 작품을 능가한다고 비평
하였다. ⓓ에 제시된 누방의 주석도 ⓑ와 유사한 내용으로 되어 있
으나,『한문정종』의 주석은『상설고문진보대전』에 실려 있는 누방
의 주석을 모두 배제하고,『제유전해고문진보』에 실려 있는 손초의
주석을 취하였다.

마지막으로『한문정종』의『부록』에는『문선文選』에서 취한 한유
의「신수등왕각기新修滕王閣記」가 수록되어 있다. 이 작품의 저본
으로 제시된『문선』은 원대 소암邵庵 우집虞集(1272~1348)이 소
통蕭統의『문선文選』에 비점을 표기하여 편찬한『문선심결文選心
訣』을 가리킨다.[74]『부록』에 수록된「신수등왕각기」에는 원문 아래

---

72) 魏仲擧 編,『五百家注昌黎文集』(『문연각사고전서』 1074책) 卷12, 장4a.「進學解」頭註.

73) 樓昉 編,『崇古文訣』(『문연각사고전서』 1354책) 卷10, 장1a.「進學解」頭註.

74) 黃虞稷 撰,『千頃堂書目』(『문연각사고전서』 676책) 卷32, 장12b,「文史類補」. "虞集邵庵先生
文選心訣一卷." 필자는 아직 이 책의 현존 여부를 확인하지 못한 상태이다.

에 ① "언삼왕지문言三王之文, 원독지편견제願讀之便見題.", ②
"차일절각취언왕공정사호처此一節却就言王公政事好處, 범작기수
요유양주인지미凡作記須要揄揚主人之美.", ③ "차편각취차설此篇
却就此說, 인경불별설引更不別說, 일맥양중一脈兩中, 문자절묘文
字絶妙." ④ "파속상구罷屬上句", ⑤ "행속하구行屬下句", ⑥ "위
원주재홍주천리지외謂袁州在洪州千里之外", ⑦ "서수각본말序脩
閣本末", ⑧ "대범기체大凡記體, 당모사기지경물當模寫其地景物,
차편여차설파此篇如此說破, 고어차우여차설파故於此又如此說破,
차시문자세밀처此是文字細密處." 등 여덟 개의 주석이 달려 있
다.75) 그중 ①, ⑥, ⑦에서는 원문의 의미를 풀이하였고, ②와 ⑧에
서는 記文의 문체적 특징을 말하였다. 또한 ④와 ⑤에서는 구두句
讀를 밝혔고, ③에서는 해당 원문의 작법상의 특징을 말하였다. 이
밖에 갑진자본『한문정종』에는 「신수등왕각기」를 제외하고 모두 7
편의 한유 작품에 우집의 주석이 수록되어 있다.76) 이로 보아 우집
이 편찬한『문선심결』은 앞서 말한 3종의 선집과 함께 담문 목적의
문장교재로 사용된 것으로 생각된다.

---

75) 『韓文正宗』(木版本, 서울대학교 규장각, 奎中.2451) 『附錄』, 장14b-장16a, 「新修滕王閣記」註.
76) 이들 7편의 한유 작품은 「送許郢州序」, 「贈崔復州序」, 「送董邵南序」, 「送楊少尹序」, 「送溫處
士赴河陽軍序」, 「贈張童子序」, 「藍田縣丞廳壁記」이다.

4. 작문법 중심의 주석과 방점

1) 주석

필자가 확인한 바에 의하면 갑진자본『한문정종』에는 이 책에 수록된 한유 작품 88편 중 21편을 제외한 67편에 주석이 수록되어 있다. 그러나 앞서 살펴보았듯이 이 67편에서『문장정종』의 주석을 옮겨놓은 것은「독순자讀荀子」,「불골표佛骨表」,「상재상제삼서상上宰相第三書上」,「장복사논격구서張僕射論擊毬書」등 4편에 불과하고, 나머지 63편의 주석은 왕백대본『주문공교창려선생집』의 주석을 비롯해 4종의 선집류의 주석을 취하였다. 이를 숫자별로 제시하면 왕백대본『주문공교창려선생집』 31편,『문장궤범』 29편,『고문관권』 11편,『문선』 8편,『고문진보』 6편 순으로 되어 있다. 이를 구체적으로 알아보기 위해『고문관건』,『문장궤범』,『한문정종』등 3종의 선집에 수록되어 있는「사설師說」의 주석을 살펴보면 다음과 같다.

고문 관건	Ⓐ此篇最是結得段段有力 中間三段自有三意說起然大槪意思相承都不失本意 Ⓑ大意說兩句起　　Ⓑ人不可無師　　Ⓒ關鎖好Ⓓ人不可無師處　　Ⓔ應上是第三段 古之學者必有師師者所以傳道受業解惑也人非生而知之者孰能無惑惑而不從師其爲惑也終 　　　　Ⓕ承接緊有精神　Ⓖ平說　　　Ⓗ無此說不精神　　　　　　　　　　　Ⓘ結句 不解矣生乎吾前其聞道也固先乎吾吾從而師之生乎吾後其聞道也亦先乎吾吾從而師之吾師 處　　　　Ⓙ徹本意　Ⓚ承接開合處　　　Ⓛ綱目　　　　　　　　　Ⓜ上說了至此却立 道也夫庸知其年之先後生於吾乎是故無貴無賤無長無少道之所存師之所存也嗟乎師道之不 意處　　　　　　　　Ⓝ應前聖人且從師此高一等說罷前人非生而知之意Ⓞ轉換好 傳也久矣欲人之無惑也難矣古之聖人其出人也遠矣猶且從師而問焉今之衆人其Ⓟ或作去聖 　　　　　　　　Ⓠ結上意處　　Ⓡ關鎖　　　　　　　　　Ⓢ便覺造傳落換骨法　Ⓣ體 人也亦遠矣而恥學於師是故聖益聖愚益愚聖人之所以爲聖愚人之所以爲愚皆出於此乎愛 得親切　　　Ⓤ抑揚　　　　　　　　　Ⓥ說輕重處 其子擇師而教之於其身也則恥師焉惑矣彼童子之師授之書而習其句讀者也ⓒ按考異云周禮天官 注徐邈讀馬融笛賦作句授徒關切何休公羊序失其句讀非句豆之公所用正本何本Ⓓ一本全下無此字非吾所謂 　　　　　　　　　　　　　　　　Ⓦ結三句有力　Ⓧ有關鎖 傳其道解其惑也句讀之不知惑之不解或師焉或不焉小學而大遺吾未見其明也巫醫樂師百 得力　　　　　　　　　　　　　　Ⓨ應前 工之人不恥相師士大夫之族曰師曰弟子云者則羣聚而笑之問之則曰彼與彼年相若也道相似 Ⓩ-1 生意說此二句佳 也位卑則足羞官盛則近諛嗚呼師道之不復可知矣巫醫樂師百工之人君子不齒Ⓑ不齒或作卽之今 Ⓩ-2 結此段意　　　Ⓩ-3 轉換起得佳 其智乃反不能及其可怪也歟Ⓔ或無其字聖人無常師Ⓕ郯子張子貢孔子師郯子萇弘Ⓖ左昭十七年郯 子來朝公與之宴郯子問曰少暤氏鳥名官何故也郯子曰吾祖也我知之云云仲尼聞之見於郯子而學之旣而告人曰吾 聞之天子失官學在四夷猶信郯宴談○Ⓗ孔子讀南宮敬叔知吾聞老聃博古知今通禮樂之原明道德之歸則吾師也今將 往矣對曰謹受命與俱至周問禮於老聃訪樂於萇弘觀乎長郯襄Ⓘ史孔子世家孔子學鼓琴師襄子十日不進師襄子曰可 以益矣孔子曰丘已習其曲矣未得其數也有間曰已習其數矣未得其志也有間其志未得其爲人也有間有所怡然深思焉有 所怡然高望而遠志焉曰丘得其爲人黯然而黑幾然而長眼如望洋如也王四國非文王其誰能爲此也師襄避席再拜曰 師蓋云文王操也Ⓙ註則上郯子之徒其賢不及孔子Ⓚ按考異方竑郯無孔子郯子五字而間無當師下富 有孔子師三字之徒上富有數二字朱子以爲孔子以爲孔子師郯子之意周禮聖人無常師本杜氏注間富各說此 上句旣叙孔子所師四人而再學郯子之徒則三子在其中矣方氏知當方氏知當方於上郯子無上郯子二字 達以下郯子屬上句讀而并疑其下更有數子字也自朱子此論出達正其意孔子曰三人行則必有我師Ⓛ語進而 Ⓩ-4 說得最好又應前吾師道處意網目不亂 云是故Ⓜ或無是字弟子不必不如師師不必賢於弟子聞道有先後術業有專攻如是而已李氏子蟠 年十七好古文六藝經傳皆通習之不拘於時學Ⓝ或作讀字於余余Ⓞ或無余字嘉其能行古道作師說 以貽之[77]
문장 궤범	①道者致知格物誠意正心齊家治國平天下之道業者六經禮樂文學之業惑者胸中有疑惑而未開明也 古之學者必有師師者所以傳道授業解惑也②第一段先立傳道授業解惑三大綱人非生而知之者孰能 無惑惑而不從師其爲惑也終不解③第二段先說解惑生乎吾前其聞道也固先乎吾吾從而 師之生乎吾後其聞道也亦先乎吾吾從而師之吾師道也夫庸知其年之先後生於吾乎是故無貴 無賤無長無少道之所存師之所存也④第三段說無貴無賤無長無少道之所存即之所存嗟夫師道之不傳 也久矣欲人之無惑也難矣第四段慨嘆嗚世師道不傳也如何無疑惑古之聖人其出人也遠矣猶且從師 而問焉今之衆人其去聖人也亦遠矣而恥學於師是故益聖⑥古之人愚益愚⑦今之人聖人之所以 爲聖愚人之所以爲愚第五段說古之聖人其過人也遠矣猶且從師故聖者益聖今之衆人其不 及聖人也遠矣而恥學於師故愚者益愚聖人之所以爲聖愚人之所以爲愚係乎從師不從師而已愛其子擇師而教之 於其身也則恥師焉惑矣彼童子之師授之書而習其句讀者也非吾所謂傳其道解其惑者也句讀 之不知惑之不解此是雙關文法要看他巧處或師焉或不焉⑩此是于其身也則恥師焉⑪此一段亦是愛其子 擇師而教讀之不知或師焉與小學相實惑之不解或不焉與大遺相實此是文公弄巧作文小學而大遺吾未見其明 也⑫第六段說今人愛子則擇師而教之所謂師者不過授書習句讀而已至于其身則恥于從師不以傳道解惑爲急童子句

	讀之不知則爲之擇師其身惑之不解則不擇師是學其小而遺忘其大者可謂不明巫醫樂師百工之人不恥相師士 大夫之族曰師曰弟子云者則羣聚而笑之問之則曰彼與彼年相若也道相似也位卑則足羞官盛 則近諛嗚呼師道其不復可知矣㉝第七段說巫醫樂師百工之人不恥從師士大夫之族以弟子從之則爲人所笑問 其所笑何事則曰弟子與師年相若道相似或曰弟子位高師位卑則羞弟子無官師官盛則近諛此四句應無長無少無 貴無賤八字巫醫樂師百工之人君子鄙之今其智乃反不能及可怪也歟㉞第八段慨嘆後世不知有師道士 大夫之族恥于從師是智不及巫醫樂師百工之人矣聖人無常師萇弘師襄老聃郯子之徒其賢不及孔子孔 子曰三人行必有我師焉故弟子不必不如師師不必賢於弟子聞道有先後術業有專攻如是而已 ㉟第九段孔子無常師問學于萇弘問禮于老聃問琴于師襄宜名子郯子過有事之精者即問之即以師待之此四人者 皆不及孔子也○⑯論語孔子曰三人行必有我師焉擇其善者而從之其不善者而改之皆吾師也○⑰孔子之事可觀弟子不 必不如師不必賢於弟子聞道在吾衛業有專攻者雖聖人亦師之不以爲恥況衆人乎李氏子蟠年十七好古文 六藝經傳皆通習之不拘于時請學于余余嘉其能行古道作師說以貽之㊱第十段收歸弟子李氏子從學 之意作師說之因貽遺也78)
한문 정종	Ⓐ呂云此篇最是結得段段有力中間三段自有三意說起然大槩意思相承都不失本意○㉑洪氏曰此篇文字如常山之蛇 救首救尾段段有力學者宜熟讀 古之學者必有師師者所以傳道授業解惑也○Ⓑ呂云關鎖好①謝云先立傳道授業解惑三大綱人非生而知 之者孰能無惑惑而不從師其爲惑也終不解矣○Ⓒ呂云承接緊有精神生乎吾前其聞道也固先乎吾吾 從而師之生乎吾後其聞道也亦先乎吾吾從而師之吾師道也○Ⓓ結句處夫庸知其年之先後生于吾 乎是故無貴無賤無長無少道之所存師之所存也○承接得好嗟夫師道之不傳也久矣欲人之無惑 也難矣古之聖人其出人也遠矣猶且從師而問焉今之衆人○Ⓔ呂云轉換好其去聖人也亦遠矣而恥 學于師是故聖益聖愚益愚聖人之所以爲聖愚人之所以爲愚其皆出於此乎○Ⓕ呂云關鎖Ⓖ使愛盆傳 意換骨法愛其子擇師而教之於其身也則恥師焉惑矣彼童子之師授之書而習其句讀者也非吾所 謂傳其道解其惑者也句讀之不知惑之不解②謝云此是雙關文法要看他巧處或師焉或否焉⑦呂云結三 句有力③謝云此是文公弄巧作文小學而大遺吾未見其明也⑯關鎖巫醫樂師百工之人不恥相師士大夫 之族曰師曰弟子云者則羣聚而笑之問之則曰彼與彼年相若也道相似也位卑則足羞官盛則近 諛②-1呂云生意說此二句佳④謝云此四句應無長無少無貴無賤八字嗚呼師道其不復可知矣巫醫樂師百工 之人君子鄙之今其智乃反不能及可怪也歟聖人無常師②-3呂云轉換起得佳萇弘師襄老聃郯子之 徒其賢不及孔子孔子曰三人行必有我師焉故弟子不必不如師師不必賢於弟子聞道有先後術 業有專攻如是而已②-5結有力李氏子蟠年十七好古文六藝經傳皆通習之不拘于時請學于余余 嘉其能行古道作師說以貽之79)

[표 1].에서 보듯이 『고문관건』의 「사설」에 수록된 주석은 모두

44개이다. 그중 두주頭註를 포함해 원문 아래에 달려 있는 주석은
Ⓐ에서 Ⓝ까지 모두 14개이다. Ⓐ에서는 이 글의 작문상의 특징을
밝혔고, Ⓑ, Ⓓ, Ⓔ, Ⓖ, Ⓜ, Ⓝ, Ⓞ에서는 글자의 이동異同과 유무有
無를 밝혔다. Ⓒ에서는 '독讀'의 독음을 고증하였고, Ⓕ, Ⓚ, Ⓛ에서
는 각각 '성인무상사聖人無常師', '공자사담자孔子師郯子', '삼인행
즉필유아사三人行則必有我師'의 출처를 밝혔으며, Ⓗ, Ⓘ, Ⓙ에서
는 각각 담자郯子, 사양師襄의 전고를 제시하였다. 또한 「사설」의
원문 위에 달려 있는 주석은 ⓐ에서 ⓩ-5까지 모두 30개인데, 이 주
석들은 여조겸이 『고문관건』의 「총논간문자법總論看文字法」80)에
서 말한 문장의 작법과 관련된 내용으로 되어 있다. 그중 ⓒ '관쇄
호關鎖好', ⓕ승접긴유정신 '承接緊有精神', ⓚ '승접개합처承接開
合處', ⓞ '전환轉換', ⓣ '억양抑揚', ⓩ-3 '전환기득가轉換起得佳'
등은 문장의 '억양개합처抑揚開合處'와 관련이 있고, ⓔ '응상시제
삼단應上是第三段', ⓝ '응전성인차종사應前聖人且從師', ⓨ '응전
應前', ⓩ-4 '응전오사도처의應前吾師道處意' 등은 '주의수미상응
主意首尾相應'과 관련이 있는 것으로 생각된다. 그리고 ⓘ '결구처
結句處', ⓙ '격본의繳本意', ⓟ '결상의진結上意盡', ⓥ '결삼구유
력結三句有力', ⓩ-2 '결차단의結此段意', ⓩ-5 '결유력結有力' 등
은 '격결유력처繳結有力處'와 관련이 있고, ⓐ '대의설양구기大意
說兩句起', ⓜ '상설요지차각입의처上說了至此却立意處', ⓧ '취비

---

77) 呂祖謙 編, 『古文關鍵』(日本官版本, 국립중앙도서관, 古古5-70-나2) 卷之上, 장1b-장13b.

78) 謝枋得 編, 『疊山先生文章軌範』(木版本, 국립중앙도서관, 일산貴376-2) 卷5, 장1a-장3b.

79) 『韓文正宗』(甲辰刊本, 한국학중앙연구원 장서각, 귀 D3C 109 1) 卷上, 장13a-장14a.

80) 呂祖謙 編, 『古文關鍵』(日本官版本, 국립중앙도서관, 古古5-70-나2) 卷之上, 장1a-장1b, 「總論
看文字法」. "學文須熟看韓柳歐蘇, 先見文字體式, 然後遍攷古人用意下句處. 蘇文當用其意, 若用
其文, 恐易厭, 蓋近世多讀故也. 第一看大槩主張. 第二看文勢規模. 第三看綱目關鍵. 如何是主意
首尾相應, 如何是一篇鋪敍次第, 如何是抑揚開合處. 第四看警策句法. 如何是一篇警策, 如何是下
句下字有力處, 如何是起頭換頭佳處, 如何是繳結有力處, 如何是融化屈折剪截有力, 如何是實體
貼題目處."

천처설유득력就鄙賤處說有得力’, ⓩ-1 ‘생의설차이구가生意說此
二句佳’ 등은 ‘융화굴절전절유력처融化屈折剪截有力處’와 관련이
있는 것으로 생각된다.

　[표 1]에서 보듯이 『문장궤범』의 「사설」에 수록된 주석은 ①에서
⑰까지 모두 17개이다. 그중 ②, ③, ④, ⑤, ⑧, ⑫, ⑬, ⑭, ⑮, ⑰
등 10개에서는 10단락으로 이루어진 이 글의 구조와 내용에 대해
설명하였다. ①에서는 본문에 나오는 ‘도道’, ‘학學’, ‘업業’의 의미를
풀이하였고, ⑩에서는 ‘혹사언혹불언或師焉或不焉’의 의미를 풀이
하였으며, ⑯은 본문 “공자왈삼인행필유아사언孔子曰三人行必有
我師焉”의 의미를 풀이하였다. 또한 ⑥과 ⑦에서는 ‘성익성聖益聖’
과 ‘우익우愚益愚’에 해당하는 자를 제시하였고, ⑪에서는 ‘소학小
學’과 ‘대유大遺’와 관련이 있음을 밝혔다. 그리고 ⑨에서는 “구두
지부지혹지불해句讀之不知惑之不解”가 　‘쌍관문법雙關文法’임을
밝혔다.

　한편 [표 1]에서 보듯이 『한문정종』의 「사설」에는 17개의 주석이
달려 있다. 그중 12개는 『고문관건』에서, 4개는 『문장궤범』에서, 1
개는 『제유전해고문진보』에서 취한 것이다. 먼저 『고문관건』의 「師
說」에 수록된 44개의 주석 중 『한문정종』에서 취한 것은 Ⓐ, ⓒ, ⓕ,
ⓘ, ⓚ, ⓞ, ⓠ, ⓡ, ⓥ, ⓩ-1, ⓩ-3, ⓩ-5 등 모두 12개이다. 그중 ⓘ,
ⓚ, ⓡ, ⓦ, ⓩ-5 등 5개에는 ‘呂云’이라는 주석자의 이름이 삭제되
어 있다. Ⓐ는 『고문관건』에서 이 글의 작문상의 특징을 밝힌 Ⓐ를
그대로 수록한 것이다. 그런데 이 책에는 『고문관건』에서 원문의
글자를 고증하거나 전고의 원문을 제시한 Ⓑ에서 Ⓝ까지의 13개의
주석이 모두 빠져 있는 반면, ⓐ에서 ⓚ까지 문장의 작법과 관련된
주석 11개가 수록되어 있어 주목된다. 그중 ⓒ ‘관쇄호關鎖好’, ⓕ

'승접긴유정신承接緊有精神', ⓚ '승접개합처承接開合處', ⓞ '전환轉換', ⓠ '관쇄關鎖', ⓡ '사원앙전의환골법使袁盎傳意換骨法', ⓩ-3 '전환기득가轉換起得佳' 등은 문장의 '억양개합처抑揚開合處'와 관련이 있고, ⓘ '결구처結句處', ⓥ '결삼구유력結三句有力', ⓩ-1 '여운생의설차이구가呂云生意說此二句佳', ⓩ-5 '결유력結有力' 등은 '융화굴절전절유력처融化屈折剪截有力處'와 관련이 있는 것으로 생각된다.

다음 『문장궤범』에 수록된 「사설」의 주석 17개 중 『한문정종』에서 취한 것은 ②, ⑨, ⑩, ⑬ 등 4개이다. 그중 ②와 ⑬에서는 10단락으로 나누어 설명한 내용의 일부를 취하였고, ②에서는 '제일단第一段' 3자를 삭제하였으며, ⑬에서는 "무의악사巫醫樂師~관성칙근유官盛則近諛"를 풀이한 앞부분의 내용을 삭제하였다. 또한 ⑨에서는 "구두지부지혹지불해句讀之不知惑之不解"가 '쌍관문법雙關文法'임을 밝힌 주석을 그대로 취하였고, ⑩에서는 '혹사언혹불언或師焉或不焉'의 의미를 풀이한 주석을 그대로 취하였다.

마지막으로 『한문정종』의 「사설」에 수록된 주석 17개 중 『고문관건』과 『문장궤범』에 수록되어 있지 않은 주석으로 ㉮ "차편문자此篇文字, 여상산지사如常山之蛇, 구수구미救首救尾, 단단유력段段有力, 학자의숙독學者宜熟讀."이 있다. 이는 「사설」의 문체적 특징을 상산常山에 사는 솔연率然이라는 뱀에 비유하여 논평한 것으로, 황견이 편찬한 『제유전해고문진보』의 「사설」에 수록된 두주에는 ㉮의 앞에 홍흥조洪興祖가 유종원柳宗元의 「답위중위서答韋中立書」와 「보엄후여서報嚴厚輿書」를 인용해 한유가 「사설」의 의미를 밝힌 내용이 추가되어 있다.[81] 이로 보아 ㉮는 황견이 『제유전해

---

81) 黃堅 編, 『善本大字諸儒箋解古文眞寶』(木版本, 서울대학교 규장각, 想白古 895.188e64) 권2,

고문진보』를 간행하면서 홍흥조의『한문연보변증韓文年譜辨證』에
수록되어 있는 주석을 옮겨놓은 것인데,『한문정종』의 편찬자들이
그중「사설」의 의미를 밝힌 앞부분을 제외하고 문체적 특징을 말한
일부만 취하여 수록한 것으로 생각된다.

위와 같이『한문정종』에 수록된「사설」에 실려 있는 17개의 주석
에서『고문관건』에서 취한 11개의 주석은 문장의 '억양개합처抑揚
開合處'와 '융화굴절전절유력처融化屈折剪截有力處' 등 앞서 여조
겸이『고문관건』의「총론간문자법總論看文字法」에서 밝힌 문장의
작법과 관련된 내용이다. 또한『문장궤범』에서 취한 4개의 주석 중
'혹사언혹불언或師焉或不焉'의 의미를 풀이한 ⑩을 제외한 3개는
모두 문장의 구조나 문법과 관련된 내용이고,『제유전해고문진보』
에서 취한 1개의 주석은 문체적 특징과 관련된 내용이다. 이로 보아
『한문정종』에 수록된 주석들은『고문관건』,『문장궤범』,『제유전해
고문진보』 등과 같은 선집류에 수록된 주석에서 원문의 글자를 고
증하거나 전고를 제시하는 내용을 배제하고, 초학자들이 고문을 익
히는 데 필수적인 작문법을 중심으로 재편해놓은 것으로 생각된다.

2) 방점

갑진자본『한문정종』권수의「한문정종강목韓文正宗綱目」에는
'의론議論'과 '서사敍事'에 이어 '용단연법用丹鉛法'이 있어 주목된
다. 이곳에서 말한 '단연법丹鉛法'이란 '점點', '말말抹', '별별撇', '절截'

장1a,「師說」. "洪曰:'柳子厚「答韋中立書」云: 今之世不聞有韓愈不顧流俗犯笑侮收召後學作師
說因抗顔爲師愈以是得狂名. 又報嚴厚輿書云': 僕才能勇敢不如韓退之故不爲人師人之所見有同
異無以韓責我. 余觀退之師說云: 弟子不必不如師, 師不必賢于弟子, 其言非好爲人師者也. 學者
不歸子厚, 歸退之, 故子厚有此說耳."

에 해당하는 곳에 '丹'을 사용하여 기호를 표시하는 것이고, '정오正誤'에 해당하는 곳에는 '연鉛'을 사용하여 수정하는 것을 의미한다. 이를 구체적으로 알아보기 위해 「한문정종강목」에 제시되어 있는 '용단연법'의 내용을 제시하면 다음과 같다.

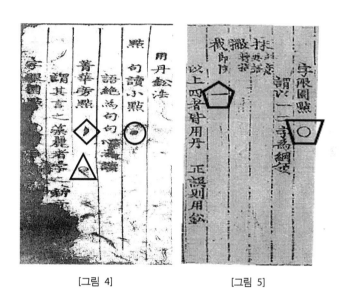

[그림 4]　　　　　　[그림 5]

위의 [그림 4]에서 보듯이 '단연법丹鉛法'에서는 '점點'을 '구두소점口讀小點', '청화방점菁華旁點' '자안권점字眼圈點' 등 세 개로 구분하고 각각에 해당하는 기호를 표기해놓았다. '구두소점口讀小點'은 '어절語節'인 '구口'와 '구심句心'인 '두讀'에 해당하는 곳에 (·)[○부분]을 표기하는 것이다. 또한 '청화방점菁華旁點'은 문사가 아름다운 곳에 (ヽ)[◇부분]를 표기하고, 글자가 新奇한 곳에 (ㅇ)[△부분]를 표기하는 것이다. 다음 [그림 5]에서 보듯이 '자안원점字眼圓點'은 글의 강령綱領이 될 만한 한두 자에 (ㅇ)[□부분]를 표기하는 것이고, '말抹'은 글의 주된 의미를 지닌 중요한 문장에 (丨)을 그 어놓은 것이다. 또한 '별撇'은 문장이 전환되는 곳에 (丿)을 표기하는 것이고, '절截'은 글에서 결정적인 판단을 하거나 단정을 내리는 문장에 (一)[◯부분]를 표기하는 것이다.[82]

위와 같이 『한문정종』에 제시된 '단연법'은 사방득이 『문장궤범』을 편찬하면서 사용한 기호를 참고해 작성된 것이다. 이는 가영嘉永 6년(1853)에 일본관판본 『문장궤범』의 「목록」 아래에 붙어 있는 사방득의 문인 왕연제王淵濟가 쓴 「후지後識」를 통해 확인할 수 있다. 그는 이 글에서 사방득은 『문장궤범』에 수록된 69편에서 「귀거래사」와 「출사표」를 제외한 67편에 친필로 권점圈點을 찍어놓았다고 하였다.[83] 사방득이 표기한 권점의 구체적 내용은 확인하기 어렵다. 다만 일본관판본 『문장궤범』에는 『한문정종』의 『목록』에 제시된 '점點', '말抹', '별撇', '절截' 등 네 가지 표기방식 중 '점點'에서의 '구두소점口讀小點'을 제외한 나머지 표기방식을 모두 사용하고 있어 참고가 된다. 그 내용을 구체적으로 확인하기 위해 일본관판본에 사용된 표기방식을 살펴보면 다음과 같다.

[그림 6]은 일본관판본 『문장궤범』에 수록된 한유의 「최복주서崔復州序」이다.[84] 이곳에는 '수雖'자 위에 '별撇'에 해당하는 (丿)[○부분]이 표기되어 있고, '수雖'자에서 '호乎'자에 이르는 56자 오른쪽에는 방점傍點(ヽ)이 표기되어 있으며, '지之'자와 '정庭'자의 오른쪽에는 방점傍點(○)[△부분]이 표기되어 있다. 위의 글 '수雖'자에서

<hr>

82) 『韓文正宗』(木版本, 서울대학교 규장각, 奎中.2451) 卷首, 장2b, 「韓文正宗綱目」.

83) 王淵濟, 「目錄後識」, 『疊山先生批點文章軌範』(木版本, 국립중앙도서관, 古古5-73-나26) 卷首, 장5b. "右此集惟送孟東野序前赤壁賦, 係先生親筆批點, 其他篇僅有圈點而無批注, 若夫歸去來辭, 則與種字集出師表, 一同併無圈點亦無之."

84) 謝枋得 編, 『疊山先生文章軌範』(木版本, 국립중앙도서관, 일산貴376-2) 권5, 장13b, 「崔復州序」.

'호乎'자에 이르는 56자는 앞에서 대장부의 관직이 자사刺史에 이르면 영예로운 것이라고 말한 내용을 전환하여, 자사는 반드시 전리田里 소민小民들의 질고疾苦를 알고 있어야 하는 구체적 이유를 제시한 것이다. 이로 보아 이 56자에서 '지之'자와 '정庭'자를 제외한 54자로 구사한 말이 아름다운 것으로 보고 방점傍點(ㆍ)을 표기하고, '지之'자와 '정庭'자는 신기新奇한 것으로 보고 방점傍點(。)을 표기한 것으로 생각된다.

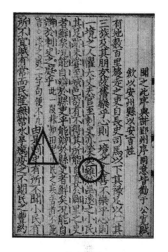

[그림 6]

[그림 7]은 일본관판본 『문장궤범』에 수록된 한유의 「원도原道」이다.[85] 이곳에는 '고古'자에서 '도道'자에 이르는 24자의 오른쪽에는 '말抹'에 해당하는 (丨)[◇부분]이 표기되어 있고, '도道'자 아래에는 '절截'에 해당하는 (一)[⌂부분]이 표기되어 있다. 이 '고古'자에서 '도道'자에 이르는 24자는 천지간에 성인의 도가 없을 수가 없으며 성인의 도가 사람에게 끼친 공은 불노佛老가 미칠 것이 못 됨을 밝

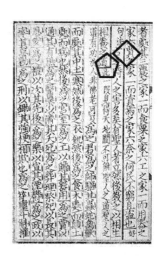

[그림 7]

힌 것이다. 이로 보아 단락이 '글의 주된 의미를 지닌 문장[截]'인

85) 謝枋得 編, 『疊山先生文章軌範』(木版本, 국립중앙도서관, 일산貴376-2) 권4, 장4a, 「原道」.

동시에 '결정적인 판단을 하거나 단정을 내린 문장[抹]'으로 보고, 이곳에 (─)과 (│)을 모두 표기한 것으로 생각된다.

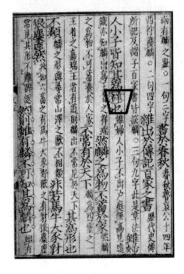

[그림 8]

[그림 8]은 일본관판본『문장궤범』에 수록된 한유의「획린해獲麟解」이다.86) 이곳에는 '상祥'자에 '자안방점字眼圓點'에 해당하는 (○)□부분이 표기되어 있다. 이는 '상祥'자가 기린의 출현이 왕자의 상서로움을 의미한다는 글의 강령綱領이 될 만한 '자안字眼'이라고 보고, 이곳에 (○)를 표기해놓은 것으로 생각된다. 갑진자본『한문정종』에 달려 있는 표기 방식을 확인하기 위해 일본관판본과 조선목판본『문장궤범』, 그리고『한문정종』에 수록된「사설師說」에서 사용된 기호를 비교하면 다음과 같다.

[표 2]『문장궤범』과『한문정종』수록「사설」의 방점

| 문장궤범
(일본
관판본) | ⓐ古`之`之`學`者`必`有`師`師`者`所`以`傳`道`受`業`解`惑`也`人`非`生`而`知`之`者`孰`能`無`惑`惑`而`不`從`師`其`爲`惑`也`終`不`解`矣`生乎吾前其聞道也固先乎吾吾從而師之生乎吾後其聞道也亦先乎吾吾從而師之ⓑ吾`師`道`也`夫`庸`知`其`年`之`先`後`生`於`吾`乎`是故無貴賤無長無少道之所存師之所存也Ⓐ嗟乎師道之不傳也久矣欲人之無ⓒ疑`惑`也`難`矣`古`之`聖`人`其`出`人`也`遠`矣`猶`且`從`師`而`問`焉`今`之`衆`人`其`下`聖`人`也`亦`遠`矣`而`恥`學`於`師`是`故`聖`益`聖`愚`益`愚`聖`人`之`所`以`爲`聖`愚`人`之`所`以`為`愚`其`皆`出`於`此`乎`愛`其`子`擇`師`而`敎`之`於`其`身`也`則` |

---

86) 謝枋得 編,『疊山先生文章軌範』(木版本, 국립중앙도서관, 일산貴376-2) 권5, 장4a,「獲麟解」.

	恥ˋ師ˋ焉ˋ惑ˋ矣ˋ彼童子之師授之書而習其句讀者非吾所謂傳其道解其惑者 也①句ˋ讀ˋ之ˋ不ˋ知°惑ˋ之ˋ不ˋ解°Ⓑ或師焉或不焉②小°學ˋ而ˋ大°遺ˋⓓ 吾ˋ未ˋ見ˋ其ˋ明°也ˋⒸ巫醫樂師百工之人不恥相師士大夫之族曰師曰弟子 云者則羣聚而笑之問之則曰彼與彼年相若也道相似也位卑則足羞官盛則近諛 ⓔ嗚ˋ呼ˋ師ˋ道ˋ之ˋ不ˋ復ˋ可°知ˋ矣ˋ巫ˋ醫ˋ樂ˋ師ˋ百ˋ工ˋ之ˋ人ˋ君ˋ子ˋ 不ˋ齒ˋ今ˋ其ˋ智ˋ乃ˋ反ˋ不ˋ能ˋ及ˋ其ˋ可ˋ怪ˋ也ˋ歟ˋ聖人無常師孔子師郯 子Ⓓ萇弘Ⓔ師襄Ⓕ老聃Ⓖ郯子之徒其賢不及孔子孔子曰三人行則必有我師焉 ⓕ故ˋ弟ˋ子ˋ不ˋ必ˋ不ˋ如ˋ師ˋ師ˋ不ˋ必ˋ賢ˋ於ˋ弟ˋ子ˋ聞ˋ道ˋ有ˋ先ˋ後ˋ 術ˋ業ˋ有ˋ專ˋ攻ˋ如ˋ是ˋ而ˋ已ˋ李氏子⑦蟠年十七好古文六藝經傳皆通習之 不拘於時學於余余嘉其能行古道作師説以貽之87)
문장궤범 (조선 목판본)	ⓐ古ˋ之ˋ學ˋ者ˋ必ˋ有ˋ師ˋ師ˋ者ˋ所ˋ以ˋ傳ˋ道ˋ受ˋ業ˋ解ˋ惑ˋ也ˋ人ˋ非ˋ 生ˋ而ˋ知ˋ之ˋ者ˋ孰ˋ能ˋ無ˋ惑ˋ惑ˋ而ˋ不ˋ從ˋ師ˋ其ˋ爲ˋ惑ˋ也ˋ終ˋ不ˋ 解ˋ矣ˋ生乎吾前其聞道也固先乎吾吾從而師之生乎吾後其聞道也亦先乎吾吾 從而師之ⓑ吾ˋ師ˋ道ˋ也ˋ夫ˋ庸ˋ知ˋ其ˋ年ˋ之ˋ先ˋ後ˋ生ˋ於ˋ吾ˋ乎ˋ是故無 貴無賤無長無少道之所存師之所存也嗟乎師道之不傳也久矣欲人之無ⓒ疑ˋ 惑ˋ也ˋ難ˋ矣ˋ古ˋ之ˋ聖ˋ人ˋ其ˋ出ˋ人ˋ也ˋ遠ˋ矣ˋ猶ˋ且ˋ從ˋ師ˋ而ˋ問ˋ 焉ˋ今ˋ之ˋ衆ˋ人ˋ其ˋ下ˋ聖ˋ人ˋ也ˋ亦ˋ遠ˋ矣ˋ而ˋ恥ˋ學ˋ於ˋ師ˋ是ˋ故ˋ 聖ˋ益ˋ聖ˋ愚ˋ益ˋ愚ˋ聖ˋ人ˋ之ˋ所ˋ以ˋ爲ˋ聖ˋ愚ˋ人ˋ之ˋ所ˋ以ˋ為ˋ愚ˋ 其ˋ皆ˋ出ˋ於ˋ此ˋ乎ˋ愛ˋ其ˋ子ˋ擇ˋ師ˋ而ˋ教ˋ之ˋ於ˋ其ˋ身ˋ也ˋ則ˋ恥ˋ 師ˋ焉ˋ惑ˋ矣ˋ彼童子之師授之書而習其句讀者非吾所謂傳其道解其惑者也① 句ˋ讀ˋ之ˋ不ˋ知ˋ惑ˋ之ˋ不ˋ解ˋ或師焉或不焉②小ˋ學ˋ而ˋ大ˋ遺ˋⓓ吾ˋ未ˋ 見ˋ其ˋ明ˋ也ˋ巫醫樂師百工之人不恥相師士大夫之族曰師曰弟子云者則羣聚 而笑之問之則曰彼與彼年相若也道相似也位卑則足羞官盛則近諛ⓔ嗚ˋ呼ˋ 師ˋ道ˋ之ˋ不ˋ復ˋ可ˋ知ˋ矣ˋ巫ˋ醫ˋ樂ˋ師ˋ百ˋ工ˋ之ˋ人ˋ君ˋ子ˋ不ˋ齒ˋ 今ˋ其ˋ智ˋ乃ˋ反ˋ不ˋ能ˋ及ˋ其ˋ可ˋ怪ˋ也ˋ歟ˋ聖人無常師孔子師郯子萇弘 師襄老聃郯子之徒其賢不及孔子孔子曰三人行則必有我師焉ⓕ故ˋ弟ˋ子ˋ不ˋ 必ˋ不ˋ如ˋ師ˋ師ˋ不ˋ必ˋ賢ˋ於ˋ弟ˋ子ˋ聞ˋ道ˋ有ˋ先ˋ後ˋ術ˋ業ˋ有ˋ專ˋ 攻ˋ如ˋ是ˋ而ˋ已ˋ李氏子蟠年十七好古文六藝經傳皆通習之不拘於時學於余 余嘉其能行古道作師説以貽之88)
한문정종 (갑진 자본)	古之學者必有師師者所以①傳°道°受°業°解°惑°也°人非生而知之者孰能無 惑惑而不從師其為惑也終不解矣生乎吾前其聞道也固先乎吾吾從而師之生乎 吾後其聞道也亦先乎吾吾從而師之②吾ˋ師ˋ道ˋ也ˋ夫ˋ庸ˋ知ˋ其ˋ年ˋ之ˋ先ˋ °後°生°於°吾°乎°是故無貴無賤無長無少道之所存師之所存也嗟乎師道之 不傳也久矣欲人之無惑也難矣ⓐ古ˋ之ˋ聖ˋ人ˋ其ˋ出ˋ人ˋ也ˋ遠ˋ矣ˋ猶ˋ且ˋ 從ˋ師ˋ而ˋ問ˋ焉ˋ今ˋ之ˋ衆ˋ人ˋ其ˋ下ˋ聖ˋ人ˋ也ˋ亦ˋ遠ˋ矣ˋ而ˋ恥ˋ學ˋ 於ˋ師ˋ是ˋ故ˋ聖ˋ益ˋ聖ˋ愚ˋ益ˋ愚ˋ聖ˋ人ˋ之ˋ所ˋ以ˋ爲ˋ聖ˋ愚ˋ人ˋ之ˋ 所ˋ以ˋ為ˋ愚ˋ其ˋ皆ˋ出ˋ於ˋ此ˋ乎ˋ愛ˋ其ˋ子ˋ擇ˋ師ˋ而ˋ教ˋ之ˋ於ˋ其ˋ 身ˋ也ˋ則ˋ恥ˋ師ˋ焉ˋ惑ˋ矣ˋ彼童子之師授之書而習其句讀者非吾所謂傳其 道解其惑者也③句ˋ讀ˋ之ˋ不ˋ知°惑ˋ之ˋ不ˋ解°或ˋ師ˋ焉°或ˋ不ˋ焉°小°學ˋ °而°大°遺°吾未見其明也巫醫樂師百工之人不恥相師士大夫之族曰師曰弟子 云者則羣聚而笑之問之則曰彼與彼年相若也道相似也位卑則足羞官盛則近諛 嗚呼師道之不復可知矣ⓑ巫ˋ醫ˋ樂ˋ師ˋ百ˋ工ˋ之ˋ人ˋ君ˋ子ˋ不ˋ齒ˋ今ˋ其ˋ 智ˋ乃ˋ反ˋ不ˋ能ˋ及ˋ其ˋ可ˋ怪ˋ也ˋ歟ˋ聖人無常師孔子師郯子萇襄師襄老

[표 2]에서 보듯이 일본관판본『문장궤범』에서「사설」에 표기되어
있는 기호는 '점點'과 '말抹' 두 가지이다. '점點'으로는 방점傍點(丶,
ㅇ)과 원점圓點(○)이 사용되었다. 먼저 ⓐ에서 ⓕ까지 여섯 곳에는 조
려藻麗한 말에 해당하는 곳에 방점傍點(丶)이 표기되어 있고, ①에
서 ②까지 두 곳에는 신기新奇한 글자에 해당하는 곳에 방점傍點(ㅇ)
이 찍혀 있으며, ㉮ '번蟠'자에는 이 글의 자안字眼에 해당하는 곳에
원점圓點(○)이 표기되어 있다. 또한 Ⓐ에서 Ⓖ까지 여섯 곳에는 이
글의 '주된 의미를 지닌 중요한 문장[抹]'에 사용하는 (Ⅰ)이 표기되어
있다. 그중 Ⓓ에서 Ⓖ까지 네 곳은 모두 공자가 스승으로 삼았던 인
물들을 제시한 것으로, 이는 "성인무상사聖人無常事"를 증명하는
중요한 부분으로 보고 네 사람의 이름에 각각 (Ⅰ)를 표기한 것으로
생각된다. 이 글에서 주목되는 것은 "구두지부지句讀之不知~오미
견기명야吾未見其明也"로 이루어진 26자에 두 개의 방점傍點(丶,
ㅇ)과 '말抹'(Ⅰ)이 연이어 표기되어 있는 것이다. 이는 ① "구두지부지
혹지불해句讀之不知惑之不解"와 ② "소학이대유小學而大遺" 두
곳에는 여조藻麗한 말이라고 보고 방점(ㅇ)을 표기하였고, ⓓ "오미견
기명야吾未見其明也"는 신기新奇한 글자라고 보아 방점(丶)을 표
기하였으며, Ⓑ "혹사언혹부언或師焉或不焉"에는 글의 주된 의미를
지닌 중요한 문장이라고 보아 '抹'(Ⅰ)을 표기한 것으로 생각된다.

한편 조선목판본『문장궤범』에서「사설」에 표기되어 있는 기호는 방점傍點(、, ◦)이 유일하다. 먼저 ⓐ에서 ⓕ까지 여섯 곳에는 방점傍點(、)이 표기되어 있고, ①에서 ②까지 두 곳에는 방점傍點(◦)이 찍혀 있다. 이와 같이 여덟 곳에 표기되어 있는 방점傍點(、, ◦)은 일본관판본에 표기되어 있는 방점(、, ◦)과 위치가 동일하다. 그러나 조선목판본에는 ㉮ '번번蟠'자에 원점圓點(◦)이 표기되어 있지 않고, Ⓐ에서 Ⓖ까지 여섯 곳에는 '抹'에 사용하는 (ǀ)이 표기되어 있지 않다. 그런데 조선목판본에서 이와 같이 일본관판본에서 사용된 기호의 일부만 사용한 것은 한유 문장의 구조와 내용을 이해하는 데 적지 않은 문제가 있다. 그 예로 Ⓑ "혹사언혹부언或師焉或不焉"에 '말말抹'(ǀ)이 표기되지 않을 경우, 이곳이 글의 주된 의미를 지닌 중요한 문장이라는 것을 알기 어렵다. 이러한 사정은 이 글의 자안字眼에 해당하는 ㉮ '번번蟠'자에 원점圓點(◦)이 표기되어 있지 않은 것도 동일하다.

한편 [표 2]에서 보듯이 갑진자본『한문정종』에서「사설」에 표기되어 있는 기호는 조선목판본과 같이 방점(、, ◦)이 유일하다. 그러나 이 책에는 모두 여섯 곳에 방점(、, ◦)이 표기되어 있어, 모두 여덟 곳에 방점(、, ◦)이 표기되어 있는 조선목판본과는 차이가 있다. ⓐ에서 ⓒ까지 세 곳에는 방점(、)이 표기되어 있고, ①에서 ③까지 세 곳에 방점(◦)이 표기되어 있다. 그중 Ⓒ "시고是故~여시이이如是而已" 30자는 일본관판본『문장궤범』의 ⓕ "시고是故~이이而已" 30자와 표기가 서로 동일하다. 나머지 ⓐ "고지성인古之聖人~종불해의終不解矣" 80자는 일본관판본『문장궤범』의 ⓒ "의혹야疑惑也~종불해의終不解矣" 85자에서 앞부분 "의혹야난의疑惑也難矣" 다섯 글자를 제외한 것이고, ⓑ "무의巫醫~가괴야여可怪也

歟" 25자는 일본관판본『문장궤범』의 ⓔ "오호嗚呼～가괴야여可怪
也歟" 35자에서 앞부분 "오호사도지불부가지의嗚呼師道之不復可
知矣" 10자를 제외한 것이다. 이로 보아 방점(丶)이 표기된 세 곳은
대체로 일본관판본『문장궤범』의 표기를 준용한 것으로 생각된다.

이 밖에『한문정종』은 ①에서 ③까지 방점(◦)으로 표기된 세 곳도
일본관판본『문장궤범』의 표기를 참고한 것으로 생각된다. 먼저 ①
"전도수업해혹야傳道受業解惑也" 7자는 방점(丶)으로 표기된 일본
관판본『문장궤범』의 ⓐ "고지학자古之學者～종불해의終不解矣"
42자에서 일부를 절취하여 방점(◦)으로 바꾸어놓은 것이다. 다음 ②
"오사도야吾師道也～생어오호生於吾乎" 16자는 방점(丶)으로 표
기된 일본관판본『문장궤범』의 ⓑ "오사도야吾師道也～생어오호生
於吾乎" 16자를 모두 방점(◦)으로 바꾸어놓은 것이다. 마지막으로
③ "구두句讀～대유大遺" 20자는 '말抹'(│)로 표기된 일본관판본
『문장궤범』의 ⓑ "혹사언혹부언或師焉或不焉" 6자를 방점(◦)으로
바꾸어 20자 모두 방점(◦)으로 표기해놓은 것이다. 이로 보아『한문
정종』의 편찬자들은 조선목판본『문장궤범』이 일본관판본에서 사
용된 다양한 기호 중에서 방점(丶, ◦)만 사용하여 일본관판본과 동
일한 곳에 찍어놓은 것은 문제가 있다고 보고, 독자들이 이 작품의
문장의 구조와 특징을 체계적으로 이해할 수 있도록 조선목판본에
표기된 방점(丶, ◦)과 다르게 표기한 것으로 생각된다.

5. 맺음말

앞서 살폈듯이 조선 전기에 진덕수가 담리談理를 목적으로 편찬

한 『문장정종』이 여러 차례에 걸쳐 금속활자와 목판으로 간행된 데
에는 주자학이 토착 개화한 것과 관련이 깊다. 고려 말에 중국에서
들어온 주자학은 사림파 대두를 고비로 道가 보다 내재화되었고,
문학관에 있어서도 주자학적 도문일치관道文一致觀이 한층 강화된
형태로 표방되었다.[90] 그 예로 김종직이 성종 19년(1488)에 『동문
수東文粹』를 간행한 것을 들 수 있다. 신종호申從濩(1456~1497)
는 이 책에 쓴 발문에서 이 책은 이승理勝한 문장을 위주로 삼아
문자의 말기末技에만 급급하여 공교工巧롭거나 신기新奇한 문장
은 모두 배제하고 세상에 절실하고[切世用] 의리에 밝은 글[明義
理]만 취하였다고 하였다.[91] 실제 김종직이 직접 뽑은 것으로 추정
되는 마지막 두 권에서 9권과 10권에는 어효첨魚孝瞻·성삼문成三
問·이극관李克堪·신숙주申叔舟·김수온金守溫·강희맹姜希孟·
이승소李承김의 작품이 실려 있으나, 성현成俔을 비롯해 최항崔恒·
양성지梁誠之·서거정徐居正의 작품은 제외되어 있다.[92] 이로 보
아 김종직은 당시 자신을 비롯해 강희맹과 이승소를 중심으로 한
이승理勝한 문장을 구사하는 문인그룹과 서거정과 성현을 중심으
로 한 공교롭고 신기한 문장을 추구하는 문인그룹이 병존하고 있다
고 보고, 자신들이 지향했던 문예취향을 반영하여 『동문수』를 간행
한 것으로 생각된다.

그러나 우리는 위와 같이 김종직이 담리談理를 목적으로 당대의
작품을 뽑아 『동문수』를 간행했음에도 불구하고, 앞서 살폈듯이 이

---

90) 李東歡, 「조선후기 문학사상과 문체의 변이」, 『韓國文學研究入門』(지식산업사), 1982, 292면.

91) 申從濩, 「東文粹跋」, 『續東文選』(한국고전번역원) 卷17, 132면. "夫文以理勝爲主, 不于其理, 而
徒屑屑於文字之末, 以雕績組織爲巧, 以譎怪險澁爲奇, 則皆公所不取, 惟切世用明義理, 然後取之."

92) 김윤조, 「15세기 산문의 양상과 김종직의 古文倡導」, 『大東漢文學』(대동한문학회, 2011) 34
집, 205면.

책이 세상에 나온 1488년을 전후로 한 시기에 담문談文 목적의『한문정종』이 갑진자로 간행되었다는 것에 주목할 필요가 있다. 이는 앞서 살폈듯이『한문정종』에 수록된 74편에 달려 있는 주석들은 담리談理를 목적으로 편찬된『문장정종』을 배제하고 왕백대가 편찬한『주문공교창려선생집』에서 취한 점에서 더욱 그렇다. 이에 더하여 이 책의『부록』에 수록된 세 편의 원문과 주석은 저본으로 제시된『고문진보』는 담리談理를 목적으로 편찬된『상설고문진보대전』이 아니라 담문談文을 목적으로 편찬된『제유전해고문진보』에서 취하기도 하였다. 이로 보아 갑진자로 간행된『한문정종』은 성현과 서거정을 중심으로 공교롭고 신기한 문장을 짓는 문인그룹의 문예 취향이 반영된 것으로, 이를 통해 이들 그룹을 중심으로 담문談文 중심의 선집選集에 대한 요구가 적지 않았음을 알 수 있다.

우리는 이와 같은 사실을『한문정종・부록』에 수록된 8편의 한유 작품의 저본으로 활용된『문장궤범』이 15세기 후반에 간행된 것을 통해서도 다시 확인할 수 있다. 명대에 왕수인王守仁이 1606년에 쓴『문장궤범』의 서문에서 '사방득이 장옥場屋의 재료가 될 만한 고문을 한대부터 송대까지 76편을 취하고 편장篇章과 자구句字의 법法을 표계標揭하여『문장궤범』이라고 이름하였다'[93]고 말했듯이,『문장궤범』은 과거 응시자들을 위한 작문교재용으로 간행된 것이다. 조선의 문인학자들은 비록 성현의 학문을 익혀 요순시대로 만들려는 이상을 지녔더라도, 이를 실현하기 위해서는 반드시 고문을 익히고 과거를 치르는 과정을 거쳐야 했다. 이는 단지 공교롭고 신기한 문장을 추구했던 서거정과 성현을 중심으로 한 그룹뿐만 아니라,

---

93) 王守仁,「文章軌範原序」,『文章軌範』(『문연각사고전서』1359책) 권수, 장1a. "宋謝枋得氏, 取古文之有資於場屋者, 自漢迄宋, 凡七十有六篇, 標揭其篇章句字之法, 名之曰文章軌範."

담리談理를 목적으로 『동문수』를 간행했던 김종직을 중심으로 한 그룹도 피할 수 없는 과정이기기도 하였다. 이황이 "점필재의 사문師門은 백세에 이름나니, 문을 통해 도를 추구하여[佔文泝道] 큰 선비를 얻었네."[94]라고 말한 것에서 보듯이, 전아하여 도에 가까웠던 점필재의 문장은 과거를 준비하며 익힌 고문을 통해 구현되었던 것이다.

중국에서 한유의 문장에 주목한 학자는 바로 주희이다. 앞 장에서 살폈듯이 그는 고도의 철학적 사유를 기반으로 체계화한 도학적 문학관을 주도면밀하게 적용하여 『한문고이韓文考異』을 편찬하였고, 세종 20년(1438)에 『한문고이』에 실린 주희의 주석을 가감 없이 수록하여 갑인자로 『주문공교창려선생집』을 간행하였다. 조선에서 주자학이 토착 개화되어 가던 시기에 위와 같이 주희가 도학적 문학관에 기초해 교감한 한유의 문장은 조선의 문인학자들이 고문의 전범으로 삼기에 매우 적합하였다. 그 예로 16세기 전후에 문장가로 활동한 하수일河受一(1553~1612)이 '『좌전』의 글은 시대가 너무 올라가 글이 간수簡邃하고 송대 이하의 작품은 시대가 너무 내려와 글이 위이委薾하다고 보고, 중도를 얻어 고금에 어울리는 문장으로는 한유와 유종원의 작품만 한 것이 없다'[95]고 말한 것을 들 수 있다. 앞서 살폈듯이 16세기를 전후로 한 시기에 갑진자로 간행된 『한문정종』은 『문장정종』에 수록된 담리談理 중심의 한유 작품을 대상으로 주석과 방점을 활용하여 담문談文 중심의 과거교재로

---

94) 李滉, 「閒居次趙士敬具景瑞金舜擧權景受諸人唱酬韻十四首」 제12수, 『退溪集』(『한국문집총간』 29책) 권2, 77면. "佔畢師門百世名, 沿文泝道得鴻生."

95) 河受一, 「答柳昌祖」, 『松亭先生文集』(『한국문집총간』 61책), 95면. "僕嘗究正宗之文, 自左傳及兩漢名賢疏奏之外, 韓柳居其半, 續正宗訖宋元明賢臣名士之片言隻字合於文軌者, 皆採錄之, 森然若開群玉之府, 琼瑰圭璋, 無不備焉, 誠志古文者所宜遍觀而盡識. 然左氏, 太上而簡邃, 宋已下, 太下而委薾, 得其中者莫如韓柳, 讀韓柳熟, 宜古宜今, 天下之文章, 無駕於此矣."

재편한 것이다. 특히 이 책은 당시 한유의 문장을 고문의 전범으로 인식했던 문인학자들에 의해 과거준비를 위한 문장교재로 널리 활용되었다는 점에서 조선 전기 한문산문의 전개양상을 이해하는 데 적지 않은 도움을 줄 것으로 생각된다.

한유 시문 선집의 간행

1. 머리말

한유의 문집은 이미 고려 고종 때 경남 진주목에 있는 단속사斷俗寺에서 간행한 『한창려집韓昌黎集』과 『동국이상국집東國李相國集』의 판본이 조선 세종 때까지 남아 있었다.[96] 고려 중기를 대표하는 문인인 이규보는 한유의 시문을 깊이 이해하였던 것으로 판단된다. 그예로 그는 「당서두보전사신찬의唐書杜甫傳史臣贊議」에서 『당서唐書』가 한유의 문만을 허가하고 그의 시는 허가하지 않은 것을 비판하여 한유는 대유大儒로 시 한 구절도 망발한 것이 없다[97]고 말하거나, 「서한유논운룡잡설후書韓愈論雲龍雜說後」에서 한유가 지은 「잡설雜說」에는 용이 구름을 타지 못하면 정신을 신령하게 만들지 못하듯이 기이奇異만이 사기詞氣를 토해내어 정신을 신령스럽게 할 수 있다[98]는 은미한 뜻이 담겨 있다고 하였다. 최자崔滋 역시 『보한집補閑

---

96) 許捲洙, 「韓愈 詩文의 韓國에서의 受容」, 『中國語文學』(영남중국어문학회, 1984) 제9집, 74면.

97) 李奎報, 「唐書杜甫傳史臣贊議」, 『東國李相國集』(『한국문집총간』 1책) 권22, 518면. "予讀唐書杜子美傳, 史臣作贊, 美其詩之汪涵萬狀, 固悉矣. 其末繼之曰: 韓愈於文章愼許可, 至歌詩獨推曰: 李杜文章在, 光焰萬丈長, 予以爲此則褒之不若不褒也. … 然韓愈大儒也, 雖一句非妄發者, 引之或可也. 如不言愼許可, 則宋公之言, 免於弱也."

98) 李奎報, 「書韓愈論雲龍雜說後」, 『東國李相國集』 권22, 522면. "然龍不乘雲, 無以神其靈, 庸人不能吐文章詞氣, 唯奇人然後吐之, 則文章之不能靈人亦審矣. 然人不憑文章, 亦無以神其靈, 則神龍與詩人之變化一也, 請以此洩韓之微也."

集』에서 고시는 한유와 소식을 본받아야 하지만, 문사에 있어서는 각체各體가 모두 한유 문장에 구비되어 있으므로 익숙히 읽고 깊이 생각하여 문체를 얻어야 한다99)고 하여 한유의 시문을 중시하였다.

앞서 살폈듯이 조선시대에는『한문정종』이 간행한 것을 시작으로 다양한 형태의 한유 시문 선집이 지속적으로 간행되었다. 조선에서 간행된 한유 시문 선집은 크게 '한유 산문 선집류', '한유 비지문 선집류', '한유 시 선집류' 등 세 유형으로 나누어진다. 필자가 조사한 바에 따르면, '한유 산문 선집'으로는 ①『한문공문초韓文公文抄』, ②『한문韓文』, ③『한문초韓文抄』, ④『창려문초昌黎文抄』, ⑤『한문선韓文選』등 5종이 있고, '한유 비지문 선집'으로는 ①『당창려선생비지唐昌黎先生碑誌』, ②『창려선생비지昌黎先生碑誌』, ③『창려선생집昌黎先生集』, ④『한문비지韓文碑誌』, ⑤『한문비지초韓文碑誌抄』등 5종이 있으며, '한유 시 선집'으로는 ①『창려선생시집昌黎先生詩集』1종이 있다. 본 장에서는『한문정종』을 포함해 이들 11종의 한유 시문 선집의 판본 형식과 수록 작품에 대해 살펴보기로 한다.

2. 한유 산문 선집 5종

1) 판본의 종류와 형태

(1)『한문공문초』

명대 문장가인 모곤茅坤이 만력萬曆 7년(1579)에 한유, 유종원,

---

99) 崔滋,『保閑集上』(『한국시화총편』1책, 동서문화사, 1989), 81면. "學詩者, 對律句體子美, 樂章太白, 古詩體韓蘇, 若文辭, 則各體皆備於韓文, 熟讀深思, 可得其體."

구양수, 소순, 소식, 소철, 증공, 왕안석 등 당송팔가唐宋八家의 문장을 모아 편찬한 『모록문선생당송팔대가문초茅鹿門先生唐宋八大家文鈔』가 항주杭州에서 간행되었고, 이어 숭정崇禎 연간(1628~1643)에는 그의 손자인 모저茅著가 정정訂正한 중간본重刊本이 나왔다. 조선에서 간행된 판본은 모저의 중간본인 164권 50책을 저본으로 번각飜刻한 것이다. 이 책은 권수에 방응상方應祥이 숭정崇禎 1년(1628)에 쓴 「중각팔대가문초서重刻八大家文鈔敍」와 모곤이 만력 7년(1579)에 쓴 「당송팔대가문초총서唐宋八大家文鈔總序」가 수록되어 있고, 이어 「팔대가문초범례八大家文鈔凡例」와 「팔대가문초논례八大家文鈔論例」가 수록되어 있으며, 뒤이어 모곤이 쓴 「한문공문초인韓文公文抄引」, 「한문공본전韓文公本傳」, 「목록目錄」이 수록되어 있다. 그 다음에는 한유문 16권, 유종원문 12권, 구양수문 32권, 소순문 10권, 소식문 28권, 소철문 20권, 왕안석문 16권, 증공문 10권이 차례로 수록되어 있다. 수록 작품의 편수는 구양수 279편, 소식 249편, 왕안석 211편, 한유 191편, 소철 165편, 유종원 130편, 증공 87편, 소순 63편 등 총 1,375편이다. 조선에서 간행된 『한문공문초』는 『당송팔대가문초』의 첫 부분에 수록되어 있는 『당대가한문공문초』 16권 4책을 가리킨다.

　조선에서 간행된 『당송팔대가문초』는 현재 활자본 2종과 목판본 2종이 전한다. 활자본은 낙동계자洛東契字와 무신자戊申字로 간행한 것으로, 낙동계자는 숙종 3년(1677)에 『현종실록顯宗實錄』을 간행하기 전에 사용하던 활자이다. 낙동계자로 간행된 영본零本 37책이 [그림 1]과 같이 국립중앙도서관에 소장되어 있고,[100] 영조 연간에 무신자

---

100) 茅坤 編, 『八大家文抄』(木版本, 국립중앙도서관, 일산古3745) 零本 37책.

로 인쇄된 40책이 서울대학교 규장각에 소장되어 있다.[101] 국립중앙
도서관본의 판식은 사주쌍변四周雙邊에 반곽半郭 23.3×15.4cm이고, 행
수와 자수는 10행 18자이며, 어미는 내향2엽화문어미內向2葉花紋魚
尾로 되어 있다. 목판본은 헌종 4년(1838)에 영남 감영에서 무신자본
을 복각覆刻한 40책이 [그림 2]와 같이 국립중앙도서관에 소장되어
있고,[102] 이 복각본과 다른 목판본 3책이 서울대학교 규장각에 소장
되어 있다.[103] 영남 감영본에는 1책의 표지 이면에 "팔대가40책八代
家四十冊, 춘추십이책春秋十二冊, 위암집8책巍巖集八冊, 합60책合
六十冊. 무오납월삼십일戊午臘月三十日, 매득어정산동강박석성가
買得於定山東岡朴石城家."라는 장서기藏書記가 쓰여 있다.

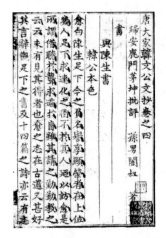 

[그림 1] 낙동계자본   [그림 2] 무신자복각본
  『韓文公文抄』   『韓文公文抄』

101) 茅坤 編, 『八大家文抄』(木版本, 서울대학교 규장각, 奎中1641) 40책.

102) 茅坤 編, 『八大家文抄』(木版本, 국립중앙도서관, 일산古3745) 零本 37책.

103) 茅坤 編, 『八大家文抄』(木版本, 서울대학교 규장각, 一簑古895.1108-M71p) 零本 3책.

영남 감영본의 판식은 사주쌍변四周雙邊에 반곽半郭 24.2×16.9cm이고, 행수와 자수는 10행 18자이며, 어미는 내향2엽상하흑어미內向2葉上下黑魚尾로 되어 있다. 이 책은 권1의 1장 1행에는 '당대가한문공문초唐大家韓文公文抄'라는 책명, 2행에는 '귀안녹문모곤비평歸安鹿門茅坤批評, 손남암숙저중정孫男闇叔著重訂.'이라는 편자명이 표기되어 있다. 이어 3행에는 '표장表狀'이라는 장르명, 4행에는 「진찬평회서비문표進撰平淮西碑文表」라는 작품명이 표기되어 있으며, 5행에는 "부독비문관당세不獨碑文冠當世, 이표역장而表亦壯."이라는 모곤의 비평이 수록되어 있다. 또한, 이 책에는 일부 작품의 원문 아래에 모곤과 동시대인인 당순지唐順之와 왕신중王愼中의 비평이 수록되어 있다.

(2) 『한문』

경자자庚子字로 간행된 영본零本 4책으로, 선조 연간(1567~1608)에 간행된 것으로 추정된다. 이 책은 현재 [그림 3]과 같이 고려대학교 도서관에 소장되어 있다.104) 판식은 사주단변四周單邊에 반곽半郭 26.2×16.5cm이고, 행수와 자수는 10행 18자이며, 어미는 내향3엽화문어미內向3葉花紋魚尾로 되어 있다. 주는 달려 있지 않다. 1책의 「원도原道」에서부터 4책의

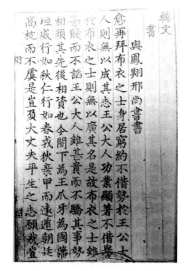

[그림 3] 경오자본 『韓文』

---

104) 『韓文』(庚子字本, 고려대학교 도서관, 만송貴 337) 零本 4책.

「유모갈명乳母墓銘」에 이르기까지 총 177편이 수록되어 있다. 3책 1장 1행에 '한문韓文'이라고 표기되어 있고, 2행에는 '서書'라는 장르명과 3행에는 「여봉상형상서서與鳳翔邢尚書書」라는 작품명이 표기되어 있다.

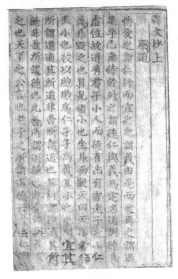

[그림 4] 운각인서체자본 『韓文抄』

(3) 『한문초』

운각인서체자芸閣印書體字로 간행된 2권 2책으로, 숙종 연간 (1674~1720)에 간행된 것으로 추정되는 『사대가문초四大家文抄』 8권 8책에서 2권 2책에 해당한다. 현재 [그림 4]와 같이 국립중앙도서관에 소장되어 있다.[105] 판식은 사주쌍변四周雙邊에 반곽半郭 21.6× 13.5cm이고, 행수와 자수는 10행 20자이며, 어미는 내향3엽화문어미內向3葉花紋魚尾로 되어 있다. 주는 달려 있지 않다. 상권의 「원도原道」에서부터 하권의 「논불골표論佛骨表」에 이르기까지 총 92편이 수록되어 있다. 1책에는 1장 1행에 '한문초상韓文抄上'이라고 표기되어 있고, 2행에는 「원도原道」라는 작품명이 표기되어 있다.

(4) 『창려문초』

상하 2권 2책으로 무신자戊申字로 간행된 금속활자본과 남한산

---

105) 『韓文抄』(藝閣印書體字本, 국립중앙도서관, 古3747-260) 2권 2책.

성에서 목판으로 간행된 목판본 2종이 전한다. 무신자본은 [그림 5]와 같이 고려대학교 도서관에 소장되어 있다.106) 판식은 사주쌍변四周雙邊에 반곽半郭 23.6×16.5cm이고, 행수와 자수는 10행 17자이며, 어미는 내향3엽화문어미內向3葉花紋魚尾로 되어 있다. 주는 달려 있지 않다. 상권의 「원도原道」에서 시작해 하권의 「석정연구시石鼎聯句詩」에 이르기까지 총 107편이 수록되어 있다. 1책에는 1장 1행

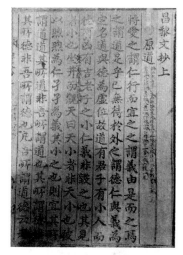

[그림 5] 무신자본 『昌黎文抄』

에 '한문초상韓文抄上'이라고 표기되어 있고, 2행에는 「원도原道」라는 작품명이 표기되어 있다. 목판본은 효종 원년(1650)에 남한산성에서 무신자본을 중간한 것으로, 고려대학교 도서관에 상하권 2책이 소장되어 있다.107) 판식은 사주단변四周單邊에 반곽半郭 20.0×15.0cm이고, 행수와 자수는 10행 20자이며, 어미는 내향화문어미內向花紋魚尾로 되어 있다. 주는 달려 있지 않다. 각 권의 권수에 '한문초상韓文抄上', '한문초하韓文抄下'라고 적혀 있으므로 『한문초韓文抄』로 알려져 있지만, 무신자 『창려문초昌黎文抄』와 같은 책이다. 이 책의 상권 말미에는 "순치칠년칠월일남한산성중간順治七年七月日南漢山城重刊"이라는 간기가 실려 있다.108)

---

106) 『昌黎文抄』(戊申字本, 고려대학교 도서관, 화산D1A1553) 上下 2권 2책.

107) 『昌黎文抄』(木版本, 고려대학교 도서관, 신암D1-A910A-1) 上下 2권 2책.

108) 당윤희, 오수형, 「朝鮮時代에 간행된 韓愈 詩文集 판본 연구」, 『中語中文學』(한국중어중문학회, 2010) 47집, 376면.

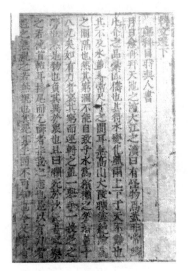

[그림 6] 목판본 『韓文選』

(5) 『한문선』

상하 2권 2책으로 목판으로 간행된 책이다. 현재 [그림 6]과 같이 고려대학교 도서관에 소장되어 있다.[109] 판식은 사주쌍변四周雙邊에 반곽半郭 24.0×16.0cm이고, 행수와 자수는 10행 22자이며, 어미는 내향3엽화문어미內向3葉花紋魚尾로 되어 있다. 주는 달려 있지 않다. 상권의 「원도原道」에서 시작해 하권의 「전중소감마군묘지殿中少監馬君墓誌」에 이르기까지 총 100편이 수록되어 있다. 1책에는 1장 1행에 '한문선상韓文選上'이라고 표기되어 있고, 2행에는 「원도原道」라는 작품명이 표기되어 있다.

2) 내용의 선정과 조직

앞서 살폈듯이 왕백대가 편찬한 『주문공교창려선생집』에는 『외집』을 제외하고 총 317편의 산문 작품이 수록되어 있다. 한유 산문 선집 5종은 모두 이들 작품을 문체별로 선록한 것이다. 이를 선집별로 살펴보면 『한문공문초』에 192편, 『한문』에 177편, 『창려문초』에 107편, 『한문선』에 100편, 『한문초』에 92편이 수록되어 있다. 이와 같이 한유 산문 선집 5종에 수록된 작품을 장르별로 제시하면 다음과 같다.

---

109) 『韓文選』(木版本, 고려대학교 도서관, 만송D1-A1997-1-2) 上下 2권 2책.

[표 1] 한유 산문 선집 5종의 문체별 수록 작품 수

문체	작품명 (주문공교창려선생집)	한문공문초	한문	한문초	창려 문초	한문선
雜著	原道	101	1	1	1	1
	原性	102	2	2	2	2
	原毀	103	3	3	3	3
	原人	104	4	4	4	4
	原鬼	105		5	5	5
	行難	129		6	6	6
	對禹問	127	5	7	7	7
	雜說四首(4)	116	6	8	8	8
	讀荀	120	7	9	9	9
	讀儀禮	121				
	讀墨子	122				
	獲麟解	113	8	10	10	10
	師說	115	9	11	11	11
	進學解	112	10	12	12	12
	守戒	126		13	13	13
	圬者王承福傳	99	11		14	14
	諱辯	111	12	14	15	15
	訟風伯					
	伯夷頌	118	13	15	16	16
	子産不毀鄕校頌	117				
	釋言	124	14	16	17	17
	愛直贈李君房別					
	張中丞傳後敍	119	15	17	18	18
	汴州東西水門記	96	16			
	燕喜亭記	91	17	18	19	19
	徐泗濠三州節度掌書記廳石記	94	18	19		20
	畫記	93	19	20		21
	藍田縣丞廳壁記	90	20	21	20	22
	新修滕王閣記	89	21	22	21	23
	科斗書後記	95				
	鄆州溪堂詩(記)并序	97	22	23	22	24

문체	작품명 (주문공교창려선생집)		한문공문초	한문	한문초	창려 문초	한문선
	苗相乳		125				
	静臣論		107	23	24	23	
	改葬服議		109				
	省試學生代齋郎議		108				
	禘祫議		110	24		24	
	省試顔子不二過論		106				
	與李秘書論小功不稅書						
	太學生何蕃傳		98	25		25	25
	河南府同官記(外集)		92				
	擇言解(外集)		114				
	通解(外集)		128				
	계	66	44	28	27	28	28
書啓 狀序	答張籍書		39	26	25	34	26
	重答張籍書		40	27	26	35	27
	與孟東野書		27		27	36	28
	答竇秀才書		48		28	56	29
	上李尙書書					57	
	賀徐州張僕射白兎狀		54				
	與汝州盧郎中論薦侯喜狀		55				
	上兵部李侍郎書		12		29	58	30
	答尉遲生書		51			59	
	答楊子書		52			60	
	至鄧州北奇上襄陽于相公書		13	28	30	61	31
	爲河南令上留守鄭相公啓		53				
	上宰相書		14		31	37	32
	後十九日復上書		15	29	32	38	33
	後二十九日復上書		16	30	33	39	34
	答侯繼書		45			62	
	答崔立之書		42	31	34	40	35
	答李翊書		37		35	41	36
	重答翊書		47	32		63	
	代張籍與李浙東書		25	33	36	42	37
	答李秀才書		46	34	37	43	38

문체	작품명 (주문공교창려선생집)	한문공문초	한문	한문초	창려문초	한문선
	答陳生書	26	35		64	
	與李翺書	28	36	38	44	39
	上張僕射書	10	37	39	45	40
	答胡生書	50			65	
	與于襄陽書	22	38	40	46	41
	與崔羣書	29	39	41	47	42
	與陳給事書	21	41	42	66	43
	答馮宿書	35	42	43	67	44
	與衛中行書	30	43	44	48	45
	上張僕射第二書	11	44	45	49	46
	與馮宿論文書			46	68	47
	與祠部陸員外書	23	45		69	
	與鳳翔邢尙書書	19	46	47	70	48
	爲人求薦書	24	47	48	71	49
	應科目時與人書	20	48	49	50	50
	答劉正夫書	36	49		51	
	答殷侍御書	38	50			
	答陳商書	44	51	50	52	51
	與孟尙書書	18	52	51	53	52
	答呂毉山人書	49			72	
	答元侍御書	43			73	
	與袁相公書			52	74	53
	與鄂州柳中丞書	32	53	53	54	54
	又一書	33	54	54	55	55
	送陸歙州詩序	70	55	55	93	56
	送孟東野序	72	56	56	76	57
	送許郢州序	58	57	57	77	58
	送寶從事序	67	58		94	
	上巳日燕太學聽彈琴詩序	85	59	58	95	59
	送齊皞下第序	76	60	59	78	60
	送李愿歸盤谷序	79	61	60	79	61
	送牛堪序	66	62			
	送董邵南序	73	63	61	80	62

문체	작품명 (주문공교창려선생집)	한문공문초	한문	한문초	창려 문초	한문선
	贈崔復州序	59	64		81	
	贈張童子序	65	65		82	
	送浮屠文暢師序	83	66	62	83	63
	送楊支使序	56		63	96	64
	送何堅序	77	67		97	
	送廖道士序	80	68	64	84	65
	送王秀才序	74	69	65	85	66
	送孟秀才序		70		99	
	送陳秀才彤序	82			98	
	送王秀才序	75				
	荊潭唱和詩序	86		66	100	67
	送幽州李端公序	60	71	67	75	68
	送區冊序	78	72	68	101	69
	送張道士序	81				
	送高閑上人序	84	73	69	86	70
	送殷員外序	61	74	70	87	71
	送楊少尹序	62	75	71		72
	送權秀才序			72	102	73
	送湖南李正字序	63			103	
	送石處士序	68	76	73	88	74
	送溫處士赴河陽軍序	69	77	74	89	75
	送鄭尙書序	57	78	75	90	76
	送水陸運使韓侍御歸所治序	64	79		91	
	送鄭十敎理序	71			104	
	韋侍講盛山十二詩序	87	80	76	92	77
	石鼎聯句詩序	88	81	77	105	78
	上考功崔虞部書(外集)	17	40			
	與少室李拾遺書(外集)	31				
	與李祕書論小功不稅書(外集)	34				
	答劉秀才論史書(外集)	41				
	계　　　　　87	79	56	53	72	51
哀辭 祭文	祭田橫文	184	90			
	歐陽生哀辭	183	91	78		87

문체	작품명 (주문공교창려선생집)		한문공교문초	한문	한문초	창려 문초	한문선
	題哀辭後			92	79		80
	獨孤申叔哀辭		182	93	80		81
	祭郴州李使君文			94			
	祭虞部張員外文				81	27	82
	祭河南張員外文		187				
	祭鱷魚文		185				
	祭柳子厚文		186	95	82	28	88
	祭馬僕射文			98	83		89
	弔武侍御所畫佛文			99			
	祭鄭夫人文			96			
	祭十二郎文		188	97	84	26	90
	계	37	8	10	7	3	7
碑誌	李元賓墓銘		163	100			91
	崔評事墓銘			101			
	施先生墓銘		175	102			
	考功員外盧君墓銘		160	103			
	施州房使君鄭夫人殯表			104			
	淸邊郡王楊燕奇碑文		135	105			
	河南小尹裵君墓誌銘		158	106			
	國子助教河東薛君墓誌銘		168	107			
	監察御史元君妻京兆韋氏夫人墓誌銘			108			
	登封縣尉盧殷墓誌銘		172	109			
	興元少尹房君墓誌銘			110			
	河南少尹李公墓誌銘			111			
	集賢院敎理石君墓誌銘		156	112			
	唐故江西觀察使韋公墓誌銘		154	113			
	唐故河南府王屋縣尉畢君墓誌銘		173	114			
	試大理評事胡君墓銘		164	115			
	襄陽盧丞墓誌銘		170	116			
	唐河中府法曹張君墓碣銘		179	117			92
	太原府參軍墓誌銘			118			
	唐朝散大夫贈司勳員外郞孔君墓誌銘		162	119			
	故中散大夫河南尹杜君墓誌銘			120			

문체	작품명 (주문공교창려선생집)	한문공문초	한문	한문초	창려 문초	한문선
	唐銀靑光祿大夫...襄陽郡王平陽路公 神道碑銘	136	121			
	烏氏廟碑銘	138	122			
	唐故河東節度觀察使滎陽鄭公神道碑文	143	123			
	魏博節度觀察使沂國公先廟碑銘	140	124			
	劉統軍碑		125			
	衢州徐偃王廟碑	133	126			93
	袁州先廟碑	139	127			
	淸河郡公房公碣銘	180	128			
	唐銀靑光祿大夫...贈工部尙書太原郡 公神道碑文		129			
	曹成王碑	134	130			94
	息國夫人墓誌銘		131			
	試大理評事王君墓誌銘		132			
	扶風郡夫人墓誌銘		133			
	殿中侍御史李君墓誌銘	166	134			
	唐故朝散大夫商州刺史除名徙封州董 府君墓誌	151	135			
	貞曜先生墓誌	177	136			95
	唐故祕書少監贈絳州刺史獨孤府君墓 誌銘		137			
	故虞部員外郎張府君墓誌銘		138			
	唐故檢校尙書左僕射右龍武軍統軍劉 公墓誌銘	147	139			
	唐故監察御使衛府君墓銘		140			
	唐故河南令張君墓誌銘	171	141			
	鳳翔隴州節度使李公墓誌銘	148	142			
	唐故中散大夫小府監胡良公墓神道碑	146	143			
	唐故相權公墓銘	142	144			
	平淮西碑	137	145			96
	南海神廟碑	131	146			97
	處州孔子廟碑	130	147			
	柳州羅池廟碑	141	148			98
	黃陵廟碑	132	149			

문체	작품명 (주문공교창려선생집)	한문공문초	한문	한문초	창려 문초	한문선
	唐故江南西道觀察使贈左散騎常侍太原 王公神道碑	144	150			
	司徒兼侍中中書令贈太尉許國公神道 碑銘	145	151			
	柳子厚墓誌銘	174	152			99
	唐故昭武校尉守左金吾衛將軍李公墓 誌銘	150	153			
	唐故朝散大夫尚書庫部郞中鄭君墓誌銘	157	154			
	唐故朝散大夫越州刺史薛公墓誌銘	152	155			
	楚國夫人墓誌銘		156			
	唐故國子司業竇公墓誌銘	169	157			
	唐正議大夫尚書左丞孔公墓誌銘	155	158			
	故江南西道觀察使贈左散騎常侍太原 王公墓誌銘	149	159			
	殿中少監馬君墓誌銘	165	160			100
	南陽樊紹述墓誌銘	176	161			
	中大夫陝府左司馬李公墓誌銘		162			
	故幽州節度判官贈給事中淸河張君墓 誌銘	159	163			
	河南府法曹參軍盧府君夫人墓誌銘		164			
	故貝州司法參軍李君墓誌銘	161	165			
	處士魯君墓誌銘		166			
	故太學博士李君墓誌銘	167	167			
	盧渾墓誌銘		168			
	虢州司戶韓府君墓誌銘		169			
	四門博士周況妻韓氏墓誌銘		170			
	韓滂墓誌銘		171			
	女挐壙銘	178	172			
	河南緱氏主簿唐充妻魯氏墓誌銘		173			
	乳母墓銘		174			
	계　　　　75	51	75	0	0	10
雜文	瘞硯銘	181	82			
	毛穎傳	100		85	29	86
	送窮文	123	83	86	30	85

문체	작품명 (주문공교창려선생집)	한문공문초	한문	한문초	창려 문초	한문선
	鰐魚文		84	87	31	83
	계　　　　4		3	3	3	3
表狀	贈太傅董公行狀	189	85			
	與汝州盧郞中論薦侯喜狀		86			
	論今年權停擧選狀	6				
	唐故贈絳州刺史馬府君行狀		87			
	復讎狀(議)	5		88		84
	進撰平淮西碑文表	1				
	論捕賊行賞狀	4				
	論佛骨表	2	88	89	33	
	潮州刺史謝上表	3	89			
	皇家賊事宜狀	8				
	論淮西事宜狀	7				
	論變鹽法宜狀	9				
	계　　　　48	9	5	2	1	1
총계		317	192	177	92	107	100

[표 1]에 제시된 내용을 중심으로 그 특징을 살펴보면 다음과 같다. 첫째, 왕백대는『주문공교창려선생집』을 편찬하면서 한유의 산문을 '잡저雜著', '서계장서書啓狀序', '애사제문哀辭祭文', '잡문雜文', '표장表狀' 등 다섯 유형의 문체로 구분하였으나, 모곤은 ①『한문공문초』를 편찬하면서 '표장表狀', '서書', '계啓', '장狀', '서序', '기記', '전傳', '원原', '논論', '의議', '변辯', '해解', '설說', '송頌', '잡저雜著'로 구분하고, 한유의 작품을 각각 해당하는 문체에 옮겨놓았다. 이는 모곤이 활동했던 명대의 문체론이 반영된 것으로, 이를 통해 중국에서 산문문체론이 발전하는 양상을 살필 수 있다. 또한 모곤이 편찬한『한문공문초』에는『외집外集』에 수록되어 있는 「하남부동관기河南府同官記」 등 7편을 포함해 총 192편이 수록되어 있어, 5종의 산문 선집 중에서 가장 완정한 산문 선집의

형태를 갖추고 있다. 둘째, 조선에서 새롭게 간행한 4종의 산문 선집 중에서 왕백대가 편찬한 『주문공교창려선생집』에 제시한 문체에 따라 한유의 산문을 문체별로 구분하여 수록한 것은 ② 『한문』이 유일하다. 셋째, ③ 『한문초』와 ④ 『창려문초』에는 왕백대가 편찬한 『주문공교창려선생집』에 수록된 비지문 75편이 단 1편도 수록되어 있지 않다. 넷째, ⑤ 『한문선』에 수록된 100편 중 한유의 비지문은 10편만 수록되어 있어, 이 책에 수록된 다른 문체의 작품보다 상대적으로 적은 수를 차지하고 있다. 이로 보아 ③ 『한문초』, ④ 『창려문초』, ⑤ 『한문선』 등의 산문 선집은 당시에 간행된 ① 『당창려선생비지』, ② 『창려선생비지』, ③ 『창려선생집』, ④ 『한문비지』, ⑤ 『한문비지초』 등의 한유 비지문 선집을 보완하려는 목적으로 간행된 것으로 생각된다.

3. 한유 비지문 선집 5종

1) 판본의 종류와 형태

(1) 『당창려선생비지』

갑신자戊申字로 간행된 3권 2책이다. 현재 [그림 7]과 같이 국립중앙도서관에 소장되어 있다.110) 판식은 사주상변四周雙邊에 반곽半郭 24.8×16.8cm이고, 행수와 자

[그림 7] 무신자본 『唐昌黎先生碑誌』

---

110) 『唐昌黎先生碑誌』(戊申字本, 국립중앙도서관, 한古朝44-나7) 3권 2책.

수는 10행 17자이며, 어미는 내향3엽화문어미內向3葉花紋魚尾로 되어 있다. 주는 달려 있지 않다. 권1에 '비碑', 권2에 '묘지명墓誌銘', 권3에 '묘지갈명墓誌碣銘'과 '행장行狀' 1편 등 53편을 수록하고, 이어 '부선유유주비지附選柳柳州碑誌'에 유종원의 비지문을 함께 수록하였다. 1책에는 1장 1행에 '당창려선생비지권지일唐昌黎先生碑誌卷之一'이라고 표기되어 있고, 2행에 '비碑'라는 문체명이 제시되어 있다. 이어 3행에 「처주공자묘비處州孔子廟碑」라는 작품명이 제시되어 있고, 6행에는 "서공자사전지존숭처序孔子祀典之尊崇處, 입골入骨. 공자묘비孔子廟碑, 한이래漢以來, 당속창려제일當屬昌黎第一."이라는 모곤의 비평이 수록되어 있다.

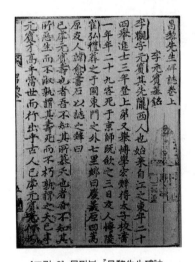

[그림 8] 목판본 『昌黎先生碑誌』

(2) 『창려선생비지』

상하 2권 2책으로 간행된 목판본이다. 현재 [그림 8]과 같이 고려대학교 도서관에 소장되어 있다.111) 판식은 사주쌍변四周雙邊에 반곽半郭 26.8×19.2cm이고, 행수와 자수는 10행 20자이며, 어미는 내향3엽화문어미內向3葉花紋魚尾로 되어 있다. 주는 달려 있지 않다. 권수卷首에는 「창려선생비지목록昌黎先生碑誌目錄」이 붙어 있고, 상권의 「이원빈묘명李元賓墓銘」에서 시작해 하권의 「유모묘명乳母墓銘」에 이르기까지

111) 『昌黎先生碑誌』(木版本, 고려대학교 도서관, 만송貴-337A-1-2) 上下 2권 2책.

총 75편을 수록하였으며, 하권의 뒷부분에는 '유주선생기부柳州先生記附'라는 표기 아래 유종원 기문記文 36편을 수록하였다. 1책에는 1장 1행에 '창려선생비지권상昌黎先生碑誌卷上'이라고 표기되어 있고, 2행에는 「이원빈묘명李元賓墓銘」이라는 작품명이 표기되어 있다.

(3) 『창려선생집』

12권 2책으로 간행된 목판본이다. 이 책은 현재 [그림 9]와 같이 뒷부분 1책(권7~권12)은 국립중앙도서관에 소장되어 있고,[112] 나머지 앞부분 1책(권1~권6)은 계명대학교 도서관에 소장되어 있다.[113] 이 책의 표제는 '창려선생집昌黎先生集'으로 되어 있으나 비지문만 수록되어 있는 비지문선집이다. 국립중앙도서관본의 판식은 사주쌍변四周雙邊에 반곽半郭 26.0×18.6cm이고, 행수와 자

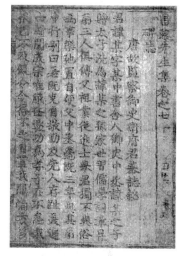

[그림 9] 목판본 『昌黎先生集』

수.는 10행 17자이며, 어미는 내향3엽화문어미內向3葉花紋魚尾로 되어 있다. 주는 달려 있지 않다. 1권의 「이원빈묘명李元賓墓銘」에서 시작해 12권의 「유모묘명乳母墓銘」에 이르기까지 총 75편을 수록하였다. 2책의 1장 1행에 '창려선생집권지칠昌黎先生集卷之七'

---

112) 『昌黎先生集』(木版本, 국립중앙도서관, BA3747-155) 零本 1책(권7~권12).

113) 『昌黎先生集』(木版本, 계명대학교 도서관, 812.081-한유창) 零本 1책(권1~권6).

이라고 표기되어 있고, 2행에 '비지碑誌'라는 문체명, 3행에 「당고
감찰어사위부군묘명唐故監察御使衛府君墓銘」이라는 작품명이 표
기되어 있다.

(4) 『한문비지』

[그림 10] 목판본 『韓文碑誌』

2권 2책으로 간행된 목판본이
다. 이 책은 현재 [그림 10]과 같
이 고려대학교 도서관에 소장되어
있다.[114] 판식은 사주단변四周單
邊에 행수와 자수는 10행 18자이
며, 어미는 내향2엽화문어미內向2
葉花紋魚尾로 되어 있다. 주는 달
려 있지 않다. 상권의 「이원빈묘
명李元賓墓銘」에서 시작해 하권
의 「유모묘명乳母墓銘」에 이르기
까지 총 75편을 수록하였다. 2책
에는 1장 1행에 '한문비지하韓文
碑誌下'라고 표기되어 있고, 2행에는 「당고검교상서좌복야우룡무군
통군류공묘지명唐故檢校尙書左僕射右龍武軍統軍劉公墓誌銘」이
라는 작품명이 표기되어 있다.

(5) 『한문비지초』

불분권不分卷 1책으로 간행된 목판본이다. 이 책은 현재 [그림
11]과 같이 국립중앙도서관에 소장되어 있다.[115] 판식은 사주단변四

---

114) 『韓文碑誌』(木版本, 고려대학교 도서관, 청구번호 미상), 上下 2권 2책.

周單邊에 반곽半郭 18.9×15.0cm이고, 행수와 자수는 10행 18자이며, 어미는 내향2엽화문어미內向2葉花紋魚尾로 되어 있다. 주는 달려 있지 않다.「이원빈묘명李元賓墓銘」에서 시작해「고태학박사이군묘지명故太學博士李君墓誌銘」에 이르기까지 총 36편을 수록하였다. 1장 1행에 '한문비지초韓文碑誌抄'라고 표기되어 있고, 2행에는 '이원빈묘명李元賓墓銘'이라는 작품명이 표기되어 있다.

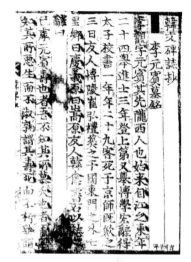

[그림 11] 목판본
『韓文碑誌抄』

2) 내용의 선정과 조직

앞서 살폈듯이 왕백대가 편찬한『주문공교창려선생집』에는 총 75편에 달하는 한유의 비지문이 수록되어 있다. 한유 비지문 선집 5종은 모두 이들 작품을 수록한 것이다. 이를 선집별로 살펴보면『당창려선생비지』에 52편,『창려선생비지』에 75편,『창려선생집』에 75편,『한문비지』에 75편,『한문비지초』에 36편이 수록되어 있다. 이와 같이 한유 비지문 선집 5종에 수록된 작품을 표로 제시하면 다음과 같다.

---

115)『韓文碑誌抄』(木版本, 국립중앙도서관, 무구재古2202-66) 2권 1책.

[표 2] 한유 비지문 선집 5종의 수록 작품 수

작품명 (주문공교창려선생집)	당창려 선생 비지	창려선 생비지	창려선 생집	한문 비지	한문비 지초
李元賓墓銘	34	1	1	1	1
崔評事墓銘		2	2	2	2
施先生墓銘	46	3	3	3	3
考功員外盧君墓銘	31	4	4	4	4
施州房使君鄭夫人殯表		5	5	5	
淸邊郡王楊燕奇碑文	6	6	6	6	5
河南小尹裵君墓誌銘	29	7	7	7	
國子助敎河東薛君墓誌銘	39	8	8	8	6
監察御史元君妻京兆韋氏夫人墓誌銘		9	9	9	
登封縣尉盧殷墓誌銘	43	10	10	10	
興元少尹房君墓誌銘		11	11	11	
河南少尹李公墓誌銘		12	12	12	
集賢院敎理石君墓誌銘	27	13	13	13	
唐故江西觀察使韋公墓誌銘	25	14	14	14	
唐故河南府王屋縣尉畢君墓誌銘		15	15	15	
試大理評事胡君墓銘	35	16	16	16	
襄陽盧丞墓誌銘	41	17	17	17	7
唐河中府法曹張君墓碣銘	50	18	18	18	8
太原府參軍墓誌銘		19	19	19	
唐朝散大夫贈司勳員外郎孔君墓誌銘	33	20	20	20	9
故中散大夫河南尹杜君墓誌銘		21	21	21	
唐銀靑光錄大夫…襄陽郡王平陽路公神道碑銘	7	22	22	22	10
烏氏廟碑銘	9	23	23	23	11
唐故河東節度觀察使滎陽鄭公神道碑文	14	24	24	24	12
魏博節度觀察使沂國公先廟碑銘	11	25	25	25	13
劉統軍碑		26	26	26	14
衢州徐偃王廟碑	4	27	27	27	15
袁州先廟碑	10	28	28	28	16
淸河郡公房公墓碣銘	51	29	29	29	
唐銀靑光錄大夫…贈工部尙書太原郡公神道碑文		30	30	30	
曹成王碑	5	31	31	31	17

작품명 (주문공교창려선생집)	당창려 선생 비지	창려선 생비지	창려선 생집	한문 비지	한문비 지초
息國夫人墓誌銘		32	32	32	
試大理評事王君墓誌銘		33	33	33	18
扶風郡夫人墓誌銘		34	34	34	
殿中侍御史李君墓誌銘	37	35	35	35	
唐故朝散大夫商州刺史除名徙封州董府君墓誌	22	36	36	36	
貞曜先生墓誌	48	37	37	37	19
唐故祕書少監贈絳州刺史獨孤府君墓誌銘		38	38	38	
故虞部員外郎張府君墓誌銘		39	39	39	
唐故檢校尙書左僕射右龍武軍統軍劉公墓誌銘	18	40	40	40	
唐故監察御使衛府君墓銘		41	41	41	
唐故河南令張君墓誌銘	42	42	42	42	
鳳翔隴州節度使李公墓誌銘	19	43	43	43	
唐故中散大夫小府監胡良公墓神道碑	17	44	44	44	
唐故相權公墓銘	43	45	45	45	20
平淮西碑	8	46	46	46	21
南海神廟碑	2	47	47	47	22
處州孔子廟碑	1	48	48	48	23
柳州羅池廟碑	12	49	49	49	24
黃陵廟碑	3	50	50	50	25
唐故江南西道觀察使贈左散騎常侍太原王公神 道碑	15	51	51	51	26
司徒兼侍中中書令贈太尉許國公神道碑銘	16	52	52	52	27
柳子厚墓誌銘	45	53	53	53	28
唐故昭武校尉守左金吾衛將軍李公墓誌銘	21	54	54	54	
唐故朝散大夫尙書庫部郎中鄭君墓誌銘	28	55	55	55	29
唐故朝散大夫越州刺史薛公墓誌銘	23	56	56	56	
楚國夫人墓誌銘		57	57	57	30
唐故國子司業竇公墓誌銘	40	58	58	58	
唐正議大夫尙書左丞孔公墓誌銘	26	59	59	59	31
故江南西道觀察使贈左散騎常侍太原王公墓誌銘	20	60	60	60	32
殿中少監馬君墓誌銘	36	61	61	61	33
南陽樊紹述墓誌銘	47	62	62	62	34
中大夫陝府左司馬李公墓誌銘		63	63	63	

작품명 (주문공교창려선생집)	당창려 선생 비지	창려선 생비지	창려선 생집	한문 비지	한문비 지초
故幽州節度判官贈給事中淸河張君墓誌銘	30	64	64	64	35
河南府法曹參軍盧府君夫人墓誌銘		65	65	65	
故貝州司法參軍李君墓誌銘	32	66	66	66	
處士魯君墓誌銘		67	67	67	
故太學博士李君墓誌銘	38	68	68	68	36
盧渾墓誌銘		69	69	69	
虢州司戶韓府君墓誌銘		70	70	70	
四門博士周況妻韓氏墓誌銘		71	71	71	
韓滂墓誌銘		72	72	72	
女挐壙銘	49	73	73	73	
河南緱氏主簿唐充妻魯氏墓誌銘		74	74	74	
乳母墓銘		75	75	75	
瘞硯銘	52				
계	75	52	75	75	75	36

[표 2]에 제시된 내용을 중심으로 그 특징을 살펴보면 다음과 같다. 첫째, ①『당창려선생비지』에는 권1의 「처주공자묘비處州孔子廟碑」에서 시작해 권3의 「예연명瘞硯銘」에 이르기까지 총 52편의 한유 비지문이 수록되어 있는데, 이는 모곤이 편찬한『한문공문초』에 수록된 작품 수는 물론 작품의 수록 순서가 동일한 것이다. 이로 보아 이 책은 모곤의『한문공문초』를 저본으로 활용한 것으로 생각된다. 둘째, ②『창려선생비지』, ③『창려선생집』, ④『한문비지』에는 「이원빈묘명李元賓墓銘」에서 시작해 「유모묘명乳母墓銘」에 이르기까지 총 75편을 수록하였는데, 이는 왕백대가 편찬한『주문공교창려선생집』에 수록된 작품 수는 물론 작품의 수록 순서가 동일한 것이다. 이로 보아 이 책은 왕백대의『주문공교창려선생집』을 저본으로 활용한 것으로 생각된다. 셋째, ⑤『한문비지초』에는 「이

원빈묘명李元賓墓銘」에서 시작해 「고태학박사이군묘지명故太學博士李君墓誌銘」에 이르기까지 총 36편의 한유 비지문이 수록되어 있는데, 이는 왕백대가 편찬한 『주문공교창려선생집』에 수록된 작품과 동일한 순서로 있다. 이로 보아 이 책은 왕백대가 편찬한 『주문공교창려선생집』을 저본으로 활용하여, 한유 비지문의 특징을 이해하는 데 도움이 되는 작품을 선록해 간행한 것으로 생각된다.

4. 한유 시 선집 1종

1) 판본의 종류와 형태

(1) 『창려선생시집』

불분권不分卷 1책으로 간행된 목판본으로 현재까지 알려진 바로는 조선시대 간행된 한유 시 선집으로 유일하다. 이인영李仁榮은 『청분실서목淸芬室書目』에서 이 판본은 중종·선조 연간에 간행된 목활자본으로 추정하였다.[116] 이 책은 현재 [그림 12]와 같이 고려대학교 도서관에 소장되어 있다.[117] 판식은 사주쌍변四周雙邊에 반곽半郭 23.2×15.7cm이

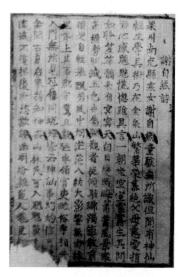

[그림 12] 목판본 『昌黎先生詩集』

---

116) 李仁榮, 『淸芬室書目』(『朝鮮時代書目叢刊』), 4779면. "『韓昌黎詩』殘本1卷1冊, 中宗宣祖年間 木活字本"(당윤희, 오수형, 앞의 논문, 37면. 재인용).

117) 『昌黎先生詩集』(木版本, 고려대학교 도서관) 零本 1책.

고, 행수와 자수는 11행 20자이며, 어미는 내향3엽화문어미內向3葉花
紋魚尾로 되어 있다. 주는 달려 있지 않다. 권수 부분이 일실되어 목차
의 수록 여부와 각행의 표기 사항에 대해서는 알 수 없고, 마지막 장 마
지막 행에는 '창려선생시집종昌黎先生詩集終'이라고 표기되어 있다.

2) 내용의 선정과 조직

『창려선생시집』에 수록된 한유 시를 왕백대의 『주문공교창려선
생집』에 수록된 작품과 비교하면 다음과 같다.

[표 3] 『창려선생시집』 수록 작품 수

문체	작품명(주문공교창려선생집)	창려선생시집	문체	작품명(주문공교창려선생집)	창려선생시집
賦	感二鳥賦	1	古詩	苦寒	50
	復志賦	2		赤藤杖歌	51
	悶己賦	3		酬崔十六少府	87
	別知賦	4		送侯參謀	52
古詩	元和聖德詩	90		東都遇春	53
	琴操十首			感春五首	
	南山詩	88		酬裵十六功曹	54
	謝自然詩	5		燕河南府秀才	55
	秋懷詩十一首	6		送李翶	
	赴江陵途中寄三學士詩	7		送石處士	
	暮行河堤上詩			送湖南李正字	
	夜家			辛卯年雪	56
	重雲			醉留東野	57
	江漢			李花二首	58
	長安交遊者			招揚之罘	59
	岐山下二首			寄盧仝	60
	北極一首贈李觀			酬司門盧四雲夫院長望秋作	61
	此日足可惜贈張籍	8		誰氏子	62
	幽懷	9			

문체	작품명(주문공교창려선생집)	창려선생시집	문체	작품명(주문공교창려선생집)	창려선생시집
				河南令舍池臺	
	君子法天運			送無本師歸范陽	
	落葉			石鼓歌	
	歸彭城	10		雙鳥詩	63
	醉後			贈劉師服	64
	醉贈張祕書	11		題炭谷湫祠堂	
	同冠峽			聽穎師彈琴	65
	送惠師	12		送陸暢歸江南	
	送靈師	13		送進士劉師服東歸	
	縣齋有悔	14		嘲魯連子	
	合江亭	15		贈張籍	
	陪杜侍御遊湘西寺	16		調張籍	66
	岳陽樓	17		盧郞中雲夫寄示盤谷子歌以和之	67
	送文暢師	18		寄皇甫湜	
	答張徹	19		病中贈張十八	68
古詩	薦士	20	古詩	雜詩	
	喜侯喜至贈張籍張徹	21		寄進二十六立之	
	古風			月蝕詩效玉川子作	89
	駑驥	22		孟生詩	69
	馬猒穀			射訓狐	70
	出門			將歸贈孟東野房獨客	
	嗟哉董生行			答孟郊	
	峰火			從仕	
	汴州亂二首			短燈檠歌	71
	利劍			送劉師服	
	齪齪	23		符讀書城南	72
	河之水二首			示爽	73
	山石	24		人日城南登高	74
	天星			病鴟	75
	汴泗交流	25		華山女	76
	忽忽			讀皇甫湜公安園池詩書其後二首	
	鳴雁	26		路傍堠	

문체	작품명(주문공교창려선생집)	창려선생시집	문체	작품명(주문공교창려선생집)	창려선생시집
	龍移			食曲河驛	
	雉帶箭	27		過南陽	
	候山蒼			瀧吏	77
	贈鄭兵曺	28		贈別元十八協律六首	
	桃源圖	29		初南食貽元十八協律	
	東方半明			宿魯江口示姪孫湘三首	
	贈唐衢	30		答柳柳州食蝦蟇	
	貞女峽			別趙子	
	贈侯喜	31		除官赴闕至江州寄鄂岳李大夫	78
	古意			南山有高樹行一首贈李宗閔	79
	八月十五夜	32		猛虎行	80
	謁衡嶽廟	33		雪後寄崔二十六丞公	81
	嵫峨山	34		送僧澄觀	82
	永貞行	35		獻山南鄭相公樊員外	
	洞庭湖阻風	36		和武相公詠孔雀	
古詩	李花	37	古詩	感春三首	
	杏花	38		行香贈盧李二中舍人	
	感春四首	39		晚寄張十八助教周郎博士	
	寒食出遊	40		題張十八所居	
	憶昨行	41		酬盧給事曲江荷花	83
	劉生詩	42		和錢七盆池所植	
	鄭羣贈簟	43		記夢	
	豐陵行	44		南內朝賀歸呈同官	
	遊青龍寺贈崔補闕	45		朝歸	
	贈崔立之	46		雜詩四首	
	送區弘	47		讀東方朔雜事	
	三星行			譴瘧鬼	84
	剝啄行			示兒	85
	青青水中蒲三首			庭楸	
	孟東野失子			翫月喜張十八以王六至	
	陸渾山火			和李相公播事南郊	
	縣齋讀書	48		和裵僕射相公假山	

문체	작품명(주문공교창려선생집)	창려선생시집	문체	작품명(주문공교창려선생집)	창려선생시집
古詩	題新竹		古詩	與張十八同效阮步兵	
	晩菊			送諸葛覺往隨州讀書	86
	落齒	49		南溪始泛三首	
	哭楊兵部凝陸歙州參		계	172	계 90

　[표 3]에서 보듯이 『창려선생시집』에는 총 90편에 달하는 한유의 시가 수록되어 있다. 작품의 수록 순서는 왕백대가 편찬한 『주문공교창려선생집』의 순서를 그대로 따르고 있다. 다만 마지막에는 수록 순서와 관련 없이 「수최십육소부酬崔十六少府」, 「남산시南山詩」, 「월식시효옥천자작月蝕詩效玉川子作」, 「원화성덕시元和聖德詩」 등 4편을 수록한 것이 눈에 띄는데, 이는 조선의 문인들은 한유의 시 중에서 특히 이 네 작품을 중시한 데 따른 것으로 생각된다. 그 예로 이정구는 10세에 한유의 시문을 좋아하여 「남산시南山詩」를 차운한 시와 「원도原道」를 모의해 지은 글이 조정에서 신동으로 알려진 사실이 있고,[118] 이수광(1563~1628)은 『지봉유설』에서 한유가 「원화성덕시元和聖德詩」에서 어語·어御·우虞·우遇·가哿·개箇·마馬·마禡·유有·유宥 등의 험운險韻을 한 자도 남기지 않고 구사하여 기이한 풍격을 보여주었다고 평한 것을 들 수 있다.[119] [표 3]에서 특히 주목되는 것은 이들 시가 4편의 부賦를 제외하고 모두 고시古詩로 구성되어 있다는 점이다. 이로 보아 조선시대의 문인 학자들은 한유의 시를 학습하면서 율시를 제외한 고시를 중시했음을 보여주는 것으로 생각된다.

---

118) 李植, 「月沙李相國墓誌銘幷序」, 『松亭先生文集』(『한국문집총간』 88책) 권3, 364면. "十歲, 尤好昌黎詩文, 次南山詩, 擬原道文, 傳於朝中, 稱以神童."

119) 李睟光, 「文章部二·詩法」, 『芝峯類說』(한국고전번역원) 권8, 1면. "韓昌黎詩, 多押險韻, 殆不遺一字, 所以示奇也. 嗟元和聖德詩, 雜用語御虞遇哿箇馬禡有宥韻."

5. 맺음말

앞서 살폈듯이 조선에서 갑인자본이 널리 유통되면서 한유문은 여러 형태의 선집 형태로 묶여 활자나 목판으로 간행되었다. 현재 조선에서 간행된 한유 시문 선집은 한유의 산문을 모아놓은 5종의 산문 선집, 한유의 비지문을 채록한 5종의 비지문 선집, 그리고 한유의 부와 고시를 채록해 간행한 『창려선생시집』 등 모두 12종에 달한다. 이와 같이 조선에서 전집 또는 선집으로 유통된 한유의 시문은 조선의 문인 학자들이 문장을 익히는 학습 교재로 널리 사용되었다. 그 예로 문장가인 이식李植은 한유의 글을 문장의 종장으로 여겨 70~80수를 베껴 읽어 종신토록 모범으로 삼아야 한다[120]고 말하거나, 도학가인 이이李珥가 한유의 문장과 『고문진보』, 『시경』, 『서경』의 본문을 읽어 문리를 이루었다[121]고 말한 것을 들 수 있다.

조선에서는 한유의 산문을 고문의 전범으로 인식하면서 특히 그의 비지문을 중시하였다. 그 예로 이건명李健命(1663~1722)은 『창려비지昌黎碑誌』에 쓴 제후題後에서 한유는 비지문에서 사람들의 공명을 기록하고 사실을 기록한 것이 종이 몇 장에 불과하고 평생을 논한 것이 몇 구에 불과하지만, 죽은 이의 사업과 행실이 천년이 지난 지금도 사람들의 입으로 전한다고 하였다.[122] 또한 유신환俞莘煥(1801~1859)은 「독서기讀書記」에서 고염무顧炎武(1613~

---

120) 李植, 「作文模範」, 『澤堂別集』(『한국문집총간』 88책) 권5, 장18b. "韓文文之宗, 不可不先讀, 七八十首抄讀, 若得臭味, 仍以爲終身模範可也."

121) 李珥, 「語錄下」, 『栗谷先生全書』(『한국문집총간』 45책) 권32, 장30b. "今爲文詞, 粗成文理者, 亦別無用工之由, 但管讀韓文古文眞寶詩書大文而已."

122) 李健命, 「題昌黎碑誌卷後」, 『寒圃齋集』(『한국문집총간』 177책) 권9, 494면. "昌黎公爲人銘功德序事實, 多者僅數紙. 其論平生, 亦數句語而止耳. … 考公所撰述諸人, 其事業行誼, 固非皆可徵信後世者, 而一托名於公文, 至今千餘載, 入人人口誦之不倦, 是誰使之然哉."

1682)가 한유의 비지문은 한 사람과 한 집안의 일이 되고 경술經術
과 정리政理와는 관련이 없다고 지적한 것을 비판하면서, 한유의
비지는 문장은 간이하고 언사는 잘 어울려 후세 사람들이 그의 비
지문을 본받으면 큰 잘못이 없을 것이라고 하였다.[123] 앞서 살폈듯
이 조선시대에 한유의 문집에서 그의 비지문을 발췌하여 별도로 간
행한 선집이 5종에 달하는 것은, 위와 같이 그의 비지문이 당대의
문인 학자들에 의해 비지문의 전범으로 인식되었기 때문이다.

　조선시대에 한유 문집이 전국적으로 유포되면서 문인 학자들이
한유의 산문과 함께 그의 고시에 관심을 보여주었다. 그 예로 이수
광이 『지봉유설』에서 "당唐의 문체文體는 한유에 이르러 예스럽게
변하였고, 당의 시체詩體도 한유에 이르러 문文으로 변하였다."[124]
고 말하여, 한유의 시들이 산문적 문체를 띠고 있음을 지적하였다.
또한 장유(1587~1638)는 젊어서 일체의 과거를 위한 시를 짓지 않
고, 한유의 시와 문선에 수록된 시를 읽어 5언 고체시만 지었다고
하였다.[125] 특히 앞 장에서 살폈듯이 이황(1501~1570)은 문종 원
년(1450)에 명明의 한림시강翰林侍講 예겸倪謙이 사신으로 오면서
전한 『상설고문진보대전전집』에 수록된 236편의 시의 원문과 주석
을 재해석하여 『고문전집강해』를 편찬하였는데, 이곳에는 「청청수
중포靑靑水中蒲」에서 「석고가石鼓歌」까지 한유의 시 18편에 대한
강해가 수록되어 있다. 앞서 살폈듯이 조선에서 한유의 문집에서 그

123) 俞莘煥, 「讀書記下」, 『鳳棲集』(『한국문집총간』 312책) 권7, 117면. "顧亭林, 譏韓昌黎作碑誌
曰: 正爲一人一家之事, 而無關於經術政理之大, 其言是也. 然昌黎碑誌, 以文則簡, 以辭則稱,
未嘗兩喜而溢美, 如後世之爲, 爲銘者, 若以昌黎爲法, 則亦可以無大過矣."

124) 李睟光, 「文章部一・文體」, 『芝峯類說』 권8. "唐之文體, 至昌黎始變而古矣, 唐之詩體, 至昌黎
始變而文矣."

125) 張維, 「余少喜古文不肯業詩」, 『谿谷先生漫筆』(『한국문집총간』 92책) 권1, 593면. "余少喜古
文, 不肯業詩, 以詞賦應監試. 生來不作一首程式詩, 嘗讀昌黎詩及文選諸詩, 時作五言古體而已."

의 부와 고시 90편을 발췌하여 『창려선생시집』을 간행한 것을 통하여, 한유의 고체시가 당대의 문인 학자들에 의해 고시의 전범으로 인식되었음을 알 수 있다.

IV

윤근수의 『한문토석』 편찬

1. 머리말

조선 중기의 문장가 윤근수尹根壽(1537~1616)의 문집인『월정집별집月汀集別集』 권2~권3에는『한문토석韓文吐釋』 상하권上下卷이 수록되어 있다. 윤근수는 1580년에 개성유수로 있으면서 안평활자安平活字로 한유의 문장을 선별해『한문韓文』을 간행할 정도[126]로 한유의 문장에 관심이 많았으며, 동지중추부사同知中樞府事로 있던 최립崔岦(1539~1612)과 한유의 문장에 대해 토론한 내용을 모아『정의집람訂疑集覽』이라는 이름을 붙이기도 하였다.[127]『한문토석』은 이것을 목판으로 간행한 것이다. 이 책은 최립이 동지중추부사로 재임했던 선조 39년(1606) 6월부터 선조 40년(1608)년 12월 사이에 완성된 것으로 추정된다. 윤근수는 선조 말년에 이책과 함께 사서四書와『사기史記』에 구결口訣을 달고 주석을 붙여놓았으나 선조의 환후로 인하여 계청啓請할 기회를 얻지 못하다가, 선조의 삼년상이 끝난 광해군 3년(1610)에 차자箚子를 올려 승문원

---

126) 尹根壽,「月汀尹先生別集序」,『月汀集』(『한국문집총간』 47책) 권4, 230면. "今玆之印, 則用安平活字, 印且訖, 將以試諸生之作, 而高下之而賞之. 蓋屢其試焉, 而韓文復中其首焉, 輒以一帙贈之."

127) 尹根壽,『韓文吐釋』下,『月汀別集』(『한국문집총간』 47책) 권3, 362면. "韓文則曾從同知崔岦, 相與往復訂正, 寫成訂疑集覽上下卷."

承文院의 사자관寫字官과 홍문관弘文館의 서사書寫에게 사출寫出하도록 명할 것을 청하였다.[128]

'토석吐釋'은 현토懸吐에서의 '토吐'와 주석注釋에서의 '석釋'을 합친 단어이다. 윤근수와 최립은 「원씨선묘비袁氏先廟碑」를 토석하여 "㉮금제애기불천김석음성사공가시재렬상용호니기해이칙치매어장구이오今祭厓旣不薦金石音聲使工歌詩載烈象容爲尼其奚以飭稚昧於長久里五. 전승면유출前承面諭出, 주석왈注釋曰 ㉯금제기불능여고제천김석今祭旣不能如古制薦金石, 지상용여차止象容如此, 하족이칙치매어장구何足以飭稚昧於長久. ㉰여차이자如此二字, 역공불수유지亦恐不須有之, 행경상시幸更詳示. ○㉱여차이자如此二字, 개언금제불능여고지의이미창蓋言今祭不能如古之意而未暢, 산지무방刪之無妨."이라고 하였다. ㉮에서 '애厓', '호니爲尼', '이오里五' 등은 최립이 본문에 구결을 단 것이고, ㉯는 최립이 본문을 주석注釋한 것이다. ㉰는 윤근수가 최립이 주석한 내용을 질의한 것이고, ㉱는 최립이 윤근수의 질의에 대해 답한 것이다. 이로 보아 현토懸吐는 해당 구句에 토吐(口訣)를 단 것이고, 주석注釋은 본문의 뜻을 풀이한 것으로 생각된다. 윤근수와 최립이 한유의 문장을 토석한 것은 「원도原道」에서 「청천현종묘의請遷玄宗廟議」까지 모두 129편이고, 두 사람이 주고받은 항목 수는 총 387개에 이른다.

선조 연간(1567~1608)에는 경서의 현토와 언해諺解 작업이 활발하게 진행되었다. 당시에 박세무朴世茂의 『경적토석經籍吐釋』, 이황李滉의 『사서삼경석의四書三經釋義』, 유희춘柳希春의 『사서

---

128) 尹根壽, 「註解經史箚」, 『月汀集』 권4, 230면. "至於繕寫之人, 則承文院寫字官, 弘文館書寫中, 量數來寫, 以期訖役, 不勝幸甚. 臣曾於先朝, 每擬撰出投進, 而緣先王末年聖候失寧, 欲待平復, 方有所啓講, 而不幸龍馭上賓, 再期已過, 今始一言, 情亦感矣."

구결四書口訣』, 이이李珥의『사서토석四書吐釋』등이 간행되었다. 특히 선조 17년(1584)에는 성균관에 경서교정청經書校正廳을 설치되었는데, 이곳에서는 사서오경의 언해와 함께『소학언해小學諺解』, 『효경언해孝經諺解』등이 간행되었다. 윤근수는 선조 35년(1602)에 시작된『주역』의 구결口訣 사업에 수당상首堂上으로 참여하였다. 최립도 이 사업에 당상堂上으로 위촉되었지만 공사控辭를 올려 참여하지 않았고, 2년 후 간성군수杆城郡守로 재임하면서『주역본의구결부설周易本義口訣附說』을 완성하여 선조에게 올렸다.129)『한문토석』은 조선 중기를 대표하는 두 문장가가 경서와 사서에 구결을 달거나 주석을 하는 과정에서 나온 것으로, 이곳에는 두 사람이 필생의 사업으로 한유의 문장을 연찬하며 체득한 문장관의 핵심 내용들이 실려 있다. 본 장에서는 이 책의 저본과 기본 방향, 산문사적 의미 등을 중심으로 논의를 전개해보기로 한다.130)

2. 저본의 활용 양상

앞서 살폈듯이 송대에 한유 시문의 주석서들을 종합해 간행한 책으로는 두 종류가 있다. 하나는 위중거魏仲擧가 1200년 복건성福建省 건양현建陽縣에서 간행한『오백가주음변창려선생집五百家註音辨昌黎先生集』이다. 다른 하나는 왕백대王伯大가 1227년 복건성福建省 남검주南劍州에서 간행한『주문공교창려선생집朱文公校昌黎

---

129) 심경호,『조선시대 漢文學과 詩經論』(일지사, 1999), 116면.

130)『한문토석』에 대한 연구는 심경호 교수가 앞의 책에서 심도 있게 다루었다. 이 책은 'Ⅱ-4. 최립과 윤근수의 《韓文吐釋》에서『한문토석』의 저본과 구결 방식, 오독 내용과 현토의 한계 등에 대해 언급하였다. 본 발표의 논제를 설정하거나 내용을 구성하는 데 이 글이 많은 도움이 되었다.

先生集』이다. 세종은 당시 조선에서 널리 유통하고 있던 두 책의 원문과 주석에 적지 않은 문제가 있다고 판단하고, 집현전 학사였던 최만리崔萬理와 김빈金鑌 등에게 명하여 한유의 문집을 새로 편찬할 것을 명하였다. 그 결과 세종 20년(1428)에 송대의 판본과는 확연히 다른 형식과 내용을 갖춘『주문공교창려선생집』이 갑인자로 간행되었다. 갑인자본의 편찬자들은 주희가 한유 문집을 편찬한 목적에서 벗어나지 않는 범위 안에서 오백가주본에 수록된 자구字句의 운용이나 편장編章의 구성 등과 같이 작문기법과 관련된 정보들을 폭넓게 수용하였다. 이와 같은 갑인자본의 편찬 방향은 윤근수와 최립이 한유문의 성격을 파악하는 데 적지 않은 영향을 끼쳤을 것으로 생각된다.

위와 같이 세종의 명에 의해 갑인자로 간행된『주문공교창려선생집』은 여러 차례 활자와 목판으로 중간되어 전국적으로 널리 유통되었고, 한유의 시문은 조선의 문인 학자들이 고문을 익히는 데 많은 영향을 주었다. 윤근수와 최립은 조선에서 유행한 3종의 한유문집 중에서 갑인자본을 저본으로 사용하여 한유의 문장을 토석하였다.131) 이를 구체적으로 알아보기 위해『한문토석』에서 인용한 주석을 3종의 주석과 비교하면 다음과 같다.

[표 1] 『한문토석』과 3종 판본의 주석 비교

판본 작품	韓文吐釋	別本韓文考異 (사고전서본)	五百家註音辨昌 黎先生集 (사고전서본)	朱文公校昌黎先生集 (갑인자본)
與鄂州 柳公綽 中丞書 又一首	爲士卒前行者前行謂先士卒而行耶抑謂爲士卒前列而行字音則杭耶今考本文此下㉠注行戶郞	爲士卒前行者獨閒下奮然率先揚兵界上將二州之守親出入行間	爲士卒前行者獨閒下奮然率先揚兵界上將二州之守親出入行間	爲士卒前行者獨閒下奮然率先揚兵界上將二州之守親出入行間 ㉡[附註]行戶郞切

131) 심경호, 앞의 책, 117면.

판본 / 작품	韓文吐釋	別本韓文考異 (사고전서본)	五百家註音辨昌黎先生集 (사고전서본)	朱文公校昌黎先生集 (갑인자본)
	切云ㅇ恐只謂爲士卒前列況有㉠本注反切則可據明矣			
送齊暭下第序	不以閡於有司㉮本注孫曰禮記儒有不累上不閡有司註閡, 病也	不以閡於有司其不亦鮮乎哉旣至矣㉵方作旣不得志矣ㅇ今按上文曰我之未至也下文曰我未也則此作至爲是未下或有至字	不以閡於有司㉶孫曰禮記儒有不累上不閡有司注閡病也	不以閡於有司其不亦鮮乎哉旣至矣㉷方作旣不得志矣ㅇ今按上文曰我之未至也下文曰我未也則此作至爲是未下或有至字 [附註]孫曰禮記儒有不累上不閡有司注閡病也
送王含秀才序	吾又以爲悲醉鄉之徒不遇也ⓐ本注爲字疑衍	吾又以爲悲醉鄉之徒不遇也ⓑ爲字疑衍	吾又以爲悲醉鄉之徒不遇也ⓒ孫曰不遇謂不得聖人而師之	吾又以爲悲醉鄉之徒不遇也ⓓ爲字疑衍 [附註]孫曰不遇謂不得聖人而師之
石鼎聯句詩序	道士奮曰不然①本注奮下或有髯字	道士奮曰不然章不可以不成也②奮下或有髯字或有目字或有然字ㅇ今按恐或有髯字	道士奮然曰不然③一作髯張蔡作目章不可不成也然	道士奮曰不然章不可以不成也④奮下或有髯字或有目字或有然字ㅇ今按恐或有髯字
河南少尹裴君墓誌銘	晉陽之色㉠注晉陽復所居也	晉陽之色愉愉翼翼㉡色或作邑	晉陽之邑㉢孫曰晉陽復所居也。邑或作色非愉愉翼翼	晉陽之色愉愉翼翼㉣色或作邑 [附註]孫曰晉陽復所居也
國子助教河東薛君墓誌銘	己巳後我㉯注今按此云己巳者必其子之小字也	公儀之子己巳後我㉰己巳後我或作爲己後今按此云己己者必其子之小字也	公儀之子爲己後㉱石本作己巳後我補注己巳蓋公儀之子小字也	公儀之子己巳後我㉲己巳後我或作爲己後今按此云己己者必其子之小字也

　　[표 1]에서 보듯이 3종의 판본에서 『한문토석』에 인용된 여섯 개의 '본주本注'가 모두 수록되어 있는 주석본으로는 갑인자본이 유일하다. 이를 구체적으로 살펴보면 여섯 개의 '본주'에서 ㉠ '주행호랑절注行戶郎切'은 갑인자본에만 실려 있고, ㉮ '본주손왈예기유유불

루장상本注孫曰禮記儒有不累長上'과 ① '본주분하혹유염자本注奮下或有髥字'는 오백가주본과 갑인자본에 실려 있다. ⓐ '본주위자의연本注爲字疑衍'과 (ㄱ) '주진양부소거야注晉陽復所居也'는 주자교본과 갑인자본에 실려 있고, (가) '주금안차운기사자필기자지소자야注今按此云己巳者必其子之小字也'는 3종의 주석서에 모두 실려 있다. 이로 보아 윤근수와 최립이 한유의 문장을 토석하면서 활용한 저본은 갑인자본일 것으로 생각된다.

앞 장에서 살폈듯이 갑인자본은 주희의 교감을 주主로 하여 『한문고이』의 원주原註를 해당 구句에 붙였고, 구가 끊어지지 않는 원주는 구가 끊어지는 곳에 옮겨 넣었다. 이어 위중거의 『오백가주음변창려선생집』과 한순韓醇의 『고훈詁訓』에서 다시 상세하게 갖춰진 것을 뽑아 주자주朱子註의 아래에 붙이고 [부주附註]라고 써서 주자주와 구별하였다.[132] 또한 갑인자본은 제가의 주석으로는 행간의 의미를 제대로 파악하기 어렵거나 예시된 용례들이 본문과 어울리지 않을 경우, 행간의 의미를 다시 풀이하거나 각종의 전적을 인용해 새로운 용례를 제시하였다. 갑인자본의 편찬 방향을 살펴보기 위해 오백가주본과 갑인자본의 「원도原道」의 두주頭註와 미주尾註에 수록된 주석을 비교하면 다음과 같다.

---

132) 『世宗實錄』 권83, 175～176면. "韓主朱本, 逐節, 先書考異, 其元註入句, 未斷者, 移入句斷. 五百家註及韓醇詁訓, 更采詳備者, 節附考異之下, 白書附註以別之."

[표 2] 오백가주본과 갑인자본의 주석 비교

판본 작품	五百家註音辨昌黎先生集 (조선목판본)	朱文公校昌黎先生集 (갑인자본)
原道	頭註:樊曰淮南子以原道首篇許氏箋云原本也公所作原道原性等篇史氏謂其奧衍宏深與孟軻揚雄相表裏而佐佑六經誠哉是言東坡謂曰自孟子後能將許大見識尋求古人其斷然曰孟子醇乎醇荀與揚也擇焉而不精語焉而不詳若非有見識豈千餘年後便斷得如此分明伊川亦曰退之晚年作文所得甚多如曰軻之死不得其傳似此言語非是蹈襲前人又非鑿空撰得必有所見二先生之論豈輕發者哉補注㋀山谷嘗曰文章必謹布置每見後學多告以原道命意曲折後以此覈求古人法度如老杜贈韋見素詩布置最得正體如官府甲第廳堂房室各有定處不可亂也韓文公原道與書之堯典蓋如此石介守道曰孔子之易春秋自聖人以來未有也吏部原道原人原毀行難禹問佛骨表諍臣論自諸子以來未有也 尾註:月溪姜氏廣原道曰楊墨之道各執其偏皆足以爲道之賊也雖然周衰兼愛之道微而爲我之道勝故原道之作首以博愛爲言而終之曰鰥寡孤獨癈疾者有養也至讀墨子則又取其兼愛之義以爲與孔子合孔子必用墨子墨子必用孔子不相用不足爲孔墨作王承福傳曰蓋所謂獨善其身者也然吾有譏焉謂其自爲也過多其爲人也過少其學楊朱之道者耶凡此皆以伸兼愛之道破爲我之賊後世未有能明之者猶執孟子無父之說而排之是不通于世變者也㋐樊曰蘇子由曰愈之學朝夕從事于仁義禮智刑名度數之間自形而上者愈所不知也原道之作遂指道德爲虛位而斥佛老與楊墨同科豈爲知道哉韓愈工于文者也㋑張芸叟曰張籍嘗勸愈排佛老者不若著書愈亦嘗以書反復之旣而原道原性等篇皆激籍而作其原道也大抵言敎其原性也大抵言情云云㋒子由所云釋氏柳子厚在當時于送僧浩初序已有此論而芸叟指謫紛然蓋少作也今其畫塈集刪之矣學者其審之	頭註:樊曰淮南子以原道首篇許氏箋云原本也公所作原道原性等篇史氏謂其奧衍宏深與孟軻揚雄相表裏而佐佑六經誠哉是言東坡謂曰自孟子後能將許大見識尋求古人其斷然曰孟子醇乎醇荀與揚也擇焉而不精語焉而不詳若非有見識豈千餘年後便斷得如此分明伊川亦曰退之晚年作文所得甚多如曰軻之死不得其傳似此言語非是蹈襲前人又非鑿空撰得必有所見二先生之論豈輕發者哉㋀山谷嘗曰文章必謹布置每見後學多告以原道命意曲折後以此覈求古人法度如老杜贈韋見素詩布置最得正體如官府甲第廳堂房室各有定處不可亂也韓文公原道與書之堯典蓋如此石介守道曰孔子之易春秋自聖人以來未有也吏部原道原人原毀行難禹問佛骨表諍臣論自諸子以來未有也 尾註:月溪姜氏廣原道曰楊墨之道各執其偏皆足以爲道之賊也雖然周衰兼愛之道微而爲我之道勝故原道之作首以博愛爲言而終之曰鰥寡孤獨癈疾者有養也至讀墨子則又取其兼愛之義以爲與孔子合孔子必用墨子墨子必用孔子不相用不足爲孔墨作王承福傳曰蓋所謂獨善其身者也然吾有譏焉謂其自爲也過多其爲人也過少其學楊朱之道者耶凡此皆以伸兼愛之道破爲我之賊後世未有能明之者猶執孟子無父之說而排之是不通于世變者也

[표 2]에서 ㉮는 한유가 도덕을 허위虛位라고 말하거나 불교와 노자를 배척하기를 양주와 묵적을 배척한 것과 동등하게 여겼다는 내용이고, ㉯는 한유가 저서를 통해 불로佛老를 배척하였다는 내용이며, ㉰는 ㉯의 주석이 이미 유종원이 말한 것으로 존재 의미가 없다는 내용이다. 앞 장에서 살폈듯이 주희는 '문이재도文以載道'로 일컬어지는 도학적 문학관이 구현된 문장의 전형을 제시하고자, 고도의 철학적 사유를 기반으로 체계화한 심미 기준에 따라서 한유 문장의 득실과 공과를 논하였다. 갑인자본의 편찬자들은 오백가주본에 수록된 ㉮, ㉯, ㉰의 내용이 주희가 도학적 문학관에 의거해 한유의 문장을 교감한 목적에 부합하지 않다고 보고 모두 제외하였다.

㉠은 황정견이 「원도」의 작문기법에 대하여 포치布置가 근엄謹嚴하고 명의命意가 곡절曲折하다고 평한 내용으로, 오백가주본과 갑인자본에 모두 수록되어 있다. 앞 장에서 살폈듯이 위중거는 도학적 문학관이 주도면밀하게 적용되어 있는 주희의 주석을 배제하고, 특정한 견해나 편향된 주제에서 벗어나 다양한 내용의 주석들을 독자들에게 제공하였다. 따라서 그는 기존의 주석서에서 일부 내용이 중복되더라도 가능하면 제가들의 주석을 첨삭 없이 제시하여, 독자들이 한유의 글을 이해하는 데 필요한 정보들을 두루 접할 수 있게 하였다. 갑인자본의 편찬자들은 주희가 한유 문집을 편찬한 목적에서 벗어나지 않는 범위 안에서 오백가주본에 수록된 자구字句의 운용이나 편장編章의 구성 등과 같이 작문기법과 관련된 정보들을 폭넓게 수용하였다. 이와 같은 갑인자본의 편찬 방향은 윤근수와 최립이 한유문의 성격을 파악하는 데 적지 않은 영향을 끼쳤을 것으로 생각된다.

3. 토석의 주요 내용

1) 탈주자적 문장론의 발명

주희는 주돈이의 '문이재도文以載道'설에 기초해 재도의 의미를 면밀하게 밝히는 한편, 정이의 '작문해도作文害道'설에 의거해 축말逐末의 폐해를 신랄하게 비판함으로써 재도론載道論으로 일컬어지는 도학가의 문학이론을 확립하였다.[133] 그가 "문은 모두 도를 따라 나오는 것인데, 어찌 문이 도리어 도를 꿰뚫을 수 있는 이치가 있겠는가? 문은 문이고 도는 도이다."[134]라고 하여, 도학적 입장에서 '문이관도文以貫道'로 대표되는 고문이론을 비판한 것이 단적인 예이다. 윤근수와 최립은 한유의 문장을 토석하면서 주희가 한유의 시문을 교감하면서 주도면밀하게 적용시킨 도학적 문학관을 극복할 수 있는 문장가적 문장이론을 모색하였다.

① 閑如通其術則吾不能知矣: "고한高閑이 만약 '선환善幻'과 '다기多技'의 기예에 통했다면 이는 상리常理의 밖에 있는 것으로 상정常情으로는 헤아릴 수 있는 것이 아니므로 나는 알 수 없는 것이다." 이와 같이 주석하면 어떨지 모르겠습니다. 만약 이 말이 타당하지 않다면 지우는 것이 어떨까요? ○ 내가 들은 바로는 '선환善幻'과 '다기능多技能'이라는 것은 다만 이것을 서예의 오묘함에 또한 통하지 않은 것이 없다고 한 것이니, 혹여 이것도 하나의 도道이기는 하나 내가 알 수 있는 바가 아니라는 것입니다. 서예도 기예라고 말할 수 있고, 육예六藝의 기예이므로 그 자체로 상어常語가 됩니다. 또한 '통通'자는 '추구推究하여

133) 郭紹虞, 『照隅室古典文學論集』(丹靑圖書有限公司, 中華民國 74년), 251면.

134) 黎靖德 編, 『朱子語類』(『문연각사고전서』 701책) 권139, 「論文上」. "這文皆是從道中流出, 豈有文反能貫道之理. 文是文, 道是道."

마침내 통하게 되다'는 뜻이 있습니다.135)

①은 한유가 「송고한상인서送高閑上人序」의 끝에서 "연오문부도인선환다기능然吾聞浮屠人善幻多技能, 한여통기술閑如通其術, 칙오불능지의則吾不能知矣."라고 말한 것을 논한 것이다. 주희는 '선환善幻'에서의 '환幻'자를 '사혹詐惑'의 의미로 해석하고, 그 예로 칼을 삼키거나 불을 토하는 기법을 들었다.136) 윤근수는 이와 같은 주희의 해석에 근거해 "한여통기술閑如通其術, 칙오불능지의則吾不能知矣."를 주석하면서 '고한高閑의 초서草書가 마술로 사람을 홀리는 것과 같은 기술에 의한 것이라면, 이는 평상의 이치에는 맞지 않는 것이므로 상정常情으로 헤아릴 수 있는 것이 아니다.'라고 하였다. 그러나 최립은 주희의 해석에서 벗어나 '환幻'자에 새로운 의미를 부여하였다.

최립은 '선환善幻'에서의 '환幻'자를 '묘妙'자로 대체하여 '예술의 오묘한 경지에 도달한 모습'으로 해석하였다. 그는 이를 근거로 '선환善幻'은 고한高閑의 초서草書가 육예六藝의 하나인 서예의 지극한 경지에 이른 모습을 표현한 것으로 성인의 도道와 구별되는 또 하나의 도道라고 하였다. 따라서 그는 서예의 지극한 경지에 도달했음을 의미하는 말로 사용된 '선환善幻'은 상어常語로 사용하는 데 문제가 없다고 하였다. 이어 그는 '통기술通其術'에서 '통通'자를 '추구推究하여 마침내 통하게 되었다'는 뜻으로 해석하여, 고한高閑

<hr />

135) 尹根壽, 『韓文吐釋』上, 『月汀別集』권2, 346면. "閑如通其術則吾不能知矣: 閑若通其善幻多技之術, 則此在常理之外, 非常情所可測, 吾所不能知矣. 輒注釋如此, 未知如何. 若此語未當, 則抹改如何. ○恐吾所聞, 則善幻多技能也, 但以此而於書之妙, 亦無所不通, 則或是一道, 而非吾之所能知也. 書可謂之術, 六藝之術, 自是常語. 且通字有推而逐通之義."

136) 王伯大 編, 『別本韓文考異』(『문연각사고전서』 1073책) 권4, 장 29a, 「崔十六少府攝伊陽以詩及書見投因酬三十韻」註, "此語乃善幻注. 幻相詐惑也. 即今吞刀吐火植種樹人截馬之術."

이 초서를 추구하여 오묘한 기예를 통달한 것을 의미한다고 하였다.

　최립이 위와 같이 고한의 초서를 도의 하나로 보고 그가 도달했던 예술창작의 오묘한 경지를 높이 평가한 것은, 최립이 「여장로권서如長老卷序」에서 '여장로如長老가 도달한 그림과 판각의 오묘한 경지에 대해 천기天機를 얻었다.'[137]고 평한 것과 같은 맥락이다. 이와 달리 주희는 한유가 「여맹상서與孟尙書」에서 '요자흉중무체애要自胷中無滯礙, 이위난득以爲難得.'이라고 하여 승려 대전大顚을 칭예한 것에 대해, '한유의 학문이 비록 대용大用의 유행을 안 것은 있으나 본연本然의 전체에 대해서는 보지 못했으며, 일용하는 사이에 존양存養・성찰省察을 체현하지 못하였다고 하였다. 이런 까닭에 한유가 비록 자임한 것이 무겁지 않은 것은 아니나 평생 문자 언어의 공교함에서 벗어나지 못하였다.'[138]라고 비판하였다. 이로 보아 최립은 문예론적 관점에서 두 승려를 높이 평가한 반면, 주희는 도학적 사유를 잣대로 한유의 승려 존숭 태도를 비판한 것으로 생각된다.

　② 文從字順各職職: 이것은 문자文字가 각각 그 본분을 감당하는 것을 말합니다. 주희가 「한문고이서韓文考異序」에서 명기明記지는 않았으나 "한유는 반드시 '문종자순文從字順'하여 각각 그 본분을 알았다."고 일컬으며 운운한 것은 이 말을 사용한 것인 듯합니다. 그렇다면 이 명문銘文의 '각직직各職職'은 또한 '각식직各識職'으로 되어야 하는 것이 당연합니다. ○ 이것은

---

137) 崔岦, 「送柳西坰赴京師序」, 『簡易集』(『한국문집총간』 49책) 권3, 298면. "今如如公者, 丹靑之妙, 剞劂之能, 顧令國工汗顔而袖手. 觸類而長之, 凡有所迫而爲思之, 俄頃無不倣出. 人亦不覺有生熟之間, 苟非天機, 則不能如是其周也."

138) 王伯大 編, 『別本韓文考異』 권5, 장10b, 「與孟尙書」 註, "蓋韓公之學, 見於原道者, 雖有以識夫大用之流行, 而於本然之全體, 則疑其有所未睹, 且於日用之間, 亦未見其有以存養省察, 而體之於身也. 是以, 雖其所以自任者, 不爲不重, 而其平生用力深處, 終不離乎文字言語之工."

혹여 그럴 것입니다. 또 한 가지가 있습니다. 예전에 이 명문을 읽고 그 어의語意가 서로 어울리지 않는다고 의심하여, 문자文字를 너무 가볍게 말하고 신성神聖을 너무 무겁게 말했다고 생각하였으나, 뒤에 '구求'자와 '촉躅'자를 음미해보니 매우 긴밀하였습니다. 옛 신성의 도를 구하고자 하면 문자에 존재하므로, 남은 행적으로 생각하고 순조롭게 행하여 직분을 감당하면 또한 도에 가깝게 된다는 것입니다. 이에 한유와 소술紹述이 '문文을 통하여 도道에 들어간 것 [인문입도因文入道]'에 가까이 간 것은 우연이 아니고, 앞에서 '앞사람을 도습蹈襲하지 않았다.'고 말한 것은 기궤奇詭함을 좋아하여 그런 것이 아니라는 것을 알았습니다. 어떻습니까?[139]

②는 윤근수가 「남양번소술묘지명南陽樊紹述墓誌銘」의 명문銘文인 '문종자순각직직文從字順各職職'을 교감하여 '각직직各職職'이 '각식직各識職'으로 되어야 한다고 최립에게 말한 것이다. 윤근수는 그 이유로 주희가 「한문고이서韓文考異序」에서 "문종자순文從字順, 각식기직各識其職."이라고 말한 것을 예로 들었다.[140] 최립은 이와 같은 윤근수의 주장에 동의하고, 이어 이 명문의 의미를 새롭게 해석하였다. 그는 처음 전문이 "유고어사필이출惟古於詞必己出, 강이불능내표적降而不能乃剽賊, 후개지전공상습後皆指前公相襲, 후한흘금용일률後漢迄今用一律. 요요구재막각속寥寥久哉莫覺屬, 신조성복도절색神徂聖伏道絶塞. 기극내통발소술旣極乃通發

139) 尹根壽, 『韓文吐釋』下, 『月汀別集』 권3, 360~361면. "文從字順各職職, 此謂文字各識其職耶, 韓文考異朱子序, 不能明記, 似謂韓公必以文從字順, 各識其職云云, 卽是用此語也. 然則此銘各職職, 亦當作各識職耶. ○恐此或然. 且有一焉. 嘗讀此銘, 疑其語意不倫, 以爲文字之云太輕, 神聖之云大重, 而後乃味之求字躅字, 極緊. 蓋欲求古神聖之道, 在於文字, 爲其餘躅, 而從順職職. 又近於道. 於是知韓公之與紹述, 庶幾由文入道之不偶然也, 向云不襲蹈前人, 非好奇之爲也. 如何."

140) 윤근수와 최립이 한유문을 토석하면서 저본으로 활용한 한유 문집은 세종 20년에 갑인자본인데, 이 책을 복각한 훈련도감자본에는 이 글의 원문이 '文從字順各職職'으로 되어 있다(『朱文公校昌黎先生集』 권34, 장3b). 그러나 『문연각사고전서』에 수록된 『別本韓文考異』와 『五百家註音辨昌黎先生集』에는 모두 '各識職'으로 표기되어 있다.

紹述, 문종자순각식직文從字順各識職, 유욕구지차기촉有欲求之此其躅."으로 되어 있는 명문을 읽고, 이 글이 문자文字를 가볍게 여기고 신성神聖을 중시한 것으로 이해하였다. 그러나 그는 후에 마지막 구인 '유욕구지차기촉有欲求之此其躅'에서의 '구求'와 '촉躅'이 의미상으로 긴밀하게 연결되어 있다고 보았다. 곧 그는 이 명문이 옛 신성의 도를 구하려면 그 도를 기록해놓은 문자에서 구해야 하므로, 문자를 신성이 남긴 행적으로 생각하고 순조롭게 지어서 직분을 잘 감당하면 신성의 도에 가깝게 된다고 보았다. 이를 통해 그는 한유와 번소술이 '문文을 통하여 도道에 들어간 것[因文入道]'이라는 명제를 도출하였다.

최립이 위의 글에서 한유와 번소술이 '문을 통하여 도에 들어갔다.'라고 말한 것은, 주희가 도학적 문학관에 기초하여 이 명문을 비판한 것과는 차이가 있다. 주희는 이 명문에서 한유가 후대의 문인들의 문장이 독창적이지 못한 것만으로 "신성이 떠나고 숨었다."라고 탄식한 것은, 도와 문을 분리시켜 두 물건으로 만들어 그 경중輕重과 완급緩急, 본말本末과 주객主客의 구분을 거꾸로 매달아 도치시킨 것141)이라고 지적하였다. 또한 그는 「한문고이서韓文考異序」에서 "한유가 글을 지을 때는 비록 힘써 진언陳言을 버리는 것을 일삼았으나, 반드시 문자가 순조롭게 이어져 각각 그 본분을 아는 것을 귀하게 여겼다."142)고 말하여, '문종자순文從字順'을 작문상의 한 특징으로 '역거진언力去陳言'과 상반된 개념으로 보았다. 이와 달리 최립은 한유가 '신조성복神徂聖伏'이라고 탄식한 것은

---

141) 朱熹, 「讀唐志」, 『朱熹集』(四川教育出版社, 1996) 권70, 3655면. "其論當世之弊, 則但以詞不己出, 而遂有身徂聖伏之嘆. … 蓋未免裂道與文以爲兩物 而於其輕重緩急 本末賓主之分 又未免於倒懸而逆置之也."

142) 朱熹, 「韓文考異序」, 『晦庵集』(『문연각사고전서』 1143책) 권76, 장46a~장46b. "抑韓子之爲文, 雖以力去陳言爲務, 而又必以文從字順各識其職爲貴."

떠나거나 숨어버린 신성의 행적을 문자로 직분에 따라서 순조롭게 지으면 신성의 도에 가깝게 된다는 것으로 보고, 이를 통해 '인문입도因文入道'로 표현되는 문장가의 고문이론을 정립하였다. 이에 따라 그는 한유가 번소술의 문장이 "앞사람을 도습蹈襲하지 않았다."고 말한 것은, 그가 기궤奇詭함을 좋아해서 그런 것이 아니라 그의 문장이 문자마다 각각 본분에 따라 순조롭게 이어져 성인의 도에 들어갔음을 밝힌 것이라는 결론을 도출하였다.

2) 문장의 조직과 수사기법

장유張維(1587~1638)는 최립이 "글을 지을 때는 고심하고 침잠하여 1구一句, 1자一字가 모두 고문을 본받았고, 초고를 서너 번을 고치지 않으면 내어놓지 않았다."[143]고 하였다. 최립이 윤근수와 한유의 문장을 토석하면서 논쟁을 벌인 곳곳에는 이와 같은 그의 작문 태도가 잘 나타나 있다. 이들은 '이근已', '무毋', '무無', '이而', '위爲', '구苟', '행幸', '우又' 등의 문자의 운용은 물론 '구句', '두讀', '맥脈', '단段' 등과 같은 문장의 구성단위들의 역할과 기능에 대해 다각도로 논의를 펼쳤고, '함축含蓄', '비유譬喩', '인용引用', '서사敘事' 등과 같은 용어를 활용하여 문장의 수사기법에 대해 언급하였다. 이곳에서는 두 문장가가 평소 관심을 가졌던 자구字句의 운용과 문장의 조직, 수사적 표현과 방법 등에 대한 단상斷想을 펼친 내용을 중심으로 그 의미를 살펴보기로 한다.

③ 제1차: **屬而和之**爲也**苟在編者咸可觀也**爲尼. '화지和之'

---

143) 張維, 「簡易堂集序」, 『谿谷集』(『한국문집총간』 92책) 권6, 110면. "其爲文, 刻意湛思, 一句字皆繩墨古作者, 草稿不三四易, 不出也."

자 아래에 '구재苟在'자가 있으므로, '하야爲也'라고 토를 다는 것은 타당하지 않습니다. '하니爲尼'로 토를 달고 '가관야하니可觀也爲尼'토를 '라羅'로 하면 어떨까요? ○ 항상 고문에서 '구苟'자를 운용하는 것을 보면 지금 사람들의 문장 '구약여차칙苟若如此則'에서의 '구苟'와는 같지 않습니다. 이것은 단지 '다만 책 속에 있는 것을 모두 볼 수 있다.'는 것을 말합니다. 옛사람들이 또한 '단但'자를 '범凡'자로 해석하였으니 '거견據見'이라는 말입니다. '화지和之'자 아래에는 당연히 '하야爲也'로 토를 달아야 합니다. 제2차: '하니爲'로 토를 달아야 하는 것은 의문의 여지가 없습니다. ○ 거듭 '하니爲尼'로 토를 달면, 보지 않으면 안 되는 것 같으므로 크게 옳지 않습니다.[144]

③은 한유의 「형담배균양빙창화시서荊潭裴均楊憑唱和詩序」를 토석한 것이다. 최립이 "속이화지하야구재편자함가관야하니屬而和之爲也苟在編者咸可觀也爲尼."라고 토를 달았는데, 윤근수는 '화지和之'자의 아래에 '苟在'자가 있는 것으로 보아 '화지하야和之爲也'를 '화지하니和之爲尼'로 '가관야하니可觀也爲尼'를 '가관라可觀羅'로 바꾸는 것이 타당하다고 하였다. 이에 대해 최립은 고문에서 '구苟'자는 '단但'자의 의미로 사용되고 있어 지금 사람들이 '구약여차苟若如此'에서의 '구苟'자의 의미로 사용하는 것과는 다르다고 하였다. 그는 옛사람들은 이 '단但'자를 '거견據見'의 의미를 지닌 '범凡'자로 풀이한 것으로 보아, "구재편자苟在編者, 함가독야咸可觀也."는 "두루 책에 있는 것에서 모두 볼 수 있다."라고 해석되므로 '화지하니和之爲尼'보다는 '화지하야和之爲也'가 옳다고 하였다. 이어 윤근수

---

144) 尹根壽, 『韓文吐釋』上, 『月汀別集』권2, 345면. "제1차: 屬而和之爲也苟在編者咸可觀也爲尼. 和之下有苟在字, 爲也吐未妥, 欲作爲尼. 可觀也爲尼吐, 作羅如何. ○常見古文用苟字, 不似今人文苟若如此則之苟字. 此只謂但在編中者, 咸可觀. 古人亦訓但爲凡, 蓋據見之辭. 和之下, 當著爲也吐. 제2차: 恐着爲尼吐, 無疑. ○再恐若着爲尼吐, 則似以爲不可不觀也. 大不是."

가 재차 '화지하니和之爲尼'가 타당하다고 주장하자, 최립은 '화지하니
和之爲尼'라고 토를 달면 '보지 않을 수 없다.'는 뜻이 되므로 옳지
않다고 답하였다. 고문古文과 속문俗文에서 '구苟'자가 다르게 운
용된 사실에 유의하여 "속이화지屬而和之, 구재편자함가관야苟在
編者咸可觀也."의 의미를 풀이한 것이다.

④ 且萬無母子俱往理請於朝: 당나라 때에 먼 지역의 자사
刺史로 파견되는 사람은 모친과 함께 가는 것이 허락되었습니
다. 만약 "만무모자구왕리니청어조라위고장배소운운萬無母子俱
往理尼請於朝羅爲古將拜疏云云"이라고 토를 달면 어떻겠습니
까? ○ '이백기대인以白其大人'도 하나의 맥어脈語이고, "차만무
모자구왕리구청어조且萬無母子俱往理句請於朝"도 하나의 맥어
脈語입니다. 이 두 개의 맥어 위에 '무사無辭' 일구어一句語가
씌어져 있고, '오불인몽득지궁吾不忍夢得之窮' 일구어一句語가
씌어져 있습니다. '만무리운운萬無理云云'은 일맥어一脈語가 되
지 않을 수 없고, '청어조請於朝'에서의 '청請'자는 다만 '소고訴
告'의 뜻입니다. 유몽득劉夢得이 궁축窮蹙하여 어떤 말도 할 수
없는 것은, 하나는 해외로 떠나는 것을 나이가 많은 모부인母夫
人에게 알려야 하기 때문이고, 하나는 모자母子가 함께 가는 이
치가 만무한 사정을 조정에 호소해 아뢰어야 하기 때문입니다.
이것이 유종원이 유몽득에게 차마 어떻게 하지 못하는 까닭입
니다.145)

④는 한유의 「유자후묘지명柳子厚墓誌銘」을 토석한 것이다. 최
립은 '구두句讀'에서 토를 달지 않는 것이 '두讀'이고 토를 다는 것

---

145) 尹根壽, 『韓文吐釋』下, 『月汀別集』권3, 358면. "且萬無母子俱往理, 請於朝. 唐時行遣爲遠地
刺史者, 其母許令隨往. 若吐作萬無母子俱往理尼請於朝羅爲古將拜疏云云. 如何. ○以白其大人
此一脈語, 且萬無母子俱往理句請於朝此一脈語, 此二脈語上却冒以無辭一句語. 又於上却冒以吾
不忍夢得之窮一句語. 蓋萬無理云云, 不得不爲一脈語. 請於朝, 請只訴告之義. 夢得之窮蹙無辭
者, 一則以將有海外之行, 告白於年高之母夫人. 一則以萬無母子俱往理之事情, 訴告於朝也. 此
子厚所以不忍於夢得者也."

이 '구句'라고 하였다.146) 그는 "㉠차만무모자구왕리且萬無母子俱往理㉡청어조請於朝."에서 ㉠과 ㉡은 '두讀'에 해당한다고 보고 토를 달지 않았다. 윤근수는 당대에는 먼 지역의 자사로 파견되는 경우에는 모친과 함께 가는 것을 허락한 경우가 있는 사실을 들어 "만무모자구왕리니청어조라하고萬無母子俱往理尼請於朝羅爲古"라고 토를 달아야 한다고 하였다. 이에 대해 최립은 '청어조請於朝'에서의 '청請'자를 '소고訴告'의 의미로 해석하고, 위의 문장에서 유몽득劉夢得이 궁축窮蹙하여 어떤 말도 할 수 없는 이유로 두 가지를 들었다. 하나는 해외로 가는 것을 모친에게 알려야 하는 것이고, 다른 하나는 모자가 함께 가야 할 이치가 만무한 사정을 조정에 하소연해야 하는 것이다. 따라서 그는 "ⓐ오불인몽득지궁吾不忍夢得之窮ⓑ무사無辭㉮이백기대인以白其大人㉯차만무모자구왕리구청어조且萬無母子俱往理句請於朝."에서 ⓐ와 ⓑ는 구어句語이고 ㉮와 ㉯는 맥어脈語이므로, '차만무모자구왕리且萬無母子俱往理'와 '청어조請於朝'의 두 구句 사이에 토를 달면 문의文意가 통하지 않는다고 하였다. 이로 보아 최립은 문장의 단위인 '구句'와 '구句'가 합하여 이루어진 '맥脈'의 기능과 역할에 유의하여 "차만무모자구왕리청어조且萬無母子俱往理請於朝."의 의미를 풀이한 것으로 생각된다.

⑤ 爲之城郭甲兵以守之爲弥: 토를 '하야爲也'로 하면 어떨까요? ○ '하야爲也'는 편안하지 못합니다. 대체로 "해지이위지비害至而爲之備, 환생이위지방患生而爲之防."은 또한 자체가 보편적으로 일단一段을 설정한 것입니다. "교지이상생양지도敎之以相生養之道." 는 먼저 제목題目을 세운 것이고, "위지군위지사爲之

---

146) 尹根壽, 『韓文吐釋』上, 『月汀別集』 권2, 344면. "大抵句而不吐, 則漢人所謂讀也, 句而又吐處, 乃漢人所謂句也."

君爲之師." 이하는 조례條列로 말한 것입니다. "위지의위지식위
지궁실爲之衣爲之食爲之宮室."과 같은 것은 각각 명목名目을 붙
여 일단一段을 만든 것이고, "해지이위지비害至而爲之備, 환생이
위지방患生而爲之防."에 이르러서는 명목名目을 붙이지 않고 또
한 각각 자체로 일단一段이 됩니다. 대체로 문장을 생략하여 해
당하지 않는 것이 없도록 한 것입니다. 그러므로 '수지守之' 토는
'하야爲也'로 달면 안 되고 "위지비위지방爲之備爲之防"과 한 모
양으로 '하며爲彌'로 토를 달아야 설득력이 있습니다.147)

⑤는 한유의 「원도原道」를 토석한 것이다. 최립이 "위지성곽갑병
이수지爲之城郭甲兵以守之."에 '하며爲彌'라고 토를 단 것에 대해
윤근수는 '하야爲也'를 주장하였다. 이에 대해 최립은 "ⓐ교지이상생
양지도教之以相生養之道, ⓐ위지군위지사구기충사금수이처지중토爲之君爲
之師驅其蟲蛇禽獸而處之中土, ⓑ한연후위지의寒然後爲之衣, ⓒ기연후위
지식飢然後爲之食, ⓓ목처이전토처이병야연후위지궁실木處而顚土處而病也
然後爲之宮室, ⓔ위지공이섬기기용爲之工以贍其器用, ⓕ지위가이통기유무
之爲賈以通其有無, ⓖ위지의약이제기요사爲之醫藥以濟其夭死, ⓗ위지장매
제사이장기은애爲之葬埋祭祀以長其恩愛, ⓘ위지예이차기선후爲之禮以次其
先後, ⓙ위지락이선기인울爲之樂以宣其湮鬱, ⓚ위지정이솔기태권爲之政以
率其怠勌, ⓛ위지형이서기강경상기야爲之刑以鉏其强梗相欺也, ⓜ위지부새두
곡권형이신지상탈야爲之符璽斗斛權衡以信之相奪也, ⓝ위지성곽갑병이수지
爲之城郭甲兵以守之, ⓞ해지이위지비害至而爲之備, ⓟ환생이위지방
患生而爲之防."으로 이루어진 위의 문장에서, ⓐ은 제목題目을 세

147) 尹根壽, 『韓文吐釋』上, 『月汀別集』 권2, 334면. "爲之城郭甲兵以守之爲彌吐, 欲作爲也. 如何.
ㅇ爲也未安. 蓋備害防患, 亦自汎設一段. 教之以相生養之道, 是先立題目. 爲之君爲之師以下, 方
是條列言之. 如爲之衣爲之食爲之宮室, 各著名目作一段. 至害至而爲之備, 患生而爲之防, 不著
名目, 而亦各自爲一段. 蓋欲省文, 而亦無所不該之事也. 故以守之吐不得著爲也, 而與爲之備爲
之防, 一樣著爲彌吐爲得."

운 것이고, ⓐ에서 ⓟ까지는 조례條例를 말한 것이며, '위지의爲之衣', '위지식爲之食', '위지궁실爲之宮室'은 각각의 명목名目을 붙여 일단一段을 만든 것이라고 하였다. 특히 그는 ⓞ "해지이위지비害至而爲之備"와 ⓟ '환생이위지방患生而爲之防'은 명목名目을 붙이지 않았으나 그 자체가 일단一段을 이룬 것으로 보고, 이것은 문장을 생략하여 모든 일에 해당시키려는 작자의 의도에서 나온 것이라고 하였다. 따라서 그는 ⓝ '위지성곽갑병이수지爲之城郭甲兵以守之'는 일단一段에 해당하므로 다음에 이어지는 ⓞ '해지이위지비害至而爲之備'와 ⓟ '환생이위지방患生而爲之防'과 함께 '하며爲弥'라고 토를 달아야 된다고 하였다. 이로 보아 최립은 제목題目과 조례條例로 구별된 문장의 전개방식, 문장단위의 하나인 '단段'의 역할, 문장의 생략 등에 유의하여 "위지성곽갑병이수지爲之城郭甲兵以守之."에 토를 단 것으로 생각된다.

⑥ 君子不爲小人之恟恟而易其行乙僕何能爾里五**委曲從順向風承意爲也汲汲恐不得合**奴代**:** "군자불위소인지흉흉이역기행君子不爲小人之恟恟而易其行."은 군자는 소중히 여기는 의리를 바꾸지 말아야 하건만 그 행동을 바꾸었는데도 '을乙'로 토를 달고, 이어서 '복하능이리오僕何能爾里五'라고 이와 같이 토를 달면, 이것은 군자가 행동을 바꾸지 않은 것에 불만을 가지고 "내가 어찌 이와 같이 할 수 있겠는가?"라고 말하는 것이므로 본의本意가 아닌 듯합니다. '역기행易其行'의 토는 '하나니爲飛尼'로 해야 하고 '복하능이복하능이'는 아래 문장으로 이어야 할 듯하나, 다만 '하능이何能爾'의 뜻이 어느 문장에서 그치는지 모르겠습니다. 상세히 가르쳐주셨으면 합니다. ○ 이것은 곧 풍숙馮宿의 편지에 답한 것인 듯합니다. '문유언불신기행聞流言不信其行' 일구一句와 '군자불위소인지흉흉이역기행君子不爲小人之恟恟而易其行' 일구一句, 이 두 구는 모두 풍숙의 편지 속에서 인용한 말인 듯합니다. 그러므로 한유가 한편으로는 옛사람

들이 어렵게 여긴 것을 추앙하고, 한편으로는 자기는 감당하지 못한다고 했던 것입니다. 그렇지 않으면 문장이 사이에 끊어지지 않을까요?[148]

⑥은 한유의 「답풍숙서答馮宿書」를 토석한 것이다. 최립이 "㉠군자불위소인지흉흉이역기행을君子不爲小人之恟恟而易其行乙㉡복하능이리오僕何能爾里五"로 토를 달았는데, 윤근수는 ㉠을 '을乙'로 ㉡을 '이오里五'로 토를 달면 '군자가 그 행동을 바꾸지 않는 것에 불만을 느끼어 내가 어찌 이와 같이 할 수 있겠는가.'라고 말한 것이 되므로 본의本意와 맞지 않다고 하였다. 따라서 그는 ㉠은 '하나니爲飛尼'로 토를 달아야 한다고 주장하고, 다만 ㉡이 의미상 어디까지 이어지는지 물었다. 이에 대해 최립은 ㉠과 앞서 말한 '문유언불신기행聞流言不信其行' 두 句는 모두 풍숙馮宿이 보낸 편지의 내용을 인용한 것이라고 하였다. 이 문장에서 ㉠은 고인古人들이 어렵게 여긴 것을 추앙한 것으로, ㉡은 자신이 감히 감당할 수 없다고 여긴 것으로 보아야 ㉠과 ㉡의 의미가 중간에 끊이지 않게 된다고 하였다. 이로 보아 최립은 ㉠과 ㉡의 함의를 면밀히 고찰하여, ㉠ '군자불위소인지흉흉이역기행君子不爲小人之恟恟而易其行'와 '문유언불신기행聞流言不信其行' 두 구는 풍숙의 편지를 인용引用한 것임을 밝힌 것으로 생각된다.

⑦ 帝之與王其號名殊其所以爲聖一也尼: 토를 '오五'로 쓰

---

148) 尹根壽, 『韓文吐釋』上, 『月汀別集』 권2, 341면. "君子不爲小人之恟恟而易其行乙僕何能爾里五 委曲從順向風承意意也汲汲恐不得合奴代. 君子不爲小人之恟恟而易其行. 自是君子不易所守之義 而易其行吐曰乙, 而繼以僕何能爾里五, 若如此懸吐, 則是不滿於君子之不易其行, 而謂僕何能 如此, 恐非本意. 易其行吐, 似當作爲飛尼, 僕何能爾, 似連下文. 但未知何能爾之意, 止於何文耳. 幸詳教之. ○恐此乃答馮宿書也. 聞流言不信其行一句, 君子不爲小人之恟恟而易其行一句, 此二 句, 意皆宿書中所引語也. 故韓公一推之古人所難, 一不敢當爲己之所能. 不然, 文其不間斷耶."

고 싶은데 어떨까요? ○ 자체가 나열하는 말이 아닌데 '오五'로 만들면 편안하지 않은 듯합니다. "제지여왕帝之與王, 기호명수其號名殊, 기소이위성일야其所以爲聖一也." 이것은 일각一脚이고 "갈구음식葛裘飲食, 기사수其事殊, 소이위지일야所以爲智一也." 이것도 일각一脚입니다. 단지 이것은 뒤에 비유譬喩를 설정하여 앞의 말을 밝힌 것일 뿐입니다. '위성일야爲聖一也.'의 토는 '이尼'를 달아야 마땅하니 상단上段의 '이사기상자야以事其上者也.'에서의 '니尼'와 또한 같은 예입니다.[149]

⑦은 한유의 「원도」를 토석한 것이다. 최립이 "제지여왕帝之與王, 기호명수其號名殊, 기소이위성일야其所以爲聖一也."의 끝에 '이尼'라고 토를 달았는데, 윤근수는 '오五'가 옳다고 주장하였다. 이에 대해 최립은 이 문장은 '나열하는 말 [예언列言]'이 아니므로 '오五'로 토를 다는 것은 옳지 않다고 하였다. 그는 "ⓐ제지여왕기호명수기소이위성일야帝之與王其號名殊其所以爲聖一也. ⓑ하갈이동구갈음이기식기사수기소이위지일야夏葛而冬裘渴飲而飢食其事殊其所以爲智一也."에서 ⓐ와 ⓑ는 각각 일각一脚에 해당하고, ⓑ로 비유譬喩를 설정하여 앞의 ⓐ를 밝힌 것이므로 '이尼'로 토를 달아야 한다고 하였다. 이와 같은 예로 상단上段의 "ⓒ민자출속미마사작기명통화재이사기상자야民者出粟米麻絲作器皿通貨財以事其上者也. ⓓ군불출영칙실기소이위군君不出令則失其所以爲君~"에서 끝에 '이尼'라고 토를 단 것을 들었다. 인용문에서 말한 비유譬喩는 앞에서 말한 내용을 밝히고자 바로 뒤에 관련 내용을 제시하는 것이다. 이로 보아 최립은 문장의 전개방식으로서의 예언列言,

---

149) 尹根壽, 『韓文吐釋』上, 『月汀別集』 권2, 334면. "帝之與王, 其號名殊, 其所以爲聖一也尼吐, 欲作五, 如何. ○自非列言, 作五恐未安. 帝之與王, 其號名殊, 其所以爲聖一也, 此一脚也. 葛裘飲食, 其事殊, 所以爲智一也, 此一脚也. 只是設譬喩於後, 以明前語而已. 爲聖一也吐當着尼, 與上段以事其上者也之尼, 亦可比例."

문장을 이루는 단위로서의 각脚의 역할과 기능, 문장의 수사법인 비유譬喩 등에 유의하여 "제지여왕기호명수기소이위성일야帝之與王其號名殊其所以爲聖一也."에 토를 단 것으로 생각된다.

위와 같이 『한문토석』에서 문장의 조직이나 수사법으로 사용된 용어들의 출처는 무엇일까? 이와 관련해 윤근수가 한유가 말한 "기약야혹격지其躍也或激之, 기추야혹경지其趨也或梗之, 기비야혹자지其沸也或炙之."의 의미를 설명하면서 『문장궤범文章軌範』의 주석에서 본 듯하다150)고 언급한 것이 있어 주목된다. 이 책의 주석에는 최립이 한유의 문장을 논하면서 언급한 용어의 일부가 동일한 방식으로 사용되었다. 그 예로 「후이십구일부상재상서後二十九日復上宰相書」에서 "천하지현재개이거용9자구天下之賢才皆已擧用九字句～휴징가서린봉구용지속개이비지14자구休徵嘉瑞麟鳳龜龍之屬皆已備至十四字句."의 장법章法과 구법句法을 설명하면서 "이 일단一段은 아홉 개의 '개이皆已'자를 연이어 써서 일곱 형태의 구법句法을 변화시켰다."151)고 하였다. 또 「후십구일부상재상서後十九日復上宰相書」에서 "유지愈之㉠강학彊學, 역행유년의力行有年矣. 우불유도지험이愚不惟道之險夷, 행차불식行且不息, 이이㉡도우궁아지수화蹈于窮餓之水火."152)의 수사법을 설명하면서 ㉡으로 ㉠을 비유한 것이라고 하였다. 이곳에서 말한 '단段'과 '비유譬喩'의 용법은 앞서 최립이 구사한 것과 같다. 이로 보아 윤근수와 최립은 한유의 문장을 토론하면서 평소 갑인자본의 주석에 제시된 비평용

---

150) 尹根壽, 『韓文吐釋』上, 『月汀別集』 권2, 343면. "未知指何物, 而激之梗之炙之. 又何義也, 似聞文章範."

151) 謝枋得 編, 『文章軌範』(『문연각사고전서』 1359책) 권1, 장4a, 「後二十九日復上宰相書」註. "此一段, 連下九箇皆已字, 變化七樣句法."

152) 謝枋得, 『文章軌範』 권1, 장11b, 「後十九日復上宰相書」註. "以蹈水火, 譬喩彊學力行, 愚不惟道之險夷, 行且不息."

어를 포함해 『문장궤범』과 같은 산문선집류와 문학비평서[153]를 통해 터득한 작문기법들을 다양하게 제출한 것으로 생각된다.

4. 맺음말

앞서 살폈듯이 조선에서 세종 20년에 갑인자로 간행된『주문공교창려선생집』은 여러 차례 활자로 중간되거나 목판으로 복간되었고, 선집選集 형태로 묶어져 여러 차례 간행되기도 하였다. 이와 같이 갑인자본이 조선에서 널리 유행한 원인은 주희가 『한문고이』를 편찬하고 위중거가 『오백가주음변창려선생집』을 편찬하면서 지향했던 두 가지 방향을 모두 반영한 데에 있다. 곧 갑인자본은 주희가 고도의 철학적 사유를 기반으로 한유 시문의 득실과 공과를 논하면서 설정한 도학적 의리를 잣대로, 오백가주본에 다양한 내용들이 복잡하게 뒤섞여 있는 제가의 주석 가운데 주희의 주석에 부합되는 내용을 수록했던 것이다. 또한 갑인자본은 주희의 교정본은 주석이 너무 간략하여 한유의 시문의 다양한 특징들을 파악하는 데 한계가 있다고 보고, 오백가주본에 수록된 주석 가운데 도학적 의리에서 벗어나지 않는 범위 안에서 한유 문장의 특징을 이해하는 데 도움이 되는 내용을 수록하였다. 이로 인해 갑인자본은 도학자들이 주자학

---

153) 윤근수와 최립이 한유문을 토석하면서 활용한 문장비평서와 관련해 주목되는 책으로 명종 연간(1545~1567)에 간행된 『文章一貫』(木版本, 국립중앙도서관. 古朝42-1) 상·하권을 들 수 있다. 이 책은 元의 高琦와 吳守素가 각종의 산문 비평서를 모아 간행한 것으로 현재 규장각과 국립중앙도서관 등에 판본이 소장되어 있다. 이 책의 상권에는 立義, 氣象, 篇法, 章法, 句法, 字法 등의 목차로 구성되어 있고, 하권에는 起端, 敍事, 議論, 引用, 譬喻, 含蓄, 形容, 過接, 繳結 등의 목차로 이루어져 있다. 『한문토석』에서 사용한 비평용어와 상당수 겹치는 것으로 보아 윤근수와 최립도 이 책을 읽었을 것으로 추정된다. 다만 이 책은 목차와 관련된 내용들을 모아놓은 것으로 본문의 주석을 직접 활용한 『문장궤범』과 같이 활용 여부를 구체적으로 파악하는 데는 적지 않은 애로가 있다(『文章一貫』에 대한 연구는 姜明官,「허균 문설(文說)의 새로운 해석」,『한국한문학 연구의 새 지평』(소명출판, 2005), 369~372면 참조).

적 문학관을 강화하는 논리를 세울 때에 중요한 역할을 감당했을 뿐만 아니라, 문장가들이 도학적 문학관에 대응되는 문장이론과 작문기법을 모색할 때에도 적지 않게 기여하였다.

그 대표적인 사례가 바로 윤근수와 최립에 의해 세상에 나온『한문토석』이다. 윤근수는 이몽양李夢陽(1472~1529)의 시를 뽑아『공동집空同集』을 간행하고, 왕세정王世貞(1526~1590)의 문집인『사부고四部稿』를 최초로 수입하여 조선의 문단에 진한고문파秦漢古文派를 성립시켰다.154) 최립은 작문作文의 자율성自律性을 인정하고 문체文體의 형식미形式美를 중시한 <문장지문文章之文>론을 펼치고, 한유문을 모범으로 하여 기궤奇詭를 마다 않고 각의담사刻意湛思한 <고문사古文詞>을 창작함으로써 조선 후기 고문론의 다양한 전개를 촉발하였다.155) 이와 같이 조선 중기를 대표하는 두 문장가는 한유 문장의 의난처疑難處에 대해 정밀하게 연구하여 십분 합당한 해답을 구하고, 하나의 구결이라도 매우 긴요하게 달아야 할 곳을 방과放過하지 않았다.156) 그 결과 문文과 도道의 분리를 전제로 한 '인문입도因文入道'설이라는 문장가의 문장론이 발명되었고, 문장을 구성하는 단위들의 역할과 기능과 문장의 수사법에 대해 다양한 논의가 펼쳐졌다. 이와 같이『한문토석』은 세종의 경서 간행과 보급에 힘입어 조선에서 주자학이 점차 토착 개화되어 가던 시기에, '도본문말道本文末'론으로 무장한 도학자들에 맞서 새로운 문장이론을 창출하려 했던 문장가들의 깊은 사색을 통해 나온 결과물이라는 점에서 그 의미를 찾을 수 있다.

---

154) 姜明官,「16세기 말 17세기 초 擬古文派의 수용과 秦漢古文派의 성립」,『韓國漢文學研究』(한국한문학회, 1995) 제18집, 290~294면.

155) 심경호, 앞의 책, 126~128면.

156) 尹根壽,「題韓君彦良韓文後」,『月汀別集』卷首, 316면. "蓋不但就其疑難處, 研精究極, 必求十分是當, 雖其一口訣之微無甚緊要, 若可置之者, 而亦必反復屢回, 不少放過."

V
한유 산문의 전범인식

1. 머리말

주지하듯이 한유는 당시에 유행하던 변려문에 맞서 고문을 지을 것을 주장한 고문가이자, 평생 이단을 물리치고 유학을 부흥시키고자 노력한 유학자이다. 그는 「원도原道」, 「불골표佛骨表」 등의 글 속에 주공과 공자의 생각을 담아 이단을 극력 배척하였고, 퇴폐한 문장의 풍조를 바로잡아 사람들이 고문에 복귀하도록 하였다. 송대에 성리학을 체계화한 주희는 한유문에 대해 의론이 바르고 규모가 크다157)고 말하여, 한유가 고문을 지어 당시의 문체를 바꾸어놓은 공을 인정하였다. 그러나 그는 한유가 힘써 진언陳言을 버리고 시서육예의 글을 좇아 비루한 문풍을 바르게 바꾼 것을 인정하면서도, 그가 도와 문을 쪼개 두 물건으로 만들어 경중과 본말을 거꾸로 돌려놓았다158)고 비판하였다. 그가 이와 같이 한유의 문장을 비평하면서 그의 공과와 득실을 함께 말한 것은, 그가 자신이 체계화한 도학적 문학관을 잣대로 한유문을 재단한 데 따른 것이다.

---

157) 黎靖德 編, 『朱子語類』(『문연각사고전서』 702책) 권139, 장10b. "先生方脩韓文考異, 而學者 至, 因曰, 韓退之, 議論正, 規模闊."

158) 朱熹, 「讀唐志」, 『晦庵集』(四川敎育出版社, 1996) 권70, 3655면. "韓愈氏出, 始覺其陋, 慨然 號於一世, 欲去陳言, 以追詩書六藝之作. … 蓋未免裂道與文以爲兩物 而於其輕重緩急 本末實 主之分 又未免於倒懸而逆置之也."

앞서 살폈듯이 조선의 문인 학자들은 한유의 산문을 고문의 전범으로 인식하고, 위와 같이 주희가 한유의 문장을 비평한 것에 기초해 다양한 방식으로 한유의 문장을 비평하였다. 조선 전기에 활동한 대표적인 도학가인 이황과 이덕홍은 도학적 문학관에 기초하여 한유 작품의 원문과 주석을 토론하였다. 그러나 앞서 살폈듯이 조선 중기의 문장가인 윤근수와 최립은 한유의 산문을 토석하면서 탈주자적 산문론을 발명하거나 문장의 조직과 수사기법에 대해 깊이 있게 논의하였다. 이어 조선 후기에 활동한 문장가들은 각자의 학문 경향이나 관심 분야에 따라 한유 산문의 전범성에 대한 인식이 다양하게 표출되었다. 먼저 김창협은 한유의 산문을 비지문의 전범으로 인식하였고, 이어 안석경은 한유의 산문을 문장 수사의 전범으로 인식하였으며, 마지막으로 홍양호는 한유의 산문을 경세 문장의 전범으로 인식하였다. 본 장에서는 이와 같이 조선시대에 문인 학자들이 다양한 시각으로 한유의 산문을 비평한 것에 주목하고, 이들이 남긴 비평 글을 중심으로 한국에서 한유문을 고문의 전범으로 인식한 양상과 그 의미에 대해 살펴보기로 한다.

2. 조선 전기 도학가의 전범인식

조선 전기의 대표적 도학가인 이황李滉(1501~1570)의 문인인 이덕홍李德弘(1541~1596)의 문집 속에는 『사서질의四書質疑』·『심경질의心經質疑』·『고문전집질의古文前集質疑』와 함께 『고문후집질의古文後集質疑』[159]가 수록되어 있다. 이덕홍은 19세인 명

---

159) 李德弘, 『古文後集質疑』, 『艮齋集·續集』(『한국문집총간』 51책) 권4, 장14a~장33a.

종 14년(1559)에 금란수琴蘭秀의 소개로 퇴계의 문하에 들어와 퇴계가 세상을 떠날 때까지 10년 이상을 퇴계의 신변에 머물며 학문에 정진하였다. 『고문전집』과 『고문후집』은 조선시대에 문인 학자들이 많이 읽었던 『상설고문진보대전詳說古文眞寶大全』을 가리킨다. 이 책의 『후집』에는 고문 130편이 굴원의 「이소離騷」에서 시작해 송대 여대림呂大臨의 「극기명克己銘」에 이르기까지 시대별로 수록되어 있다. 이덕홍이 편찬한 『고문후집질의』는 이 책의 『후집』에 수록된 130편의 작품에서 난해한 구절을 주석식註釋式으로 기록하거나, 의심나는 부분을 퇴계에게 질의하고 그 답변한 내용을 모아놓은 것이다. 이곳에는 한유의 글 14편, 소식의 글 6편, 유종원의 글 9편, 구양수의 글 5편, 소순의 글 5편, 진사도의 글 3편 등 모두 74편에 대한 질의 내용이 수록되어 있다.160) 이와 같이 조선 중기의 도학자인 이황과 그의 문인인 이덕홍이 질의와 답변의 형태로 한유문을 비평한 내용을 통하여, 당시 이황을 중심으로 한 도학가들이 한유문을 고문의 전범으로 인식한 양상을 알 수 있다.

[표 1] 이덕홍의 『고문후집질의』 수록 「백이송」의 문답 내용

聖人乃萬世之標準也問此句似不連上下句答曰上文言武王周公聖也於此乃斷之曰聖人乃萬世之標準也夫武王周公實萬世之標準而伯夷獨非其所爲而不顧以見伯夷微有①過中處賴此一句而上下②文義始貫穿昭揭何云不連耶其下又以雖然二字爲斡轉微抑之意而③贊之曰微二子亂臣賊子接跡於後世以見其功在萬世則與萬世標準之聖人角立而爭雄其④文勢起伏抑揚頓挫最奇妙.161)

[표 1]은 이덕홍이 「백이송」의 원문 "성인내만세지표준야聖人乃

160) 정재철, 『고문진보 연구』(문예원, 2014), 182면.
161) 李德弘, 『古文後集質疑』, 『艮齋集·續集』 권4, 장22a.

萬世之標準也."에 대해 질의하고 이황이 답변한 것이다. 이덕홍은 퇴계에게 이 구가 상하 구와 연결되지 않는 것 같다고 말하였다. 곧 그는 이 구는 바로 앞에서 "피독비성인彼獨非聖人, 이자시여차而自是如此."라고 하여 성인의 행동을 비난한 백이의 태도를 말하고, 이어 "성인내만세지표준야聖人乃萬世之標準也."라고 하여 성인을 만세의 표준이라고 말한 것은 의미상으로 문맥이 통하지 않는다고 보았다. 이에 대해 이황은 "성인내만세지표준야聖人乃萬世之標準也."는 문맥상으로 바로 앞의 "피독비성인彼獨非聖人, 이자시여차而自是如此."와 연결되는 것이 아니라, 이 글의 중간 부분에서 말한 "무왕주공성야武王周公聖也."와 연결된다고 하였다. 이어 그는 한유가 "무왕주공성야武王周公聖也."와 "성인내만세지표준야聖人乃萬世之標準也."의 중간에 "피독비성인彼獨非聖人, 이자시여차而自是如此."를 넣은 것은 만세의 표준인 무왕과 주공의 행동을 백이가 홀로 비난한 것이 은미하게 중도를 벗어났음을 드러낸 것이라고 하였다. 또한 그는 한유가 이어서 "궁천지긍만세窮天地亘萬世, 이불고자야而不顧者也."와 "미이자微二子, 난신적자亂臣賊子, 접적어후세의接跡於後世矣." 사이에 '수연雖然' 두 자를 구사하여, 앞에서 은미하게 억제한 뜻을 돌려놓아 만세의 공이 있는 백이와 만세의 표준인 성인이 각립角立하여 쟁웅爭雄한다고 찬미하였다고 말하였다. 따라서 그는 "성인내만세지표준야聖人乃萬世之標準也."에 의해 상하의 문의가 관천貫穿하여 밝게 드러났고, '수연雖然' 두 자로 문세文勢의 기복起伏과 억양抑揚, 돈좌頓挫가 매우 기묘하게 되었다고 하였다.

[표 1]에서 주목되는 것은 이황이 한유문을 비평하면서 ②의 '문의文義'와 ④의 '문세文勢' 등과 같이 문장의 내용이나 형세를 말한

것과 함께, ①의 '과중過中'과 ③의 '찬지贊之' 등과 같이 도학적 의리를 잣대로 한유문의 득실을 평가한 것이다. 무왕과 주공은 모두에게 추앙받는 성인이다. 주희는 『논어집주』에서 '성聖'은 인仁이 익숙하게 되어 중화中和의 경지에 이른 것[162]이라고 말하였다. 이황은 이와 같은 '성'에 대한 도학적 의미에 기초하여 백이가 '중화'의 경지에 오른 무왕과 주공을 홀로 비난한 것은 중도中道를 벗어난 행위임을 지적하였다. 그러나 그는 비록 성인을 비난한 백이의 행동은 중도에서 벗어났지만, 백이와 숙제가 없었다면 후세에 난신적자亂臣賊子가 이어졌을 것이므로 그의 공은 만세에 있다고 평가하였다. 이에 따라 그는 한유가 백이의 공이 만세의 표준인 성인과 각립角立하여 쟁웅爭雄할 수 있다고 찬미한 것이라고 생각하였다. 이로 보아 이황은 한유문을 비평하면서 도학적 의리를 잣대로 활용한 것으로 생각된다. 이와 같은 그의 비평론은 다음을 통해 거듭 확인할 수 있다.

[표 2] 이덕홍의 『고문후집질의』 수록 한유문의 비평 내용

작품명	원문	비평 내용
與孟簡尙書書	識道理	韓公於太顚, 不覺有①過許處, 固爲韓公疏處, 然道理二字, 韓公所說, 亦恐未至深處.[163]
送孟東野序	楚大國	文勢剰出處, 此韓公②豪氣也.[164]
藍田縣丞廳壁記	方有公事	無事而托言有事. 所以避俗人之來干, 亦③玩世不恭之意耳.[165]

---

162) 朱熹, 『論語集註』(二以會, 1983), 258면. '子曰: 若聖與仁, 則吾豈敢.'小註. "勿軒熊氏曰: 聖則仁之熟, 而至於和矣."

163) 李德弘, 『古文後集質疑』, 『艮齋集·續集』 권4, 장18b.

164) 李德弘, 『古文後集質疑』, 『艮齋集·續集』 권4, 장20b.

165) 李德弘, 『古文後集質疑』, 『艮齋集·續集』 권4, 장21a.

[표 2]에서 ①은 한유가 「여맹간상서서與孟簡尚書書」에서 승려 태전太顚의 설법을 듣고 그가 "도리를 알았다."라고 말한 것을 비판한 것이다. 이황과 이덕홍은 이와 같이 한유가 태전을 지나치게 허락한 것을 인식하지 못한 것을 지적하여, 이것이 바로 그의 글이 정밀하지 못한 곳이라고 하였다. 이어 두 사람은 그 원인을 '도리道理' 두 자에 대한 한유의 도학적 인식이 깊지 못한 것에서 찾았다. ②는 한유가 「송맹동야서送孟東野序」에서 "초는 대국이다."라고 표현한 것을 비판한 것이다. 이들은 한유가 초나라를 대국이라고 말한 것은 굴원이 초나라에서 선명善鳴한 것을 강조하려는 의도에서 나온 것으로 보았다. 그러나 두 사람은 성인의 교화가 행해지지 못한 이적의 나라를 대국이라고 표현한 것은 도학적 의리에 어긋난다고 보고, 이와 같이 문세가 잉출剩出한 것은 한유의 호기豪氣가 발동되었기 때문이라고 말하였다. ③은 한유가 「남전현승청벽기藍田縣丞廳壁記」에서 현승縣丞이 "마침 공사公事가 있다."라고 핑계댄 것을 비판한 것이다. 이황과 이덕홍은 한유가 이 글에서 현승이 일이 없으면서 일이 있다고 핑계를 댄 것은 속인들이 요구하러 오는 것을 피하려는 의도에서 나온 것으로 보았다. 그러나 두 사람은 이러한 행위는 도학적 의리에서 어긋나는 것으로 보고, 이곳에는 '완세불공玩世不恭'의 뜻이 드러나 있다고 지적하였다.

위와 같이 이황과 이덕홍이 도학적 의리에 기초하여 한유문을 비평한 것은, 이황이 「도산십이곡발陶山十二曲跋」에서 보여준 한국 가곡에 대한 도학적 인식과 맥을 같이하는 것이다. 그는 이 글에서 동방의 가곡들은 대체로 음왜淫哇한 것이 많아 족히 말할 것이 못된다고 보고, 그 예로 「한림별곡翰林別曲」은 문인들의 입에서 나온 것으로 '긍호방탕矜豪放蕩'한 데다가 '설만희압褻慢戲狎'하기까지

하여 군자가 숭상할 것이 못 된다고 하고, 이어 이별李鼈의 「육가六歌」는 「한림별곡」보다는 선善하지만 '완세불공'의 뜻이 있고 '온유돈후溫柔敦厚'의 실제가 적다고 하였다. 앞서 살폈듯이 이황은 이와 같은 도학적 문학관에 기초하여 한유가 "초는 대국이다."라고 말한 것에 대해 호기豪氣가 발동된 것이라고 비판하거나, 한유가 현승縣丞이 "마침 공사가 있다."고 핑계를 댄 것에 대해 '완세불공'한 뜻이 있다고 비판하였다. 이는 그가 우리나라의 가곡과 한유 작품의 일부 내용은 그 내용에 있어서 정도의 차이는 있으나, 모두 성정의 바름을 얻지 못한 것으로 이해했음을 보여주는 것이다. 이로 보아 이황은 성정의 바름을 지닌 문학의 모델을 제시하고자 '언지言志'와 '언학言學'을 내용으로 하는 「도산십이곡」을 새로 지었듯이, 『고문진보후집』에 수록된 도학적 의리를 잣대로 한유문의 득실과 공과를 말하여, 독자들로 하여금 성정의 바름을 회복하는 데 도움이 되도록 한 것으로 생각된다.

3. 조선 후기 문장가의 전범인식

1) 김창협의 「잡지」: 비지 문장의 전범

앞서 살폈듯이 조선시대에 한유문을 선집 형태로 간행한 책은 모두 9종인데, 그중에서 한유의 비지문만 모아 간행한 책이 5종에 달한다. 이는 조선시대에 문인 학자들이 한유문 중에서 특히 그의 비지문을 고문의 전범으로 인식하였음을 의미하는 것이다. 조선 후기 문인 학자들에 의해 진행된 한유 비지문에 대한 논의 중에서 가장

심도 있게 비지론碑誌論을 펼친 사람은 김창협金昌協(1651~
1708)이다. 그는「잡지雜識」에서 총 114개 조목에 이르는 문학론을
펼쳤는데, 그중 산문 관련 내용이 72개이고 그중에서 비지와 관련
된 내용이 30개에 달하고 있다.[166] 또한, 그는 72개의 산문론에서
한유문과 관련된 것이 15개에 이르고, 30개의 비지론에서 한유의
비지와 관련된 것이 10개에 이른다. 그는 이와 같이 한유의 비지문
에 대한 인식 과정을 통해 문장론의 핵심 이론들을 체계화하였다.

① 모곤茅坤이『당송팔대가문초唐宋八大家文鈔』에서 논하기를,
"세상에서 한유의 문장을 논하는 이들은 모두 맨 먼저 비지를
일컫는다. 그러나 나는 한유의 비지는 기굴奇崛・험홀險譎한 것
이 많아『사기』,『한서』의 서사법敍事法을 체득하지 못했다고
생각한다. 그 때문에 풍신風神에 혹 주일遒逸함이 적은 것이다.
구양수 비지문의 경우에는 사마천의『사기』의 정수를 체득했다
고 할 수 있다."라고 하였다. 모곤의 이 논의는 그럴듯하다. 그
러나 비지碑誌와 사전史傳은 비록 함께 서사문敍事文에 속하기
는 하나 그 문체는 실로 같지 않다. 하물며 한유의 문장은 세상
에 이름이 나서 바로 사마천을 모의할 필요가 없음에야? 그는
비지를 지은 것은 하나같이 엄약嚴約・심중深重하고 간고簡古
・기오奇奧한 것을 위주로 하였는데, 대체로『상서』와『춘추좌
전』을 근원으로 한 것이다. 천고의 금석문자는 이것을 종조宗祖
로 삼아야 하니, 어찌 반드시『사기』의 풍신을 요구할 필요가
있겠는가? 그러나 일을 서술한 곳은 왕왕 스스로 한 가지 生色
이 있는데, 다만 하나같이 문장을 유탕流宕하게 하여 간엄簡嚴
한 문체를 손상하지 않았을 뿐이다. 구양수 같은 경우는 그 문
조文調가 본디 사마천에게서 나왔기 때문에, 비지碑誌에서 일을
서술한 것이 풍신風神을 얻은 것이 많다. 그러나 전형典刑은 또

---

166) 안세현, 「農巖 碑誌論의 형성 배경과 碑誌文의 특징」, 『尤庵論叢』(충북대학교 우암연구소,
2012) 6집, 110면.

한 한유를 근본으로 하고, 『사기』와 『한서』의 문체를 그대로 본받지 말아야 한다.167)

①에서 모곤茅坤은 『당송팔대가문초唐宋八大家文鈔』에서 한유의 비지문이 『사기』와 『한서』의 서사법敍事法을 체득하지 못하여 기굴奇崛·험휼險譎한 것이 많고 풍신風神이 주일遒逸하지 못하나, 구양수의 비지문은 『사기』의 정수를 체득했다고 하였다. 이에 대해 김창협은 서사문인 비지碑誌와 사전史傳은 문체가 서로 다르고, 한유의 문장은 사마천을 모의할 필요가 없을 정도로 이름이 난 사실을 들어 모곤의 주장을 반박하였다. 그는 이어 한유의 비지문은 석문石文의 종조宗祖인 『상서』와 『좌전』에서 근원하여 문체가 엄약嚴約·심중深重하고 간고簡古·기오奇奧하지만, 구양수의 비지문은 『사기』에서 근원하여 문체가 풍신風神을 얻은 것이 많다고 하였다. 이와 같이 그는 한유 비지문의 특징은 간엄簡嚴한 문체를 구사한 것에 있으며, 이와 같은 문체는 어조사를 사용하지 않거나 자구를 산 채로 잘라내어[生割] 기벽奇僻하게 만드는 것으로 보았다. 그 한 예로 그는 한유가 「조성왕비曹成王碑」, 「평회서비平淮西碑」, 「오씨묘비烏氏廟碑」, 「원씨묘비袁氏廟碑」, 「전홍정선묘비田弘正先廟碑」 등의 작품에서 '야也'자를 사용하지 않은 것은 모두 『상서』를 본받은 것168)이라고 말한 것을 들 수 있다. 그러나 한유가 비지문에

---

167) 金昌協, 「雜識」, 『農巖集』(『한국문집총간』 161책) 권34, 장14a~장14b. "鹿門八大家文鈔論云: 世之論韓文者, 共首稱碑誌. 予獨以韓公碑誌, 多奇崛險譎, 不得史漢序事法. 故於風神或少遒逸, 至於歐陽公碑誌之文, 可謂獨得史遷之髓. 鹿門此論, 似然矣. 然碑誌史傳, 雖同屬敍事之文, 然其體實不同. 況韓公文章命世, 正不必摸擬史遷. 其爲碑誌, 一以嚴約深重·簡古奇奧爲主, 大抵原本尙書左氏. 千古金石文字, 當以此爲宗祖, 何必以史遷風神求之耶. 然其敍事處, 往往自有一種生色, 但不肯一向流宕以傷簡嚴之體耳. 若歐公則其文調本自太史公來, 故其碑誌敍事, 多得其風神. 然典刑則亦本韓公, 不盡用史漢體也."

168) 金昌協, 「雜識」, 『農巖集』 권34, 장15b. "韓碑如曹成王·平淮西·烏氏廟·袁氏廟碑·田弘正先廟碑等文, 皆不使也字, 皆法尙書也."

서 구사한 간엄한 문체는 문장의 자구뿐만 아니라, 다음과 같이 사람의 인품에 대한 묘사를 간엄하게 하는 것까지 포함하고 있다.

② 한유의 글에서 「공좌승묘지孔左丞墓誌」 같은 것은 역임한 벼슬과 행한 일을 서술한 것이 매우 상세하지만, 그 사람됨에 대해서는 도리어 상세하지 않아 간략한 것 같다. 그러나 銘에 이르기를 "흰 얼굴에 큰 키로 웃음과 말이 적었네."라고 하였는데, 단지 이 여덟 자에 공좌승의 용모와 기상을 눈으로 또렷이 보는 것 같다. 또한, 서序에서 한유가 머물기를 청하는 상소를 싣고 이르기를, "절개를 지키며 청고淸苦하게 살았고, 논의가 바르고 공평하였다", "나라를 걱정하느라 집안을 잊었으며, 마음을 쓰는 것이 극진하였다."라고 하였으니, 그 사람됨의 대체大體를 더욱 구체적으로 볼 수 있으므로, 진실로 다시 번거롭게 서술할 필요가 없다. 「왕홍중묘지王弘中墓誌」에서도 명銘에서 그 사람됨을 상세히 서술해 말하길, "기상이 예리하고 방정했으며, 또한 군세고 엄했네", "다른 사람을 사랑하고 스스로를 곡진히 하기를, 싫증이 나서 그만둔 적이 없네", "벗과 함께 있을 적엔, 부녀자처럼 유순했네."라고 하였는데, 왕홍중의 자품과 행실이 여기에 모두 드러나 있으니 모두 본받을 만하다.[169]

②에서 김창협은 한유가 「공좌승묘지孔左丞墓誌」에서 공좌승이 역임한 벼슬과 행한 일을 서술한 것은 매우 상세한 것에 반하여, 그의 사람됨을 논한 것이 지나치게 간략하다고 의심하였다. 그러나 그는 한유가 이 글에 쓴 명銘에서 "백이장신白而長身, 과소여언寡笑與言."이라는 여덟 자로 공좌승의 용모와 기상을 눈으로 보듯이 또

---

169) 金昌協, 「雜識」, 『農巖集』 권34, 장15a~장15b. "韓文如孔左丞墓誌, 敍歷官行事頗該, 而顧不詳其爲人, 似簡略. 然銘云: 白而長身, 寡笑與言, 只此八字, 孔公之容貌氣象, 宛在目中. 又序中, 戴公請留疏云: 守節淸苦, 論議正平, 憂國忘家, 用意至到, 則其爲人大體, 尤可具見, 固不待復煩敍述也. 王弘中誌文, 亦於銘中, 詳其爲人曰: 氣銳而方, 又剛而嚴, 愛人盡己, 不倦而止, 與其友處, 順若婦女, 王之資裏性行, 盡於此, 皆可法也."

렷하게 묘사하였다고 말하였다. 또한 그는 한유가 이 글의 서序에
서 공좌승이 "수절청고守節淸苦, 논의정평論議正平."이라고 말하
거나 "우국망가憂國忘家, 용의지도用意至到."라고 말한 것을 통해,
그 사람됨의 대체大體를 구체적으로 볼 수 있다고 하였다. 이어 그
는 한유가 「왕홍중묘지王弘中墓誌」에서 왕홍중王弘中의 사람됨을
"기예이방氣銳而方, 우강이엄又剛而嚴", "애인진기愛人盡己, 불권
이지不倦而止", "여기우처與其友處, 순약부녀順若婦女." 등으로
표현한 것에서 그의 자품과 행실이 모두 드러났다고 하였다. 이와
같이 그는 한유문을 비평하면서 비지문을 지을 때에 주인공의 사람
됨, 곧 주인공의 자품과 행실의 묘사는 간엄한 문체로 구사할 것을
주장하였다. 이는 그가 비지문에서 의론을 중시했던 송시열의 비지
론을 비판적으로 검토하고, 부친 김수항의 창작 태도를 수용하여 의
론보다는 서사를 중시하는 비지론에 따른 것이다.170)

2) 안석경의 「한문적해」: 문장 수사의 전범

김창협이 「잡지」를 통해 보여준 문장론을 이어 산문의 수사법을
깊이 연구한 문장가로 안석경安錫儆(1718~1774)이 있다. 그는 부
친 김창협의 문인인 부친 안중관安重觀(1683~1752)이 제자들에게
문학에 대해 가르친 내용들을 자신의 관점에서 체계적으로 정리하
여 『삽교예학록霅橋藝學錄』를 저술하였다. 이 책은 중국 역대 한
시 및 산문 작품을 천지인天地人 3권으로 나누어, 선진시대로부터
명대에 이르는 기간의 주요한 시문 작품 및 작가를 대상으로 하여

---

170) 안세현, 앞의 논문, 119면. 안세현 교수는 이 논문에서 김창협이 살던 시대는 전대와 달리
비지문 창작이 한 개인의 생평에 관한 총체적 기록 및 평가를 넘어 당파 사이에 정치 쟁점
화되는 양상을 띠었다고 보았다.

매우 구체적이며 분석적인 비평 작업을 체계적으로 집성하였다.171)
이 책의 인권人卷은 「한문적해韓文摘解」을 비롯한 「당송팔가문적
해唐宋八家文摘解」, 「황명사대가문초皇明四大家文抄」, 「아동삼
가문초비평我東三家文抄批評」으로 구성되어 있다. 그는 한유문
100편을 뽑아 '주표硃標'와 '평어評語'를 붙여놓았는데,172) 「한문적
해」에는 그중 23편에 달하는 한유 작품에 대해 비평한 내용이 수록
되어 있다. '적해摘解'에서의 '적摘'은 구절을 뽑아 붉은 먹으로 '●',
'○', '◗' 등의 기호를 표기하는 것[硃標]을 의미하고, '해解'는 비평
을 붙여놓는 것[評語]을 가리킨다. 현재 전하는 『삽교예학록』에는
'주표硃標'는 없고 '평어評語'만 남아 있다.

③ 문文에는 의意, 체體, 법法, 사辭, 기氣가 있다. 대개 작품에
드러나 있는 뜻[命意]은 바른 도道에 합치하기를 힘쓰고, 글의
체제[體貌]는 자리[位]를 잘 살펴야 하며, 법도法度는 정연하고
조밀하면서도 원만한 것을 귀하게 여기고, 사령辭令은 간명簡明
하면서 고아古雅하려고 해야 하며, 기백氣魄은 창달하고 굳센
것을 숭상한다. 무릇 도道는 본체이고 문文은 쓰임이다. 문文과
도道가 어긋나 쓰임이 본체에 어그러진다면 되겠는가? 그러므
로 문장을 지을 때에는 크고 작음에 관계없이 도道를 밝히는 것
[明道]을 위주로 한다. 문의 쓰임은 신분이 높고 낮은 사람, 크
고 작으며, 가깝고 소원하며, 멀고 가까운 사이에 있어 올리며
응대하며 깨우치고 훈계하고 칭양稱揚하고 기술하며 포폄褒貶
하고 의론하는 데에 있으니, 그 체모體貌가 각기 마땅한 바가
있어 정연하여 옮기거나 바꿀 수 없다. 무릇 사물이 생겨날 때
에 맥락이 없지 않고, 사물이 이루어질 때에 조리가 없지 않으

---

171) 정우봉, 「삽교예학록에 나타난 한시비평론」, 『한문교육연구』(한국한문교육학회, 2002) 18호,
    290면.

172) 安錫儆, 「韓文摘解」, 『霅橋集下』(아세아문화사, 1986), 585면. "選韓文, 凡百篇, 而皆加硃標,
    亦有評語, 今不能悉記. 若以此所記者, 細推之, 皆可見矣."

며, 사물이 모일 때에는 품절이 없지 않으니, 유독 문장만이 그
것과 다르겠는가? 맥락이 없으면 흙으로 빚은 인형에 불과하고,
조리가 없으면 뒤엉킨 실과 같으며, 품절이 없으면 궤멸된 군졸
과 같다. 맥락이 유통하여 호응이 상응하고, 조리가 분명하여
빈주賓主에 어그러짐이 없고, 품절이 엄정하여 가고 옴에 어그
러짐이 없다. 이것들은 모두 지극한 법도이니 소홀히 할 수 없다.173)

③에서 안석경은 문의 구성 요소로 '의意', '체體', '법法', '사辭',
'기氣' 등 다섯 가지를 제시하였다. 첫째, '의意'는 '작품에 드러나
있는 뜻[命意]'으로 正道에 맞아야 한다. 그는 문은 도를 밝히는 것
[明道]을 위주로 해야 한다고 말하여, 앞서 최립이 한유문을 토석하
면서 주장한 '인문명도因文明道'설을 계승하였다. 둘째, '체體'는
'글의 체제[體貌]'를 가리키는 것으로 자리[位]를 잘 살펴야 한다.
그는 문의 쓰임에는 각기 마땅한 바가 있어 질서 정연하여 바꿀 수
없다고 하였다. 셋째, '법法'은 글의 법도로 정밀하면서도 원만해야
한다. 그는 글에는 법도가 있어야 맥락이 유통하여 호응이 상응하
고, 조리가 분명하여 빈주賓主에 어그러짐이 없고, 품절이 엄정하
여 가고 옴에 어그러짐이 없어야 한다고 하였다. 넷째, '사辭'는 응
대하는 말[辭令]로 간명簡明하면서고 고아古雅해야 한다. 그는 문
에서 구사하는 말은 비루한 것을 멀리하고 지루하고 허탄한 것을
경계해야 한다고 말하였다. 다섯째, '기氣'는 씩씩한 기상[氣魄]으로
창달하고 굳세어야 한다. 그는 문이 비록 위의 네 가지 문장 요소가

---

173) 安錫儆, 「藝學錄自序」, 『霅橋集下』, 377면. "文有意有體有法有辭有氣. 蓋命意務合於正道, 體
貌宜審乎位序, 法度貴乎整密而周圓, 辭令欲其簡明而古雅, 氣魄尙其暢達而健擧. 夫道爲體, 而
文其用也. 文與道違, 而用悖於體可乎. 故爲文, 無大無小, 當以明道爲主. 文之爲用, 在於尊卑
大小親疎遠近之間, 敷奏應對, 告諭戒飭, 稱揚記撰, 褒貶議論之際, 其爲體貌各有攸當, 井井乎
不可移易. 凡物之生, 莫不有脈絡, 凡物之成, 莫不有條理, 凡物之聚, 莫不有品節. 獨於文, 可以
異乎哉. 無脈絡, 則土偶也; 無條理, 則亂絲也; 無品節, 則潰甲敗轍也. 脈絡流通, 而呼吸相應,
條理分明, 而賓主不錯, 品節嚴整, 而往復無差. 凡此皆有至法不可忽也."

갖추어져 있어도 기백이 창성하지 못하면 천하에 행해질 수 없다고 하였다. 그는 이와 같은 문장의 구성 요소에 기초하여 한유의 작품 23편을 비평하였다.

④ 南海神廟碑: 처음부터 '인몽기해人蒙其害'까지 일단一段이 된다. 처음부터 '사흘역문事訖驛聞'까지 일절一節은 남해南海에서 제사 드리는 일이 숭엄崇嚴함을 말한 것이고, '자사상절도刺史尙節度'부터 '인몽기해人蒙其害'까지 일절一節은 유사有司가 불경하여 神을 업신여기고 사람을 해친 일을 말한 것이다. '원화십이년元和十二年' 이하부터 일단一段이 되는데, '치인이명治人以明'과 '사신이성事神以誠' 두 구가 강령綱令이 된다. '지주지명년至州之明年'부터 '노지애가영老至艾歌詠'까지 일절一節은 신神을 섬기는 것을 말하고, '시공지지始公之至'부터 '택불처소擇不處所'까지 일절一節은 사람을 다스리는 것을 말한다. '사신치인事神治人, 가위비지可謂備至' 일어一語는 총결總結이다. 사람이 신을 주인으로 여겨서 신을 섬기면 진실로 신을 편안하게 하니, 또한 사람을 편안하게 하는 것이다. 신神에게 제사함에 한유가 능히 말한 것이 이와 같으니, 이로부터 이후에는 문인 중에 이에 미친 자가 드물다. 한유는 학식이 매우 높아 글을 지은 것이 지나칠 정도로 상세하니, 후세에 바다에 제사 지내는 법이 된다. 서문序文은 『의례儀禮』를 본받은 것이 있고, 『아송雅頌』을 본받은 것이 있고, 양웅·사마천·반고·장형의 부사賦詞를 본받은 것이 있는데, 명시銘詩에 이르러는 온전히 『소아小雅』를 본받았다.174)

---

174) 安錫儆, 「韓文摘解」, 『霅橋集下』, 585면. "南海神廟碑: 自首至人蒙其害爲一段, 而自首至事訖驛聞一節, 言南海祠事之崇嚴, 自刺史尙節度至人蒙其害一節, 言有司不敬, 而慢神害人事. 元和十二年以下爲一段, 而治人以明事神以誠二句爲綱. 自至州之明年至老至艾歌詠一節, 言事神也, 自始公之至至擇不處所一節, 言治人也, 事神治人, 可謂備至一語總結也. 人爲神所主而事神, 固以安神也, 亦所以寧民也. 神之際, 退之能言之如此, 自此以後, 則文人罕有及於此者, 退之學識甚高, 爲文分外詳悉, 將以爲後世海祀之法也. 序文有法儀禮者, 有法雅頌者, 有法揚馬班張賦詞者, 至於銘詩, 則全法小雅者也."

④는 안석경이 「남해신묘비南海神廟碑」를 비평한 것이다. 그는 이곳에서 문장의 단위를 규모에 따라 단段과 절節로 구분하였다. 먼저 그는 이 작품을 '해어천지간海於天地間'부터 '인몽기해人蒙其害'까지를 첫째 단락으로, '원화십이년元和十二年'부터 '신이구의神人具依'까지를 둘째 단락으로 나누었다. 그는 다시 이 두 단락을 여러 개의 절로 나누어 각각의 절의 내용을 밝혔다. 곧 그는 첫째 단락에서 '해어천지간海於天地間'부터 '사흘역문事訖驛聞'까지 1절은 남해南海에서 제사 드리는 일이 숭엄崇嚴함을 말한 것이고, 2절은 유사有司가 불경하여 신을 업신여기고 사람을 해친 일을 말한 것이라고 하였다. 이어 그는 둘째 단락에서 '지주지명년至州之明年'부터 '노지애가영老至艾歌詠'까지 1절은 신을 섬기는 것을 말한 것이고, '시공지지始公之至'부터 '택불처소擇不處所'까지 1절은 사람을 다스리는 것을 말한 것이라고 하였다. 다음으로 그는 이 글의 강령綱令과 총결總結을 밝혔다. 먼저 그는 이 글의 강령으로 '치인이명治人以明'과 '사신이성事神以誠'을 들고, 사람이 신을 주인으로 여겨서 신을 섬기면 신이 편안하게 여기고 사람도 편안하게 된다고 하였다. 이에 따라 그는 이 글의 총결로 "사신치인事神治人, 가위비지可謂備至."를 제시하였다. 마지막으로 그는 한유가 이 글을 지으면서 본받은 문체에 대해 말하였다. 그는 이 글의 서문序文은 각각 『의례』, 『아송』, 양웅・사마천・반고・장형의 부賦를 본받았고, 명시銘詩는 온전히 『소아』를 본받았다고 하였다. 이와 같이 그는 이 글을 비평하면서 각각의 단段과 절節의 의미, 강령과 총결에 해당하는 구절, 서문序文과 명시銘詩에서 본받은 문체에 대해 상세하게 분석하였다. 이렇듯 그가 한유문을 문장 수사의 전형으로 인식한 것은 앞서 김창협이 이룩했던 편장 구성의 수사학적 성과를

계승하면서 그것을 더욱 구체화, 정교화하는 방향으로 논의를 진전시킨 것이다.175)

3) 홍양호의 「독한자」: 경세 문장의 전범

김창협과 안석경에 이어 한유문에 대해 깊은 관심을 보여준 문장가로 18세기 후반에 요직을 두루 거친 관인이자 문장가인 홍양호洪良浩(1724~1802)가 있다. 그는 중국 역대의 전적에 대해 비평한 글을 모아놓고 『군서발비群書發悱』라고 서명을 붙였는데, 이곳에는 「독예기讀禮記」, 「독한자讀韓子」, 「잡지雜識」 등 3종의 글이 수록되어 있다. 그중 「독한자」는 한유의 시문을 읽고 나서 지은 글을 모아놓은 것으로, 이곳에는 모두 42항목에 달하는 비평 내용이 실려 있다. 그중 한유문을 비평한 것은 시를 비평한 5항목을 제외한 37항목에 이른다. 그의 문장론은 도기론道氣論으로 요약된다.176) 그는 문장은 도道를 날[經]로 하고, 기氣를 씨[緯]로 하여 그것이 착종되어 자연히 문장을 이룬 것[自然成章]으로, 이와 같은 문장은 옛 성현들이 정사를 펼친 글에서 찾을 수 있다고 하였다. 이어 그는 이러한 문장을 지으려면 먼저 도를 밝혀[明道] 기본을 잘 세운 다음에 기를 길러 힘을 배양해야 한다고 말하였다. 그는 이와 같이 도와 기가 착종되어 자연성장自然成章한 문장의 전형으로 맹자를 들고, 맹자의 문장을 잘 배운 사람으로 한유를 들었다.177) 곧 그는 한유의

---

175) 정우봉, 「한문학 연구 자료의 검증과 해석:『삽교예학록』의 산문수사학 연구」, 『한국한문학연구』(한국한문학회, 2003) 32집, 59~60면.

176) 최신호, 「耳溪 洪良浩의 文學論에 있어서의 道氣의 問題」, 『한국한문학연구』(한국한문학회, 1995) 12집, 303면.

177) 洪良浩, 「答申文初光河書」, 『耳溪集』(한국문집총간 241책) 권15, 장7b. "文之爲言, 經緯之謂也. 經者道也, 緯者氣也, 經緯錯綜, 自然成章, 卽所謂文章也. 語其至, 則虞夏商周聖人之書, 可以當之. 故善爲文者, 先明乎道, 以立其基, 次養其氣, 以培其力. 孟子之文章, 實本於此, 善學孟

문장이 맹자의 글을 본받아 도道와 기氣를 가장 잘 구현한 것으로 보고, 「독한자」에서 한유문을 정치하게 비평하는 가운데 자신의 문장론의 핵심인 도기론道氣論의 의미를 밝혔다.

⑤ 「구양첨애사후지歐陽詹哀辭後識」에서 말하길, "내가 고문을 지은 것이 어찌 홀로 구두가 지금과 같지 않은 것일 뿐이겠는가? 고인古人을 생각해도 볼 수가 없고, 고도古道를 배우고자 하여 그 문사를 함께 통하고자 한 것이니, 그 문사를 통달한 자는 본래 고도에 뜻을 둔 자이다. 이것이 내가 고문을 짓는 본지本旨이다."라고 하였다. 그러나 문사에 통달하길 구하려면 그 도리에 통달해야 하니, 도리에 통달하지 못하면 헛된 글일 뿐이다. 그러므로 『역전易傳』에서 말하길, "문사를 닦아 그 진실함[誠]을 세운다."라고 하였고, 『예기』에서 말하길, "마음은 믿음 있게 하고자 하고, 문사는 공교롭게 하고자 한다."라고 하였다. 대체로 문사를 닦는 것은 진실함을 세우는 것이고, 문사를 공교롭게 하는 것은 마음을 믿음 있게 하는 것이다. 말이 닦여지지 않으면 이치에 합하지 못하고, 문사가 공교롭지 못하면 뜻을 다할 수가 없으니, 이것이 옛날 성현들이 말을 세워 도를 밝힌[明道] 것이다. 맹자가 죽으면서부터 도술道術이 폐하고 제자諸子들이 각각 자신의 학문으로 글을 써서 무리들에게 전수하였다. 진秦나라가 전적을 없애고 유생儒生을 죽임에 이르러, 선비는 스승을 잃고 사람들은 학문을 달리하였다. 경술을 연구하는 자들은 훈전訓箋에 빠지고 문사를 업으로 하는 자들은 사장詞章에만 힘써, 문文과 도道가 마침내 문을 달리하게 되어 말을 잘하는 선비는 반드시 도를 알지 못하고, 덕을 숭상하는 선비는 반드시 문이 있다는 것을 알지 못하였으니, 이런 연유로 도가 밝혀지지 못하고 학문이 전수되지 못했던 것이다. … 한유와 같은 자는 참으로 그 문사를 통달하였으나, 도리에 있어서는 여전히 통달하지 못한 것이 있으니, 맹자가 문사와 도리가 둘 다 지

子者, 莫如韓子."

극한 것만 못하다. 한유는 공자의 문하와 같으면 자유와 자하의
사이에 있을 것이다.[178]

⑤는 홍양호가 한유의 「구양첨애사후지歐陽詹哀辭後識」에서 한
유가 고문을 짓는 것은 고도古道에 뜻을 둔 것이라고 말한 것에 대
해 비평한 것이다. 이 글에서 그는 『역전易傳』의 '수사립기성修辭
立其誠'과 『예기』의 "정욕신情欲信, 사욕교辭欲巧."를 인용하여,
말이 닦여지지 않으면 이치에 합하지 못하고, 문사가 공교롭지 못하
면 뜻을 다할 수가 없게 된다고 주장하였다. 그는 이를 근거로 "말
을 세워 도를 밝힌다."는 명도론明道論을 도출하였다. 이어 그는 맹
자 이후 경술을 연구하는 자들은 훈전訓箋에 빠지고, 문사를 업으
로 하는 자들은 사장에만 힘써 도道와 문文이 둘로 나뉘게 되었다
고 말하였다. 그러나 그는 공자가 문학을 사과四科의 하나로 나열
한 것에서 보듯이, 도와 문은 내외內外·본말本末의 구분만 있을
뿐이요, 문을 버리고 도를 구한 것은 아니라고 하고, 한유의 문장은
공자의 문하로 보면 자유子游와 자하子夏의 사이에 있다고 말하였
다. 그는 이와 같은 문장론에 기초하여 한유와 구양수는 문으로 도
를 밝혔으므로 그의 문은 전할 만하지만, 정이와 주자는 공맹의 도
를 이었지만 '술이전지述而傳之'한 자유나 자하 같은 자가 없어 문
과 도가 갈라지게 되었다[179]고 말하였다. 이는 그가 앞서 김창협과

---

178) 洪良浩, 「讀韓子」, 『耳溪集』 권23, 장28a∼b. "歐陽詹哀辭後識曰: 愈之爲古文, 豈獨取其句讀
不類於今者耶. 思古人而不得見, 學古道則欲兼通其辭, 通其辭者, 本志乎古道者也. 此韓子爲古
文之本旨也. 然求通乎辭, 將以達其理, 不得於理, 則空文而已矣. 故易傳曰: 修辭立其誠, 禮記
曰: 情欲信, 辭欲巧. 蓋修辭者, 將以立乎誠, 巧辭者, 將以信乎情, 言不修則無以合理, 辭不巧則
無以盡意, 此古昔聖賢立言, 所以明道, 而有德者必有言也. 自夫孟子沒而道術弊, 諸子者各以其
學, 筆之書而授其徒. 及乎秦, 滅典籍而殺儒生, 士失師, 人異學. 治經術者, 泥於訓箋, 業文辭者,
專於詞章, 文與道逢異門, 而能言之士, 未必知道, 尙德之彥, 未必有文, 此由道之不明學之不傳
也. … 若韓子者, 信乎通其辭矣, 於理則猶有未達者焉, 未若孟子之辭與道兩至也."

179) 洪良浩, 「再答申文初書」, 『耳溪集』 권15, 장7b. "三代以降, 道之不明, 文隨而卑焉. 如韓·歐
數公, 能以文明道, 故其文可傳, 至若程·朱諸子, 其學得孔·孟之統, 而獨無游·夏之徒述而傳

안석경이 주장한 명도론에 기초하여 도학가의 재도론載道論을 비판한 것이다. 또한 그는 문으로 도를 밝힌 문장은 『서경』의 「순전舜典」·「대우모大禹謨」·「이훈伊訓」이나 『시경』의 「대아」·「소아」 등과 같이 문으로 도를 행한 것이거나, 『서경』의 「홍범」·『춘추』·『주역』의 「계사」·『논어』 등과 같이 문으로 도를 전하는 것[180]이라고 말하여, 성인의 문장을 두 유형으로 구분하였다. 그는 이와 같은 두 유형의 문장에서 특히 한유가 문으로 도를 행한 문장에 주목하였다.

⑥ 錢重物輕狀: 폐해를 바로잡는 요체를 깊이 얻었다. 그가 말하길 "오곡五穀과 포백布帛은 농부가 능히 생산하는 것이고 공인이 능히 만드는 것이지만, 사람들이 돈을 만들어 농부와 공인에게 포백과 곡식을 팔아 관료에게 돈을 바치게 할 수는 없다. 이런 까닭에 물건은 더욱 천시되고 돈은 더욱 귀하게 되는 것이다. 지금 포布를 바치는 마을에는 세금을 모두 포로 바치게 하고, 면사縣絲와 백화百貨를 바치는 마을에는 세금을 모두 면사와 백화로 바치게 하며, 서울에서 백 리 떨어진 마을은 모두 꼴을 바치고, 삼백 리 떨어진 마을은 모두 곡식을 바치며, 오백 리 이내 및 황하와 위수渭水 가의 마을은 세금을 꼴과 곡식에서 원하는 대로 모두 들어주면, 사람들은 더욱 농업에 힘을 써 돈은 더욱 가볍게 되고, 곡식과 포백은 더욱 중시될 것이다."라고 하였다. 참으로 「우공禹貢」에서 세금을 부과한 뜻을 얻었으니, 다스리는 근본에 이른 것이다. 그 아래 두 번째 조항은 모두 사정에 꼭 맞는다. 그러나 그 문장을 바꾼 한 조항에 이르러서 말하길, "하나를 다섯에 해당시켜 새것과 옛것을 겸용하게 하면, 대체로 돈 천 냥을 만들면 천 냥이 드는데, 지금 한 냥을 주조

之, 故文與道, 遂爲二塗, 可勝惜哉."

180) 洪良浩, 「御定八家手圈跋」, 『耳溪集』 권16, 장3b. "若虞典·夏謨·商訓·周雅, 行道之文也, 洪範·春秋·易繫·論語, 傳道之文也."

하면 다섯 냥을 얻게 되어 이루는 것이 많다."라고 하였다. 대체로 자모子母 경중輕重의 유법이지만, 천 냥을 써서 천 냥을 얻는 것도 오히려 몰래 돈을 만드는 폐해가 있거늘, 하물며 한 냥을 써서 다섯 냥을 얻음에야! 백성을 괴롭히는 강대한 번진藩鎭에서 사사로이 돈을 만들어 이익을 천단하는 자들이 이어져 나와도 막을 수가 없을 것이니, 나는 돈은 더욱 중시되고 물건은 더욱 경시되는 것을 걱정한다.[181]

⑥은 홍양호가 한유의 「전중물경장錢重物輕狀」에서 당시 사람들이 돈을 중시하고 물건을 경시하던 폐해를 바로잡는 방법으로 제시한 네 가지 조목에 대해 그 득실을 평가한 것이다. 그는 이 글이 폐해를 바로잡는 요체를 깊이 얻었다고 하였다. 한유는 첫째 조목에서 당시 농부와 공인이 세금을 돈으로 내게 하여 세상에서 물건을 천시하고 돈을 귀하게 여기는 폐해가 생긴 것으로 보고, 그 대안으로 농부는 농산물로 대신하고 공인은 공산품으로 대신하도록 하였다. 또한 그는 서울에서 백 리 떨어진 마을은 가축이 먹는 풀로 대신하고, 삼백 리 떨어진 마을은 곡식으로 대신하며, 오백 리 이내이거나 황하와 위수에 접한 마을은 두 가지에서 선택하도록 하였다. 홍양호는 이에 대해 『서경』의 「우공禹貢」에서 세금을 부과한 뜻으로, 다스리는 근본에 이르렀다고 평가하였다. 이어 그는 한유가 둘째 조목에서 화폐 주조에 필요한 동銅이 빠져나가는 것을 금하도록 한 것은 모두 사정에 맞는다고 동의하였다. 그러나 그는 한유가 셋

---

181) 洪良浩,「讀韓子」,『耳溪集』권23, 장32b~33a. "錢重物輕狀: 深得救弊之要. 其曰: '五穀布帛, 農人之所能出也, 工人之所能爲也, 人不能鑄錢, 而使之賣布帛穀米, 以輸錢於官. 是以物愈賤而錢愈貴也. 今使出布之鄕, 租賦悉以布出, 緜絲百貨之鄕, 租賦悉以緜絲百貨, 去京百里, 悉出草, 三百里以粟, 五百里之內及河渭, 願以草粟租賦, 悉以聽之, 則人盆農, 錢盆輕, 穀米布帛盆重.' 誠得禹貢制賦之意, 達於治之本矣. 其下二條, 俱中事宜. 而至於更文一條曰: '使一當五而新舊兼用之, 凡鑄錢千而費五, 今鑄一而得五, 可立多也.' 蓋出子母輕重之遺法, 然費千而得千, 尙有盜鑄之弊, 況鑄一而得五乎. 奸民强藩之私鑄擅利者, 將接跡而不可禦矣. 吾恐錢愈重而物愈輕也."

째 조목에서 구폐와 신폐의 교환 비율을 1:5로 하자고 주장한 것에 대해, 이는 자모子母 경중輕重의 유법이기는 하지만 힘이 있는 번진藩鎭들이 사사로이 돈을 만들어 이익을 천단할 것이라고 지적하였다. 이와 같이 그는 한유가 장계狀啓에서 당시 시무時務를 논한 것을 주목하고, 이를 당시 조선의 실정과 견주어 그 득실과 공과를 말하였다. 이로 보아 홍양호는 앞서 한유문을 문장 수사의 전형으로 인식한 안석경과는 달리, 한유문을 시무時務의 문文을 통하여 경술經術의 도道를 밝힌 경세 문장의 전형으로 인식한 것으로 생각된다.

4. 맺음말

주지하듯이 한유는 당시에 만연한 불교를 비판한 유학자이자 변려문을 고문으로 바꾸어놓은 문장가였으므로, 후대 도학가와 문장가는 그의 문을 고문의 전범으로 인식하는 과정에서 문장과 도학이라는 서로 다른 잣대로 활용하였다. 그 단적인 예가 바로 한유의 문인인 이한李漢이 「창려문집서昌黎文集序」에서 "문은 도를 꿰는 그릇이다."[182]라고 하여 문장가의 시각으로 관도론貫道論을 펼친 것에 대해, 그는 "문은 모두 도를 따라 나오는 것인데, 어찌 문이 도리어 도를 꿰뚫을 수 있는 이치가 있겠는가? 문은 문이고 도는 도이다."[183]라고 하여 도학가의 입장에서 관도론을 비판한 것이다. 그가 한유문을 교정하여 『한문고이』를 편찬한 이면에는, 이와 같이 송대

---

182) 李漢, 「朱文公校昌黎先生集序」, 『朱文公校昌黎先生集』(庚午字體 訓鍊都監字覆刻本, 국립중앙도서관, 일산古3717-79) 권두. "文者, 貫道之器也."

183) 朱熹, 「論文上」, 『朱子語類』 권139, 장15b. "這文皆是從道中流出, 豈有文反能貫道之理. 文是文, 道是道."

의 문인 학자들이 문장가의 관점에서 한유문을 고문의 전범으로 인식하는 것을 비판하는 의도가 담겨 있다.

앞서 살폈듯이 조선의 문인 학자들은 한유문을 고문의 전범으로 인식하면서도 그 내용에 있어 많은 차이를 보여주었다. 이는 주희가 『한문고이』에서 도학적 문학관에 기초하여 한유문의 공과와 득실을 논한 것에 대한 이해 방식이 서로 달랐기 때문이다. 이를 가장 잘 보여주는 것이 바로 조선 전기와 조선 중기에 활동한 도학가와 문장가의 한유문의 전형성에 대한 인식의 차이이다. 조선 전기의 대표적인 도학가인 이황과 이덕홍은 『고문진보후집』에 수록된 한유의 문장에 대해 도학적 의리를 잣대로 비평하여, 한유문의 내면에 자리한 마음의 바름과 삿됨을 발명하였다. 이와 달리 전 장에서 살폈듯이 조선 중기의 대표적 문장가인 윤근수와 최립은 문장가의 관점으로 한유문을 토석하면서 '인문입도因文入道'설을 제기하여, 도학가의 재도론에 대응하는 문장가의 문학이론을 정립하였다.

그러나 조선 후기에 활동한 문장가들은 각자의 학문 경향이나 관심 분야에 따라 한유문에 대한 전범 인식이 새로운 양상을 보여주었다. 먼저 김창협은 「잡지」에서 한유의 비지문을 엄약嚴約·심중深重하고 간고簡古·기오奇奧한 문체를 띤 것으로 보고, 그의 글을 『상서』와 『좌전』에서 근원한 비지 문장의 전범으로 인식하였다. 이와 달리 안석경은 한유문에서 보여주는 편장 구성의 수사학적 성과에 주목하고, 그의 문을 문장 수사의 전범으로 인식하였다. 이에 반해 홍양호는 도기론道氣論적 문학론에 기초하여 문은 시무時務의 문이고 도는 경술을 의미하는 것으로 보고, 한유문을 시무의 문을 통하여 경술의 도를 밝힌 경세 문장의 전범으로 인식하였다. 본 장에서는 이와 같이 중국과 한국에서 한유문에 대한 주석을 통하여 고문 전범으로 형성되는 과정과 한국에서 한유문의 전범성에 대한 인식의 차이를 규명하였다. 이와 같은 연구는 궁극적으로 중국과 한국이 공유했던 중국문학과 한국한문학의 보편 문학적 성격과 함께, 서로 다른 문학적 풍토 아래 자생해온 한국한문학의 존재 방식을 확인할 수 있다는 점에서 그 의미를 찾을 수 있을 것으로 생각된다.

참고문헌

1. 원전 자료

1) 한유 문집

『朱文公校昌黎先生集』, 甲寅字本, 하버드대학교 옌칭도서관, TK9428.9-7232(2).
『朱文公校昌黎先生集』, 甲寅字本, 국립중앙도서관, 古貴3747-247.
『朱文公校昌黎先生集』, 丙子字本, 국립중앙도서관, 한古朝46-나13.
『朱文公校昌黎先生集』, 庚午字體 訓鍊都監字覆刻本, 국립중앙도서관, 일산古 3717-77.
『朱文公校昌黎先生集』, 庚午字體 訓鍊都監字覆刻本, 국립중앙도서관, 일산古 3717-79.
『朱文公校昌黎先生文集』, 木版本, 고려대학교 도서관, 만송貴中-24.
『朱文公校昌黎先生文集』, 木版本, 서울대학교 규장각, 奎중 3781.
『朱文公校昌黎先生文集』, 木版本, 서울대학교 규장각, 3424 205.
『朱文公校昌黎先生集』, 日本木版本, 교토대학교 도서관.
『唐昌黎先生碑誌』, 戊申字本, 국립중앙도서관, 한古朝44-나7.
『唐韓昌黎集』, 木版本, 서울대학교 규장각, 奎中3952-v1-14.
『唐韓昌黎集』, 木版本, 서울대학교 규장각, 一蓑古895.1081-H19d.
『宋板韓昌黎全集』, 冠山堂藏板本, 국립중앙도서관, 일산貴3747-100.
『新刊五百家註音辨昌黎先生集』, 木版本, 서울대학교 규장각, 古895.1143H19s.
『新刊五百家註音辨昌黎先生外集』, 木版本, 연세대학교 도서관, 고서(귀)345○.
『重刊五百家註音辨昌黎先生文集』, 淸乾隆本, 서울대학교 도서관, 3424 97.
『昌黎文抄』, 戊申字本, 고려대학교 도서관, 화산D1A1553.
『昌黎文抄』, 木版本, 고려대학교 도서관, 신암D1-A910A-1.
『昌黎先生碑誌』, 木版本, 고려대학교 도서관, 만송貴-337A-1-2.
『昌黎先生詩集』, 木版本, 고려대학교 도서관.
『昌黎先生集』, 木版本, 국립중앙도서관, BA3747-155.
『昌黎先生集』, 木版本, 국립중앙도서관, 일산貴3747-100.
『昌黎先生集』, 木版本, 계명대학교 도서관, 812.081-한유창.
『韓文正宗』, 甲辰字本, 한국학중앙연구원 장서각, 귀D3C 109 1.

『韓文正宗』, 甲辰字本, 국립중앙도서관, 한貴3747-97.

『韓文正宗』, 甲辰字本, 고려대학교 도서관, 화산貴 184-2.

『韓文正宗』, 木版本, 서울대학교 규장각, 奎中.2451.

『韓文正宗』, 木版本, 충남대학교 도서관, 別集類-226.

『韓文正宗』, 木版本, 고려대학교 도서관, 만송貴 184A 2.

『韓文』, 庚子字本, 고려대학교 도서관, 만송貴 337.

『韓文碑誌』, 木版本, 고려대학교 도서관.

『韓文碑誌抄』, 木版本, 국립중앙도서관, 무구재古2202-66.

『韓文選』, 木版本, 고려대학교 도서관, 만송D1-A1997-1-2.

『韓文抄』, 藝閣印書體字本, 국립중앙도서관, 古3747-260.

方崇卿, 『韓集舉正』, 『문연각사고전서』 1073책.

徐時泰 刊, 『東雅堂韓昌黎集註』, 『문연각사고전서』 1075책.

王伯大 編, 『別本韓文考異』, 『문연각사고전서』 1073책.

王伯大 編, 『朱文公校昌黎先生集』, 上海商務印書館, 1936.

魏仲舉 編, 『五百家注昌黎文集』, 『문연각사고전서』 1074책.

朱熹, 『原本韓集考異』, 『문연각사고전서』 1073책.

2) 한국 자료

金詮 編, 『續東文選』, 한국고전번역원.

金昌協, 『農巖集』, 『한국문집총간』 161책.

成俔, 『慵齋叢話』, 『한국시화총림』 1책.

孫昭, 『국역 襄敏公集』, 동강서원, 1982.

安錫儆, 『霅橋集』, 아세아문화사, 1986.

俞莘煥, 『鳳棲集』, 『한국문집총간』 312책.

尹根壽, 『月汀集』, 『한국문집총간』 47책.

尹根壽, 『月汀別集』, 『한국문집총간』 47책.

李健命, 『寒圃齋集』, 『한국문집총간』 177책.

李奎報, 『東國李相國集』 『한국문집총간』 1책.

李德懋, 『靑莊館全書』, 『한국문집총간』 258책.

李德馨, 『漢陰先生文稿』, 『한국문집총간』 65책.

李德弘, 『艮齋集』, 『한국문집총간』 51책.

李睟光, 『芝峯類說』, 한국고전번역원.

李恒福, 『白沙集』, 『한국문집총간』 62책.

李滉, 『退溪集』, 『한국문집총간』 29책.

張維, 『谿谷集』, 『한국문집총간』 92책.

崔岦, 『簡易集』, 『한국문집총간』 49책.

崔滋, 『保閑集上』, 『한국시화총편』 1책, 동서문화사, 1989.

河受一, 『松亭先生文集』, 『한국문집총간』 61책.

洪良浩, 『耳溪集』, 『한국문집총간』 241책.

3) 중국 자료

高琦, 『文章一貫』, 木版本, 국립중앙도서관, 古朝42-1.

歐陽脩, 『文忠集』, 『문연각사고전서』 1102책.

樓昉 編, 『崇古文訣』, 『문연각사고전서』 1354책.

劉克莊, 『後村詩話』, 『문연각사고전서』 1481책.

劉剡 編, 『詳說古文眞寶大全後集』, 丁酉字本, 국립중앙도서관, 일산古3745-61.

劉剡 編, 『詳說古文眞寶大全後集』, 甲寅字重刊本, 국립중앙도서관, 古3747-14.

茅坤 編, 『八大家文抄』, 木版本, 국립중앙도서관, 일산古3745.

茅坤 編, 『八大家文抄』, 木版本, 서울대학교 규장각, 奎中1641.

茅坤 編, 『八大家文抄』, 木版本, 서울대학교 규장각, 一簑古895.1108-M71p.

謝枋得 編, 『文章軌範』, 乙亥字飜刻本, 성암고서박물관, 성암4-288.

謝枋得 編, 『文章軌範』, 『문연각사고전서』 1359-141책.

謝枋得 編, 『疊山先生文章軌範』, 木版本, 국립중앙도서관, 일산貴376-2.

黎靖德 編, 『朱子語類』, 『문연각사고전서』 702책.

呂祖謙 編, 『古文關鍵』, 日本官版本, 국립중앙도서관, 古古5-70-나2.

王正德 編, 『餘師錄』, 『문연각사고전서』 1230책.

永瑢 編, 『四庫全書總目』, 『문연각사고전서』 1책.

魏了翁, 『鶴山集』, 『문연각사고전서』 1773책.

李光地·熊賜履 編, 『朱子全書』, 『문연각사고전서』 720-721책.

周必大, 『文忠集』, 『문연각사고전서』 1149책.

朱彛尊, 『曝書亭集』, 『문연각사고전서』 1318책.

朱熹, 『朱熹集』, 四川敎育出版社, 1996.

朱熹, 『晦庵集』, 『문연각사고전서』 1143책.

朱熹, 『楚辭辯證』, 『문연각사고전서』 1062책.

朱熹, 『論語集註』, 二以會, 1983.

眞德秀 編, 『文章正宗』, 甲辰字本, 『국립중앙도서관, 古貴2525-2.

眞德秀 編, 『文章正宗』, 甲辰字本, 국립중앙도서관, 한貴古朝44-나36.

眞德秀 編, 『文章正宗』, 戊申字本, 국립중앙도서관, 한古朝43-나12.

陳師道, 『後山詩話』, 『문연각사고전서』 1478책.

何谿汶 編, 『竹莊詩話』, 『문연각사고전서』 1481책.

黃堅 編, 『善本大字諸儒箋解古文眞寶』, 木版本, 서울대학교 규장각, 想白古 895.188e64.

黃虞稷 撰, 『千頃堂書目』, 『문연각사고전서』 676책.

2. 연구 논저

姜明官, 「16세기 말 17세기 초 擬古文派의 수용과 秦漢古文派의 성립」, 『韓國漢文學硏究』 제18집, 한국한문학회, 1995.

姜明官, 「허균 문설(文說)의 새로운 해석」, 『한국한문학 연구의 새 지평』, 소명출판, 2005.

郭紹虞, 『照隅室古典文學論集』, 丹靑圖書有限公司, 中華民國 74년.

金斗鍾, 『韓國古印刷技術史』, 탐구당, 1974.

김우정, 『최립 산문의 예술경계』, 한국학술정보, 2006.

金崙壽, 「『詳說古文眞寶大全』과 『批點古文』」, 『중국어문학』 15집, 중국어문학회, 1988.

김윤조, 「15세기 산문의 양상과 김종직의 古文倡導」, 『大東漢文學』 34집, 대동한문학회, 2011.

김학주, 『조선시대 간행 중국문학 관계서 연구』, 서울대학교출판부, 2000.

당윤희·오수영, 「朝鮮時代에 간행된 韓愈 詩文集 판본 연구」, 『중어중문학』 47집, 한국중어중문학회, 2010.

朴永珠, 「韓愈文集歷代刊刻情形」, 『중어중문학』 10집, 영남대학교 중어중문학회, 1985.

宋熹準, 「斷俗寺의 創建 以後 歷史와 廢寺過程」, 『南冥學硏究』 9집, 경상대학교 남명학연구소, 1999.

심경호, 「崔岦의 <文章之文>論과 古文詞」, 『震檀學報』 65집, 진단학회, 1988.

심경호, 『조선시대 漢文學과 詩經論』, 일지사, 1999.

안세현, 「農巖 碑誌論의 형성 배경과 碑誌文의 특징」, 『尤庵論叢』 6집, 충북대학교 우암연구소, 2012.

李東歡, 「조선후기 문학사상과 문체의 변이」, 『韓國文學硏究入門』, 지식산업사, 1982.

李仁榮, 『淸芬室書目』, 寶蓮閣, 1968.

李章佑, 「朝鮮朝 刊本 『朱文公昌黎先生集』에 관하여」, 『闃堂車柱環博士頌壽論文集』, 1981.

정우봉, 「삽교예학록에 나타난 한시비평론」, 『한문교육연구』 18호, 한국한문교육학회, 2002.

정우봉, 「한문학 연구 자료의 검증과 해석 : 『삽교예학록』의 산문수사학 연구」, 『한국한문학연구』 32집, 한국한문학회, 2003.

정재철, 「주희의 『韓文考異』 연구」, 『동양학』 34집, 단국대학교 동양학연구원, 2003.

정재철, 「『五百家註音辨昌黎先生集』 연구」, 『한문학논집』 27집, 근역한문학회, 2008.

정재철, 「세종 대 한유 문집의 편찬과 그 의미」, 『한문학보』 18집, 우리한문학회, 2008.

정재철, 「조선중기 문장가의 한유 문 토석과 그 의미」, 『한국한문학연구』 44집, 한국한문학회, 2009.

정재철, 『고문진보 연구』, 문예원, 2014.

정재철, 「한유 문 전범의 형성과 인식」, 『한국한문학연구』 60집, 한국한문학회, 2015.

정재철, 「조선전기 갑진자본 『韓文正宗』의 간행과 그 의미」, 『동양학』 72집, 단국대학교 동양학연구원, 2018.

최신호, 「耳溪 洪良浩의 文學論에 있어서의 道氣의 問題」, 『한국한문학연구』 12집, 한국한문학회, 1995.

許捲洙, 「韓愈 詩文의 韓國에서의 受容」, 『中國語文學』 9집, 영남중국어문학회, 1984.

Charles Hartman, 文鍾鳴 譯, 「宋版 韓愈文集의 書誌적인 硏究(Preliminary Bibliographical Notes on the Sung Editions of Han Yū's Collected Works)」, 『中國語文學』 제9집, 영남중국어문학회, 1984.

李章佑, 「朝鮮朝 刊本 『朱文公昌黎先生集』에 관하여」, 『闃堂車柱環博士頌壽論文集』, 1981.

정재철

1. 학력 및 경력
- 단국대학교 한문교육과 졸업
- 고려대학교 국문학과 석사 및 박사
- 태동고전연구소 한문연수원 수료
- UC버클리 한국학연구소 방문학자
- LG연암문화재단 해외연구교수
- 한국한문교육학회 회장
- 한국한문학회 회장
- (현) 단국대학교 한문교육과 교수

2. 저서 및 논문
- 『이색 시의 사상적 조명』
- 『고문진보 연구』
- 「『정언묘선』의 사유체계 및 심미의식」
- 「구한말 동아시아 지식인의 문화비전」
- 「조선중기 도학가의 두보 시 수용 양상」
- 「김택영의 『연암집』 편찬과 그 의미」
- 「연암 문학에 대한 당시대인의 인식」
- 이외 다수

한유 문집 연구

초판인쇄 2019년 7월 31일
초판발행 2019년 7월 31일

지은이 정재철
펴낸이 채종준
펴낸곳 한국학술정보㈜
주소 경기도 파주시 회동길 230(문발동)
전화 031) 908-3181(대표)
팩스 031) 908-3189
홈페이지 http://ebook.kstudy.com
전자우편 출판사업부 publish@kstudy.com
등록 제일산-115호(2000. 6. 19)

ISBN 978-89-268-8902-2 93820